大明江山

周明河 —— 著

1368年之前的朱元璋

（上）

北京联合出版公司
Beijing United Publishing Co.,Ltd.

图书在版编目（CIP）数据

大明江山：1368年之前的朱元璋：全两册 / 周明河著. -- 北京：北京联合出版公司，2022.9
ISBN 978-7-5596-6381-8

Ⅰ. ①大… Ⅱ. ①周… Ⅲ. ①长篇历史小说－中国－当代 Ⅳ. ① I247.5

中国版本图书馆 CIP 数据核字（2022）第 127016 号

大明江山：1368年之前的朱元璋

作　　者：周明河
策　　划：牧神文化
策划监制：王晨曦
责任编辑：牛炜征
特约编辑：董旻杰
营销支持：蔡丽娟
美术编辑：王　川
封面设计：廖淑芳

北京联合出版公司出版
（北京市西城区德外大街83号楼9层　100088）
北京联合天畅文化传播公司发行
上海盛通时代印刷有限公司印刷　新华书店经销
字数650千字　890毫米×1124毫米　1/32　22.625印张
2022年9月第1版　2022年9月第1次印刷
ISBN 978-7-5596-6381-8
定价：98.00元（全两册）

版权所有，侵权必究
未经许可，不得以任何方式复制或抄袭本书部分或全部内容
本书若有质量问题，请与本公司图书销售中心联系调换。
电话：010-65868687　010-64258472-800

目录

第一章　**大乱且作**......1

第二章　**江湖奇遇**......39

第三章　**江汉雄杰**......89

第四章　**群雄奋起**......115

第五章　**声名渐起**......147

第六章　**一战成名**......193

第七章　**守机待时**......221

第八章　**各逞豪雄**......267

第九章　**乘势南进**......303

第十章　**三蛟逐鹿**......339

第一章
大乱且作

一

地处江西中西部、山明水秀的袁州颇为不同,这里蒙古籍的达鲁花赤(蒙古语意为"镇守者",指地方军政、民政和司法长官)受中土风气所化,已由一个萨满信徒转为一个道教徒,每当他遭遇烦忧之事,都要到当地的全真观向太上老君求告一番。

这位袁州的达鲁花赤近日颇为惶惶不宁,所以他去当地"万寿八仙宫"的次数也增多了。一日,乘坐金黄色竹轿回家的路上,达鲁花赤心事重重。突然,轿子晃动,珠帘发出恼人的刺耳声响,前后随行的十几个家丁步子变得凌乱,体形肥胖、心口窝憋的达鲁花赤透过珠帘没好气地说道:"慢些,再慢些,又不是赛马!"

"老爷,已经很慢了,再慢的话,天黑前就到不了家了!"一位短打的随侍家丁对着轿子里回道。

"有家还怕到不了?哪天叫人把窝给端了,那时才到不了家,或者滚回草原吃沙子去!"达鲁花赤没好气地说,不过他脾气不是很大,只是用手抚了抚心口,便由着仆人们去了。

坐轿子有坐轿子的不满,做官也有做官的难处,达鲁花赤继续想着自己的心事……

去年二月,汝宁府(今河南驻马店和信阳部分地区)信阳州的胡闰儿(因擅长棍术,人称"棒胡")烧香惑众,妄造妖言作乱。他联合一众教徒,一举攻破了归德府鹿邑,又在陈州(今河南淮阳县)大肆焚掠,一时间弄得河南行省[①]风声鹤唳。朝廷遂命行省左丞庆童领

[①] 元朝时期,今日的江苏长江以南地区及浙江省、福建省大部都属于江浙行省管辖范围,广东和江西大部属于江西行省,广西同湖南及湖北等地区属于湖广行省。黄河以南、长江以北的中原大部分地区为河南江北行省,华北大部为中书省,包括了今山东地区,当时山东位于黄河以北。元时行省的事权很重,为中书省直接派出机构。

兵征讨，费了不少周折，才将这次反叛镇压下去。

袁州是一个上等州，设有达鲁花赤、州尹各一员，秩从四品；主管武事的同知一员，秩正六品；主管民事的判官一员，秩正七品。那信阳州的棒胡举事，据说是白莲教众发威，而本州万人称颂的彭和尚也是一位烧香聚众的"白莲导师"。达鲁花赤目下所担心的，正是这彭和尚哪天也闹出些事端来，一旦惹怒朝廷，自己可吃罪不起；再者说，若有乱民揭竿而起，那自己的身家性命就有可能不保。

达鲁花赤晓得，兹事体大，不能不慎之又慎。这一日上午，他特意把州尹、同知、判官和一干幕僚召来议事厅，商议如何处置彭和尚一事。

此时是至元三年（1337）五月，天气已经非常炎热，但见达鲁花赤身着夏季的蒙古式官服，头戴凉帽，束着婆焦头，盘腿坐在一张仅容其庞大身躯的竹床上，身边是两个为他打扇的年轻侍女。无论是侍女还是达鲁花赤，额头上都布满清晰可见的汗珠。

许久，议事厅中放置的一大块冰渐渐融化，腾起凉沁的水雾，门窗紧闭的屋子里终于舒爽了很多。众人先时都在小声议论这冰收藏运输之不易，也为去年那一场罕见的冰雪而庆幸。此时，冰块旁的侍从拿着一把大蒲扇扇了几下，那沁人心脾的清凉顿时扩散开来，快意自适的达鲁花赤这才切入正题。

他清了清嗓子，开口问坐在旁边竹椅上的幕僚："这白莲教是怎生个来历？你们细细讲来吧。"

这些幕僚显然已做好充分准备，彼此递了个眼色。"启禀大人，"其中一位手拿纸扇、头戴束发冠、士大夫模样的幕僚站起来，向着达鲁花赤拱手行了个礼，又转身朝向其他官员道，"各位大人！这白莲教可说是大有来历。"

"坐着说话吧。"达鲁花赤体贴地摆手。

"谢大人。"那幕僚客气地坐下，拿出事先做好的笔记，继续道，"释家来到中土生根，掐指一算，已有千余年，其发出枝芽，当属两晋南北朝时。话说这东晋时有一名僧，法号慧远，他别立宗旨，在庐山东林寺建了一处白莲社，后人便将这一路称为'白莲教'。"

坐在一旁的判官手里也拿着一把纸扇,只见他扇子一停,急不可耐地插问道:"不对啊!如此看来,这白莲教也算是个名门正派,怎今日如此作祟?"

那幕僚把脸转向判官,答道:"大人有所不知,这后来的白莲教只不过是借了慧远大师'白莲'的名号,自己又加入了很多私心私意。第一代'白莲导师',系南宋初期的茅子元,其立教宗旨,主要是借鉴释家净土宗来崇奉阿弥陀佛,以'往生净土'为修持形式,大量融入释家天台宗的教义……"

达鲁花赤听到这里有点迷惑,他挺了挺沉重的身体,插问道:"好生叫人费解,不知一般百姓是如何信他的?我们回教的经典可从来没有变过,也没人敢随意篡改或添加。"

"呵呵,"那幕僚回过头来轻笑了一声,继续说道,"大人疑惑的正是,一般百姓懂得什么?不过是茅子元为了扩大信众,迎合着一般百姓的心意,怎么俗怎么说,怎么神叨怎么说,是故一般百姓都信了他。那些正经的僧人,都痛斥其'假名净业,而专为奸秽之行,猥亵不良'。但这世间的愚夫愚妇,哪管得了这些个,他们转相诳惑,聚落田里,都乐意这般妄说。百年之间,这天下已是处处有传习白莲教义之人……以往白莲教众之间关系非常松散,平素少有来往。但是茅子元聚信众在淀山湖白莲堂,自称'白莲导师',坐受信众膜拜,影响日渐壮大。职是之故,全国上万计的信众就被牢牢控制在这'白莲导师'之手。一旦朝廷不能称其意,这等妖众还要对抗朝廷哩!"

同知也不好干坐着,于是插问道:"听说这白莲教谨食葱和乳,不杀生,不饮酒,教众号称'白莲菜',可是了?"

"大人了解的正是,"幕僚答,"茅子元并不要求信众出家,也准许他们在家修行,又可娶妻生子,这算是中了愚夫愚妇们的意了。"

达鲁花赤振作了一下精神,又问道:"这白莲教为祸也不是一时了,为何朝廷容它这般久呢?"

幕僚正襟危坐答道:"我国朝富有天下,包容四海,善待各等修行之人,白莲一支也非例外。世祖时期,庐山东林寺还一度受到朝廷的褒扬呢。淀山湖白莲堂升格为普光王寺,住持被朝廷钦定为白莲教主,由此寺里的香火一直较为兴旺。全国各地都邑,可谓无一处没有白莲堂,聚徒多者数千人,少的也有几百人,再少也有几十人。那白莲堂栋宇宏丽,像设严整,乃至于与梵宫道殿相匹敌,一时称盛!大德八年(1304),首部全面阐述白莲教义的经典《庐山莲宗宝鉴》十卷本,由白莲僧人普度撰成……"

"哎呀,那看来我国朝待它不薄嘛,它何故要与我朝为难?"达鲁花赤有点坐不住了,忍不住揉了揉自己的大肚子。

众人见状都隐隐发笑,可没人敢笑出声来。幕僚也竭力压抑着自己,又参看了一下手里的笔记,道:

"此事说来话长,那茅子元原该不存对抗朝廷之意,只恐是后辈白莲僧人形形色色,各有怀抱,教众又鱼龙混杂,整日家聚众结社,难保有一日不会生出对抗朝廷的歪心思。这等事情国初就有几桩,所以朝廷不得不下令,将江南有白莲会等名目的物件,一律禁断拘收,可并未见效。此后,彰德(今河南省安阳市一带)、广西等处仍有打白莲旗号作乱者,朝廷才于至大元年(1308)下令,取缔白莲社。但这禁令并未维持多久,普度上书武宗皇帝,极力为白莲教开脱,武宗皇帝一念之仁,便解除了禁令……不想白莲教众经此番禁令后,反比先前更为活跃,短短十余年,就又成了朝廷的一块心病。英宗至治二年(1322),朝廷再次下令,禁止白莲佛事。"

讲到此处,那一直没有出声的州尹突然开腔道:"今者,白莲教已尾大不掉,二次禁令于今已十有六年,如彭和尚之流却还在招摇过市,实在是我等失职。今日我等务必拿出个切实可行的办法,彻底除了彭和尚这祸根才好。"

达鲁花赤闻听此言吃惊不小,忙道:"咱到此地为官,已经有三年,多次耳闻彭和尚聚众的事。咱想着那彭和尚是这袁州本地人,又在这慈化寺出家,必不致有非分之念,免得连累了亲众。况他粗通医术,常为百姓减除些病苦。且百姓们会集一处,互相帮扶则个,也是朝廷生养百姓的恩德。没想到这彭和尚如此不识好歹,煽惑民心!"

此时,另一个幕僚站了起来,接话道:"彭和尚能为偈颂,常劝人念弥勒佛名号。每逢十五月夜,他必叫人燃大炬、焚名香,念偈拜礼。

那等愚夫愚妇对他深信不疑，其徒遂众。近些日子，'弥勒降生，明王出世'的口号，被彭和尚徒众喊得震天响。每月初一，他们都要在南山上啸聚一番，分明有不轨之图。诸位大人，是该下决断的时候了，别让息州郭菩萨及汝宁棒胡之事重演！"

那同知立马站了起来，振作了一下精气神，向达鲁花赤主动请缨道："大人，容卑职带了兵马前去，把那彭和尚捉来，关进大牢里。卑职就不信那大树一倒，猢狲们不散！"

达鲁花赤转头向州尹看了看，想要征求他的意见。那州尹一向足智多谋，一边摇着纸扇，一边眯着小眼睛道："此举恐怕不妥，彭和尚在徒众心中已如神明，我等若抓了他，那几千徒众岂肯罢休？咱们这袁州城恐再无宁日！"他略一思忖，又道，"愚职倒有个主意，不如我等把那彭和尚体面请来，再给他些好处，劝他务必收敛一些。如若他敢不从，我等威吓他一番，来个先礼后兵。不知大人意下如何？"

达鲁花赤想了想，觉着世人多半像他一样爱利禄，纵然收买不了一世，但收买一时还是有把握的，何况自己屈尊礼遇他彭和尚，这个天大的面子他总会看在眼里吧。达鲁花赤想到这里，仍不免有所顾虑："他若是不肯就范呢？"

州尹早已成竹在胸，狞笑着说道："那我们就把他软禁起来，再不然就把他礼送出境，远远打发了这活佛！"

闻听此言，达鲁花赤不禁眉开眼笑："嗯，好法子！不妨先试它一试！"

大家也都觉得这个法子好，瞬间也不觉得天气那么炎热了，一个个开始有说有笑，会议也就此告一段落。

第二天，袁州衙门便派出那位通识白莲佛事的幕僚，备了厚礼前往慈化寺，试图说服彭和尚到州府衙门一叙。

彭和尚本名彭翼，后别名"彭莹玉"，并以此行世。他原是袁州一户农家子弟，幼时因家贫而入慈化寺为僧，时年仅十岁。彭莹玉年少聪颖，有好学之心，无奈家境贫寒，不得已才做了出家人。但此人生就一副悲天悯人、忧国忧民的面相，一边口诵弥勒佛，一边又义字当头。他体念百姓的困苦，所以刻苦钻研医术，为百姓治病疗伤；但他又心知医术乃小道，如欲医治众生疾苦，还当让这世间别有一番天地。

周子旺是彭莹玉的俗家大弟子，也是历次聚会的召集者和组织者。他原是武艺超群的一方豪杰，家底殷实、为人慷慨，有些见识和抱负，相貌也非凡类，因此得到彭和尚的特别器重。彭和尚向他许诺，有朝一日改换了天地，必由他出来做王。

客气地送走州府的幕僚后，彭、周师徒二人便在幽深的禅房里开始了密议。此时，四周都是静悄悄的，唯有院落里的蝉鸣声清晰可闻。

高大勇武、隆准丰颐的周子旺跪坐一旁。形销骨立、表情肃然的彭莹玉披着一身薄薄的袈裟趺坐在一张竹席上，半闭着眼睛，嘴里默默念着偈语。周子旺等师父略作停顿时，忍不住问道："师父，不知这官府葫芦里卖的什么药，不会是我等打造兵器之事走漏了风声吧？"

彭莹玉沉吟了片刻，面不改色地道："若是发觉了，官府必不敢轻动。如今州府里的乡兵、弓手（巡检的下属）、捕快等一干人众，多者不过千余人，岂是我等的对手？"

"既然此事没有泄露，师父去是不去？"

彭莹玉抬眼看了看密室里供奉的那尊一尺多高、袒胸露腹、笑容可掬的弥勒佛铜像，长叹一声道："今日事已至此，正是佛家所说的火聚之地。欲得清凉之门，只在尔等奋力一搏！"

周子旺闻言，精神为之一振，忙道："怎么，师父觉着刻下就是弥勒出世、太平降临之时吗？"

彭和尚摆摆手道："先听为师说完。我等出家人不打诳语，为师到了他州衙门里，是应，还是不应？应了，那定非为师的本意；若不应，官府扣下了为师，谁又来点化尔等？"

彭和尚说到这里，周子旺急了："那咱们就跟他们拼了！拼也拼出一个弥勒新世来！"

彭和尚又挥了挥手，示意周子旺不要着急，继续缓缓说道："这蒙古入主我国，本是千古奇耻！元朝于今不过半百，其治下生民已是极苦！这素日里的种种盘剥是不必说了，近些年滥发钞币，民不聊生，这等民怨岂非天意？佛祖救世，岂不就是今日？只望我等揭竿而起，天下各处都来响应，如此大事必成！"

"师父所言甚是！去年这伪朝廷发下禁令，汉人、南人、高丽人不得执持军器，凡有马者拘没入官！而后又禁汉人、南人习蒙古、色目文字。如此妖魔世道，怎得长久？且天下疯传朝廷拘刷童男、童女，虽未必是真，但这伪朝为恶已非一朝，那民间不问真伪，乃至于一时嫁娶殆尽！于此可证民心！"周子旺停顿了一下，继续道，"咱们这江西行省，去年春，有广州增城县朱光卿、石昆山、钟大明等率众举义，还有了'大金'的国号，并改元赤符；惠州归善县聂秀卿、谭景山等大造兵器，他们拜戴甲为定光佛，于去年五月也举义了，并与朱光卿一伙遥相呼应，至今声势未减……"

待周子旺介绍完时局，彭和尚特意关照："兵器一项，为师已知，想是无虑了。只是这弥勒佛、小旗、紫金印、量天尺等一应物什，准备情况如何？"

"师父尽可放心，都已妥当，只待师父一锤定音！"

二人说到这里，便定下了一个将计就计之策。此次举事定于六月始，因六月乃是雨季，道路泥泞，天气也炎热，行省不易调兵，至少能多争取几个月的发动联络时间。对信众则称此系"寅年、寅月、寅日、寅时"，正当举事。彭和尚到时就化装入城，但不是去面见达鲁花赤，而是隐匿起来。周子旺对信众可诈称"大宗师"已被官府所害，到时发兵攻打州城，为"大宗师"报仇！事成之后，"大宗师"以神迹重现人间，宣布"明王"（周子旺）已经出世……

最后，彭莹玉摩着周子旺的头顶，语重心长地说道："大事成与不成，且看尔等平日的心诚与不诚，倘有一念不诚，弥勒真佛也是不会降临的！"

"师父放心，弟子此心可对佛祖！"说完，周子旺伏地跪拜。

去袁州城之前，彭莹玉又要周子旺等赶制了一批背心，上面都写着大大的"佛"字。彭莹玉鼓舞大家道："有此弥勒佛护佑，鬼魅闪避，尔等心诚者，就可刀枪不入了！"

到了六月，彭莹玉、周子旺等依计而行，果然一举拿下了袁州城，开了官库，又抢了一干富裕人家，很是红火了一阵。达鲁花赤等一众官吏死的死、逃的逃。于是周子旺自称"周王",并立了年号,其麾下兵力最盛时有五千余人。

可惜好景不长,江西行省很快便征发大兵予以镇压。周子旺等众并不擅长兵事,士兵们也缺乏训练和约束,再加寡不敌众,袁州城于次年春即被元军攻破。彭莹玉之妻"佛母"①,两个尚未成年的儿子天生、地生及周子旺等均被元军杀害,彭和尚本人则在余众的掩护下远走大别山脚下的麻城一带,去到江淮继续传播白莲教,鼓动百姓武装反抗元朝。

此番失败,带给彭莹玉一个最大的教训就是——不可轻举妄动,必待四方云动而启动,纵真英雄也当借势!

二

江浙行省处州路②(今浙江丽水市)青田县儒生刘基,字伯温,于至顺四年即元统元年(1333)高中进士第二十六名(蒙古人、色目人为右榜,汉人、南人为左榜)。经过两年的注官守阙,刘基得以赴江西行省,出任瑞州路高安县丞。

县丞是县达鲁花赤的副手,负责县政的管理。当时新昌州(今江西宜丰县)发生了一起命案,案发后凶手以重金贿赂初审官,于是以"误杀"草草结案。原告不服,上诉至瑞州路,瑞州路知府便委派以执法公正著称的刘基予以复审。案子到了刘基手里,最终真相大白,凶手依法偿命,初审官也因受贿渎职而被罢官。

---

① 元代初时法令,僧人可以娶妻生子,后至泰定年间,朝廷虽复申宋时旧法予以禁止,实民间不能约束。
② 路,宋元时行政区域名。元代时创立行省制度,行省以下,设路、府、州、县四级地方行政区域。

这一日，刘基心情大好，便身着汉人的青色上盖常服，约集了在瑞州当地认识的文友李爟、郑希道、黄伯善等人，聚在湖边的一处凉亭里，准备诗酒唱和一番。秋风徐来，水波粼粼，偶尔可见几只水鸟翱翔于天际，睹之颇助诗情……

李爟等人早已风闻刘大人复审命案一事，亦知当地官情，一时无心观赏风景，酒席间不免流露出一丝忧虑。一向古道热肠的李爟便问刘基："那新昌州杀人者，不同于别个，伯温兄可有耳闻？"

刘基捋了捋自己初见气象的虬髯长须，不以为意地道："我辈管他是谁！若然正气不得伸张，岂不上负朝廷，下愧百姓？"

在旁的郑希道觑了觑众人，微微一笑道："不知这知府大人是不是故意害伯温兄，把这烫手山芋扔给你一个官场新秀。前番伯温兄深以临江（今江西樟树市）之事为忧，那临江的贪官污吏与虎狼之卒朋比为奸，敲诈勒索，残害百姓，临江之民苦矣！这等鼠辈沆瀣一气，对其中一人稍有怫逆，必遭祸殃；有善官良吏欲过问者，则必遭其群起而诬构排击，终至驱逐离任乃止。伯温兄以勇于任事、不避强御著称，临江百姓盼之，如大旱之望云霓，可若上官真把伯温兄打发到临江，恐怕又是凶多吉少！"言毕，众人不禁黯然。

刘基听到这里，摆了摆手，面有愧色地道："大家有所不知，前番出任临江路经历的月忽难，曾是我早年在石门书院读书时的同窗。他到任之后严惩奸恶，深受百姓爱戴，但可惜有病在身，才一年多就离职回乡养病去了，他走时我还特意以诗相赠。月忽难尚且以强吏自任，自许治世能臣，我刘某虽未敢与之比肩，但也不好落太远吧！我祖武僖公在前朝颇有负朝廷深恩之处，而今宋运已去，我辈食君之禄，敢不以死报效皇恩！"说出最后一句话的时候，刘基还特意朝北面的天空拱了拱手。

"经历"是官名，元朝枢密院、大都督府、御史台等衙署皆有经历，职掌出纳文书，也兼职断狱事。刘光世乃南宋初年与岳飞等人齐名的"中兴四大名将"之一，去世后赠封太师，谥"武僖"，后追封"鄜王"，但其平日作为颇多受人诟病之处。刘基系刘光世八世孙。

瘦削的黄伯善听完，不免笑道："伯温兄一向胸怀天下，而今如何这般谦虚了！我等乃南人，倒也不敢与他色目人比肩。想必伯温兄也知道，如果你到了月忽难那个位置，恐怕是凶多吉少，将步晏子之后尘矣！"月忽难是色目人，在当时属于特权阶层。

"茂和兄这话说到了要害，"李燿接言道，"那杀人的张仁哲之祖父，原就是一贰臣，在当地名声极臭，只因他家资厚实，有多少达鲁花赤收买不得？众位都是知己朋辈，弟这里不妨唐突地说了，这些蒙古、色目长官有几个不贪渔猎？纵是那原本质朴的，也都被张家这种豪家势族带累坏了，彼辈与此辈相互交结，恣行并吞，这天下都被他们荼毒了，我辈能不替伯温兄忧心吗？"

刘基体貌修伟，慷慨有大节，一副豪爽伟男子的凛凛之风。他不太在意个人的安危生死，乃从容言道："我辈平生受圣人之教，若苟且，于心何安？我想尔等跟我也是一样的。在其位，谋其政，做一日官就要为民做一日主，真到罢了官时，再享东篱采菊、林下优游之乐吧！"

刘家远祖显贵，虽自入元后祖父隐居不仕，家道日渐衰落，然仍不失为青田县南田山中颇具影响的家族。刘基之父又有措置、筹划之才，在青田当地很有声望，刘基若果真被罢官，亦可造福桑梓，泽被一方。

"只愿当道容一直士吧。"三位好友彼此会心地看了看，最后祝愿道。

略通星相的刘基抬眼向四周望了望，秋意浓重，舒爽宜人，他凭栏良久，忍不住寄望道："如今新皇①登基，按理是该有一番振作，望之北面，紫微增光，主王者独霸，也似有中兴之象！前些日子，那袁州彭和尚、周子旺作乱，官绅被杀害者甚多，若当道者还执意以害民、剥民、残民为能事，岂非毫无远见？殷鉴之后，总该有些长进才是！"

可是天不遂人愿，一摊烂泥的大元官场还是让众人失望了！

被处死的凶手家属和那位初审官并不甘休，买通瑞州路达鲁花赤，

---

① 即元顺帝，"顺帝"之号是后来朱元璋给他颁定的。

图谋构陷刘基。好在江西行省的一些要员素来了解刘基为人，于是将其调到了行省首府所在的龙兴路（今江西南昌）出任行省职官掾史。不久后，以直著称的刘基就因与其他幕官论事不合而辞官还乡。

想当年，刘基先师郑复初系望重当世的饱学之士，曾任德兴县丞、处州录事等职，颇有政绩，也因遭人诬构而离职，不久即病逝。刘基步郑先生之后，不免自谓："求仁得仁，又何怨乎？"

李爟等好友特意从高安赶到三百里外的龙兴，与时贤揭傒斯等人在著名的滕王阁为刘基饯行。

江山千古依旧，失意之人却是各有怀抱。刘基不由得感慨道："'落霞与孤鹜齐飞，秋水共长天一色'，已为滕王阁传神写照！真是眼前有景道不得，子安题作在上头啊！偏他又有'海内存知己，天涯若比邻'一句，也可谓把我们的肺腑都给捧出来了，呵呵。"

李爟等闻言感伤不已，举杯道："此一去，不知吾侪今生还能否相见，更难见吏治澄清之日了！"说着，竟有人流下了热泪。

刘基不想把场面弄得如此悲切，一笑道："何必作此儿女之态，时日方长，来者可追。让我辈畅饮一番，今朝有酒今朝醉，哪管明日是与非！"

"料峭春风吹酒醒，微冷，山头斜照却相迎。回首向来萧瑟处，归去，也无风雨也无晴。"李爟不禁吟诵出苏东坡的《定风波》。

"呵呵，只恐当日东坡那左臂肿痛的毛病正是打这雨里来的，但潇洒一时是一时！"刘基半是正经半是玩笑道，"来，今日不醉不归！"

众人只得破涕为笑，觥筹交错，推杯换盏，连珠妙语，陪着远行之人一醉方休。

揭傒斯先生平素与刘基往来甚多，二人常常交换一些对于时局大政、古今人物的观感。揭先生对于刘基的见识及才干十分激赏，因此，当众人于次日目送刘基远去后，一向持论严谨的揭先生突然对众人说道："这个刘伯温啊，不啻为魏玄成（魏徵）之流，而英才特出，较之玄成更有过之，将来必是一安邦济世的伟器啊！眼下他不过是时运有些不济，历练尚有些不足罢了，经此一蹶，必然有所进益也！他日若得时遇，当名昭日月矣！"

归家后，刘基依然难忘众友的盛情，尤其是揭傒斯的知音之谊，特意作诗一首，寄赠给大家：

望不见兮悲莫任，江水湛湛愁风林。
西来文鱼曾到海，愿寄笔札逾兼金。

刘基辞官后，除居家力学之外，便是四处游历，遍访名贤，以践行古人所谓"读万卷书，行万里路"的不二箴训。

郑先师是一位名声在外的理学家，精通"伊洛之学"（指北宋理学家程颢、程颐的学说）。刘基非常敬仰一代理学宗师朱熹，曾专程前往朱子讲学过的武夷山，以缅怀先贤的道德风采！上饶铅山的鹅湖寺，曾是朱熹与陆九渊两位儒学大师辩论学问之处，刘基也于鹅湖之上驻足良久，追慕昔贤那不可再得的论道情形，叹而今只留下木然金缘（茶叶），袅袅香雾，寂寞空林，不禁让人思绪绵绵……

三年的青灯伴读，刘基除了到过家乡附近的海宁、平江（今江苏苏州）、集庆路（今江苏南京），还一度北上到了泛滥中的黄河岸边。当时黄泛区田园荒芜，村镇萧索，民众大多成为流民。目睹此情此景，刘基大为不安。

一日，刘基扮成教书先生模样，在身手矫健的家丁陪伴下，骑着一头小毛驴，壮着胆子来到了一个隐隐冒着炊烟的小村里，想要跟当地留守的老农交谈一番。

很快，刘基就在一个蓬蒿遍地的墙角，发现了一名稍显精神的老农在那儿闲坐。他不似一般乡民那么枯瘦黝黑，想来家底还算厚实，人看起来也聪明些，不像其他乡民那样神情木然。

此时，春日的阳光照得人有些懒洋洋的，刘基凑上前去，用官话问道："老人家，怎么村子里如此清冷啊？"说着，他顺手给老人递过一把炒果子。

见来客如此厚意，老人连连称谢，双手接过炒果子，吃了几颗后，才缓缓说道："先生是过路客吧！您放眼瞧瞧，我们这黄泛区，活人能待得住吗？"

刘基到当地已经有十几天了，大致听得懂当地方言，进而又问道：

"官府放赈了没有？"

"放赈？放什么赈？"老人低头叹气道，"如今这世道，真是没法说！"

"怎么？朝廷已经下旨要放赈了啊！"

"放倒是放了，可都是清汤寡水啊，哪能活命？真的有赈，也都叫官府那帮耗子们给贪墨了。"

对于官府的麻木不仁、贪残无厌，刘基比谁都清楚。可他心底还是希望出现几个像样的清官，也算是他的榜样和知己！然而他听到的，以及他遭遇的，令他除了失望，还是失望。

"近来我看乡民们多有回返，是怎么一回事？"

"哎呀，不提也罢！"老人略带痛苦地摆了摆手，"他们拖家带口逃到了陕西，哪知在那里也没法为生，只好又跑了回来。这一来一回，您想想吧，多少饿死鬼留在了路上！"

听罢，刘基心中不禁恨意顿生，可仍希望出现一根百姓的救命稻草，于是问道："那怎么办？"

"怎么办，您说呢？胆大的，都为匪为盗了；胆小的、老弱的，多半就在家里等死吧！黄泉路上无老少，大家在一起做个伴！我老汉活了五十多岁了，倒也够了，只可惜了儿孙们……"说着，老人指了指远方，不禁老泪纵横。

刘基还以为老农六十多岁了，原是被饥荒折磨得如此老相！听着老人的悲泣声，刘基的希望至此彻底破灭，一时竟无言以对，只得命家丁把所有的吃食都拿给老人。

老人一面千恩万谢，一面道："不瞒先生说，我家原本还算是富户，先是遭了这黄河水灾，后来又遭了土匪，所以破落到今日这般田地！"说着，老人指了指自己身上的破衣烂衫，"我劝您还是早点离开此地吧，免得被土匪祸害！"

"呵呵，我一个穷教书的，身无长物，不怕！"刘基有些财物都寄存到别处了。

老人朝着毛驴努了努嘴，道："您那头毛驴也让人眼红啊！就算不是盗匪，恐怕也会惦念它的肉，总比人肉好吧！"

老人的话确实让刘基一阵战栗。饥寒起盗心，别说是驴肉，就是人肉，到了那个地步，也断然不会放过。趁着天光尚亮，刘基和家丁赶紧打驴回城。

快进城的时候，在如血的残阳照耀下，回看沿途经过的死寂村落，只有一阵阵令人悚然的昏鸦叫声。刘基半是对谈半是自语道："'暧暧远人村，依依墟里烟。狗吠深巷中，鸡鸣桑树颠。户庭无尘杂，虚室有余闲。久在樊笼里，复得返自然。'此时此地，想做一回靖节先生都是奢求。民以食为天，如今天都塌了，百姓就顾不得什么了！"

如今百姓生计断绝，熟读史书的刘基太清楚这意味着什么了，他急欲找人倾吐一番，最好这个人的见识在他之上。不过，刘基一向自视甚高，环顾当今天下，论文才、学问高过自己的，也许有那么几个（如宋濂），但若论经济之才和远见卓识，恐怕就寥寥无几了。

在南归的路上，刘基突然记起先师的好友，绍兴的王冕（字元章）先生，他乃是一位出身贫寒的传奇人物，民间有很多关于他的传说。王先生早年因有志于学，曾打动当地一位姓韩的学问家，被收作门下弟子，最终成长为闻名遐迩的一代通儒。另外，多才多艺的王冕还是当时赫赫有名的诗人、画家、书法家、篆刻家，然其人虽天下知名，却因不慕荣利、深藏行迹，而显得颇具神秘色彩。

郑复初先生曾告诉刘基："元章先生虽富于文才、艺才，却又不专于此，其人慷慨有大志，好读兵法，有当世大略，曾离家出游多年，历览名山大川，与奇才侠客共游，呼酒共饮，慷慨悲歌，被人目为'狂奴'！先生胸中可谓自有一分天下，又通'术数'之学，人皆言其能掐算天下大势。愚师学识浅薄，其志亦不在此，不能试出先生在此方面的深浅……愚师对令尊大人说过，你们刘家祖上德厚，你又志在定国安邦，来日刘氏门楣之光大，必在你身上！若来日有机会，你不妨向元章先生请益一二。"

追忆先师生前对自己的殷殷瞩望，刘基不禁潸然泪下，颇为感念先师曾经对自己的教导。先生之风，真如山高水长……

三

刘基回乡途中恰经王冕所在的绍兴，但王冕如神龙行空一般不着痕迹，一干乡人对他的近况也是一问三摇头。刘基在家丁的陪同下，牵着两头毛驴在偌大的会稽山里转悠了好几天，近乎绝望时，才打听到一点蛛丝马迹。

好在时逢初夏，山中晚间不甚寒冷，花香阵阵，新绿怡人，穿林拂叶之间，倒也别有一番悠闲滋味，刘基乐得来一场逍遥游了。黄昏时分，人和驴都乏了。在一处清浅的山涧旁，刘基正准备安歇下来，忽见一个跟自己年纪相仿的人挑着两个木桶来打水。待那人走到近前，刘基忽觉眼前一亮，此人虽是农人装扮，却气质不俗，眉宇之间带着些英秀之气，许是王冕先生的家人，于是他立即开口问道："敢问这位兄台，您可识得梅花屋主王老先生？我等是远道慕名来寻访王老先生的。"

那人放下木桶，先是一怔，继而否认道："没听说过此地有这等人，你们还是往别处去寻吧。"

刘基略略失望，但他聪明细致，听得出此人吐字清晰，绝非寻常百姓，他不禁暗忖道："为何这位兄台不愿向我吐露真情呢？"刘基想了一会儿，似乎明白了什么，于是在那人快要走远时，追上去说道："我等刚从黄河沿岸归来，深以大乱且作为忧！"

那人微微有些动容，但还是头也不回地走了，刘基和家丁只好在山涧旁的平地上将就一夜。山间露水较重，刘基让家丁趁着日色支好了帐篷。天渐渐黑了下来，刘基刚吃过一点东西，但见远处有两支火把，朝自己这边而来，他不由得会心一笑，对家丁道："果不出所料也！今晚咱爷俩儿有投宿的人家了。"

家丁望着那越来越近的火把，笑道："老爷，您可真是料事如神！"原来，那两个擎火把的人，一个正是刚才挑水之人，另一个是他十多岁的儿子,他们是王冕的儿子和孙子,正是奉王先生之命特意来把刘基一行请到家里去的。

"那就有劳带路了!"刘基客气道。

借着火光,刘基只见王家宅院四周都种满了梅树,人皆言王冕先生喜欢在屋前种梅,且多达上千株,今日看来果真名不虚传。此时虽已错过花期,但空气中仍弥漫着一种特别的树香。王先生善于画梅,因此自号"梅花屋主"。从前求他作画的人很多,先生一律以画幅长短论价换米,而不特别计价。

王冕作有一首《白梅》,相当知名。刘基在梅树林里快意行走时,想起王先生之生平为人,不禁暗自吟诵道:

冰雪林中著此身,不同桃李混芳尘。

忽然一夜清香发,散作乾坤万里春。

王冕习惯早睡早起,也不在意虚礼,所以当晚刘基并未见到王先生。次日一大早,刘基起身出门时,但见一位约莫六旬的老者在院子里打着一套奇怪的拳法,那拳法圆通而舒缓,流畅而优柔。刘基不好此道,没有多问,从这番风骨独立的神貌上看,料定此人必是王冕先生。另有传闻说王先生"长七尺余,仪观甚伟,须髯若神",虽不免有些夸张,倒也可谓传神。

当刘基近前时,王冕向刘基点头示意,并未中断施展拳法。刘基则环顾了一下四周的环境,注意到这是一个有着七八间木石屋舍的整洁而雅致的篱笆院落,院子里有鸡有狗,有一个偌大的牲口棚,还有一畦接一畦的菜地,各种花木点缀其间,兼具农家小院与隐者居处的风味。刘基对此心痒不已,想着自己若是能够归隐,务必也要拥有一处这样的小院才好。

待王冕练完了拳,洗漱过后的刘基自报了家门,王冕上下打量了刘基一番,不禁吃惊道:"竟是玉山先生高足!"郑复初是玉山人,以籍贯称呼某人即表示特别敬重。

接着,王冕仔细打量了一下刘基的风仪,心中不禁为之一动,感叹道:"老夫多年不见世人,不想后辈生出如此人物!可畏,可畏!"

刘基忙谦抑道:"老先生过誉了,晚生愧怍不已!"

吃过早饭后，王冕便微笑着带刘基欣赏自己的书画，此外还有一些晋、唐、宋及当朝名士的书画真品。刘基一时眼界大开，不由得赞叹道："老先生不仅艺精，还如此博古啊！"

"老夫这点藏品不过是古今精品里的九牛一毛，只怪囊中羞涩，不能尽情收纳啊！"王冕流露出几丝遗憾。

刘基走马观花地看了一会儿，又道："方家有言，赏鉴书法，当净心凝虑，先观用笔结体、精神照应，这是大处，次观人为抑或天巧、自然抑或强作，再细考古今跋尾及相传来历，再辨别收藏印识、纸色绢素，诸般俱佳，方可谓上上之品……而品画之最佳处，则莫过于得半日浮闲，一炉香，一杯茶，细品动静得失之味。如今晚生气躁心浮，真是有负老先生厚意啊！"

王冕看出刘基似乎不太热衷此道，只得笑道："来日你将起行时，老夫为你篆刻几样东西吧，往后你用起来也方便！"

"晚生这里谢过了，真是三生有幸！"刘基拱手致谢道。

待看完书画藏品，两人来到院落一角的草亭中。亭边有一小池塘，塘里荷花初开，在日光下显得格外鲜丽，微风过处，送来缕缕幽香，鱼儿嬉戏其间，荷叶不时摇荡，动静自得，别有一番情味。

刘基不由得笑着赞叹道："老先生真可谓深识浊醪妙理者！"

王冕让儿孙备了些茶水，躺坐在一张藤椅上，笑道："老夫是懒散惯了，后生莫怪！"

待餍足地饮过一口茶后，王冕切入正题，正色道："伯温，听犬子说你刚打北边来，深知不日将大乱且作，不妨谈谈观感吧。"

刘基发现王先生虽已上了年纪，但心如明镜、耳目如常、身体健朗，确乎有世外高人之风，便坦言："晚生前些时日出游至黄河沿岸，见那黄泛区一片狼藉，田园荒芜，数以十万计、百万计的百姓流离失所，先生高见，这岂不是天下大乱之兆？"

"嗯，"王冕晓得刘基还没有讲完，示意他把心里话都讲出来，"还有呢？"

刘基开诚布公，一股脑儿把自己的忧虑说了出来："不瞒先生说，晚生曾任瑞州路高安县丞，因秉公执法遭小人陷害，被发落到行省为官，后与同僚意见不合，遂辞官回乡，重新做了清闲书生。然位卑不敢忘忧国，是故四出漫游，除增见广识之外，希望能寻得一些救世良方……"

王冕捋了捋胡须，轻笑道："果然与玉山先生如出一辙，不知你可曾寻得这救世良方？"

"不瞒先生说，不但良方没有找到，心病倒多添了几桩。"说到这里，刘基喝了一口茶，"晚生亲历这大元官场，深知其膏肓之疾。我朝之人本就厌其胡膻之气，而那胡大人又多半恬不知耻、作威作福，置我朝人民于水深火热之中！别的地方还好说，短时间未必成得了气候，可中原一旦大乱，必定不好收拾，岂不将生灵涂炭？晚生受圣人之教，也知华夷之辨，但天帝既主元运之兴，万民安危与之相系，我辈又食元廷俸禄，能不为其尽忠效死？"

"此番道理极是，但老夫闲散惯了，一向不打出仕的主意，一辈子以梅为友，乐得逍遥！"

刘基笑道："晚生晓得先生的心也曾是热的。想当年，先生为贤公泰不华所荐，到翰林院任职，曾北游大都（今北京），一路上所见所闻，与近日晚生所见无二！只是先生见微知著，早在十多年前就已预见'乱且作'，乃辞官不就。无奈众人后知后觉，当时都以为是您魔怔了呢！"

"昨晚老夫让犬子把你请到家来，可不正是为此吗？"说着，王冕也小酌了一口茶，"承蒙魏国公看重，老夫也有意借机出游一番，职事翰林院不满一载就告病了。今日我隐居在这会稽山中，为避世，也为避乱！所幸这是太平之日，容得老夫全家在此偷生，又苟且了十多年！"

刘基疑惑道："先生为何避世？拒不见人，不怕怠慢了慕名而来之人吗？"

王冕从藤椅上直起身来："伯温有所不知，老夫通些术数之学，远近之人便来寻我问卜算卦，官大人也常找老夫问卜时运、官运。这天道幽深、天机难测，岂能轻言祸福？有一回，老夫当着众人的面把卦书烧毁，并表明心志：不若术士般终日奔走豪门，轻言祸福。但众人不依不饶，老夫实在没办法，才远远躲了他们！"

"晚生也有此遭际，只是没有被愚夫愚妇吹得那么神乎其神！"

"你还年轻啊，来日更在老夫之上！"

讲到这里，天空中一片白云飘过，遮住了骄阳，两人休息了一会儿，王冕便领着刘基到梅林中徜徉了一圈。王冕不禁有些惋惜地笑道："可惜你来得不是时候，若是隆冬时节来，那才叫躬逢其盛！"

"那晚生就待隆冬时节再来拜望先生吧！"

回到草亭后，两人又切入正题。刘基就时局谈论道："如今新皇登基已有六七载，右丞相①伯颜秉政。此人不过是一介蒙古武夫，嚣张跋扈、昏招迭出，一度罢停科举，又放言尽杀天下张、王、刘、李、赵五姓汉人，如此荒唐颠顸，必不得长久！"

"是了，伯颜老匹夫臭名在外，其人贪得无厌，民间讥讽他的诗流传甚广：'百千万锭犹嫌少，垛积金银北斗边。'这种德不配位又乏自知之明之人，绝无久居高位之理！"

"先生隐居在深山之中，如何晓得外面的事？"刘基有些不解。

"老夫近些年虽足不出山林，但犬子每月总要出山两三回，去集市上卖卖老夫的画，换些米粮蔬果。再者，偶尔有老友来探望，会带些外间的消息来。"

刘基再次切入正题："晚生听闻今上乃是少年英主，若果真如此，或恐国朝得一宣帝②，再现中兴也未可知。"

"希望如此吧！如今的年号'至元'，乃是世祖曾用过的年号。今上虽仅弱冠之年，可见其恢复祖宗之业的远志。但尔辈也别高兴太早，今上是否少年英主还要两说，纵他果真乃是一宣帝，欲图中兴，也难如登天！"王冕停顿了一下，长吸一口气，"今日之局，仅出一宣帝是不够的，要出一武帝才行。然武帝乃百世雄主，岂是易事？谶言'胡

---

① 元朝因尚右，所以特在中书省设立右丞相之位，在右丞相以下有左丞相，各行省最高长官为左丞相，左丞相以下为平章、右丞、左丞、参知政事等。
② 指创出西汉"昭宣中兴"局面的汉宣帝。

房无百年之运',岂不证在今日?元室得国不正,初兴之时杀戮太重,又非我朝正朔,更不知恤民。民心、士心一失,岂能长久?况数十年来蒙元甲士多半不习弓马,权贵多半不学无术,又安能长久?立国已数十载,前朝之史至今未修,无兢兢业业、戒惧戒慎之心,有骄矜自得、昏聩刚愎之意,又安能长久?"

听王冕先生这样说,刘基心下有些不安,问道:"先生何故以为今有一宣帝而不足?"

王冕呷了一口茶,道:"国朝制度不立,不类汉家制度。历观汉家王朝,天子之权、中央之权有逐步收紧之势,国朝却反其道而行之,中书省权太重,后宫女主也牝鸡司晨,是故自世祖以来,不过五十年,却已换了十位天子,你道这局面可是容易收拾的?"

刘基对此将信将疑,道:"且看吧。今上或恐又一武帝,也未可知。"

"国朝仍沿袭草原恶俗,将臣民视为奴隶,动辄杀戮大臣,怎堪比大宋与士大夫共治天下这般深恩厚泽?"

"若无熙丰草率变法,焉有后来靖康之祸!"刘基不禁叹道。

王冕想起宋神宗、王安石变法之事,怅恨不已,许久方道:"黄河之事,留给今上的时间已是不多,不去修治,终必为一大乱源。如若在修治时,贪官污吏扰民、害民过甚,那又是一番什么光景?"

刘基也为此忧心忡忡,询问道:"先生先知先觉,依您看,来日天下大势,将向何方进展呢?"说完,他恭敬地为王冕斟了杯茶。

王冕沉默半日,然后伸出三个手指,道:"老夫只能见到此处,那更远处,非我之力了。"

刘基不明所以,继续追问:"先生是说三年内必乱吗,还是说到时将天下三分?"

"自然是天下三分!"王冕坐直了身子,侃侃而谈道,"咱们先历数一下古来兴衰。先说战国,当时七雄并立,其实真有雄霸天下之资的仅有秦、齐、楚三国而已,赵、魏再强,以其四战之地,也难长久。以后楚汉相争,若淮阴侯听了那蒯通之言,岂不要出现一个三分之局?虽未必长久,却是这个道理……光武称帝之初,光武在河北,赤眉在关中，刘永在梁地，也险成一个三分之局。亏得光武仁义为怀，得道多助，虽四面为战，却终立于不败，再延汉祚两百年。此后魏、蜀、吴三分天下，便是匹夫竖子也是耳熟能详。此后又有东魏、西魏与南朝。隋唐大乱，李唐初定北方时，两湖尚有萧铣独霸，江南尚有辅公祏称雄……"

王冕谈到这里，刘基觉得其中不免有些牵强，便忍不住插言道："先生觉得北宋之时，西夏、辽国与我国并立，可也算是三分之局？"

"要害不在这里！有无是根本，而非时间之短长。老夫之意，是天下若乱，最易出现三雄并立之局。为何？天时、地利、人和也！"

"此话怎讲？"

"天时，就是以我国之地大，一旦天下土崩，局面便不易收拾，必将出现群雄并立之局；地利嘛，就是我国多山川河流，多雄关险道，而中原四战之地最不易立国而幸存；至于这人和，就是我国之人所固有的乡土之情、宗族之谊。再者，三强间最易形成制衡之局，若皆为雄主，就再难创出大一统之局。"

刘基似恍然大悟一般，又问："那来日三分之局，先生可有具体指点？"

王冕缓了缓气道："如今关中人少，来日中原逐鹿，想必是没份了！老夫说这三分之局，一当在河北[①]，一当在两湖，另一当在这江淮一带。"

"何以见得？"

王冕卖了一下关子，方道："方今天下稍大些的乱局，多半由白莲教而起，白莲教众严密组织、遍布天下。据老夫所知，两湖有甚多白莲教众，此地之局有类蜀汉，其今日地广人众，又雄踞长江中游，足以同其他两强相颉颃。同样，两淮之间也多白莲教众，又此地民风强悍，虽未必能席卷河北，然席卷柔靡之江南则绰绰有余，有类孙吴而胜于孙吴。至于那河北，朝廷根脉所系，想来再出个曹孟德的概率较

---

① 河北，指黄河以北。

大。三强并立,最终鹿死谁手,自当看天意来定了!"

王冕点破了此玄机,刘基精神为之一振,不禁站起来拱手道:"真是一语点醒梦中人。先生学究天人,烛微虑远,深悉古今之变,晚生受益,何止是多读十年之书!想辛稼轩当年亦不过如此也!"

当年辛弃疾在做滁州知州时曾预言"仇虏六十年必亡,虏亡则中国之忧方大"。那是淳熙元年(1174)之前的事情,到宋端平元年(1234)时,金国果然灭亡了。而后来崛起的蒙古也果真成了比金国还要可怕的敌国,南宋也因此在金亡四十多年后灭亡。

"伯温,你将来作何打算?"王冕笑问道。

"一旦天下分崩离析,又是我华夏一劫,其间必有王者之兴,看来晚生要做两手准备了!"刘基虽如此说,但心里还是希望社会能够安定些,因为十室九空的乱世太悲惨了。

"前些年有一桩怪事,司天监奏天狗星坠地,当血食人间五千日,始于楚地,遍及齐、赵,终于吴地,而其光不及两广。这也是非常之兆,那彭和尚乃楚地之人,或许此兆就在应验之中!"王冕补充道。

"前年杭州大雨,忽有二鱼落于省台之上,盖鳞介(比喻水生动物)失所之象,恐终为兵祸。乱世出妖孽,于今可证矣!"刘基突然又想到一桩事,"前番晚生途经婺州时,当地文友齐琦,也曾预言十五年后京师将南迁千里。当时晚生还觉其大谬不然,今日经先生一番点拨,倒觉这齐氏之不凡!"

刘基说完,王冕站起身来,说了句"且等一等",便转身走进屋子里,取出一叠文稿放在刘基面前,郑重其事道:"这是老夫仿照《周礼》所著之书,意在恢复汉家礼仪,隐微之要义在于臧否古今仪制,题目至今未定。今交由伯温你带下山去,他日持此以献明主,也算为开创太平之世献出一份绵薄之力了。"

"晚生与有荣焉!"说着,刘基恭敬地接过了书稿。

刘基在王家又住了两天,跟着王冕到一处深潭钓了很多鱼,也聆听了许多宏富高论。依依不舍的刘基将要告辞时,悄悄地把王冕的儿子叫到一边,给了一些宝钞,一来为答谢管待酒饭食宿之恩,二来也为酬谢王冕先生赐画赠书(法)之情。

刘基归家之后，朝局果然为之一变，至元六年（1340）二月，皇帝在脱脱等人的帮助下将右丞相伯颜扳倒，实现了"亲政"的理想。次年，皇帝改年号为"至正"，意为"最中正之道"，大有刷新政治之意。同年，皇帝任命脱脱为中书右丞相，总领军国重事，大元王朝由此开始了一系列的更新和改革，史称"脱脱更化"。

刘基受此鼓舞，决定重新步入仕途，担起读书人治平天下的重任。

四

初到元大都的人，一定会为大都的雄伟气象所动容，真可谓"覆压三百余里，隔离天日"。

仅那城墙，基部就宽达七丈①五，高五丈，顶宽二丈五,四角都建有巨大的角楼，城墙之外是又深又宽的护城河；当年城墙建成后，还专门用护城河里挖出来的泥土加厚一重城门，延及至正年间，正可谓"建都百年，城守必固"。

在辽代南京及金代中都的基础上，大都历时八年拓建而成，其宫殿建筑形式及基本结构，仍以汉族传统为主，但兼容了其他民族的一些建筑特点，并有所创造发挥。

大都城的平面是个南北略长的长方形，北面二门，其他三面皆有三门，号称"城方六十里，十一门"。每日来往穿梭于十一门的车马，熙熙攘攘，如云烟般丝缕相连。南面的丽正门由三个小门组成，正中的那扇门平时是紧闭的，只有皇帝出巡时才会打开，西边的那扇门平时也开得很少，只有东边的那扇门供行人往来。

大都城规则整齐，井然有序，城内布局显然经过周密规划。皇城

---

① 元代一丈为十尺，一尺约合0.318米。

在大都南部的中央，皇城之内，以太液池为中心，坐落着三组大建筑群，即宫城、隆福宫和兴圣宫。此外还有御苑，御苑往西还有一处灵囿，是一处容纳珍禽异兽的动物园。皇城南部偏东为宫城，宫城内的主要建筑分成南北两部分，南面以大明殿为主体，北面以延春阁为主体。大明殿是举行诸如皇帝即位、元旦、庆寿等重大仪式的场所，每遇重大庆典，帝、后同登御榻，接受百官朝拜。宫城南墙有三门，即中间的崇天门（又叫午门）、左边的星拱门、右边的云从门。皇城南墙正中的门叫灵星门，紧靠着午门，从灵星门往里走数十步就是金水河，河上有三座白石桥（也叫周桥），过桥走一百多步就到了午门；午门往内数十步，又有一重门，中间的门叫大明门，此门专供皇帝出入，过了此门便是宫殿所在。大明门左右为日精、月华两门，文武百官上朝只能由此两门出入。

城中的主要干道都通向城门，干道之间是纵横交错的街巷，街巷两旁分布着无数的寺庙、衙署、商铺和住宅，共被分为六十坊。"中心台"为全城的中心——大都的中轴线，南起丽正门，穿越皇城的灵星门、宫城的崇天门和厚载门，经万宁桥直达城市中央的中心阁。中心阁往西十五步，便是那座"方幅一亩"的中心台，台的正南方有一座石碑，上面刻有"中心之台"四个字，意指此台系全城的中心。元代沿袭前代制度，实行宵禁，以设在城中心钟楼上的钟声响动为信号：

一更三点，钟声绝，禁人行。

五更三点，钟声动，听人行。

大都旧城就是原来的燕京城，后来因位于新城的南面，故而被称为南城，而新城则被称为北城。春日游南城后来成为大都居民的一种习俗。新城始建于元世祖至元四年（1267），旧城居民大多迁入新城，贵族、官僚和普通百姓都在新城占地筑室，仅从建筑上，就能看出阶级、财富带来的人际不平等。

元朝有三个最重要的统治机构，分别是负责一切行政事务的中书省、管理军政的枢密院以及负责监察的御史台。中书省位于丽正门内，枢密院在皇城东侧，御史台在文明门（即哈达门，南面三门中最东者）内以东不远的地方。

皇帝主要居住于大明殿后面的香阁，后妃们居住于香阁后面的清宁宫等处。物换星移，人世沧桑，转眼已近百年……

当年轻的皇帝妥懽帖睦尔第一次行至大明殿的台基前时，忽然注意到台基上有一处土坑，坑里长着一些沙草，他对此感到非常疑惑："怎么还有这样一处所在？"

随侍的内监禀告道："陛下，这沙草乃特从漠北移植而来，系世祖用心安排，意在让历代皇爷不忘创业之难！正可谓：'黑河万里连沙漠，世祖深思创业难；数尺阑干护春草，丹墀留与子孙看。'"

一脸愁容的少年皇帝"嗯"了一声，却在心里苦笑：世祖在天有灵，若是看到今日光景，真要被气煞了吧！

妥懽帖睦尔从小经历家国变故以及无数生死、艰困，一旦身居大位，较之前辈更思谋一番振作，为此常感叹道："朕天南海北都去过，不同于历代生长于宫室之中、妇女之手的先王们，民间疾苦朕是知道不少的，种种险恶也都领教过，深知朝政之弊，若长此下去，怎是个了局？"

妥懽帖睦尔原本是明宗孛儿只斤·和世㻋长子，明宗又是武宗长子、文宗之兄。自武宗去世后，朝局混乱不堪，先后涌现出了仁宗、英宗、显宗、晋宗、兴宗五位皇帝。天历元年（1328）九月，兴宗在上都被权臣倒剌沙拥立为帝，与此同时，掌握大都实权的知枢密院事燕帖木儿发动了大都政变，拥立了文宗。在随后的两都之战中，兴宗一方战败，兴宗阿速吉八被杀。

燕帖木儿在政变之初，原本是想拥立身在漠北的孛儿只斤·和世㻋，但因为路途遥远，只好临时拥立文宗图帖睦尔。但孛儿只斤·和世㻋并不想放弃，他在漠北方面的支持下于天历二年正月即位，是为元明宗，随即率兵南下大都。三月间，文宗只得派人将皇帝宝玺献给明宗，正式禅让帝位。四月间，明宗正式改立图帖睦尔为皇太子。

由于明宗从漠北带来的兵力不多，遭到燕帖木儿的暗算，于同年七月被毒死。燕帖木儿重新拥立文宗图帖睦尔复辟，史称"天历之变"。文宗在位期间，燕帖木儿独专朝政，奢靡无度，吏治渐趋腐败。

至顺三年（1330）八月，文宗病死，终年二十九岁，死前曾自悔谋害兄长之事，遂向身边的人吐露了真情，并遗诏立明宗之子以自赎。

此时，十三岁的妥懽帖睦尔（生母迈来迪皇后）正被流放在万里之外的广西。他原本并不在皇位继承人之列，一年前，文宗甚至还曾发布过诏书，称此子非明宗血胤。少年时期的妥懽帖睦尔吃尽了辗转流离之苦，也受尽了朝不保夕的惊吓，只求性命无忧，哪里还敢奢望有朝一日荣登大宝。可冥冥之中自有定数，元统元年（1333）六月他被迎还，在上都正式承继大位。

妥懽帖睦尔即位之初，燕帖木儿依然秉持国政，并把女儿伯牙吾氏送入宫中为后。不久，燕帖木儿病死，大权逐渐被右丞相伯颜掌握，伯牙吾氏遭到废黜，武宗皇后弘吉剌·真哥的侄子毓德王孛罗帖木儿之女伯颜忽都成为皇后。文宗皇后卜答失里与伯颜相勾结，不顾群臣的反对，竟要求皇帝把自己册封为"太皇太后"（实际上她只是皇帝的姊姊而非祖母），还试图迫使皇帝把她的儿子燕帖古思立为太子。

年轻的皇帝一直忘不了当初伯颜是如何跋扈专权，自己又是如何扳倒他的……

时任宿卫的脱脱是伯颜的亲侄子，他从小就被寄养在伯颜家，后来成为伯颜安插在皇帝身边监视其起居的探子。脱脱虽是膂力过人的将才，但他曾受业于浙江籍名儒吴直方，深受华夏传统观念的影响，信奉"君君臣臣"的道理。

眼见国是日非，脱脱很想有一番作为，他看不惯伯颜所为，为此深感忧虑。有一天，豪奢的家宴刚刚过半，脱脱便挥了挥手让笙歌停歇，又示意一众浓妆艳抹的家姬先行退下，最后指着杯盘狼藉、曲终人散的宴会现场，悄悄问自己的父亲马札儿台："父亲大人，吾家富贵人人羡煞，何能得长久？"

正在劲头上的马札儿台不舍地看着软玉温香离去，不由得长叹一口气。他知道儿子话里有话，便道："你我父子，有话直说吧！"

脱脱近前小声道："伯父大人骄纵已甚，万一哪天天子震怒发威，那整个家族都要被殃及，届时悔之晚矣！而今不如早作打算，弃暗投明才好。父亲之意如何？"

一向庸庸碌碌的马札儿台是个没主意的人，他哀叹了半天，道："为父如今老了，大事上你就跟也先帖木儿商议着来吧，为父依着你们就是了！"

也先帖木儿是脱脱的弟弟，脱脱和也先帖木儿一番沟通后，达成了未雨绸缪的共识。于是，脱脱把吴直方找来，充作自己的心腹幕僚。

这天，脱脱在密室中屏退了左右，只留下吴直方一人，他问计道："学生历观史书，未有得位不正而能常保富贵者，如今我家伯父侵凌人主，一旦事败，必将累及我等，依先生看，如之奈何？"

吴直方是位年近花甲的大儒，他不假思索地回道："如今你能看到这里，没有辜负为师对你多年的耳提面命，为师内心甚喜甚慰。《左传》中说：'子从弑君之贼，国之大逆，不可不除。故曰大义灭亲。'身为士大夫，眼里心里只有一个朝廷，一个天子在，家固不宜恤！"

"学生焉能不知大义灭亲之理，唯恐事败，如之奈何？"显然，这才是脱脱最没有信心的地方。

吴直方正了正衣冠，当即慨言道："如今你既已有心剪除国贼，成败在于天意，死何足惜？古今成仁取义者，何止万千计！生前不能得志，死后却得千秋传颂忠义之名，就如前朝那文文山！若你有幸做了文山第二，为师也算沾了你的光了！"

文天祥是死在大都的，虽是敌国大臣，但其不朽事迹被千万人传颂，就连忽必烈都对之肃然起敬，脱脱自然也是了解的。老师以文丞相相勉励，脱脱受此鼓舞，拍案道："学生之意已决！望先生助我一臂之力！"

"好！你若事败，为师也绝不独生！"吴直方慨言道。

脱脱闻听此言，当即给吴直方行了一个大礼，师生二人久久对视。最后，吴直方问道："你伯父逆施倒行，拒斥汉法治国，罢停科举，贪鄙无厌，又矫旨擅杀郯王，贬走宣让王、威顺王，诸种恶行，令上位积郁不能平，你若想成事，自然要先跟上位互通声息。我听闻你伯父与太皇太后谋立文宗之子燕帖古思，可有此事？"

脱脱顿时色变，道："连先生都察觉到了，看来只有那里的人不知道了。"说着，他往宫城的方向指了指。

"这第一步，你要把此事告知上位，令他有所防备才是。"吴直方叮嘱道。

"事到如今，也只好如此了！"

次日，脱脱进了宫，悄悄将伯颜与卜答失里的密谋跟皇帝说了。哪承想皇帝勃然大怒道："大胆脱脱！竟敢污蔑太皇太后及太师！"说着，就要命人把脱脱推出去杖责——这是蒙古君王惩治臣下的惯用家法。

脱脱起初还有些迷惑不解，等到真正行刑时才恍然大悟，原来皇帝是对他不放心，何况宫中有许多太皇太后的耳目。好在行刑的人故意放水，板子重打轻落，脱脱只是受了点皮外伤。待他回到宅邸后便把事情讲给了吴直方。吴先生当即欣喜道："好啊，这就表示咱们主上虽仅弱冠，却是个谨慎持重之人，大事已经有了六七分的把握！如果老夫没有猜错的话，今晚将有人造访。"

果不其然，皇帝的心腹近臣世杰班、阿鲁二人打着探问伤情的幌子来到脱脱的宅邸。一番试探后，两人才释去疑心，表示将全力支持脱脱，但有一个前提："此事成与不成，都在我等，千万不要牵连上位！"三人计议妥当，对着长生天盟誓，随后便开始了紧锣密鼓的行动。

至元五年十一月，河南省台掾史范孟因不满其位低下，假传圣旨矫杀行省长官，命原河南廉访使段辅居省中临时代理政务，范孟自命为河南都元帅以掌握兵权。但不过五天，范孟就因事泄被杀。此事牵连到段辅，伯颜大怒，命御史台大臣上奏章称汉人不可为廉访使。

此时脱脱已经成为御史大夫，系御史台最高长官，他将此事告知吴直方欲讨主意。吴先生当即道："此乃祖宗法度，绝不可废，何不抢先一步告知上位！"

脱脱将此禀明皇帝，因此，当御史台大臣上呈奏章时，便遭到皇帝一反常态地毅然驳回。伯颜听闻风声后，非常气愤，再加上脱脱增兵宫门之事，他对脱脱这个亲侄子更加不放心了。有一回，伯颜竟当着皇帝的面试探道:"脱脱虽是臣家之子,但他一心庇佑汉人,他日臣必将他治罪才罢!"皇帝为求撇清利害,乃不置可否。

由于脱脱羽翼未丰,卜答失里与伯颜的阴谋得逞,燕帖古思被立为太子。

次年二月,不安好心的伯颜又约请皇帝去柳林打猎,脱脱抢先一步密告皇帝:"陛下,臣伯父久有异志,此行他率诸卫军马同行,若陛下同往,必不利于社稷。"

皇帝故托疾不去,伯颜遂邀太子燕帖古思同往,一行浩浩荡荡,麾下的亲卫部队大半相随。趁着大都空虚,脱脱便与世杰班、阿鲁合谋,用己方兵力及皇帝禁卫军控制京师局势,先收取京城门钥,安排亲信列布于城门下,准备跟伯颜一党摊牌。

发动政变的当夜,皇帝在玉德殿先后召见近臣汪家奴、沙剌班及省院大臣等。一向看起来像一只病猫的皇帝,突然生出几分虎威,疾言厉色地告知大家:"今明两天,朕就要同那伯颜老贼算算总账了,京师大局已握于朕手。尔等皆朕亲信,回去之后务必把朕的旨意传达下去,要大家都看清了形势,不要再被伯颜老贼迷了眼!"

这一部分大臣原本就持中间立场,并非伯颜死党,见风色已经对伯颜不利,纷纷表态道:"陛下顺天意,诛奸臣,我等愿效死力!"

中夜二鼓时分,皇帝又命太子怯薛①月可察儿率三十骑抵达柳林太子营,连夜将燕帖古思接回了京师,此举是为了孤立伯颜的力量。接着又起草诏书,命中书平章政事只儿瓦歹奉诏前往柳林,向伯颜等人宣布诏书:

长生天气力里,大福荫护助里②,皇帝圣旨:中书右丞相伯颜不能安分,专权自恣,欺朕年幼……变乱祖宗成宪,虐害天下。今命伯颜出为河南行省右丞相。钦此。

---

① 本是指"番直宿卫",起源于蒙古贵族的亲兵,入元后逐渐发展成为封建制的宫廷军事官僚集团,有影响御前决策、干预朝政等情形,成为元代官僚阶层的核心部分。

② 蒙文,意为"天眷命",类似"奉天承运"。

伯颜跪听完圣旨，有如五雷轰顶，忙咆哮道："陛下受了小人蒙蔽，陛下受了小人蒙蔽！臣这就进城向陛下讨个公道！"

伯颜一刻不敢耽搁，忙点齐兵马，连夜回大都质问皇帝。天明时分，伯颜等人赶到城门紧闭的大都城下。此时，全副武装、一脸肃然的脱脱已经倨坐在城门上等候多时了。

伯颜遣人来城下探查缘由，脱脱随即又宣读一道圣旨："……诸道随从伯颜者并无罪，可即时解散，各还本卫，所罪者唯伯颜一人而已。"

伯颜心知大事不妙，他急中生智，独自来到城下，大声哭泣着对脱脱喊道："脱脱，你快去给陛下传个话，就说伯父已经知错，伯父已经知错……你就转告陛下，说罪臣伯颜为我大元社稷戎马半生，此一去河南，远离帝阙，他日再想见到陛下，或恐无期了，请容罪臣向陛下当面辞行。"

脱脱知道伯颜唱的是苦情戏，不过他也知道皇帝是个聪明人，所以径直禀告了皇帝。皇帝听闻后表示："伯颜老贼自恃勇武，且兵权在握，若放他单骑入见，他必笑朕胆小如鼠；若放他一众人马入城，又怕他耍诡计，动摇了城里的军心，那时还不知会闹出什么乱子来。不如让他死了这条心，好好去反省一下自己的罪过。"

伯颜麾下诸军眼见大势已去，纷纷散去。伯颜对此无可奈何，只得南下河南。几天后，皇帝再次下诏，将伯颜迁徙于南恩州阳春县（今属广东）安置，愤恨不已的伯颜最终病死于途中的龙兴路驿舍。

至此，皇帝与脱脱等人都放下了一颗始终悬着的心。

五

伯颜一去，卜答失里此时已是孤掌难鸣。皇帝的羽翼更为丰满，随后便开始了大规模的清算。

这一天，年轻的皇帝约集了一干心腹及文武大臣。但见他着一身金黄色的蒙古式皇袍端坐于朝堂之上，面向众人大声说道："如今逆臣伯颜已被放逐，一干爪牙也被清算，但朕还有一桩大事，要跟众卿商议。"

众人一致高声道："请陛下明示！"

虽然满朝文武早已风闻有御史台大臣上奏说文宗害死了明宗，且"太皇太后非陛下生母，乃陛下婶母。前尝推陛下生母（指嫡母八不沙）堕烧羊炉中以死，父母之仇不共戴天"，但皇帝还是要走走这道程序。他一面说着"把他们都领上来"，一面让人把太皇太后卜答失里请了进来。

被侍卫领进来的正是文宗临终时在场的内监，他们一个个磕头如捣蒜，并争先恐后地如实向众大臣讲述了文宗弥留之际悔悟的情景。这边吵嚷声刚有所低缓，那边头戴姑姑冠、身着泥红色后妃袍服的卜答失里就已经进入了大殿，见此情此景，她不禁流下泪来。

皇帝竭力忍住眼泪，走下御座随同众臣向卜答失里行了大礼，然后厉声问道："太皇太后，今日您当着众卿的面，说说奴才们所言是否属实。"

卜答失里含泪不言，以手掩面，示意贴身宫女呈给皇帝一件东西。皇帝看后不禁大吃一惊，原来是文宗真正的遗诏，其中明确提到了要立作为明宗长子的妥懽帖睦尔为帝。

文武大臣们知道了遗诏的内容之后，纷纷装出一副哗然的样子。皇帝挥了挥手，示意大家安静下来，并且将卜答失里礼送出了大殿。

早已打好了腹稿的谏臣见太皇太后离去，立即上奏道："燕帖木儿等皆社稷罪人，理应从重议处，以彰天理；文宗放纵小人，听信谗言，残害手足，铸成大错，当撤其宗庙，诉之家法；至于太皇太后更是错上加错，其阴构奸臣，僭膺太皇太后之号，离间骨肉，罪恶尤重，揆之大义，当削去鸿名，废为庶人；太子虽无大过，然究为文宗之子，亦理当放逐蛮荒……"

一些蒙汉大臣附议，皇帝便朝向头戴笠帽、身着蒙古式官服、英气逼人的脱脱，想要听听他这位功臣的意见。脱脱上奏道："太皇太后有拥立之功，太子在前番勤王事上也有勋劳，愿陛下从轻发落。"实际上，脱脱是不希望元廷内部再这样互相残杀下去了，不如宽大为怀，为将来树立一个好的榜样。

皇帝虽然年轻，但他已经明白了"不恃人不欺吾，恃吾不可欺"的为君之道。脱脱系此次夺权行动的元勋功臣，按理说该给他这个面子。可皇帝担心若从轻发落，难保卜答失里一党不会死灰复燃。更让他不可不防的是，假如哪天脱脱成了伯颜第二，欲勾结卜答失里、燕帖古思一党行废立之举，那时又将如何是好？

思之再三，皇帝不免语带怒气道："爱卿宅心仁厚，朕已知悉！只是那毒妇对朕本就没安好心，何况她待朕纵然再好，也是私情，而她加害了父皇与母后，就是国法、人情所不容了！"

既然皇帝定下了这个调子，众臣中便多有站出来请求严惩卜答失里的。经过一番踌躇，皇帝下诏撤去了文宗的庙主，又将贬为庶人的卜答失里迁徙至大都东面百里处的东安州安置，太子燕帖古思则被废黜并放逐高丽。为免夜长梦多，在几个心腹近臣的劝说下，皇帝不久后又秘密下诏将卜答失里给赐死了。卜答失里死时，时年三十四岁。

这些事情都完成以后，皇帝便改年号为"至正"，并任命脱脱为中书右丞相，总理朝政，开始了一系列拨乱反正、兴利除弊的工作，以挽救岌岌可危的大元帝国。

元世祖忽必烈抱着反感、草率的态度，一度斥责"科举荒诞"，乃至于长期罢废科举。直到仁宗延祐元年（1314），科举才得以在大元帝国正式推行开来。

到了文宗天历二年（1329），朝廷立奎章阁，置学士员，领艺文监，一批文儒之上，如欧阳玄、苏天爵，被延揽入阁；又仿唐《六典》之制，撰修卷帙浩繁的《经世大典》。次年，元廷下诏修建曲阜孔庙，加封孔子父母，并封颜子为兖国复圣公、曾子为郕国宗圣公、子思为沂国述圣公、孟子为邹国亚圣公、程颢为豫国公、程颐为洛国公。

种种兴文崇儒的举措，给士大夫阶层带来了久违的喜悦，也令他们逐渐在信仰、情感与文化层面对元朝的统治产生了较深的认同感，这大大巩固了元朝的正统和秩序。无奈后来伯颜等人倒行逆施，又伤害了一大批士子的心。

脱脱将这一切看在眼里，居中书右丞相位后便立刻恢复了被废除多年的科举。至正二年（1342）三月，皇帝效仿唐朝殿试与宋朝制科，亲试进士达七十八人。尽管皇帝本身学问欠佳，但其展现的积极态度，一时间为士林所称颂。

其后便是加强文治，元廷遴选了儒臣欧阳玄、李好文等四人在御前进讲，这也是仿照两宋以来尊师重儒、讲求治道的优良风气。此外为总结前朝成败得失，脱脱等人还修纂了宋、辽、金史。从至正三年开工，到至正五年，近千万言的"三史"修撰完工，尽管因进度太快影响了三部史书的质量，但聊胜于无。

为立制度使国有章法可循，脱脱又奏请修纂《至正条格》颁行天下，意在改进元朝的法规。

经过这一番不懈的努力，"脱脱更化"的盛誉传扬开来，一时间士林称誉、人心振奋！

吴直方在脱脱决策时一直起着较为重要的作用，脱脱对吴先生的建言也可谓无有不从。但吴直方毕竟是一介直臣，在元廷激烈的权力倾轧及独特的制度格局中，也无可奈何。

当时，左丞相别儿怯不花与贺太平、韩嘉讷、秃满贴儿等秘密结为十兄弟，他们觊觎脱脱的权势，嫉妒他受到的宠信，开始合力排挤脱脱。难除心理阴影的皇帝也担心脱脱为相太久，权势太重，以致尾大不掉，重演伯颜的故事，于是持续给脱脱施压，弄得他烦扰不堪。

这天，心力交瘁的脱脱又召来了吴直方，在密室中向他询问："上位如今命学生主管宣政院①之事，深见信用，但是近来学生所奏事，上位多不准，岂非咄咄怪事？"

吴直方早已对此有所洞明，道："说怪也怪，说不怪也不怪，上位是病在这里啊！"说着，他按住了自己的胸口。

---

① 元朝掌管全国佛教事宜和藏族地区军政事务的中央机关。

"哦？上位有何心病？"脱脱还带些蒙古汉子的憨直，"今百废正举，朝廷正是用人之际，奈何上位如此刁难于学生？"

吴直方静默了片刻，不由得长叹一声，道："上位自幼多坎坷磨难，即位之后又时时活在权臣的虎视之中，怕是留下了病根。"

"什么病根？"脱脱有些急了，"权臣都已除去，难不成上位不信我脱脱乃是一介忠臣？"

吴直方沉默了半晌，方道："古往今来，为了这个君位，闹到父子相残、手足相逼、夫妻反目的还少吗？莫说上位不轻信于人，换作你我坐在那个位置上，环顾普天之下，能拿谁作心腹呢？主社稷者须猜忌多疑，这本就是宋朝赵氏家法啊！看来上位是要学唐玄宗了。"

"学唐玄宗，要三年一换宰相吗？"脱脱终于开悟，明白今上与唐玄宗李隆基的经历实在太像了，自然想法、做法也会近似。

吴直方点了点头，并做了一个肯定的表示。脱脱急忙求计："那当如何是好？先生务必教我。"

吴直方沉默了好一会儿，方道："常言道'伴君如伴虎'，如今我等自保是无虑的，苦在朝廷施政，善始而不能善终，为天下生民一大悲啊！"说着，他竟流下了浑浊的泪水。

脱脱有些疑惑，只得近前来安慰道："先生怎么好端端就哭了？"说着，他便从怀中取出一块方巾要给先生拭泪。

吴直方止住了哭泣，分析道："我国朝起于大漠，制度多与中原不合，首在君权不重，而怯薛之制与忽里台②之制更是削弱君权的两柄。如今你既掌中书之重权，那上位可能睡得安稳？他自非一代雄主，不能更改祖制，为稳固权柄，只有在加快人事代谢、制衡权柄上想办法……我等无奈，上位亦多无奈！"

吴直方讲到这里，脱脱有些明白了。作为《宋史》总裁官的他忽然想起一个前朝典故：北宋之时，太宗赵光义把自己的弟弟廷美软禁起来，令其丧失行动自由。一天，廷美拉着夫人张氏的手，悲哀地说

---

② 指大蒙古国和元朝的诸王大会、大朝会。

道:"倘或是不生在帝王家,而是生在平民百姓之家,你我夫妻,或耕田,或纺织,或捕鱼,或打柴,生儿育女,到了如今这般年纪,岂不过着快乐美满的日子吗?"张夫人听了这话,心里也很悲伤,但她没有直接埋怨忌刻薄情的太宗,只是安慰丈夫道:"夫君说的是,千岁您有何罪?您所以落到今天这般田地,就是因为您有继承大位的资格啊①!然而千岁也不必自怨自艾,自从有君王以来,与千岁有共同境遇的人,难道还是少数吗?总而言之,世上一天有君位,也就存在如您这般遭际的人。正本清源,总要废掉这君位,才能免除如您这般的厄运……"

如今事异势同,揆诸史册,这一介女流的张夫人也算慧眼如炬了。面对死局,脱脱不禁长叹道:"我乃一赤诚为国之士,尚难得长久报效,他日若小人在位,这刚起色的朝局,岂不又要断送?我等之辛苦努力,岂不又要付之东流?看来这中兴之局,果是无望了!唉……"

"恕老夫直言,我国朝本就恩德浅薄,若昏悖在上,民困于下,日久必生大变!"吴直方仰天长叹道。

脱脱没有任何挽回之计,要想长久在位,只能做个凌压君王的权相,而这正是他当初最不希望看到的局面,他自然也没有这样的考虑,至少暂时不会有。最后,他只得按照吴先生要其深自谦抑的教导,主动上表请辞丞相一职。皇帝要做出开明和念旧的姿态,自然不准。于是脱脱不断装病,直至第十七次上表才被批准——这是不想让皇帝背上一个忘恩负义之名,而主动成全了皇帝的盘算!

为了酬答脱脱的辅翊之功,皇帝决定敕封其为郑王(脱脱之父马札儿台进封忠王),赐河南安丰县为其私属领地,并赏银万两。为示淡薄荣利,脱脱均辞而不受。但皇帝对脱脱家族还是不太放心,毕竟其树大根深,因此决心修剪一下。

至正七年(1347)六月,时为太师的脱脱之父马札儿台因被右丞

---

① 因为宋太祖赵匡胤死后是"兄终弟及"的,所以按照这一承续大统的惯例,赵廷美无疑是最合乎赵氏家法的皇位继承者。

相别儿怯不花诬告而遭到弹劾，皇帝下令将其流放到大西北的甘州（今甘肃张掖），脱脱力请同行以照料老病缠身的父亲，遂居甘州就养。同年十一月，饱受劳碌之苦的马札儿台病死，脱脱于不久后回到京师，此时年逾七旬的吴直方已经致仕回浙江老家，脱脱痛失一有力的辅弼。

至正八年（1348），脱脱被任命为太傅，负责东宫事务。第二年，脱脱才借着御史大夫太平的奥援，得以恢复右丞相之位。又过了三年，因须借重脱脱平乱，皇帝为马札儿台平反，特诏命改封马札儿台为德王，并令翰林儒臣制相立碑，赐"旌忠照德"之额，以示纪念。

脱脱去相后，仅五年多时间，阿鲁图、别儿怯不花、朵儿只先后出任右丞相，主掌朝廷内外大政。其间，皇帝虽仍有励精图治之志，也曾推出一些新政，但元朝政治的腐败糜烂之势已是不可挽救！

加之天灾频仍，底层民众、边民起事的烽烟此起彼伏，社会各种矛盾被进一步激化，大元江山已在风雨飘摇之中。而脱脱所能做的，也只有头痛医头、脚痛医脚了。

第二章
江湖奇遇

一

濠州（今安徽凤阳）钟离县西边的太平乡有个孤庄村，当地有一百多户人家，有一条小河绕着村边缓缓流过，河边是一排排大柳树，树上鸟鸣不断，为淮西大地上的破落村庄增添了几许生机。

一位十二三岁、面色略显蜡黄的细挑少年，正脱光了衣服在河里抓鱼。虽已入秋，水有些凉，但少年浑然不顾，抓得非常卖力。别看他年纪不大，抓鱼的技巧却非常纯熟，可见平日里没少干这种事。

正午时分，眼见一辆破旧的驴车不疾不缓地进了孤庄村，引起了村民们的一阵骚动。好多人都走出家门来跟驴车上的人打招呼，更多的人则是出于好奇，想看看驴车上那位长相枯瘦的"老神仙"。

"重八哥！来了，来了！"一个头发乱糟糟的少年匆匆跑向河边，向河里抓鱼的少年喊道，"恁爹用驴车拉着恁姥爷来了！咱村里的人都跑出来看呢！"

抓鱼的少年只是答应了一声"知道了"，但内心已经是无比激动。只见他头也不回，继续去往河水更深处疯狂抓鱼，水面上顿时翻腾起不小的波澜。岸上的少年看了看边上的鱼篓子，里面已经有几条拃把长的草鱼，他笑道："恁姥爷都快一百岁了，牙都掉光了，你还想着叫他吃什么鱼嘛。"

河里的少年听了，一边继续抓鱼，一边笑骂道："你小子懂什么！俺姥爷可以喝鱼汤，也可以把鱼肉炖得烂烂的，拌在汤里喝下去！"

"那你不怕有刺？"

"咱挑得干干净净的，怎么可能有刺？"

"哎呀，你可真孝顺！"岸上的少年赞叹了一声，然后转身说着"我回家告诉恁娘一声"，就走了。

过了午饭时间，抓鱼少年终于如愿抓到了一条成斤重的大鱼。他不待洗去身上的鱼腥味，立即背起鱼篓子往家里跑。他知道，对于自己贫寒的家而言，除了这几条鱼，就再没别的能拿得出手的好东西了。前几年家里养鸡的时候，还能有几个鸡蛋，这几年连喂鸡的粮食都没有了，把鸡赶到外面散养，又怕被人偷去或跑了，索性就不再养了。

不过让少年重八高兴的是，每次姥爷来家里，都会带来很多好吃的东西，让自己大饱口福。同时姥爷也会在家里住上一阵子，给自己讲各种各样的传说故事。姥爷早年在南宋当兵，参加过悲壮之极、可歌可泣的"崖山海战"，后来还在元大都附近的通州兵营里待过，南来北往，九死一生。他讲述的外面的世界，对于生长在穷乡僻壤又聪明异常的重八来说，无疑是极具吸引力的——时隔多年后，重八才明白，姥爷的智慧和见识对自己而言，是何等珍贵！

重八最爱听的就是战争故事，他还记得前几年一个清朗夏夜，姥爷又到自己家小住，那天晚上，家里的兄弟几个和村子里的一帮小哥们都围拢着姥爷谈天说地。重八听得最是着迷，缠着姥爷讲到很晚才睡。那天夜里，姥爷又说到了"崖山海战"的故事："现在算起来，那都是六十年前的事了。那时候姥爷在大宋名将张世杰张大帅麾下当兵，是个都头，手底下管着百十号人，因为家里穷，世道又乱，都三十好几了，一直也没有成家……

"本来那年幼的恭帝都已经在临安（今浙江杭州临安区）投降了元朝，但是张大帅一班文武大臣都不愿意大宋社稷就这么完了，所以我们保护着益王、卫王一路南逃，想要组建一个小朝廷跟元军干到底！元军那时候势大啊，一路把我们逼到了最南边的崖山，那里就算是天涯海角了（从咱家走半年都走不到崖山，就是那么远）……

"这时候其实还没有到绝地，陆（秀夫）丞相就建议大伙一路向西，就算跑到广西、云南也要跟元军死战到底，说不定哪天还有转机呢，留得青山在，不愁没柴烧！张大帅却让大伙登船入海，准备在海上跟元军血战，因为我们宋朝的水军一直比元军的水军强！

"陆丞相却说，到了海上虽是行动方便，但是取水、饮水却没那么容易，一旦被元军封锁了海岸线，就会被活活困死。张大帅却不这么看，他非说元军没有力量完全封锁住沿海。陆丞相毕竟是个文官，拗不过张大帅。当时的小皇帝卫王也是在张大帅主持下立的，张大帅说的话算数，所以我们全军连同皇帝、百官、家属等等，就都上了船。

"起初，在海上跟元军交了几次手，我们都占了上风。元军一看势头不好，果然加派兵力封锁沿海地区，想困死我们。那时候，沿海地区都已经归降了元军，所以元军的封锁很成功，没几天我们就喝不上水了。闹到最后，大伙连自己的尿都舍不得丢了，有喝海水齁死的，有喝脏水拉肚子拉死的——那情景现在回想起来，都忘不了，真叫一个惨啊！这样慢慢拖下去就是等死，张大帅一看这样不行啊，干脆豁出去了，要跟元军拼老命！

"那会儿我们早就渴得够呛了，哪还有力气跟元军作战？最后就让人家给打败了。很多人有气节，不愿意做亡国奴，投海自尽。陆丞相带着小皇帝也没跑多远，最后他背着才七八岁的小皇帝一起投海自杀！那海上数不清的尸体啊，绵延几百里！后来很多年里，姥爷做梦都会回到崖山，也都会被吓醒，那大军大船混战啊，血污啊，鲨鱼啊，鬼哭狼嚎啊……

"张大帅后来也死了，但就是你姥爷我命大！本来元军杀到了我们船上，我们见敌不过，纷纷跳到海里逃生，反正最后也没几个活下来的。哪承想元军那边有个姥爷的旧相识，以前在一块儿喝过酒的，姥爷还曾借给他几个钱，也帮他算过命。这人耳垂很长，那时候我就说他是个长命的！后来元军南下，他做了汉奸，降了元军，在张弘范那个大汉奸手底下做百户官。

"也偏巧姥爷跳水后受伤要死的时候，居然在乱军里面远远看见了那故人，这人是个麻子脸，好认！姥爷就拼命喊他的名字：'武得志，武得志——'好半天他终于听见了，就划条小船过来看个究竟，一下子就把我认出来了！这人还算仗义，也晓得姥爷是好人，就把姥爷救上来，又给姥爷换了身元军的衣服，喝了水，吃了饭，还包扎了伤口，总算是把姥爷从鬼门关拉了回来！再后来，姥爷就跟着他混了几年，在他队伍里帮着做饭，又跟着他在大都东边的通州驻防……"

等姥爷把这些话都讲完，孩子们不是睡着了就是回家了，只有重八听得津津有味。最后，只听那稚嫩的嗓音急切地问道："姥爷，您去过大都没？给咱讲讲大都好玩不？"就着月光，重八还上前来给姥爷捶腿。

这时候,重八的娘恰好过来,笑嘻嘻地对儿子说道:"明天再讲吧,现在都三更天了,恁姥爷累了!改天想听,娘给你讲也行!"

姥爷今年已经九十八岁,住在盱眙县津里镇,相距钟离县有好几百里。聪颖的重八知道,此番与姥爷一别,以后相见的日子真就屈指可数了,所以他格外珍惜这次团聚,下定决心要抓条大鱼给姥爷接风洗尘。

姥爷四十多岁才成家,一生没有儿子,只有两个闺女。大闺女在盱眙当地嫁给了一户季姓人家,二闺女就是重八的娘。到了晚年,姥爷才过继了季氏的儿子做孙子,也就是重八的姨家表哥。每回姥爷来钟离,都是那位已经随姥爷姓的表哥送到钟离县上,再由重八的爹借了田主刘德家的驴车去接。

当重八回到家时,还有几位邻居没有散去,正向陈老汉问长问短。只是那须发皆白、瘦骨嶙峋的陈老汉这两年已有些重听,众人少不得说话费些气力,不过大家仍旧喜气洋洋的。

"重八,看看恁姥爷给你拿来的啥。"说完,重八的娘又过来看儿子的鱼篓子,"哎哟,好得很呀,俺重八给他姥爷抓的这条鱼可真不小!"

重八先是向姥爷打了招呼,然后跑进屋里去瞅了一眼姥爷带来的东西,除了一袋子小米,还有一包鲜枣、一包核桃和县上买的火烧。没吃午饭的重八一手吃着枣子,一手抓起火烧。吃了一年多的野菜、窝头,今日真是大快朵颐!

只听姥爷在外间跟大家说话:"这几年官府越发混账了,头些年贴补九十岁往上的老人,每年都是五贯宝钞的,现在倒好,就剩两贯,这官家是嫌弃我老汉死得晚啊,哈哈。"

邻居汪大娘笑着附和道:"过上两年,您老人家一百岁了,官府每年贴补您老十贯,那才叫个场面!您老人家是有福的人,看看这十里八乡的,哪个有您老人家这么长寿!"

"有福,有福!"陈老汉点头说着,"我老汉年轻时候当兵,走南闯北，什么人没见识过？不当兵了，又给人家画符念咒、消灾保命，外带看相算命，一辈子的活计了，就觉着俺重八是个富贵命，而且是贵不可言！我老汉不能死，得再活几年，享享俺重八的福，呵呵！"陈老汉通术数，以此为生计。

朱重八生得面相怪异，脑部中间凹陷，扁宽鼻子，额头、下巴非常突出，双目细长、双眉高挑，脸部还有些麻子。虽然有些丑陋，但额、颏两头高突，却是正应了相书上所说的"奇骨贯顶"。这种奇相可谓贵不可言。陈老汉对此深信不疑，并以此津津乐道："想当年，重八的爷爷朱初一兄弟，从外乡带着五四兄弟几个到我们盱眙垦荒，他们本来是淘金户，混不下去了，就成了佃户。老朱家那个穷啊，不怨我老汉牢骚，那真的跟要饭的也差不多，兄弟几个除了老大五一，都娶不上媳妇。但是老汉我看五四为人勤俭忠厚，看面相也不算贱命，所以就把二娘嫁给了他……不承想啊，五四这一辈子，带着这一家子从盱眙迁到了灵璧，从灵璧迁到了虹县，又从虹县迁到了这钟离东乡，如今再迁到西乡你们这孤庄村，折腾了一大圈，还是个穷命。看！这漏风漏雨的破房子……"说着，姥爷指了指重八家破陋的茅草屋，"原来啊，都应在俺重八这里了！有朝一日，俺重八封侯拜相，那五四也就有追封，二娘就是诰命夫人了，哈哈。"因为不断迁徙，重八家也跟他在盱眙的五一大伯家（他家有重一、重二、重三、重五四个儿子）慢慢失去了联系。

"五四大哥快五十岁了才添了重八，要是早上个二十年光景，您老恐怕现在就享上重八的福了！哈哈。"一位邻居玩笑道。

朱五四是重八的爹，快六十岁了，艰难的岁月已经把他的背部压成了弓形，一张老脸也黑不溜秋的，一看就是个穷苦出身。没有脾气的他听到老丈人如此数落自己，在一边只是苦笑。

就在这时，面黄肌瘦、头发灰白的陈二娘也围了上来。她也有五十出头了，当着众人的面说道："不光俺爹，这世人都说俺家要出好人，而今大伙看看五四，再看看俺这四个儿子、两个闺女！重四就不用说了，懒汉二流子，稍不如意就打媳妇；重六、重七都给人家做了上门女婿，一年到头也回不来一趟；大闺女家，比俺家也好不了多少；

二闺女家洪泽湖上打鱼的,都指望不上。"重八的二姐远嫁到了姥爷所在的盱眙县,这桩婚事是朱五四还人情才答应的。

然后,陈二娘便指着重八说道:"如今这帮孩子都没置下什么产业,看来都在俺重八身上了!俺重八比他大哥勤快、听话,脑子好使,也孝顺……"

命好之类的话重八听得多了,并不是太往心里去,眼下只求吃饱穿暖,但这种话却让自己在家里备受宠爱,倒还是很受用的,所以爹娘拼死拼活,还是让重八读了两年书。其实重八如今也没什么奢望,只想着跟田主刘德一样就很好了,有一处大宅院,有一妻一妾,每月吃上几回肉。他们老朱家现在租种的土地就是刘德家的。

晚间的时候,重八的大哥重四、大嫂和三岁的侄子狗儿也过来一起陪姥爷吃饭。当一脸不情愿的重四领着老婆、孩子回去的时候,陈二娘不免埋怨了一句:"老大忒不能干,老婆孩子都吃不饱,俺那大孙子怎么死的?就是饿的!"

"你又说饿死的,咱这当老人的能眼看着大孙子饿死?分明是得了病嘛。"朱五四嗫嚅着说。朱重四本有两个儿子,大儿子蛋儿长到四五岁上竟然病死了,但是陈二娘却一直认为是吃不饱闹的。

"就是饿死的!重四不许孩子到咱院里吃饭……"陈二娘还在争辩,说到心酸处,她开始流下泪来。

陈二娘又向老爹诉说了一桩不幸的事:"重六的媳妇也得了病,好不好还不一定,万一不好了,重六回家来,以后再娶媳妇就难了,家里也没一男半女。从小重六、重七跟着重四就没学什么好,也叫人瞧不上!"

陈老汉听着也有些心酸,道:"爹马上就一百岁了,没几年活头了,早闭眼一天,早清净一天啊!"

重八在一旁听着,不禁安慰姥爷道:"姥爷您不能死,您还得活着享重八的福呢!"

陈老汉闻听此言，笑着说道："姥爷快成'人瑞'①了。从宋朝人活成了元朝人，我是看透了，这穷苦人要翻身啊，必得天下大乱才行！这几年年景忒不正常，我看这老天爷要出么蛾子，这就是天下大乱的兆头啊……行了，不说了，过一天算一天吧，儿孙自有儿孙命啊！"

姥爷这句话重八当时并不明白，但他深深记住了，等到多年以后才恍然大悟，感叹姥爷可真是活成了人精！遗憾的是，姥爷在第二年，也就是九十九岁的时候，因为跌了一跤骨折后乏人照顾去世了，未能活成"人瑞"。

一个月后，姥爷被爹送回了盱眙，姥爷带来的粮食也吃得见底了，重八家里又恢复了惯常的紧巴日子。

重八一家人苦熬苦作，随着重八长大成人，勤快的他也越发成了家里的顶梁柱。陈二娘不禁对朱五四笑道："咱们都是六十岁的人了，没几年活头，如果能给咱重八娶个媳妇，也算死能闭眼了。"

不过，重八的父母都上了年纪，力气大不如前，腿脚也添了很多毛病，再加上二儿子重六还是在老婆病死后回来了，这也成了他们的一大心病。陈二娘对朱五四叹道："咱家就是这么个情况，船破又遇打头风！重四、重六都是懒货，指望不上他们能独立门户，我看重六的事先丢一边去吧，重八的事咱得抓抓紧！"

朱五四有些不放心道："重六这小子不乐意怎么办？"

"不乐意能怎么办？那是他的命！咱做父母的，尽过心了，以后得靠他自己，总不能把重八的那一份也给他吧？"陈二娘果决道。

两人计议已定，便准备着来年实施，因为来年重八虚岁就十八了，到了该成家立业的时候了。

可是人算不如天算，上一年（至正三年，1343）秋天，淮西一带先是大旱，继之又是遍地蝗灾，庄稼绝收；到了第二年，春荒的日子

---

① 通称期颐或称百岁人瑞，常指年龄过百的人。

本来就难过，如今是难上加难。很多人只好去挖草根、啃树皮，待吃尽了野菜、草根、树皮、树叶、麦苗、豆苗等，观音土也成了一些人的腹中之物，年老体弱的人熬不住，便慢慢饿死，陆陆续续有人开始外出逃荒。

很多地方甚至出现了人吃人的现象，有的小孩在路上走着走着就会被人抓去吃了；还有的人走着走着就倒毙沟渠，待到家人发现时，眼珠子竟然已被人挖走！如此恐怖的情景，一时间弄得乡间人人自危。因此爹娘一再叮嘱重四夫妇，要把狗儿给看好。

重八的肚子也饿得难受，很多事情他这个年纪既明白又不甚明白，所以他每每向上天追问道："为什么我们这么穷？为什么官府一点也不顾及我们老百姓的死活？为什么，为什么……"待到后来行走江湖时，他更是看尽了官吏与那些为富不仁之辈的恶行，内心只有刻骨的仇恨！

天气日渐炎热，死去的人越来越多，瘟疫终于降临，在钟离县扩散开来。太平乡本来还算好些，染病的人比其他乡少一些，可是闹到后来也就没有那么幸运了。朱家所在的孤庄村很多人染上了疫病，从一天死几个人慢慢发展到死十几个人，没出一个月，就已经是户户遭殃、家家戴孝，一派惨绝人寰的景象！其中就有六十四岁的朱五四、五十九岁的陈二娘，以及重八三十多岁的大哥朱重四。乡间的游医们对此束手无策，到最后连他们也不敢再接近病患，生怕被传染。

朱五四染病之时，正值四月初，天气刚有些热。早已被饥饿折磨得皮包骨的他，极端虚弱的身子根本顶不住，没几天就撒手西去了。未及下葬，心急火燎的重八就跟着大嫂到处求神拜佛，希望老天爷不要再夺走老娘和大哥的性命。可根本就无济于事，老爹去世才三天，好吃懒做、一身坏毛病的朱重四就追随而去！到了四月二十二日这天，可怜的陈二娘也到了弥留之际，临死前她还拉着重八的手，艰难地说道："娘这心里，一万个不想死啊，没能给你娶上媳妇，娘不能闭眼！但是，你姥爷活着的时候，逢人就说你是个好命的孩子，娘到了那头，也会时时看着俺重八的……恁老朱家八辈子的穷根，就靠你挖走了，别叫娘在那头也掉泪……"

等到娘咽了气,痛断肝肠、虚弱已极的重八也跟着昏死过去。待到他醒来后,心绪才稍稍得以平复,便对二哥说道:"现在咱爹、咱大哥的棺材都还在村庙里放着,如今娘也走了,二哥,你看怎么办?"其实那不是什么像样的棺材,只不过是几块破木板钉在一起可以勉强装人罢了,也没有装殓用的寿衣。

"还能怎么办?想法子葬了吧。咱家是外来户,在村里没有根基,这里没有咱家一分地,只能求求刘田主了,咱家租了他们家快十年的地了,他总不能连块下葬的地都不给咱吧。"已经年过三十的重六悻悻然说道。

重八心细,怀疑道:"刘德这个玩意最不是东西了,以前我给他家放牛,没少挨他的打,要他施舍一块地,那就是割他的肉。"

"不会的,人心都是肉长的,如今都这个光景了,他刘田主就能眼睁睁地看着咱爹娘、大哥的尸身扔到荒郊野外去喂狗吗?"

重八只好跟着二哥去试一试,两人穿着一身破烂的孝服到刘德的家门口去跪着求见,刘德知道他们的来意后,果然闭门不见。

重八兄弟俩只好大哭起来,希望能唤起刘德的恻隐之心,不承想却把刘德惹恼了。他气呼呼出门对着重八兄弟俩骂道:"你们这两个煞才!晦气货,扫把星……给我滚得远远的!我刘德家的地,也不是天上掉下来的,都是祖宗基业,怎么能随便给你们这些外乡人!"

"刘田主您大恩大德,俺爹给您当了十年佃户,没少您一斗粮食吧,这份情义您不能忘啊!"重八哭求道。

"呸!"刘德继续骂道,"没有我刘德,你朱家都喝西北风去吧!以前是俺爹当家,租子收恁二分,让村里都来评评理,俺刘家多亏!快点滚吧,别在这里得了便宜又卖乖……"

重八兄弟俩偏就哭着不走,把个刘德弄急了,眼看就要拿棍子来驱赶他们。这时,正巧刘德的大哥刘继祖赶过来。他一向为人厚道,忙出来制止道:"老二,你多浑!闹这么一出,在村里有光了?行,你不舍地,我舍!"然后他转身对重八兄弟俩说道,"五四大哥虽然不是咱村里土生土长的,但是咱孤庄村谁不知道恁爹是个忠厚长者,这个葬地我刘老大出了,恁兄弟两个别哭了,快起来吧。"

重八兄弟俩赶紧磕头叩谢道："大老爷厚恩，俺兄弟没齿不忘！"

燃眉之急总算解决了，哥俩把家里翻了个底朝天，才好歹凑足了一些发丧所用的必备之物。

寒碜地安葬完父母和大哥后，已成为寡妇的大嫂便对两兄弟说道："两位小叔，如今恁大哥已经去了，咱家里又是这么个光景，就让狗儿先跟着我，去俺娘家救救急吧！"

重八虽然有些不舍，但家里已经断粮，他只好由着大嫂领着侄子回娘家去了。大嫂走后的这天晚上，心思细密的重八忍不住对二哥说道："咱老朱家第三代就狗儿这一棵独苗，狗儿才六岁，要是咱蛋儿活着该多好，他今年就十五了，咱也不怕他跟着大嫂改嫁了！"蛋儿跟重八年龄相仿，感情也非常亲密，重八一直不能释怀蛋儿的死。

一脸麻木的重六苦笑了一下，对重八说道："老四，你管得真宽！眼下你就别操大嫂的心了，想想咱弟兄两个怎么渡过眼前这道难关吧！谁也靠不住啊，咱大姐家死绝户了，指望不上……咱二姐死了以后，二姐夫也不打鱼了，带着保儿去外地逃荒了……恁三哥一家，逃荒走了也快一个月了吧，咱爹娘如今不在了，他还不知道呢！"

说着，重六掉下了眼泪，重八也跟着哭了起来。重六又接着说道："恁大哥、我、恁三哥，俺三个从小没少让咱爹娘操心，一天福没让咱爹娘享过！老四，你是个好样的，眼下这场灾荒一时是过不去了，二哥想好了，出去逃荒，是死是活很难说啊，就让二哥去吧，你留在家里，也算给咱老朱家留下一个希望！"

"不行，要走，咱俩一起走，路上还有个照应！现在咱家里就剩下咱哥俩了，如果二哥你再一走，我身边连个亲人都没了……"重八有些舍不得二哥，想着刚刚谢世的父母，于是哭得更厉害了。

重六坚持要走，但重八也坚持要跟着，重六只好做了妥协，想再熬一熬等到秋收时节看看再说。可是到了九月间，淮西的灾情丝毫未减，能吃的、不能吃的都吃得差不多了。骨瘦如柴的重六对重八说道："眼看天气就要转冷，想吃草根树皮也没有了，二哥必须出去逃荒了！听二哥的话，老四，你就好生留在家里吧，只要咱兄弟有一个人在家，咱老朱家就没有散，明年春上我一定回来！"

话是这样说，但是家里仅存的一点保命的余粮也不够重八熬几天了，他只得说道："二哥，我不跟你走也行，可是留下我一个，吃什么？"

"老天饿不死瞎家雀，你到万不得已的时候，就去刘继祖家借粮嘛，他是个大善人，不会见死不救的！再不行，你就去大嫂娘家看看……重八，你还是个半大孩子，能张得开这个口，要是换作我，我堂堂一个汉子，怎么张这个口？"

好说歹说，重六终于说服了重八在家里留守。

兄弟俩分别的那一天，重八近乎泣断肝肠，仿佛这是与二哥永诀一般，尽管他在心里不断安慰自己，二哥也不断劝慰，但就是止不住这股莫大的哀恸！以前日子虽然苦，但一家人在一处，如今家里厄运不断，几番生离死别，没了父母庇佑、没了亲人帮衬的重八怎能不纵情一哭！结果二哥被重八的情绪感染，索性也哭得一塌糊涂。

十年后，当重八确确实实得知了二哥的死讯时，才恍惚明白，老天爷为什么让他在那一天哭得那么伤心……

二

重八送走二哥没多久，家里的米缸就见底了，不过他不想低三下四地去求刘继祖，虽然刘家老大上次发了慈悲，但这并不意味着人家还会拿出不多的救命粮施舍给自己。

他急如星火地跑到十几里外大嫂家的村子，却只见到空空荡荡的屋舍，邻居说大嫂带着侄子，已经跟娘家人外出逃荒了。

绝望无助的重八，脑子里突然闪过一个有点大胆的念头："刘德这厮为富不仁，不如叫上几个兄弟把他家给抢了，然后分给大伙！就是自己死了，也可以留个侠义的名声！"

可那毕竟只是一时冲动，想到以往姥爷、父母对自己的期许，重八既不愿意草草送死，也不太相信自己轻易会死，也许老天爷真的不会亏待自己。正在重八坐困愁城之际，邻居汪大娘突然跑来跟他说道："重八啊，你打小就体弱多病，你爹为了让你活命，曾在皇觉寺许过愿，说是你如果可以平安长大，他就愿意让你去舍身侍奉佛祖。如今你身子骨都这么强健了，也该回报佛祖了……眼下也算是个难得的机缘，不如你就去皇觉寺里当个小和尚吧，总比这样饿死强。哪天你真不想在寺里待了，难不成谁还拦着你不是？"

重八此时已经没了主意，听汪大娘这样一说，觉得有几分道理，先活命要紧！于是他便在汪大娘及她的小儿子汪文陪同下，来到村西南四五里外的皇觉寺。这座寺院不仅狭小，而且已经相当破败，孤陋贫寒的外观，让重八有一种吃不饱肚子的隐忧。

汪大娘找寺里的长老高彬法师谈了谈重八的情况，于是四十岁出头、衣服上满是污渍的高彬法师，从一堆落满灰尘的文书里很快翻找到了朱五四当年的许愿记录——看来眼前这个少年果真是与佛祖有缘，尽管寺里生活艰困，高彬法师却不能不咬牙收留他了！

目送汪大娘母子走后，重八心里还是有几分不甘心，但等到头发落下，披上师父换下的破衲衣时，只好既来之则安之。高彬法师对重八叮嘱道："既然到了我们寺里，今后你的法号就叫'如净'吧，你是读过两年书的，希望你慢慢参悟其中的道理。"

重八细观师父面相猥琐、举止粗俗，心想他老人家恐怕也高明不到哪里去，这"如净"的意思，不过是要自己安心待下来，毕竟自己是走投无路才来寺里的嘛。

高彬法师又吩咐道："咱寺里的那七八个，都是你的师兄，凡事你都不能忤逆师兄们！如今你须先在寺里经过几重考验，才能正式受戒，就先做个小沙弥吧。"

高彬法师所谓的考验，就是要重八把寺里一应的扫地、上香、打钟、击鼓、煮饭、洗衣、念经等杂活统统揽起来。至此重八才明白，原来这口饭也不是白吃的，等于变相的长工，而且一刻不得清闲。

早晚听着寺里各种寂寥、萧索的声音，钟声、鼓声、木鱼声，想想如今的自己，想想半年前还完好的家，再想想那不知逃往何处的亲人们，重八的心底怎能不生出无限的凄凉和感慨！

"相去万余里，各在天一涯。道路阻且长，会面安可知。"这是重八头脑里仅有的几句古诗。

重八初到皇觉寺的第一个月，表现得非常勤快、驯顺，师兄们索性把该干的事情都推给他去做，弄得重八有苦难言。

这天，一位师兄把劈柴的活撂给重八，还甩下话说："如净，你快点啊，我还等着煮饭呢！"

重八刚刚清扫过院子，还挑水浇灌了寺里的菜地，累得够呛，有些忍不住了，不满道："如意师兄，你让咱喘口气不行吗？"

"哼！"师兄轻蔑道，"你小子是到寺里吃白饭的吗？咱师兄弟哪个不是从这一关过来的？不过了这一关，佛祖怎知你的心诚不诚？"

重八没法跟师兄争辩，但是他清楚佛寺里也并非人间净土，如果自己生得虎虎生威，看哪个还敢指使自己！无奈的重八只好小声感叹了一句："唉，人善被人欺，马善被人骑！"

眼下这小媳妇般的日子是注定了，重八从前在家里也算父母的骄儿，如今每每受了委屈，他就越发思念父母亲人，实在忍不住，只好偷偷跑到父母坟头上去哭诉。

转眼到了至正五年（1345）的春天，重八来皇觉寺已逾三个月，淮西大地的凶荒境况依然没有得到缓解，依靠出租土地及化缘为计的皇觉寺也因之失去了生活来源，高彬法师终日惶惶不安。

这一天，不经常露面的师娘①便召集起大伙，说道："徒弟们，眼下的境况你们也都知道，你们师父慈悲为怀，不想告诉你们这个坏消息，那么索性我这个做师娘的当一回罗刹，不过，这也是为大家着想……"

"师娘，什么事情您就直说吧！"一位师兄说道。

———————

① 宋元时期很多和尚都可以娶妻，因为寺院占有大量土地，僧侣们往往也较为富裕。

师娘便开门见山说道:"如今寺里的存粮已经不够吃到下个月了,大伙与其待在寺里等死,不如先四下散了吧。等这场饥荒过了,大伙再回来!"

虽然重八早已预知这个结果,但他还是没想到散伙饭吃得这么早,竟如遭晴天霹雳一般!早知如此,当初何不就跟了二哥同去呢?兄弟两个在一起,彼此还有个照应!

重八还寄望着二哥如约赶回来,这样即使被迫去逃荒,兄弟两个也能搭伴,因此,当师兄们一个接一个离去后,重八还死活赖在寺里不想走。

眼看着师娘就要来赶人了,二哥依然没有消息,最后一个离开皇觉寺的重八绝望了。他先是回到那个已然破败不堪的家里看了看,然后又到父母坟头上痛哭了一场,最后拜托邻居转告二哥(或者大嫂等人)自己的情况后,便携带朝廷发下的度牒,毅然踏上了前途漫漫的逃荒之路……

重八听说西北方向的河南一带灾情较轻,想着二哥也许就在那边,便奔着西边的颍州(今安徽阜阳市)而去。

一路上风餐露宿、云水漂泊,无依无靠的重八吃尽了苦头。每每夜半醒来,恍兮惚兮,浑不知今夕何夕,更不知身在何乡!内心迷惘、孤苦已极!

好在重八是佛门子弟,比一般人更容易得到别人,尤其是一些妇人的怜悯(喇嘛教毕竟是元朝的国教,佛教中的禅宗一支也备受推崇,而妇女中礼佛的人也多),再加身体壮实,这一路总算没有病饿而死。

在颍州一带大约转悠了两个月,重八听到人们都在说"弥勒降生,明王出世"。看来这一带白莲教的香火明显要比自己家乡盛得多。根据姥爷生前告诉自己的一些奇闻异事,重八判断这帮白莲教徒一定会干出些惊天动地的大事来。为了避免被卷入其中,重八便继续向西行走,来到了汝宁府地界。没想到汝宁也遍布白莲教徒,他在这里又转悠了两个多月,便继续向西北前行。

这天,重八正走在一个镇子里,不期然间,一条壮健的恶犬从一户大宅院里蹿了出来。俗话说"打狗也要看主人",重八不想惹麻烦,一面拿着棍子跟那狗纠缠，一面呼喊着"这是哪家的狗"，希望狗主人赶快出来把狗牵回家。

重八叫了半天也没人出来，而那狗越发放肆，眼看就要把重八逼到墙根。身强力壮的重八暗忖："畜生玩意！这恶狗一定有个恶主人，今天索性替过去被咬的人出口恶气，就一棍子打死这个畜生算了，大不了自己马上跑路！反正狗主人今天不在家！"

就在重八准备下狠手的当口，突然身边有人大喊一声："和尚走开！"

重八看到一个乞丐模样的人来替自己解围，于是立即躲到乞丐的身后。只见那乞丐把手中一根东歪西扭、骨节坚硬的枣树枝伸出去，一直伸到那恶狗面前，然后朝地上点了两下，狗突然就不叫了，低低地呜咽一声后，向后退去，接着居然转身跑回了家。

目睹这一幕，重八感到非常惊奇，便问那乞丐模样的人："多谢老哥解围！敢问您这使的是什么棒法？"

那乞丐一笑道："正宗丐帮打狗棒法！和尚，你想学吗？"

"想学啊！我这穿村过店的，少不得恶狗伤人，咱又不敢下死手打狗，要是有您这般武艺在身上，可就胆壮了！"

乞丐笑道："这都是祖师爷传下来的，你要想学，改天就到镇东头的关帝庙找我吧！"说着，那乞丐转身走了，继续挨家挨户讨饭吃。

重八经过这一番遭遇，越发觉得混江湖的道道实在是深，不仅要能说会道、察言观色，最好还有几招防身之术。他在关帝庙附近待了好几天，好歹算是把那乞丐的几套"打狗棒法"给学了去。

就这样，离家半年多的重八已经不再像初时那般心里没底，对于求生之术、防身之术，也驾轻就熟起来。

三

转眼间离开家乡已经一年多了。这天，重八正好走到了信阳城的衙门口，瞧见恢宏气派的"官老爷"门面，再看看破衣烂衫、满身污垢的自己，心底不免生出无尽酸楚和怨怼。

就在这时，他恰巧看到一个中年人被两个凶狠的衙役拖着丢到了大街上。重八好奇地近前围观，此人身穿交领宽袖长衫，是一身体面人的打扮。根据一年多的江湖经验，他认定这个被衙役打得躺在地上不能动弹的人一定不是寻常之辈，因此不顾危险和麻烦将那人小心扶起。

那人约有四十岁年纪，面皮白皙，显然不是一位出力干活的主，兴许是一位江湖郎中。重八将他背到了一处僻静的所在，开口问道："先生何故遭此侮辱？"说着便拿出随身携带的水给那人喝了几口。

那人已经被打得动弹不得，因为剧痛不停呻吟，见重八这一身米黄色的僧衣、麻鞋，又见相貌出奇的重八好心搭救了自己，立时没有了戒备，便坦言道："不瞒小师父说，我是个走江湖说书的，今日合该倒霉，前几日我在茶坊里讲了岳武穆，不知被哪个小人给告发了，所以今天被一顿好打！"

重八疑问道："连岳武穆也敢讲，先生您不怕掉脑袋吗？"

"小师父有所不知，这民不举，官不究，只要没人揭发检举，这当官的也乐得相安无事。可是一旦有人告密，官府就得追究，不然这主事的官吏就得吃不了兜着走！"说着，那人翻了下身子，"你想啊，这岳武穆的故事岂止咱汉人喜欢听？所以我总是忍不住讲上几段，这听众越叫好，我就讲得越起劲，到最后就难免忘乎所以了。"

"说起来，这告密的小人可是真该死！"

"可不是！我的家乡在河北，那地面上可没有这等小人，"说书人又转口道，"倒霉就倒霉吧，大不了躺他个把月，来日老子还是一条好汉，换个地方继续讲咱的岳武穆！小师父啊，你就好人做到底，把我背到城西去吧，那边有一处荒废的城隍庙，到了庙里，我自有安排！"

重八小心地把说书人背到了几里外的城隍庙，那里已经挤了不少躲避风雨的流民和乞丐。重八找了一处宽敞、清洁的地方，把说书人安置下来。这说书人有一些寄存在各处的财物，他请重八取了一些后，买来治疗外伤的药物和酒食，两人便在城隍庙里正式安顿下来，慢慢也就熟识了。

原来这说书人赵先生是黄河北的彰德路人，他家本是世代耕读之家，因家道日渐艰难，又无法通过科举进入仕途，慢慢地沦落为一个走江湖的说书人。彰德路地近岳飞的家乡汤阴，所以赵先生自小就非常熟悉岳武穆的故事，也非常推崇岳飞的生平功业。

重八平生就喜欢听历史故事，所以他白天化缘归来后，晚上最喜欢做的事情，就是一面点起火堆取暖，一面听赵先生讲史说书。赵先生读过很多书，他虽不如其他说书先生那样讲得天花乱坠、吐沫横飞，却多了几分可信——这是姥爷教给重八辨识人的法门！

重八也非常喜欢听岳飞的故事，他多么希望自己能够成为岳飞手下的一员，像杨再兴那样的大将，或者干脆成为岳飞那样英明神武的汉家英雄，驰骋沙场，驱逐胡虏，恢复中原……

一天晚上，外面下起了鹅毛大雪，那是无情冰封的世界，但重八这里却格外温暖、快意。

重八把事先捡来的柴火点燃，先熬点稀粥两人喝了取暖，接着又给赵先生换了药，然后取过一床破烂的被子，与赵先生紧紧倚靠在一起道："先生，昨父您讲到进兵蔡州了，今天您就接着给咱讲吧！"

赵先生喝完了药，裹紧了被子，便道："好！不知重八你可知道，这个蔡州就是如今的汝宁府。"

重八恍然大悟："原是汝宁府啊，去年我还在那里转悠过两三个月，熟悉得很。"

"好！"赵先生振作了一下精神，于是正式开讲。

"如今且说岳家军前线总指挥王贵在何家寨，率领一路岳家军以少胜多，大败伪齐国主刘豫之弟、五大王刘复。那刘复被岳家军打了个落花流水，岳家军一路追奔至蔡州城下，将城池团团围住……武穆亲率大队人马来援，当时岳家军有兵两万余人，七分披甲，每人持十日口粮……"

这天晚上，赵先生一口气讲完了岳家军在郾城（今河南漯河）、颖昌（今河南许昌）的两次大捷，重八听得热血沸腾，睡意全无，连那些平素不怎么热心的听众此时也围拢了来。大伙一时听得如醉如痴，连屋外的飞雪和不时窜入屋内的寒风也忘却了。

眼看已经到了三更时分，赵先生示意今晚就先讲到这里，那几个靠上前来听书的只好乖乖回去睡觉。重八有些口渴，于是跑到屋外边取来一罐子积雪，又点旺了火堆想要烧水喝。

待烧好水后，赵先生也喝了几口，然后突然正色问道："重八，我看你算是个聪明人，宋代故事你也听你姥爷讲过不少，你来说说，岳家军为何如此英勇善战？"

一谈到这个，重八立马就来了兴致，顾不得喝水便回道："姥爷确实没少跟咱讲宋代的故事，只是没有先生讲得这般细致和精彩。咱听说两宋之交，宋军对金军共有五次大捷，其中两次是吴玠打的，一次是刘锜打的。"

"对，吴玠打的是和尚原和仙人关，刘锜打的是顺昌之战。"赵先生接口道。

"那和尚原与仙人关都属于防守战，顺昌之战可能也是这样，至少咱听姥爷说，当时的顺昌太守陈规陈大人是特别善于守城的！"

"没错！我家藏书里就有一部陈大人所著的《守城录》，只是如今不知道是否还在。"

重八继续说道："那刘锜靠着陈大人的辅助，就打了这么一次大胜仗而已，但是咱们岳武穆不仅能够在野战、进攻战中力克金军，而且还能连战连捷，真是千古少有的名将呵！咱觉着吧，这岳家军之所以勇猛善战，肯定跟岳爷爷的带领分不开。那岳家军军纪何等严明，儿子犯了错，岳爷爷也先打不饶！训练又是何等严苛，训练场就等于战场嘛！那岳爷爷又是何等深明大义，换作是咱重八，如果有哪个杀了咱的兄弟，咱一定要为兄弟报仇雪恨……"重八后面说的，指的是杨再兴杀岳飞弟弟的事情。

"说得好，还有吗？"赵先生听完重八这几句，眼睛里放出了意外的光彩，他没想到重八这般年纪就有如此见识。

"有，那岳家军又是何等爱护百姓，他们所到之处，百姓们都备足了茶饭远道相迎，还帮着队伍送粮送药，这样的队伍怎能不百战百胜？"

"说得好啊，这叫箪食壶浆！重八，来日非得有这样的队伍再生不可，才能把那些蒙古鞑子赶回大漠去！"赵先生坐正了身子，又放低了声音，接着又说道，"重八，我看你面相，也觉你实非常人，将来封侯拜相也未可知。但是有一点你须要明白，就是无论你做什么，总该多读些书才是。你看那岳武穆，不也是读过《春秋左氏传》《孙吴兵法》的吗？他嘴上虽说什么'运用之妙，存乎一心'，为将方面固然是他天资高，但寻常人不能不读，况且不读书便不知大义、不知大智啊！"

重八虚心接受道："明白的，等先生好利索了，先生就好好教教咱吧。"他已经在心里接受这种不寻常的"天命"了。

"这个，这个有些为难，呵呵！这读书可不是三两天的工夫，我这走江湖的，总把你带在身边，多少有些不便！何况我身上也没有带什么书啊，如何教你读书？"

听到这里，重八有些灰心丧气。赵先生于是安慰道："放心！书一定有你读的，你好歹也读过两年书，认得很多字，这是你爹娘有眼力！如今这文的你要学，武的你也要学，你看那岳武穆，自小跟着刀枪手陈广、箭术师父周侗学习武艺，不然哪来的'一县无敌'？又如何精忠报国……"

"先生，快为重八指点一条出路吧！"重八立马兴奋起来，还识趣地跪了下去。

"那是当然！你先起来！"赵先生忙示意重八起身，"你帮了我一场，又是个聪明机灵的人，就这样流落江湖，时时有生命之虞，实在是可惜！我姑且指点你一个好去处，到了那里以后，你不仅有饭吃，还可以跟着一位武师傅学武艺！等到明年吧，我回一趟家，再带些书去那里找你，如何？"

"那敢情是好的！"重八还是没有起身，已经兴奋得有些难以自持，"敢问先生，是何好去处？"

"离此二百里的南阳府西峡县渚阳镇（今河南内乡县），那里有个魏家庄，魏家庄有个大财主叫魏老生。他家祖上是跟着蒙古人打天下的汉军千户，所以家里有很多封地，也有一处大宅院，传到魏老生已是第三代了，家里尚有几百顷土地，也在城里开着些铺面，家底很是殷实。"赵先生说着，还指了指南阳的方向，又比画道，"他家大院门口有两头像石狮子一样的神兽，地方是很好打听，也很好找的。"

"南阳啊，好地方！那里可是光武帝的故乡，俺愿意去南阳，"重八这才站起身来，"难道先生跟魏老庄主有交情？"

"瞎说！我怎么可能跟这等鞑子走狗的后代有交情？"赵先生佯装发怒，接着他又转为自嘲道，"况且我这穷酸相，哪里敢高攀人家！呵呵。"

"那是怎么一回事？"

"是这样的，我以前在南阳地面上走江湖时，认识了一位姓何的武师，他那时常来听我说书。我们彼此熟识了，又意气相投，干脆结成了干亲，每年我都要到南阳地面走一遭！何老弟是魏老生家的武管家，手下管着十几个看家护院的庄客，你也暂时去他那里做个庄客吧。看我的面子，你又是个身强力壮的勤快人，他会央求魏老庄主收留你的。其实岳武穆年轻时候，也在韩魏王（北宋著名政治家韩琦）后辈的庄子上做过长工……"

"晓得的，这个先生此前提到过。有一回土匪来围攻庄子，岳爷爷一箭射死了匪首，还替庄子解了围呢。"

"是的，英雄不问出处，那岳武穆年轻时候啥没干过？他那老婆刘氏还嫌弃他，跟别人跑了呢，哈哈！"赵先生说到这里，开心地笑了，"如今世道不消停，还指不定如何呢，万一哪天天下大乱，岂不是英雄用武之时？到那时，我大概还要前去投奔你重八哩……待我过阵子好了，你就去魏家庄投奔何老弟吧。我给他修书一封，你带在身上，要他务必收留你，教你武艺，可好？"

说到这里，重八不知如何答谢赵先生，于是又赶紧跪下磕头不迭，并说道："先生大恩大德，重八永世不忘！将来若真得了富贵，一定好好孝敬先生，先生就是俺重八的再生父母！"

　　赵先生微笑着，忙示意重八起身："如果赵某人能为咱华夏贡献一个岳武穆，那便是即刻死了，又何足惜？"

　　风雪交加的一夜就这样过去了，重八兴奋得难以入眠，好几次出去小解，顿感云路宽阔、人间有情，也许从今以后自己就峰回路转、鹏翼翩然了，所以他心里、身上都暖烘烘的，外面的酷寒也就浑然不觉了……

　　眼看着就到腊月了，重八与赵先生相处已经近三个月，赵先生的伤本来也不算重，经过这番调养，已经大体康复了。于是他跟重八分手道："重八啊，眼看年关就要到了，我正好要回家，咱们就此别过吧！我家乡距此地有五百里之遥，你就去南阳过年吧，明年春上，咱们后会有期！"

　　虽然重八有些舍不得赵先生，但也着实向往着南阳的新生活，只好道："好吧，明年春上先生一定来找咱啊！到时候重八一定备上薄酒，与先生一醉方休！"

　　"好的，君子一言，驷马难追！"赵先生临行前还特意赠送了重八一些盘缠，免得他路上化不到缘，再饿倒冻毙了。

　　多年后，重八才猛然发现，赵先生实在是自己的引路良师，起码是自己在指挥作战及读书明理方面的启蒙老师，是那个真正将自己从懵懂状态唤醒的人！何况他还给自己创造了一次再生的机会，不能不谓再生父母。

四

　　去南阳的路上，重八一直相当亢奋，想着这位赵先生必定是自己人生中的第一位大贵人，他就这样轻易地解决了自己的生计和前途问题。

重八越想越兴奋，步子也就越来越快，一天恨不得步行百里，到第三天下午就已进入西峡县渚阳镇地面了。

当时南阳一带刚刚下过一场大雪，树上还残留着未化去的雾凇，天气异常寒冷，路上也非常难行。重八却顾不得这么多了，一心想着天黑时一定要赶到魏家庄附近落脚。

重八就这样跟跟跄跄地走着，身后留下了一排清晰的足迹。突然，他一个不慎，栽倒在了雪地里。他实在是太累了，心想："算了吧，先歇会儿再说！"不一会儿，疲乏已极的重八居然睡着了。

这时，从县城方向跑过来一辆两头毛驴拉的车舆，车厢是棕红色的，上面还覆盖着像屋顶一样的擎盖。赶车的人坐在前面驾驶，只见他一身皮袄皮帽，脸上还缠着一块白布，捂得严严实实的，只留下两只眼睛看路。赶车人远远就看见了雪地里的重八，于是回头对车里的人说道："小姐，前面雪地里卧着一个人，看样子像是个僧人。"

"好，那我们到那儿后，就停下来看看吧！也许是那个和尚冻坏了，夫人素日里吃斋礼佛，今天我们也积点功德。"车里的小姐说道。

"小姐，咱们还是别管这桩闲事了吧，免得惹上麻烦！老爷一定在家里盼着小姐呢，您看咱们在城里大少爷那儿都待了两天了。"赶车人说道，一团团白色的雾气从他的嘴里透了出来。

"这可是送上门的功德，胜过抄一两部经书。放心吧，老爷、夫人也会欢喜的。你们有所不知，夫人每天睡觉，都是面朝西面的。"小姐坚持道。

驴车走到重八身边时停了下来，小姐执意要下车活动活动腿脚，顺便看看倒在雪中之人的情况。赶车人上前几步，一把拿掉了重八的棉帽子，大声笑道："果然是一个和尚！"重八这身未改的装扮，完全是为着乞讨方便，如今人家下车"救"他也多半为此。

小姐似乎也不怕人，而且她自幼跟着母亲烧香拜佛，有亲近佛道的情结，于是上前晃着重八的身子，轻启朱唇道："喂，师父，醒一醒，醒一醒！"

熟睡中的重八一下子被叫醒了，他睁开眼四下看了看，立时呆住了：自己莫不是到了神仙界，何故身边竟有一位仙女在？

重八目不转睛地盯着那小姐看起来，但见她头戴银冠子，身穿窄袖红背子，脚穿一双翘头弓绣鞋，系一身棉制的白长裙。面目清秀，五官精致，肤色白皙，恰值青春妙龄，虽然偏瘦，但身姿细挑，眼神里还带着一股风流！尤其是那纤细的玉指，确如人们所形容的削葱根一般，更有一股幽幽的香气扑鼻而来。重八不禁有些魂不守舍。

小姐被冒失的重八看得粉面含羞，很快转过脸去。赶车人立即大声讯问道："这位和尚，你要去哪里？"

"去、去魏家庄！"重八被这一问拉回了神，"咱要去魏家庄！"

"是吗？我们就是魏家庄的！"赶车人看了看小姐和丫鬟，"你去魏家庄找哪个？"

"咱要找何忠，何师傅！"

丫鬟一边帮小姐披着棉袄，一边忍不住笑道："真巧啊！你是何师傅家的亲戚吗，你找他何事？"

重八坦言道："我是一位说书的赵先生介绍来的，他跟何师傅是干亲家！"

"对，有这么回事！行，那你跟我们一块儿回去吧，我们就是魏家庄的。"赶车人说道。

重八刚想站起来，却发觉自己的身体已经被冻僵了，腿脚不听使唤。小姐见状，便对赶车人说道："他必是冻着了，你快扶他上车吧。"又转身对丫鬟说道，"小春，你也搭把手！"

重八看了看这位长相和心肠都似神仙的小姐，又狠狠地嗅了一口从小姐身上散发出来的醉人幽香，忍不住说道："小姐您可真是菩萨下凡啊！"

"少贫嘴，莫非你也是个花和尚？"那丫鬟说笑着扶小姐上了车，然后从车里拿出一条毯子扔给赶车人，让他给重八盖上。

重八上车后，因男女大防，必须跟赶车人一起坐在车前面。刚走出没多远，丫鬟又从车厢里递过来一个造型精致的手炉，只听车里的小姐吐气如兰地说道："快接着吧，暖暖身子！"

重八将手炉紧紧揣在怀里,暖流随即向自己的全身慢慢扩散开来。不经意间,重八的眼睛里竟流出了感激的泪水,在这漫天匝地的大雪中更觉天地浑然一体。他心想,这两年里,自己可算是吃尽了苦头、受尽了委屈,几乎没有人,尤其是一个女人、一个年轻的女人如此体贴入微地关心过自己,如今这位小姐不仅没有嫌弃自己,而且还对自己嘘寒问暖,更何况,她还有着天仙一样的容貌啊!

重八于是暗暗发誓,有朝一日,自己一定要好好报答这位小姐!

真是无巧不成书,原来这位小姐就是魏老生的亲生女儿、魏家大院的大小姐,魏老庄主膝下只有这么一个女儿长大成人,而且她跟大少爷一样皆是嫡出,因此老爷、夫人对之爱若珍宝。

重八分别见过了何师傅和魏老庄主,何师傅见身高不下五尺六、身板异常结实的重八是个练武的好材料,心里已有几分喜欢;而衣着有些蒙古风的魏老庄主见重八生得身强体壮,庄稼活方面也是一个好手,便爽快地同意把他留下了。重八自信有一种察言观色、知人善恶的本事,当他见到魏老庄主第一眼时,就本能地觉得这个小眼睛、言语油滑的阔老爷不是一个善茬,多半也是为富不仁的那类人。

等到重八在庄子上熟悉了,何师傅也笃定了留意,便问重八:"重八啊,你学过武艺、技击之类的吗?"

"小时候村子里有来串乡的武师傅,收点粮食教大伙武艺,咱跟着学过两年。"重八答道。

"好!"说着,何师傅就把重八拉到了院子里,想要试试他的身手。

没出两招,重八就被打倒在地,险些来了个狗啃泥。何师傅笑道:"你小子虽然不是练家子,但是身手还算敏捷。行,明年跟我好好学,保管你用不了三年,就可以走遍天下都不怕!"

这位何师傅还不到四十岁,外表生得有几分秀气,像个教书先生一样,但筋骨却强健如铁,目光异常锐利。据称,他的祖上是北宋最精锐的部队——"西军"①中的教头,跟《大宋宣和遗事》(《水浒传》蓝本之一)里的豹子头林冲是一样的人物。所以重八大喜过望,发誓要好好跟着江湖人称"南阳震山虎"的师傅学武艺。他想:"有了这个功底,姥爷曾经预言咱可以封侯拜将,难道还是奢望吗?正所谓'学成文武艺,货与帝王家'嘛。"

过了忙碌又热闹的年关后,农家暂时没有什么活计,随着大地回暖,人也都走出了屋子。重八行过了隆重的拜师礼,何师傅便开始正式向重八传授武艺。

重八先是学了两个月的扎马步、跳跃之类的基本功,何师傅见他刻苦不辍、进益神速,便决定即日开始教授枪法。

何师傅把一支长约丈把的红缨枪舞得虎虎生风,看得重八叫好声不断。示范完毕,何师傅便道:"重八你记住,我们学习武艺绝不是为了在人前炫耀,而是要立足实战,不要玩花法、图好看!那是江湖卖艺人的路子,懂吗?"

"谨记师父教诲!"重八拱手表示道。

何师傅举着长枪,认真说道:"枪乃百器之王,诸般兵器遇到枪,立败也。今日师父先教你枪法,方便以后你在江湖上立足。刚才我演练的这套枪法叫'杨家枪法',乃是前朝传下的。"

"杨家枪法,莫不是宋初杨令公家的?"

"不是!"何师傅娓娓道来,"世人一听到这里,就以为是说书里'杨家将'使的,大概此枪法初创时也故意托名'杨家将',因而号为'杨家枪法',实则不然。其实这套枪法还有个花哨的名字,叫'梨花枪法',它乃南宋李全所创。李全之妻尝言'二十年梨花枪,天下无敌手',可见此枪法着实有过人之处。先前确有杨令公,也就是杨无敌的杨家枪法,也有我们西军里惯使的沙家枪法,更有岳武穆所创的岳家枪法,但没想到这梨花枪法可以后来居上,而这李全又是因抗金战死

---

① 北宋禁军被分为河北禁军、西北禁军及中央禁军三部分,西军即西北禁军。因驻扎在民风彪悍的陕西,又长期投入对西夏的战争,所以一直保持着强悍的战斗力,堪称北宋名将和强军的摇篮。

沙场，天下用枪之人皆敬仰其为人，其枪法也就从风而靡了……"

重八听得不是很明白，忙疑问道："这样说来，是不是大家练成这套枪法之后，武艺都差不多呢？"

"所谓'师父领进门，修行在个人'。一个人如果身手比常人敏捷，或者力大，抑或可以唬住对手，都是取胜之道。"

"哦，明白了，难怪世人常说'一力降十会'，看来还是力气大的容易占上风。"重八笑道。

"是这样的，不过那主要是说徒手的情况，世上的大力士多了，你见过几个做大将的？可见人有了武器在手里，就与徒手大为不同了，不仅可以做个项羽一样的万人敌，还可以不惧虎狼之类的猛兽。"

"可见人确实是百兽之灵、万类之长，因为人懂得制造武器、使用武器嘛。"重八笑道。

何师傅又在重八面前比画了几下，道："这梨花枪有二十四势，第一叫夜叉探海势，'枪谱'上说，此乃持枪行立看守之法，遇敌变势，随机应用，无不中节……"

说着，何师傅便仔细示范开来，但见他两只脚一前一后，身子直立着，一只手握住枪直直地挺着，另一只手做出握枪的姿态。

"第二叫四夷宾服势，第三叫指南针势，第四叫十面埋伏势，第五叫青龙献爪势，第六叫边拦势……第二十三叫鹞子扑鹌鹑势。"与此同时，何师傅还在仔细演示着动作。

"这最后一势叫太公钓鱼势。"说着，何师傅身子直立着，两只脚一前一后，双手持住枪，枪口略往上提，"'枪谱'上说，此乃摩旗枪法，诸势可敌，轻挨缓捉，顺敌提拿，进退如风，刚柔得体。"

"师父，什么叫摩旗？"

"就是摇旗嘛，像摇动旗帜一般！"

何师傅演练完毕，便把枪交给了重八，重八试着做完了一个动作，何师傅又郑重交代道："梨花枪二十四势，看起来差不多，其实并非一个套路，乃是单独的实用招法。一般的花哨枪法看起来让人眼花缭乱，但那都是走江湖表演、悦人眼目之用，并非立足实战，明白吗？"

重八虽然即刻不完全明白，但不久之后就彻底明白了。他能吃苦且勤快，再加头脑灵活，才学了半年多就在十几个庄客里无人能敌了，何师傅也欢喜非常。

忙完了秋收后，农家又开始进入一年的清闲时节。这天吃过早饭，何师傅又将重八叫到了练武场上，他手里拿着一根棍棒，说道："从今天开始，师父要教给你一套棍术，那枪你平素拿着也不方便，倒不如这棍术来得实际。即便是战场上，人马逼战，也往往刀不如棒……棍术大概很早就有了，比如说秦朝时收天下兵器，那陈胜、吴广'斩木为兵，揭竿而起'，指的岂不就是棍棒吗？"

重八插言道："自古以来有少林'十三棍僧救唐王'的故事，不管此传说的真假，但那少林棍法却是天下闻名的。"

"是的，重八，你可能听过那陈州棒胡的故事吧，这胡闰儿善使一条长六七尺的棒子，其人进退技击如神，一时远近闻名。前些年他起事反抗朝廷，失败被杀了。"

"棒胡起事闹得沸沸扬扬，在河南地界上哪个不知？师父可曾跟棒胡交过手吗？"重八问道。

"这倒没有，但是他手下的胡小花、棒张之流，也是善使棍的，师父年轻时也争强好胜，倒是跟他们几个交过手，一时胜负未分，可见那棒胡的棍法在我之上。"何师傅说完，便拿着棍子演练起来。演练结束后，他又对重八说道："因你也算是佛门子弟，师父就教给你一套少林棍法吧，来日你若重归佛门，就不怕难以立足了。"

"多谢师父！"重八给何师傅磕了一个头，然后站起来又说道，"我觉得这个棍术的确是进可攻、退可守，还有点藏拙的意思，不像枪法那样杀气重。"

"嗯，枪法的确显得锋芒直露，它是战场上杀人的利器，行走江湖的话，就多有不便了！好，下面咱们正式学习这套少林棍法吧！"何师傅一面说着，一面示范着，"它不如枪法花样多，只有十四势，分别叫大顿势、仙人捧盘势、扁身中拦势、大当势、大吊势、齐眉杀势、滴水势、直符送书势、走马回头势、上剃势、倒头势、下穿势、闪腰剪势、下按势。"

就这样，重八开始认真地学习起棍术来。他万分珍惜这种学习机会，学起来一丝不苟，因此进益很快，到第二年春天时就可以横扫众庄客了。

何师傅为此语重心长地嘉许道："重八啊！平常一个资质较好的人，若学成这套武艺，没个三年五载是不成的。如今你一年多就差不多可以出师了，可见你殊非常人，真是令人惊喜！他日勤加苦练，超过师父也是情理之中的事。不过你还需多比试、多切磋，与一应江湖高手相互学习，以取长补短。当然，这还是跟战场上的血肉搏杀有所区别，那个咱们就不去细说了。"

"谨记师父教诲！"重八再次给师父跪了下去，"师父乃武术大家，重八不敢奢望超过师父，只求不被人欺负，叫人瞧得起，有口饭吃就好了！"

重八心里想的其实并非做个武林高手，也不是像师父那样去给人看家护院，恰恰是师父不愿意细说的那些，令他隐隐觉得也许那就是自己未来的命运。

五

春上的时候，赵先生如期而至，他果然从家里给重八背来了二十多本书。其中除了一些史书残编，便是兵法、诸子之类，还有如《水经注》《颜氏家训》一类的杂著，可见他大概是掏空了家底。

重八自然不能白白领受这些宝贝，便承诺道："先生您明年春上务必再来，到时重八一定重加酬报！"

"呵呵，算了吧！书赠有缘之人，也是它的好归宿！我来讨几杯水酒吃就好了。"赵先生淡然地笑道。

重八将这些书视若珍宝，不过因他根底浅薄，若无先生指点，必然看得犯困。赵先生为此告诫他说："所谓'书读百遍，其义自见'，平常你空闲了，总要翻一翻。虽然眼下不一定明白，但保不齐他日就明白了，再或者可以借此抓住向别人请教的机会，这也是你的造化！"

重八择善而从，一有空闲就翻翻这些书，更把这些书视作心头肉一般宝贵，为此买了一些牛皮纸将它们小心地包裹起来，还总是把它们放在最隐秘的角落，生怕被人玷污了，或者被耗子咬坏了。

除了这些书，最不能让重八忘怀的便是魏家大小姐了。自从那天在雪地里被她唤醒载回家以来，大小姐的"仙女"形象就深深地刻在了血气方刚的重八心头上，每次午夜梦回，重八都会神游到大小姐的闺房中去……

因为大小姐是千金之躯，又值二九芳华，所以整天待在深闺大院里，重八想见大小姐一回是极难的。有几回好不容易看到大小姐出门，重八站在一旁恭送大小姐足踏芳尘而去，她嘴上虽然一句话也没有，却总喜欢和丫鬟小春一起朝重八不住微笑，似乎重八成了她们两人的笑料。在重八看来，这至少说明大小姐心里还有自己，由此弄得他越发心猿意马，仿佛整个魂魄都被大小姐的嫣然一笑给勾走了！后来小春还经常跑来看重八跟其他庄客比武，重八也一厢情愿地觉得，这定然是大小姐的意思。

重八心里还奢望着，假使自己真的能得富贵，那时如愿娶了大小姐，该有多好啊！好多人都说自己面相不寻常，会不会大小姐也有所耳闻呢？莫非她也打心里看重甚至爱慕自己？如果真是这样，那自己的一生该有多完美，从前所受的苦、所遭的罪也都值得了！

到了这年夏天，心痒难耐的重八实在忍不住了，他多么希望能跑到大小姐的闺房里一探究竟、一亲芳泽。这种危险的念头始终折磨着他，弄得他没有心思练习枪法，因为身手变得更为敏捷，这也让重八跃跃欲试。

有几次，重八趁着搬运东西的当口，仔细观察了后院的道路和大小姐闺房的位置，发现大小姐闺房所在的院落里有两棵大梧桐树，他心里忽然冒出一个大胆的想法：何不趁着晚上潜行到院子里，爬到树上躲起来，兴许会碰上大小姐出来乘凉呢？这样子窥探一下，也是别有一番滋味。如果被人抓住可怎么办？重则被扭送官府，轻则也要被赶出魏家大院啊！那时候可就要给赵先生和师父丢人了！

重八心里很怕，但是又抑制不住想要偷窥的念头。他实在太眷恋大小姐了，也太想亲近一个女人了（其他庄客去城里逛窑子，重八一时还拉不下脸来）！他是一个谨慎惯了的人，不到万不得已绝不会轻易涉险，但是这次他还是决定拼死一搏，否则会难受死的——在必死和冒险之间，他自然会选择后者！

眼看入秋了，如果还不行动，那么天气一凉，大小姐就不会出来纳凉了。于是重八毅然决然地选择了一个有风而无月的黑夜，借口外出去捉蛐蛐，一个人从外面偷偷绕到大院里来，凭着对道路和沿途各人的熟悉（包括看家狗对他的熟悉），顺利翻进了大小姐的院子，然后迅速爬上了一棵梧桐树。虽然重八的动作很轻快，但他的心却止不住怦怦乱跳，一来是担惊受怕，二来也是为能接近大小姐的闺房而兴奋不已！

约莫半个时辰后，大小姐和小春及另外两个丫鬟，果然在院子里乘了一会儿凉，又说了一会儿里里外外的闲话。可惜重八根本看不清大小姐的样子，只能等到她回到闺房后，贪婪地看几眼她那映照在窗户上的窈窕身影。因是初秋之夜，蚊子很多，重八又不敢随便动弹，等到确定大小姐和小春都睡下之后，重八便匆匆结束了这次有惊无险的偷窥之旅。

以后的半个多月里，重八都不敢再如此胡来了，直到中秋节次日，他想着大小姐一定还会出来赏月，便准备故技重施。经过半个月来的观察和判断，重八觉得在月圆之夜闯入大小姐院子并无多大风险。这里的大狗小狗都跟他混熟了，猫咪们经常闹出动静也没人大惊小怪，而且他的身手越发敏捷，自信可以万无一失。就算果真被人发现，脱身也较容易，只是需要蒙起面来，但他不偷不抢的，老庄主也许不会太追究。

在八月十六日的第二次偷窥中，重八终于如愿以偿，借着灯火的映照，不仅近距离窥视了大小姐的俏丽面影，饱享了诱人的朦胧之美，还再次嗅到了大小姐身上发出的销魂幽香。少女的体香在那天似乎散发得格外悠远，重八不禁为之神迷心醉、魂归远兮……

重八激动坏了，接下来的好几天里都为此窃喜不已，可是很快就兴尽悲来——像这样的偷窥想法，到底有什么用呢？自己能触摸到大小姐一分一毫吗？何不现在就加倍努力。但是重八转念又一想，自己的好命也许只是一个骗人的鬼话，哪里就能够成全美事呢？自己天生也许就是这般贱命了，至多也就是衣食无忧，哪里有娶到像大小姐一样美貌浑家的艳福呢？所以不如趁着大小姐还没出嫁，能多看几眼是几眼吧！

　　眼看到了十一月间，重八正苦练棍法，只见小春神秘兮兮地走来对他小声说道："中午吃完饭，你到后院门房上来一下，我有事找你！"

　　重八以为是大小姐的吩咐，心里格外受用，吃过午饭立即兴冲冲地跑到了后院门房上，小春已经独自在那里等他了。小春关好门，走近重八，突然呵斥道："朱重八，你好大的胆子，你知罪吗？"

　　此言一出，重八被吓得三魂七魄丢了九成，担心可能是偷窥之事东窗事发了，但又佯装镇定地说道："看姐姐说的，我重八何罪之有？"如果真是偷窥的事情，那恐怕早就被抓了现行。

　　"臭小子，你别给我装无辜！如今已经有人把你告到老爷那里去了，你还不从实招来？"小春用手指着重八道，不过她的表情一点也不严厉。

　　"咱的好姐姐，快些告诉咱，谁在老庄主面前告了咱，告了咱什么？"重八慌忙地向小春拱手不迭，"咱重八可以对天起誓，如果干了什么对不起魏家庄和老庄主的事情，就叫咱不得好死！"

　　看重八如此果决，小春的表情顿时转作和悦，缓缓道："是谁告了你，我就不说了，想必你心里有数，定然是你得罪了人。幸好夫人的丫鬟小秋无意中听到了，小秋跟我是从小长到大的好姐妹，她舌头长，就告诉了我！姐姐我看你是条好汉子，不想叫你在这上头吃了亏，所以特地跑来告诉你，以后你行事务必要小心！"

　　"到底是怎么回事啊？姐姐快告诉咱吧，不然咱要急死了！"重八不避嫌地拉住小春央求道。

　　其实小春早就对重八有意思了，她一边出于男女大防推开了重八，一边则如实说道："就是那人说你整天鬼鬼祟祟的，有时候很晚会见你从后院出来……"

"哦,是咱找上夜的老魏头喝酒去了啊!"重八确实经常如此,这也是他为窥探之行所做的铺垫之一。

"喝没喝,姐姐不管你;喝了几回,姐姐也不操心。但是那人诬赖你,说你可能对大小姐心怀不轨!"

重八被击中了心结,不免大吃一惊,吓得冷汗直流,但好在别人只是怀疑。于是他摸着胸口道:"天地良心,咱朱重八想要报答大小姐还来不及,哪里敢对大小姐心怀不轨?若是咱真有此混账想法,即刻让咱被黑白无常叫走!"

小春讪笑道:"我要是个男人,也会对咱大小姐心怀不轨的!咱大小姐貌若天仙,是只癞蛤蟆就想吃她这块天鹅肉的……行了,你也别解释了,只为着我看你这人还不错,才特地来通风报信的,从今以后,你一定要小心了!轻易不要再到后院来,免得惹上是非。"

"多谢姐姐关心!"说着,重八给小春鞠了一躬,"以后咱再不去后院找老魏头喝酒了。"

"那倒不至于,你可以到后院来找姐姐我闲打牙啊!"撂下这话,小春就笑嘻嘻地飘然而去。

至此重八才明白,眼前的这个丫头似乎很喜欢自己,若求求老庄主,恐怕不难把她娶到手呢!如此看来,自己也就只有消受这等荆钗布裙的命了,但他眼前一旦闪现出大小姐的如花笑靥,心里又有一千个一万个不甘心。

重八从此再没有孤身踏进过后院一步,转眼间就到了第二年,即至正八年(1348)的春上,重八的棍术已经学得差不多了,何师傅准备再传授他一套刀法。

这天上午,重八正在练功场上温习棍术,突然听到大门处一阵喧闹声,很多人都闻讯赶了过去,重八也丢下棍子跑到大门那里一探究竟。原来是一个年纪不大、身材不高却异常粗壮的江湖汉子来找师父讨教,那人道:"在下是五河人费聚,字子英,自幼学习技击,江湖人称'赛山猪',久闻南阳震山虎何师傅大名,特来找何师傅讨教一二。"

重八一听是五河县来的,那也算自己的半个老乡了,于是他把费聚请进门,道:"这位好汉,咱是钟离人朱重八,咱姥爷家在盱眙,走亲戚时没少经过你们五河县,咱们也算是半个老乡了,快请进!咱家师父跟着二少爷进城去了,不日就会回来,你先到舍下喝杯茶吧,也顺便给咱讲讲钟离的近况。"

费聚也不拘束,跟着重八到他住的地方喝了几杯茶,然后告诉重八道:"朱兄,小弟是去年出来的,路过你们钟离时,看到贵宝地灾情已经大为缓解,想来今年更是大好了。"

重八闻听此言,不禁长叹了一声,道:"不瞒好汉说,三年多以前,咱们淮西闹饥荒,咱就是那时候离家的,后来逃荒至此地,至今一直没有回去过,也不知家里人都怎么样了……路上但凡遇到晓得钟离消息的人,咱都要仔细打听一二。原想着至正六年春上就回去一趟,但听说灾情出奇严重,只有跑出来的人,也就断了这个念想……"

眼见重八就要哭出来,费聚本是半个粗人,却安慰道:"吉人自有天相,朱兄且放宽心吧!"

"冒昧地问好汉一句,你准备什么时候回去?咱想着今年空闲了务必要回家一趟,不如我们到时搭伙一起回去,路上也好有个照应。"重八恳切地询问道。

费聚闻言笑了起来:"小弟此次出来,已行走江湖一年有余,除去结交好汉,便是为了遍访名师。不瞒朱兄说,小弟从小痴迷技击之术,志在成为一代武术大家呢!若说回家,恐怕年内是不会成行了。"

"有志气!"重八站起身向费聚竖起大拇指,不吝赞美道,"好吧,那咱就自己回去吧,路上兴许能和别的兄弟搭个伴。"

重八请费聚吃过了午饭,两人闲来无事,于是决定比试一番,重八也好借机学习一二。众人都来围观,两人先比拳术,没几个回合,重八便被费聚打倒在地。他起身后便佩服道:"果然是门里出身!"

接着,两人又开始比棍术。因重八专门跟着何师傅研习过棍法,这回的表现颇令费聚刮目相看了。比了十几个回合后,费聚突然停住道:"朱兄所使的棍法想必是少林一派,那小弟就以'赵太祖腾蛇棒'来敌你!"

两人一来一往打了几十回合，重八终因体力不支且缺乏实战经验而落于下风，只好俯首认输。费聚不禁笑道："名师出高徒，朱兄才学了一年多就有如此功夫，何师傅的深浅不试可知。"

因为这场比试，两人的关系更加近了。到了晚上，费聚突然提议两人结为兄弟，费聚发觉重八资质非凡，故而想要结交他以为江湖奥援。

重八也觉得费聚是个值得结交的好汉子，便欣然应允："能跟未来的武术宗师结拜，那是咱朱重八的荣幸！"

"哈哈，朱兄取笑了！不瞒朱兄说，此番交手，虽然小弟侥幸胜了，却更让小弟看到了自己的短处，至少这悟性远不如朱兄！"

"谦虚了！咱戊辰年属龙，你呢？"

"小弟己巳年属蛇，那今后就要尊称朱兄一声'大哥'了！"

次日，两人请人用红纸写了刘、关、张的神位供在一张案桌中间，又用黄纸写了一道表文，无非是"有福同享，有难同当""如有负心，天地不容"之类的誓词。大伙都来做见证，重八亲自点烛、焚香后，便拉着费聚给案桌上的神位磕了三个响头，又焚化了表文。最后，两人站起身来，重八方搂住费聚，饱含感情地叫了一声："兄——弟！"

两人义结金兰后，费聚又敞开肺腑告诉重八："家父颇有些材勇，在我们县上做游徼卒。可我生平不愿意干这种名义上是缉拿盗匪，实则乃是官府鹰犬的活计。我自幼学习技击，也颇为向往做个江湖好汉，因此才负气离乡，出来一闯！"

"好啊，我等虽不必劫富济贫，但也不能助纣为虐！"重八慨然道。

费聚果然是有些自知之明的，等到何师傅回家后，空闲时，费聚便有幸向他讨教了几招。

过后，何师傅便当着重八的面，对费聚语重心长地说道："如今你既然已经同重八结拜了，我就不拿你当外人了，实不相瞒，以你的资质看，确乎平平无奇，跟咱重八大哥比差距很大！我看你今后就不要再游荡江湖了，一旦遇上那些个下手没轻没重的，恐怕会伤及你的性命。你不如就此打道回府，成家立业要紧！"

前些日子，费聚已经受过一次重伤，至今还心有余悸，何师傅一番话说得他颇为心动，他便给何师傅磕了一个头："多谢何师傅指点迷津，咱从此就抛了做武术大家的白日梦吧！"然后，他又转身对重八说道，"大哥，我就先在你这里住些日子吧，待你想回家了，咱们再一块回去，如何？"

重八连声笑道："好，好，就是这样才好！"

六

天有不测风云，人有旦夕祸福。这天，重八刚刚向魏老庄主告了假，准备过几天与费聚结伴回家乡一趟，不想魏家庄就发生了一桩震动乡里的大事。

这天晚上二更时分，重八刚刚躺下，只听外面响起了急促的锣鼓声，人们叫喊着："不好啦！不好啦！石龙山上的土匪下来了！"

魏家庄上下一阵鸡飞狗跳，魏家大院里也乱作一团，出去打探情报的人回来急匆匆地报告魏老生道："启禀老庄主，石龙山的土匪已经杀到白石沟了，恐怕一个时辰后就会到咱们魏家庄来！"

魏老生被吓得魂不附体，帽子都歪了，忙问道："来了多少土匪？"

"听说有六七百人吧，反正来势不小呢！"

魏老生只得向何师傅讨主意："老何，你看这可如何是好？石龙山距离咱们魏家庄有百八十里，这帮玩意怎么今天就打起了咱魏家庄的主意？"

何师傅表现得相当镇定，道："如今年景不好，大概是这帮土匪又添了不少新口吧，所以胆子壮了，竟然打到咱们魏家庄来了！咱们各个村庄，仓促之间没法组织起来跟他们对抗，不如先上后山避避风头再说，能带走的财物尽量先带走吧！"

魏老生此时已六神无主，只得按照何师傅的主意，先搜罗了些贵重物品带在身上，然后在一应庄客的护送下，随着魏家庄上千人向后山上转移。事发突然，魏家大院里还有很多粮食、牲畜来不及带走，这可把这个一向惜财、吝啬的魏老庄主给急坏了，此举等于要了他的命！更甚者，那已经传了三代的大宅院也可能被土匪付之一炬，如此一来，可就无颜去见列祖列宗了！

就在心急火燎之际，魏老生的头脑里竟冒出一个古怪而大胆的想法，一个不妨一试的主意——这一切，皆起因于何师傅在他面前说过的一句话："庄主，您不要小看重八，这小子前途有些不可限量。据他说，他的姥爷是个游走江湖多年的半仙，而且非常长寿，重八聪明异常，恐怕是承继了他姥爷的很多大智吧！"

另外，魏老生从多方面注意到重八垂涎于大小姐的美色……

当时，重八、费聚也跟着大伙上了山。夜色之中，重八看见七八里外的白石沟被烧得一片通红，不禁破口骂道："这帮该死的土匪，又在祸害和裹挟良民了！"

重八一手拿着杆长枪，一手牵着头毛驴正在上山，驴背上驮的是布匹、食盐等物。这时，魏老庄主身边的家丁突然跑来急呼呼地说道："重八，老庄主叫你过去，有急事！"

于是重八把毛驴交给其他庄客，拿着长枪疾步跑到老庄主跟前。魏老生立即停了下来，一边喘着粗气，一边拍着重八的肩膀郑重说道："重八啊，我晓得你有本事，也晓得你喜欢咱家大小姐，今天老爷就给你一句话，如果你能把这股土匪赶走，保住咱魏家大院，老爷不管你用什么法子都行，事成之后，老爷我定将女儿许配给你！"

重八听到这里，起初都不敢相信这是真的，打着火把站在老庄主身边的管家又跟着重复了一遍，重八方才急切地问道："老庄主，此事可当真，您不诳咱？"

"当真！老爷不诳你！"魏老生坚定地答道。

黄粱美梦要成真了吗？冥冥之中一切都是定数吗？闻听魏老生此言，重八越发相信人各有命、富贵在天，一时间，顾虑、担忧、紧张、惧怕之情都抛到了九霄云外！

亢奋不已的重八在跑回去找费聚、何师傅的路上，头脑里快速思考起击退土匪的策略来。虽然他只有两三分的把握，但还是决定试一试，哪怕送掉自己的性命——但想把自己置于死地恐怕是不容易的！

重八追上大伙后，先是对何师傅没头没脑地说道："师父，您先带着几个人护送老庄主走吧，让其余人跟咱下山，咱有对付土匪的妙计！"

何师傅被重八弄得一头雾水，反问道："你小子能有什么妙计？"

"师父，你就信咱一回吧，大不了咱自己送命，让兄弟们逃回来就是！"重八来不及多解释。

重八一向鬼点子多，何师傅是了解的，如今见他言行举止异于平常，此事又关系重大，便索性信他这一回，只是又不能不悬着一颗心。

重八找到了费聚，拉着他匆匆下山，路上跟大伙解释道："土匪这次下山是来打劫财物的，绝不敢太拼命，只要我们拿出拼死的劲头，一定可以保住咱们魏家庄！咱朱重八愿意打头阵，决不退缩，如果大伙见咱退一步，就乱棍打死咱！"

事发突然，大家都来不及多想，魏家大院的十几个庄客都信了重八的话，干脆点燃了很多火把，给自己壮壮声势，然后高喊着疾速跑下山去："走！去跟土匪们拼了！"他们也不想看着魏家大院被毁，那样他们就没了栖身之地。

魏家庄的人平素就佩服魏家大院里庄客们的身手，一看这帮人居然敢跟土匪开仗，想必是有几成把握的。他们也顾念自家的房屋、粮食，于是男丁们操起家伙，索性也跟着重八他们跑下山去。

很快，重八一行便聚集了上百号人，还有几十个半大的孩子打着火把在一旁观战、助威。

在面向白石沟的魏家庄南面有一条小河，重八领着大伙过了河上的小石桥，摆开了阵势，准备同土匪背水一战。

约莫一盏茶的工夫，土匪浩浩荡荡的队伍就杀到了。魏家庄的人都看着魏家大院庄客们的表情，庄客们又看着重八的表情——重八居然毫无惧色！这下大伙都坚定多了。

见了这阵仗，土匪的前锋没敢轻举妄动，只等着大队人马赶来。又过了约莫一盏茶的工夫，土匪的队伍也摆好了阵势，双方隔着几十步的距离对峙起来。

重八见机上前十几步说道："哪位是管家的，可否借一步说话？"

重八话音刚落，从土匪队伍里跑出来一个骑马的彪形大汉，那蹚将（土匪）近前对重八道："小子，你想要什么花招？"

"今日一战，你我双方必定两败俱伤，在下斗胆提议，依照江湖规矩，请管家的派出一位能战之将，我们魏家庄也派出一位，以此定输赢可好？"

"好小子！"那大汉勒住马大声道，"如果我们输了，我们即刻回山！如果你们输了，如何？"

"如果我们输了，就即刻给你们让出路来，要杀要剐，悉听尊便！"重八脆声道。

土匪们不知道重八是什么身份，以为他说了就能算数。其实重八是尽量避开了魏家庄的人来跟土匪谈判的。他想着自己此次定要以命相搏，如果败了便必死无疑，但那魏家庄的人未必肯眼睁睁地看着土匪肆虐，至于最终能否保住魏家庄，就要看天命了！而如若自己侥幸战胜了土匪，所谓"盗亦有道"，土匪也是守江湖规矩的，那么兴许会先行退去。重八前两年闯荡江湖时，也算见多了三教九流的人，晓得那些土匪里也不乏慷慨侠义之士，不过迫于生计或者为百姓出头才落草为寇，普遍还是在乎江湖名声的。

魏家庄的人就这样被蒙在鼓里，静观事态变化。这时，突然从土匪的队伍里闪出一位手持长刀、身披黑袍的蹚将。那蹚将没有骑马，走近了对重八说道："我们管家的同意了！你们派个人来跟老子决一雌雄吧！"说着，那人又命手下在身后点起了一堆篝火，既壮了声势，也便于让双方的人马都看清楚。

重八也命人点起了一堆篝火，他把自己的意思跟费聚说了，费聚操着一根铁棍急忙说道："大哥，让我来会会那个蹚将吧！"

重八做出一副胸有成竹的样子，道："好兄弟！今日你就听大哥一回，大哥要亲手拿下那厮，让大伙见识见识咱杨家枪法的厉害！放心吧，大哥有后招！"他重重地捏了一把费聚的肩膀。

费聚只好依了重八。重八脱去青色的直裰，手持一柄长约九尺的红缨枪走出阵去。双方人马顿时吆喝起来,为各自的比武代表加油助威。两人相互一揖,便开始出招了。

重八抑制不住心头的亢奋,全身似在燃烧一般,魏老庄主的话在他耳畔久久回响,以至于他仍感到心潮起伏,浑身有使不完的力气!一杆长枪更是使得天地生辉、神鬼失色,令一旁观战的费聚不断叫好,并暗暗惊叹道:"大哥果然是真人不露相!"

十几个回合后,那蹚将已有些不支,索性脱去了上衣,赤膊上阵。而重八越发驾轻就熟,腾转跳跃皆如飞燕一般。他唯恐结仇,因此尽量避免伤及对方。又过了十几个回合,重八使出一招"白猿拖刀势"的枪法,一举将对方拿下,并连声客气地说道:"承让了!承让了!"

魏家庄人的喝彩声响成了一片,那出战的蹚将灰头土脸地回到了自己的阵营中。重八的心潮为之起伏不已,转身刚要回去,这时,刚才那个出来接洽的彪形大汉又骑着马赶了过来,对重八大声说道:"兄弟,规矩不能由你一个人说了算,我们管家的说了,比武可以,但是要双方各派三个人来出战,三局两胜,如何?"

重八没想到这帮人如此爽快地答应了此前的约定,原来后招在这里。他只得答应道:"好吧!但是咱们有言在先,如果你们再食言,我们就把这话传到江湖上,看你们管家的如何立足!"

重八回到队伍里后,便对费聚低声说道:"这帮家伙不甘心,又改了规矩,想来个三局两胜,这次只好有劳兄弟了,土匪下手很黑,你千万要小心!"

重八用力地抓了一把费聚的胳膊,以示保重,另一面又叫人飞速去找何师傅,希望由他老人家来打第三场,以保万无一失。

重八暗忖道:"这一年多来,还没见过哪个高手跟师父过过招,咱还不知道师父到底道行有多深呢!这确实是一个不小的遗憾!如今若有幸蒙师父仗义出手,不但成全了咱重八的美事,也可让大伙开开眼哈!"

这边传递消息的人刚走,那边就走出来一个手持八尺长斧的粗壮汉子,身材粗短的费聚迎战此人倒也旗鼓相当。重八只想着,若是兄弟最终败了,也应当多撑几个回合,等师父及时赶来。所以费聚出战前，他再三叮嘱道："兄弟，别太给自己包袱背，胜负都没关系，只要多撑几个回合就好了！"

费聚在跟对手大战十几个回合后，心知自己难以取胜，为了尽量拖延时间，便适时地采取了退让战术，反倒让对方白费了很多力气，急得那人破口骂道："你小子怎么那么屄？"

"各人有各人的章法，打不过就认输！"费聚硬顶道。

"你奶奶的，看老子不剁了你！"那人说着，大斧又抡了过来。

费聚左躲右闪，很是辛苦，两人战至六七十个回合后，费聚终于支撑不住了。为了避免不慎被对方的大斧伤及性命，他只好甘拜下风，主动退下阵来，引得土匪们一阵哄笑。

可这时何师傅还没有赶来，重八唯恐生出什么不测，急得汗流不止。此时，对方又杀出一员手持长戟、身披虎皮短袄的大汉，看那架势，似乎正是土匪的大当家本人！只听他身后的土匪都放声狂叫着，为他喝彩助威，想来这人肯定是个难缠的角色，大概也只能靠师父一局定乾坤了。

就在重八急得如热锅上的蚂蚁时，只见前去报信的人回来了。重八急忙上前问道："师父呢，怎么还没来？"

"何师傅说，说……"那人有些结巴了。

"说什么？快点说啊！"重八死命地抓着那人晃了两下。

"何师傅说，你自己的事情，你自己担着，他老人家，他老人家才不管！"那人气呼呼地说道。

重八听到这里，如当头泼了一盆凉水般，浑身冷汗直流，他心里怀疑道："莫非师父是欺世盗名之辈，遇到这个阵仗就想做缩头乌龟，不敢前来了？不对啊，咱的武艺可是货真价实的……那他老人家怕什么呢？"

就在重八无计可施时，那报信的人突然大笑道："逗你玩呢！师父去家里换行头了，随后就到！"

"都啥时候了，换什么行头啊！"费聚着急道。

重八的三魂七魄又被这两句话拉了回来，他忙揪住报信人的衣襟道："臭小子，快吓死咱了！"

话音刚落,只见一人手握长枪,在三根火把的簇拥下朝着小石桥奔来。重八跟着大伙高呼起来:"来了!来了!来了!"

果然是何师傅一行人。当他们近前时,重八意外发现师父居然穿了一件大红披风,脚上还蹬着一双高帮毡靴,架势十足!

重八向师父简要介绍了一下情况,然后笑道:"师父为何穿得这般隆重?"

"我还以为今日必有一场血战呢,就是死,也想死得像个英雄,输人不输阵嘛!既然你小子已经稳住了局面,那接下来就交给师父吧,看看师父这把宝刀老是没老!"何师傅笑道。

重八听闻师父居然是抱着必死之心来帮自己的,不禁感动不已。他目送着师父仰首阔步走上阵去,只恨身边没有酒为师父壮行,这样的场合缺了酒,可真是一大遗憾!就在重八为难之时,只听刚才去送信的那人突然喊道:"何师傅,接着!"

还没容重八反应过来,一个葫芦状的东西就飞到了师父身旁,重八迅即脱口而出:"酒?"

只听那人又说道:"何师傅,喝几口家酿再出手不迟!"

"谢了!"何师傅平时不怎么沾酒,但为了接受别人的好意,也为了圆这个场,便痛快地喝了几口。然后,他把酒葫芦扔给了重八,笑道:"留着一会儿祝捷吧!"

此时重八的眼眶已经湿润了,于是,他欣然走上近前观战助威。两边的火堆烧得更旺了,交手的两人各自报了家门后,很快就战成一团!

二人的动作令人眼花缭乱,兵器相交,时时迸溅出火花,果然是高手过招!经过二三十个回合的较量,胜负未有明显的迹象,重八不禁把心提到了嗓子眼儿,庆幸自己出战时,这位当家的没有直接出手。

不过,师父今天所使的招式不像是梨花枪法,但见其变化多样,似乎有意让对方摸不清自己的路数,这让重八觉得叹为观止。及至近百回合时,师父的优势才彰显出来,这下重八心里的一块大石头才算落了地……

就在这时,那土匪头目突然向后两步,停下手来,亢声问道:"阁下刚才所使的可是种家枪法？"

何师傅收住了枪，朗声答道："没错！你如何识得？"

"不瞒阁下说，在下祖上在西军里做将领，只是轮到不肖这一代，才做了这占山为王的勾当！"那当家的又向前一步拱手道，"敢问阁下与西军、种氏相公有何渊源？"

何师傅沉吟了一会儿，道："在下行不更名，坐不改姓，姓何名忠，取其谐音，当家的，可自己去想。"

那当家的想了想，方笑道："咱是新来的，南阳这地面还不熟！大水冲了龙王庙，失敬、失敬！不管怎么说，两百年前，你我祖先都是战场上的袍泽，一口大锅里舀饭的生死兄弟。若阁下真是种氏后人，英烈遗贤，不肖更要退避三舍了！行，今日交手就当交个朋友，改日手下兄弟们若有得罪，就请到石龙山朝天寨找我姓马的，报上马某的绰号'小吕布'！"

说着，当家的便转过身去，示意弟兄们撤退。眼看着土匪扫兴而归，魏家庄的村民们欢呼着涌上来，把何师傅与重八、费聚三人架起来朝村里走去，表示明天要杀牛宰羊来款待英雄。

"师父今天可是赢得漂亮，您的身手与装扮真是没的说，咱真是佩服得五体投地！"重八大声赞叹着，费聚等人都在一旁附和。

"你小子再苦练十年吧！"何师傅谦逊地笑道。

回到魏家大院以后，重八又一本正经地问道："师父当真是种氏后人吗？"

"你小子说呢？"何师傅一笑，"这有什么可隐瞒的？我不过是诓那当家的……人生在世，以诚为本，今日都是为了成全你的好事，为师连这点做人的准绳也不要了。另外我还告诉你，其实为师在二十个回合内就可以打倒'小吕布'，不过怕他恼羞成怒，才故意多让了他几十个回合。"

"哎呀！"重八拱手道，"师父不愧是一代武术大家，今晚重八可真是开了眼了！说实话，您窝在这魏家大院太可惜了。那师父说，这帮土匪还会再来吗？"

"那可不好说，师父也算江湖上有点名气的，哪天那厮晓得我是故意骗他，恐怕会恼羞成怒的，"何师傅脱去披风后说道，"为防万一，咱们各个村庄之间要互订乡约，结成联防，这样才能有备无患。"

七

次日午后，重八喝过魏家庄村民摆下的庆功酒，便带着几分醉意忙不迭地来找魏老庄主谈迎娶大小姐的事情。

在庆功宴上，何师傅眼见重八有些得意忘形，便特意提醒道："你小子千万别高兴得太早！老庄主就这么一个女儿，大小姐又生得如花似玉，老庄主必定待价而沽，为大小姐寻一门好亲事呢。"

重八被这话消去了一半醉意，忙道："可是老庄主当着众人的面，已经承诺了啊！他怎能变卦？"

"你小子才来一年多，不了解老庄主的秉性。他这个人看似憨厚，实则奸猾得很，在这种大问题上绝不会轻易退让的，"何师傅不想把话说满，小声道，"不过呢，如今世道越来越乱，也难说老庄主不会想得长远些，招个智勇兼备的好女婿也在情理之中。"

当重八带着这一线希望面见魏老生时，魏老生果然不认账了。他一面故作亲近地抚弄着重八的肩头，一面似笑非笑地说道："重八啊，你昨晚上的表现确实令魏家庄上下竖大拇指！连我这个做庄主的脸上也很有光彩，有了你在我魏家大院保驾护航，老爷这心里也踏实多了！你看，你也不小了，虚岁二十一了吧，该成个家了……我知道你跟小春那丫头很合得来，小春自幼服侍大小姐，跟大小姐也算情同姐妹。这样吧，老爷就把小春收为义女，你就做我的干女婿。另外，我再赐给小春一千贯宝钞做嫁妆，从今以后，你们夫妇就可衣食无忧了！"

重八闻听此言，如遭五雷轰顶，醉意在一瞬间消去了，他急忙辩解道："老庄主，您昨晚不是说要把大小姐许配给咱吗，今日如何就变卦了？"

"是吗？老爷我说过把大小姐许配给你吗？"魏老生命人叫来了昨晚在一旁见证的家丁，问他道，"五子，昨日，老爷是怎么跟重八说的？"

"回老爷，您说要把自己的女儿许配给重八！"

"对嘛！"说着，魏老生一屁股坐在了椅子上，装作一本正经地说道，"老爷我可没说要把大小姐许配给重八。如今小春已经成了老爷的义女，视同己出，又赏给她一千贯宝钞作为嫁妆，把她许配给重八，算不算食言？"

"当然不算！"

"好！五子，你先下去吧。"魏老生摆了摆手。

重八被弄得是哑巴吃黄连，一肚子火气不知往哪儿发泄，只得干脆来个不辞而别。魏老生没有怪罪他的无礼，只是对着他的背影高声喊道："重八，我收你做义子也行！"

大伙都跑来劝重八，要他接受老庄主的条件，毕竟那一千贯宝钞可是够普通人吃几辈子了，大不了再纳个漂亮的小妾就是了。

重八却仿佛受了侮辱一般，面对这种嗟来之食，越想越气："难道我朱重八就是这种贱命，这辈子真的不配娶到大小姐这样的佳人了？不，咱绝不认命！大丈夫立世，绝不能苟且，绝不能让别人小瞧！这一次就算了，权当报答大小姐的恩情吧，从此以后，我们就两清了！"

为了清净一会儿，重八独自跑去后山思量今后该何去何从。俯瞰着茫茫大地，重八不禁想起了赵先生曾经给自己讲过的"兴汉三杰"之一淮阴侯韩信的故事——那韩信年轻时因多次寄食别人家而受辱，可是他志向远大，天赋非凡，终成一代武功赫赫的兵家，只不过韩信太在意汉高祖刘邦对自己的恩情，不忍在关键时刻背汉自立，终至惨死钟室。韩信的妇人之仁固然不可学（他觉得如果自己是韩信，大可以自立，只是不与那刘邦为敌就是了），但只要一个人立下远大的志向，胸中怀有天下，那么将来谁敢说自己一定不会成功？不管怎么说，先拿出点魄力给大家看看吧，这口气不能就这么咽下去。

几天后，重八毅然决定离开魏家庄，永远不再踏入这块伤心地。

何师傅很是无奈，劝了半天也没用，只得叮嘱重八道："师父还承望着你小子继承我的衣钵呢，不过师父也看出来了，你小子绝非池中之物，他日必定有一飞冲天之时！只是到时候，可千万别忘了师父。"

"师父放心吧，若重八真有发达的一日，一定把您老人家接去孝敬！"

重八告辞时，哭着向何师傅磕了三个响头，便与费聚一起头也不回地踏上了返乡之路⋯⋯

几年后，天下大乱，中原混战不堪，魏家大院终被人付之一炬，何师傅一家也被迫离开了魏家庄，从此与改名"朱元璋"的重八失去了联系。重八发迹之后曾派人去找过何师傅，希望他到自己帐下效力，可是一直无音讯。

二十年后，朱部人马打下了河南地区，朱元璋费尽周折，总算找到了何师傅的家人，此时才得知何师傅已经在多年前生病去世了。朱元璋感念师父的恩情，便将其子封为"嘉惠侯"。

回到了阔别三年多的故乡，面对那熟悉的一草一木，重八不由得百感交集，心底有说不出的悲楚和喜悦，悲的是二哥、三哥、大嫂、二姐夫等人始终没有下落；喜的是自己经过这三年多的历练，已近乎脱胎换骨，从此再不怕会沦为人下人了。

重八家的老草屋已经彻底荒废了，只剩下一片残垣断壁，院子里是半人高的荒草，其间隐约可见蛇虫之类活动的痕迹。此种凄凉景象，真叫人悲凄。

此时此刻，重八突然想到了一首非常贴近心境的古诗：

　　十五从军征，八十始得归。
　　道逢乡里人：家中有阿谁？
　　遥看是君家，松柏冢累累。
　　兔从狗窦入，雉从梁上飞。
　　中庭生旅谷，井上生旅葵。
　　舂谷持作饭，采葵持作羹。
　　羹饭一时熟，不知贻阿谁！

出门东向看，泪落沾我衣。

所幸邻居汪大娘母子已经逃荒归来，汪大娘告诉重八说："你走后的第二年春上，你二哥就回来了一趟，还给你带回来一个新嫂子呢！后来他听说你也去逃荒了，咱这里的灾情也没有好转，你二哥也想找你，于是带着你那新嫂子又走了……"

"那俺二哥后来回来过没有？"

"听村里人说，好像是没有。"

重八从自己的行囊里取出一些宝钞交给汪大娘，汪大娘客气地回绝。重八挺直了身子道："大娘，您就收着吧！俺重八在外面发财了。"汪大娘上下打量了一番重八，便收下了。

重八暂时无处安身，只得重回皇觉寺，在那里一面读书习武，一面结交本地的好汉，以备来日互相有个照应，或者干脆做出一番大事。他跟费聚回来的这一路上，仍然看到很多来自各地、操着各种口音的流民，心里越发意识到不日必将天下大乱！

费聚先行回了五河，重八在皇觉寺里待了没几天，孤庄村里几个儿时的玩伴便闻讯赶来，这其中，汤和与周德兴两人同重八最是相契，而重八更是发现，这两人的身手也有了很大长进。

相貌魁伟的汤和比重八大两岁，从小就是村里的孩子王，在一众孩子里是最不安分的，但重八向来不服他，所以两人没少打架。对于重八的那股子倔劲儿和愣劲儿，汤和还是有点怕的。

三人来到儿时常来玩的一处山坡上，此时凉风习习，重八不由得感慨道："想想六七年前咱哥儿几个还在这山坡上打滚，如今再访旧地，仿佛做了一场梦一样，整个人也跟投胎再生了似的。真没想过，咱们几个从小玩到大的兄弟还有再见之日！"

"是啊！"汤和放眼看了看四周，附和道，"一场大饥荒，咱们村里的人死的死，跑的跑，十室九空，惨不忍睹，真没想到咱们三个从小穿开裆裤一起长大的伙伴还有故地相见之日！"

简述过自己这几年的经历后，重八便问汤和："老哥，你这几年是怎么过来的？"

汤和有点不好意思，笑道："你们朱家在咱们当地是外来户，根基浅,我们的境况多半都要比你家好一些,不过你如今也算因祸得福。我姑父在濠州做买卖,前两年灾情严重的时候,我们全家都去投奔他了。"此时的汤和怎么也想不到,十年后身边的小伙伴朱重八会杀了自己的姑父。

"哈哈,还好老天爷可怜咱,没有让咱饿死街头。"重八又转向生着一双浓眉大眼的周德兴道,"老周,你呢,你这些年是如何过来的?"

"我跟着家里在钟离县城投靠我舅舅,他是县里的小吏。"周德兴直爽地答道。

"果然你们都有好去处,唯独我们朱家,亲戚也都是穷的。"重八苦笑道。

三个人谈完了过去,汤和听说重八武艺大进,于是问道:"重八,你有何打算?不会是想一辈子窝在这鸟不拉屎的皇觉寺吧?"

重八笑了笑,故意打趣道:"我还不好说?一人吃饱全家不饿,不像你老哥,如今都是拖家带口的人了。水往低处流,人往高处走,哪天嫌弃这皇觉寺了,总有收留咱的去处。那你老哥有何打算?"

汤和沉吟了片刻,然后一本正经地说道:"如今的日子太苦了,家小多了真没法活命。我已经和老周商量过了,我们都投到定远郭公郭子兴麾下。这个郭公人称'小柴进',他仗义疏财,广交四方豪杰,看来是要做一番大事的。"南面的定远县距钟离有百余里,中间就是濠州。

"哦……"重八来了兴致,"定远还有这等人物?"

汤和盘好腿,向重八娓娓道来:"可不是!这郭公祖上据说是唐代有名的郭汾阳[①]。郭公之父是个走江湖的风水先生,他家本在山东曹州(今菏泽),行至定远后听说本地有一大户家的盲女待嫁,郭父觉着这大户家风水不错,便自告奋勇想要入赘到大户家。那盲女觉得他还不错,于是就答应了,后来便生下了三个男丁,老二就是咱们说到的这位郭公子兴了……"

[①] 指唐朝大将郭子仪,曾被封为"汾阳郡王"。

"那这郭公如何成了'小柴进'呢?"重八又问道。

汤和是读过几年书的,他解释道:"这个我可不太晓得,想来是这郭父半生行走江湖,结交众多,又为人仗义慷慨,所以家中来往不断。咱们郭公从小耳濡目染,也就养成了义字当头的豪侠性子吧!郭公自幼尚慕游侠之风,渴望名动天下,成为汉代大游侠郭解一般的人物,所以他为人也是放纵任侠,喜聚宾客。如今投奔到他麾下的各路英雄恐怕已经不下千人了。我和老周先去他那里投个帖子,也算占个位置,一旦天下有事,我们就跟着郭公大干一场!"

"那这郭公说不定就是隋唐英雄里面的那位山西潞州八里二贤庄庄主、大隋九省绿林总瓢把子、绰号'赤发灵官'的单雄信一般的人物了!"重八一口气说出了从赵先生那里听来的这些名头,也是为了在兄弟们面前炫耀一番。

"嗯,差不多吧,"周德兴在一旁忍不住插言道,"这郭公也很是彪悍勇猛,武功了得,我等三四个人都根本近不了他的身呢!"

"好!那你们就先去郭公那里打前站吧,咱这去不去的都是一样的。如今咱就先把功夫练好,把书读好,学成文武艺,再货与郭公家吧,不急在这一时。"重八是觉得郭子兴那里鱼龙混杂,怕就怕没等起事就先出点乱子。不过,他不想让两位发小太失望,于是又推荐道,"咱在五河还有个结拜兄弟,你们倒是可以先带上他,他去也就等于是咱去了。"

周德兴不知重八在顾虑什么,但这毕竟是掉脑袋的事,也不好强人所难,于是道:"也好,我们先把坑给你占下。说来这几年咱们当地习武成风,我跟老汤也都练了几手,只是不像你经过了名师点拨。但你半途而废,着实有些可惜!"

重八轻轻叹了口气,自我安慰道:"这就是命吧,不过有得必有失,有失必有得,没什么可惜的!"

"好家伙!你小子在外面闯荡了这几年,都会这些弯弯绕了,看来真是半个读书人了!说不定兄弟们将来的富贵,真的都要仰仗你这个皇觉寺游僧呢!"汤和拍着重八的肩膀笑道。

在以后的四年时间里,汤和、周德兴、费聚等人不断来皇觉寺与重八互通消息、切磋武艺。重八也越发感受到了天下纷乱、四方云动的迹象。他遵照赵先生与何师傅的教导，越发刻苦读书、认真习武。不过，由于缺乏老师指点，根底浅薄的重八在读书方面始终是囫囵吞枣，进益不大，仅略知大意而已；武艺方面也是一样，始终未有精进，况且他正值野马奔驰的年纪，一个人独处于皇觉寺的陋室之中，难免有时因空虚寂寞而心有旁骛，倒虚掷了不少时光。

重八始终忘不了魏家大小姐那一颦一笑、一举手一投足，每每忆起，未尝不捶胸顿足。他不断在心里暗暗发誓：此生就算拼得一身剐，也要娶上比她还要美貌的女子！唯有如此，才算不被人看扁，才算出了在魏家庄被人贱视的那口恶气，才不负到这世上走过一遭！

第三章

江汉雄杰

一

元廷规定，每个路、府、州、县一年都要有两次往行省里解运地方赋税，每一批解运称为"一杠"，也称"杠解"，押往京城的则称为"王杠"。因害怕路上被土匪打劫，各地官府必然会派出最得力的吏员负责押运。

至正八年（1348）秋收过后，沔阳府玉沙县（今湖北仙桃）①派出一个名叫陈友谅的典史押运"杠解"。按照元代县衙的编制，官吏分别有达鲁花赤、县尹、县丞、主簿、县尉及典史，其中主簿为书记官，县尉则主管治安。"典史"是自元代才开始设立的，一般是书吏积年资或者出钱捐纳的出身，最初职能是管文书，兼管牢狱和治安，实在是一个位卑职重的差事。陈友谅最早就是一名贴书，但因他家里颇有些资财，所以为他捐纳了典史一职，随着年岁增长，还有望进一步高升。

陈典史顺利到了湖广行省首府所在地武昌交差后，次日上午，便让麾下的几十个公人牵着骡马去往城外安歇，又给两个同来的家丁放了假，自己悠然自得地步出驿馆，准备到繁华炫目的武昌城里吃几杯花酒，放松一下。当他就要步出驿馆的大门时，突然瞥见一人正在驿馆的回廊里读书，陈友谅看了看那人，不免暗忖道："这人想必也是哪个州县来押运杠解的同僚吧，今日一众同僚都去逛街或者喝花酒了，这人却在此读书，着实新鲜！想必是他囊中羞涩，不如我就请他一请，也算交个朋友！"

陈友谅大大方方走上前去，拱着手自报家门："在下沔阳府玉沙县典史陈友谅，敢问足下尊姓大名？"

由于陈友谅声如洪钟，坐在石凳上的读书人不由得被惊了一下，

---

① 当时沔阳府和玉沙县府县同城，都在沔阳城里。

险些把书掉到地上。陈友谅看他慌乱的样子差点笑出声来。那人拿好了书，抬头看了一下眼前这位高约五尺八、仪表堂堂、身佩长剑的威武汉子，遂起身答道："在下蕲州（今湖北蕲春县）主簿康某，小字茂才！"

"今日众同僚都上街消遣去了，康兄一人在此读书，不觉得闷吗？"陈友谅一边笑道，一边在石凳上坐了下来，生怕弄脏了衣服故而动作非常小心，一看就知是个特别讲究的人。

"正因众人皆出去了，这驿馆里倒也清静，是故不才才到了这回廊里读书，有清风做伴，倒也不觉得闷了！"康茂才笑道。

"康兄好雅兴！莫不是也想考进士不成？"陈友谅初看康茂才觉其确乎像个清秀的文人，但走近了细观，又注意到他眉宇间的一股英气，想来是一位豪杰了。

"哪里，哪里，陈兄见笑。"康茂才翻开外衣，给陈友谅展示了一下里面的白色孝服，"只因家父过世才两载，不才尚在服孝中，故而不敢造次！"

陈友谅暗忖道："如今哪里还有这么迂腐的人？况且你人在武昌，就是放纵些，也没人晓得嘛！看来此人必是个孝子无疑，而他孝期竟也被派了公差，可见定是县里不可或缺的厉害角色。"陈友谅平素也略通些经史大义，他有意要试探一下康茂才的学问和见识，故而说道："康兄既是孝子，又爱读书，想来学问一定是不错了，小可倒想请益一二，还望康兄不吝赐教。"

"陈兄哪里话，不才只是怕忘记了圣贤的教导罢了，时时温习，哪里敢充什么学问！陈兄若是有问，直接讲出来就是，不才知之为知之，不知为不知！"康茂才拱手道。

"哈哈，康兄谦虚了。"陈友谅一边说着，一边整了整衣襟，愈加显得风度翩翩。只听他继续朗声说道："小可平日常有一事想不明白，想当日夫子周游列国十四载，后世生辈多谓夫子求道不求名，后世不肖之人若起而效法，如何才能知其乃求名而非求道？"

如此刁钻的问题，康茂才低头思索了半天，方道："陈兄一问，真叫不才勉为其难。依不才之意，夫子仁人爱物，且以道事人君，非其道则远之；小人则曲学阿世，且以枉道事人君，不惜纵人君之恶，是故圣愚有分，高下立判！"

"哈哈，康兄一语中的！小可折服了！"陈友谅拱手道。

"哪里，哪里，不才一家之言而已！"

"恕小可冒昧，还想再请康兄一家之言，"陈友谅来了兴致，继续请教道，"小可平生最仰慕西楚霸王，但他却不幸惨败于汉高之手，小可每一读史至此，未尝不废书而叹！这霸王因妇人之仁而失天下，汉高则因无妇人之仁而得天下，康兄，若换作是你，你当做哪个？"

"这个，"康茂才做出为难状，沉思半晌方道，"陈兄这个问题有点为难不才了。夫欲成大事者，不矜细行。不才成不了大事，既不会有汉高抛父弃子的魄力，更不会有唐宗胁父杀兄的手段，若有人以老母相逼迫，不才也只有做徐元直，进了曹营一言不发的份了！"

"哈哈，看得出康兄是个孝悌忠义之人，小可就不为难康兄了！"陈友谅又坐着跟康茂才说了几句闲话，接着便邀请对方陪自己上街走一走，顺便结伴探访一番黄鹤楼等当地名胜，虽然他们都已经不是第一回去了。

黄鹤楼坐落于武昌城附近的蛇山之上，蛇山绵亘蜿蜒，状似伏蛇，其头临大江，尾插东城，与西面的汉阳龟山对岸相峙，为古来军事要塞。黄鹤楼早有"天下第一名楼"之美誉，因此，当陈、康二人到此登临时，目睹此等江山盛景，顿觉心旷神怡，不禁想到了古往今来的文人雅谈。于是康茂才拍着已经年久失色的廊柱笑道："这个李太白明明说什么'眼前有景道不得，崔颢题诗在上头'，可他还是忍不住技痒，题写过五六首有关黄鹤楼的诗作呢，不知陈兄可晓得？"

"是吗？"陈友谅在一旁疑惑道，"小弟才疏学浅，仅仅晓得他一首送孟襄阳的，康兄可否诵读其他一两篇？"

"哈哈，好吧！那不才就献丑了！其中有一首《与史郎中钦听黄鹤楼上吹笛》。"康茂才一手扶着黄鹤楼内的栏杆，一手按住自己身上的佩剑，双眼望着空茫浩荡的大江，高声吟诵道，"一为迁客去长沙，西望长安不见家。黄鹤楼中吹玉笛，江城五月落梅花。"

"好诗，"陈友谅赞过了诗，拱了拱手道，"恕小可唐突、随意臧否古人之罪！李太白这等人虽说是天才纵放，骚情难得，但是太过轻傲，一旦不得志，易于消沉！绝非做事之人，更非成大事之人，终究不过是一介文人耳。"

如此臧否古人，康茂才虽然有些共鸣，但确实也觉得陈友谅有些轻率，只得拱手附和道："嗯，陈兄高论！不才观太白其人实乃纵横家一路，去我孔孟之旨远矣！"

"哈哈，太白、东坡仿佛两种人！小可这里也有一首岳武穆的黄鹤楼词作，算作对康兄的回敬吧。"陈友谅深吸了一口气，方高声吟诵道，"何日请缨提锐旅，一鞭直渡清河洛。却归来、再续汉阳游，骑黄鹤。"

"哈哈，还是武穆壮怀！又经陈兄金口朗诵出来，真是妙哉！"说着，康茂才不由得鼓起了掌。

望着黄鹤楼周遭难得一见的烟波画图，在秋风的吹拂下，游目骋怀之余，一时兴起的陈友谅突然感慨道："英雄就该葬在这蛇山之上，俯视着滔滔江水，与天地融为一景，与日月同乎不朽，且供世人所瞻仰！"

康茂才不太明白陈友谅的意思，只好恭维道："陈兄真是别有抱负，奇志非凡呐！我等庸人，岂能望其肩项？"

"哈哈，康兄又谦虚了！"陈友谅双手把住了栏杆道，"昔日曹孟德秋观沧海，歌以咏志，不如我们也有样学样吧。"

"岂敢，岂敢！还是恭诵陈兄大作吧！"

"好吧！那小可就献丑了！"

陈友谅早已酝酿了半日，此时便听他吟诵道：

蛇山北望大川流，独览江城十月秋。
黄鹤无影楼自在，万古骚客恨悠悠。
古来龟蛇用武地，天降神兵亦为愁。
英雄何须埋桑梓，无限江山是吾求。

待陈友谅字句铿锵地口诵完毕，康茂才品咂了半晌，方赞叹道："好诗，真是好诗！慷慨丈夫志，可以耀锋芒，陈兄气象不同凡类，小弟自叹不如！"

"哪里，康兄才是深藏不露！"陈友谅得意地笑道，这一笑似乎让康茂才觉出了他真正的才量。

康茂才再次拱手道："那就祝愿陈兄今生宏图大展，大快平生吧！"

十五年后，陈友谅在同朱元璋的鄱阳湖大决战中不幸中矢而亡，英雄折戟。康茂才念及旧情，于是向主公陈请，陈友谅如愿被葬在了蛇山脚下①，不过只是一座衣冠冢。

陈、康二人相处还算愉快，陈友谅看得出康茂才英气非凡，确乎有些豪杰的潜质，暗想自己将来必定是要做一番大事的，如果能够得到康茂才这类豪杰的辅佐，倒也是一桩美事，所以对他表现得非常殷勤和慷慨。

不过，康茂才对陈友谅多的只是表面上的客套，他觉得陈友谅虽有些王霸之气，还扬言什么"要把楚霸王的勇力韬略与汉高的豁达大度相糅合"，但为人却锋芒直露，缺乏城府，且丝毫不惧物议，不恤民生，这等人必定心狠手辣！这与康氏本人的性情多有龃龉不合之处，何况他陈氏出身一般，将来未必就能成就大事。

几天后，大家就要各自回去了。陈友谅前往康茂才处告辞，他进屋之后，发现康茂才正长吁短叹，于是关心地问道："康兄何故发愁？"

康茂才转头看了看陈友谅，晓得他的大度，只得如实相告道："有劳陈兄挂虑了！此次来省，小弟身边只带了一个家丁，不想他昨天病倒了，一时半会儿回不去，倒叫小弟犯难了！"

陈友谅听罢，当即摆手道："咳，这有何难！康兄找一个公人留在这里便是，你只管回去，待家丁病好了，再让他同照顾的公人一道回去，不就好了？"

"陈兄有所不知，"康茂才面有难色地说道，"我们县近几年饥荒得紧，本来人手就少得可怜，实在不易再分出人来照顾病人了，何况他这一病不知何时能好，恐怕又是一笔不小的花销！小弟这次出门急了，也没有带多少盘缠！"

---

① 今武汉长江大桥蛇山引桥的南侧。

"说到底这不过是一桩小事，康兄只管上路就是了！"说着，陈友谅便从怀里掏出一叠宝钞，"小弟此次来省盘缠带得足，身边也有两个家丁，今日我就留下一个名唤'三虎'的，让他专门照顾病人，病人何时痊愈，三虎就何时回去找小弟报到。康兄，你看可好？"

"哎呀，陈兄当真是一位及时雨！如此甚好，只是有劳陈兄费心了！"康茂才忙站起身表达谢意，"至于陈兄先行垫付的一应费用，待明春你我再来省时，小弟一定加倍奉还！"

陈友谅一摆手道："康兄太见外了，就当是小弟又请了康兄一顿酒吧！"

"陈兄高义，小弟没齿难忘！"康茂才虽然有些看不惯陈友谅的为人，但对他的雪中送炭之举确乎铭感五内。

说来也巧，这个给陈友谅家打杂的三虎，在照顾病人的十多天里听说了康茂才的不少故事，他有点讨厌陈友谅暴躁、苛刻的为人，非常仰慕行事厚道的康茂才。后来陈友谅率众起事，三虎唯恐被牵累，竟前往千里之外的蕲州想要转投到康家为仆，康茂才念及昔日情分，便收留他做了自家的门房。

二

陈友谅家中还有两个同胞弟弟友仁和友贵，在家族排行中，他是老四，友仁是老五，友贵是老七。不过他家也跟重八家一样，跟留在乡村的叔伯家已经来往不多。

一个初冬的午后，晴空朗照，从自家药店里出来的陈友仁正在城内大街上行走，不期然被一阵敲锣打鼓声所扰。他与众人都被喧闹声吸引了过去，只见一处平素供演戏用的高台上摆了十八般兵器。细看之下，原来是有武人在招揽学徒，那旗幡上还写着"名师技高压四海""尔徒艺成行九州"的宣传标语。友仁平素爱打抱不平，他暗忖道:"好大的口气,我要看看这几个人是否又是江湖骗子!这些年可是见惯了这类欺世盗名之徒!若是真有两三下子,倒不妨与之结交一番。"

这时,戏台上的人还在敲着锣喊:"强身健体是首要,凡是来做学徒的,师父还给免费治病!大伙快来报名吧。"

友仁于是上前问道:"你这师父什么道行,就敢给人治病?"

那人看了看白皙英挺的友仁,笑道:"哈哈,不瞒相公说,我家师父乃是武当山学道多年的高人,不但精通武功和医道,还能给人算命、看风水呢!上知天文,下知地理,天地间就没他老人家不懂的。"

友仁心想:"世上怎么可能有这类人!定是骗子无疑了。"他本有些任侠的秉性,见不得这些骗人的勾当。

两人正说着话,一个虎背熊腰、须髯如戟的壮汉走上了戏台,开始自卖自夸起来。友仁又不由暗忖:"这个人恐怕就是师父了吧,看他那气色和步履,想来确是有两下子的,但他更像一介武夫,怎么可能是个全知全能的人物?而且听其口音,应是沔阳本地人,我等几时听说过这么个人物?"

"耳听为虚,眼见为实,今日就让我陈某人试一试阁下的身手,如何?"友仁按捺不住,跳上戏台挑衅道。

底下有不少人都认识他,这时都开始为他喝彩起来:"五相公努力!"

那壮汉气定神闲地略微笑了笑,便拱手道:"久闻陈家相公大名,今日蒙获赐教,实乃三生有幸!"

"哦?你听说过我们陈氏之名?那定然是有备而来了!"在知己不知彼而对方可能知己又知彼的情况下,友仁更暗暗小心了些。

在众人的一片欢呼和怂恿声中,两人再无虚礼,徒手过起招来。陈友仁本系沔阳有名的高手,一向没吃过亏,没想到这次遇上了对手。那人出拳既快又狠,且力道甚足,友仁生平未曾遭遇过,大约十几个回合后,就被对方完全压制住了。

看来这次是真的遇上高手了,友仁只好罢手,上前拱手道:"阁下果然好功夫,小弟认输了!还想请教阁下尊姓大名,改日必定登门拜会。"

"哈哈，五相公承让了！"那人客气地回道，没有半点得意的神情，"在下姓张，名必先，江湖人称'泼张'，家就在那小洪湖边！"

友仁听完猛然一愣，忙道："怪哉！我家祖上也是小洪湖边上的渔家，至今还有不少亲戚在那里，何故从未听说过还有张兄这等英雄人物？"

"这有何奇怪的？我与族兄一起离开家乡快二十年了，今年始得叶落归根，陈相公这样的后生自然不认得我们，哈哈。"张必先笑道。

"敢问张兄是在哪里学的武艺？竟如此高明！"

"哪里，我族兄定边高明于我何止十倍！他学道于武当山，我则学艺于他，哈哈。"张必先仍一副气定神闲的模样。

"想来您这位族兄就是这旗幡上所谓的名师了，果然名不虚传，失敬，失敬！"

两人说得正入神，全然没有注意到此时身边已经多了一个人，只听那来人喑哑着笑道："哈哈，陈家相公面前怎敢自称名师！"然后，那人与张必先相视着会心一笑，表情很不寻常。

友仁转头去看那人，但见其人身材魁梧，面呈铁色，颇有几分豪侠气质，身着一件宽大的青灰色棉袍，更有几分仙风道骨。更让人称奇的是，此人面颊两侧、唇部上端及下巴处共有五绺长须，其中最长的那绺垂至小腹，端的是一位美髯公！一位世间奇男子！

友仁想着这位一定是张必先所说的族兄张定边了，他急忙谦卑地拱手道："小弟有眼无珠，今日才知人外有人、天外有天之理，孔夫子说，十室之邑，必有忠信！不想今日这百里之内，竟然连出两位豪杰，实在意外，意外啊！"

张定边挽了挽自己的大袍宽袖，拱手笑道："班门弄斧，贻笑大方！不过今日我兄弟是来此地招徒的，总不能误了正事。"

"水深还怕无鱼？"友仁向四周指了指，"不是小弟夸口，只要我四哥来为张兄站一站台，就什么都解决了！"

张定边捋了捋长须，道："好！今日不妨就走个捷径，那就劳烦五相公引荐了！"

"惭愧，惭愧！没想到张兄竟然认得小弟！"

张必先忽然大笑了一声道："今日我等在这里，一为招徒，二来就是做钓鱼的姜太公了，如果连这鱼都不认识，岂不可笑？"

友仁有点疑惑："必先兄何意？"

张必先又与张定边相视一笑，张定边拍着友仁的肩膀道："五相公休问，他日自知也！"

这时看热闹的人越聚越多，张必先忙提议道："大哥，你快给大伙露一手吧，百闻不如一见，让大伙都开开眼！"

张定边又捋了捋长须道："好！今日当着五相公的面，鄙人就献丑了！"

说着，张定边从一排武器中取过一张弹弓①，手里抓了两颗弹丸，向四下看了看，便指着二十步开外的空旷处一个头顶着拳头大小沙包的人，说了一声："中！"

随着弓弦响过，众人向着那弹丸落处望去，只见沙包突然间被击落在地，众人当即被这惊险的一幕给镇住了！

待那原本顶着沙包的人呈上捡起的沙包时，众人赶紧过来围观，只见那沙包上破了一个洞。张定边取过沙包，从里面取出了一颗铁制的圆形弹丸，正是刚才射出的那枚。在一旁屏住呼吸的陈友仁不由得叹道："真是神技！今日着实是开了眼了！"

不想那张定边还有后招。十步开外的屋脊上有几只麻雀落脚，张定边便指着它们，向众人道："此番要杀一回生了！"

张必先等人使劲一哄，那远处的麻雀受惊起飞，但见那张定边眼疾手快，随着弓弦再一次响过，一只正在空中飞行的麻雀竟骤然掉落下来，众人走过去把它捡了起来，那麻雀已口吐鲜血而亡！

陈友仁目睹此情此景，不由得竖起大拇指赞叹道："张兄神技！小弟叹为观止！"

---

① 弹弓分为多种，这里提到的弹弓造型像弓箭一般，以发射铁弹丸为主。

"雕虫小技，何足挂齿！哈哈。"说着，张定边弃了弹弓，又捋了捋长须。

　　"我四哥平生最敬豪杰，每每遇到，断不放过，今日幸遇张兄，更要请到家中一叙了！"说着，陈友仁做了一个请的姿势。

　　张定边没有推辞之意，笑道："那就有劳五相公带路吧！在下久闻陈典史大名，也想一睹风采呢！"他又转身对张必先说道，"必先，你在这里先看着摊子吧，你看这报名的如此多了。"

　　大伙都被张氏兄弟的武艺折服，纷纷奔走相告，一时间来报名学武的人成倍增加。去往陈家的路上，友仁问及张定边的身世及师从，张定边答道："吾家本是小洪湖边一渔家，鄙人自幼喜旁收杂学，也热衷武艺。就在鄙人十四五岁上，家父曾收留、款待一游方真人。那真人指着我道：'此子悟性非凡，与我玄门缘分不浅，他日修真得道，必是命世人物！'家父听后欢喜非常，故而将真人延留了数月。真人教授了鄙人诸般技艺，着实获益匪浅，由是令鄙人更神往玄门！偏巧几年后家父过世，鄙人辞别了家母和新妇，按照真人先前指点，到了武当山，这便是鄙人二十年求道生涯的肇始！只因尘缘未断，又是家中独子，故而没有正式拜入玄门……"

　　武当山位于湖广行省西北部的襄阳路武当县境内，此地不仅盛产草药，有"天然药都"之称，更因幽深雄奇的自然风貌，成了无数隐居、修真、炼丹者的胜地，渐渐发展成道教的名山之一。陈友仁对此并不陌生，道："真是名山出名士！不过，这天地既大，又小，说不定家父还识得令尊大人呢！家父也是小洪湖边渔家子，后来到了这沔阳城，改行做了买卖，筚路蓝缕三十载，才有了今日这番面貌！不瞒张兄说，如今这沔阳城里的药铺和当铺大都是我们陈家开的。"

　　"哈哈，鄙人晓得一二，如今这沔阳市上谁人不知陈典史陈四爷的名号！"

　　友仁头脑里突然产生了一个想法，他提议道："不是小弟吹嘘，家兄天生神力，力能扛鼎，果真是楚霸王再生！张兄慧眼识人，不如咱们就先到衙门口等着四哥散值吧，看时辰还有两三刻钟！小弟躲到一边去，张兄自行去辨一辨，看哪位是我家四哥。"

"这有何难！令兄牛高马大，一望便知！何况其霸气外现，又喜随身佩一把长剑，谁人不能一眼识得？"

"哈哈，张兄说得在理！"

两人先行来到了衙门口，在几十步开外的地方寻了一处茶摊坐下，边喝茶闲聊边等着陈友谅放工。

不一会儿，公差和书吏三三两两地走出了衙门，等到一位矫然不群、昂首天外、衣履严整的壮年汉子出来时，张定边与友仁不免相视一笑。张定边仔细地上下打量了一番陈友谅，不禁赞叹道："令兄龙行虎步，着实是霸王复生！"

两人迎上前去，友仁一边指着张定边，一边笑着介绍道："四哥，今日我给你找了个好对手，你若胜得了这位张兄，才可称一县无敌！哈哈。"

陈友谅自来是个争强好胜的主，也颇以才器绝人自负，自然不肯轻易承认这方圆百里之内居然还有武艺胜过自己的人。他被老弟这番突然袭击给弄蒙了，遂仔细打量了一番张定边，倒是觉得此人带有一股平和宽大之气，更像个医者。于是他对友仁嗔怪道："我看这位张兄是你给咱爹请的郎中吧，你休得哄我！"

"这位张兄精通百艺，四哥偏要说他是一位郎中，也不为错！哈哈……"他转头又对张定边说道，"四哥刚才这话提醒了我，近日家父身子不大好，有劳张兄到家中瞧上一瞧吧。"

三

三人很快来到陈家大院，这是一座三进三出的大宅院，院门口可见一道宽大、精致的雕花影壁墙，在不大的沔阳城里显得好不气派！

陈友谅的娘子见来了客人，出来道了个万福后，便吩咐茶房献茶。这娘子，原是陈父生意伙伴的女儿，姿色虽然一般，但安分守己，待人接物很有分寸，是个不错的家庭主妇。只见她将陈友仁悄悄拉到一边嗔怪道："老五，你这一天都干什么去了？弟妹挺着个大肚子，都跑嫂子这里三四趟了，你快回家去先瞧瞧她吧，这有身孕的女人得多多关心啊！"

"麻烦嫂子了，我这不是找四哥去了嘛！不碍事的，阿兰是一个人在家闷得慌。"陈友仁笑着小声道，"待送走了客人再说吧！"

"你啊，还像个半大孩子，不知道疼人！"陈友谅娘子嗔笑着去了别院的陈友仁家。

待用过了第一杯茶后，陈友谅先行告辞去了书房里做些公事笔记，陈友仁便领着张定边来到了后院父母的住处。一进父母的居所，陈友仁便孩子似的兴冲冲对躺在病床上的父亲说道："爹，今日五儿在外面给您请来了一位名医，让他来给您瞧瞧吧。"

陈父在丫鬟的搀扶下坐起来后，一边命下人请客人落座，一边仔细瞧了瞧张定边，不禁疑问道："这位郎中好生面善，老朽定是在哪里见过你！"

"爹，您老是眼花了吧，这位张兄在外待了快二十年了，今年才回来。就是以往回来探家，他这足迹不入街市，您老又何曾见过他！"陈友仁走近扶住他爹道。

"不，不！"陈父摇着头道，"爹就是觉得好生面善，噢——爹想起来了！爹年轻的时候，还在小洪湖里跟着你爷爷打鱼那阵子，认识一位绰号'翻江龙'的，他好像也是姓张，体貌也是这等英伟，我们曾在一起耍过不少把戏呢。虽说那时的他还不是一位美髯公，但相貌却与眼前这位先生有几分神似呢！"

"世伯，那人可是叫张三古？"张定边笑问道。

陈父想了一会儿，方惊喜道："对，对！就是他！小先生不会是这张老哥家的公子吧？"

"实不相瞒，张三古正是家父的名讳！"张定边起身拱手说道，"难得世伯有这眼力，居然从小侄身上瞧出家父当年情貌！"

陈父被惊得一下子就要从床上坐起来，忙笑道："哎呀，原来是故人之子，老五，快吩咐厨上，多弄些好酒好菜招待这位张世侄……你看，爹一高兴，这病也好了大半！张世侄，不知尊父可还健在？你家里兄弟几个？"

"已经过世二十年了！我家中只我一个男丁，一姐一妹都早已嫁人，愚侄都已年过不惑，家姐早已是抱孙子的人了。"张定边靠住床沿道。

"好，好！只有老朽苟活于世，拖累儿女啊！虎父无犬子，张老哥能有世侄这等高明之士传后，可以含笑九泉了。"说着，陈父不禁伸出手来亲切地摩挲了一番张定边的胳膊。

陈父又问了一些张家的生活情况，当得知都还过得去时，便笑道："来吧，贤侄快给老朽把病瞧了吧，看看老朽还能拖累儿女几日。"

张定边在床边坐下，也无须故弄玄虚，只是号了号陈父的脉象，又仔细看了看面色，遂捋着长须道："无碍，不过是风寒之疾！想来世伯一直都只是服那几味药，如今有些镇不住它了。所谓'单味药不如复方药，复方成药不如辨证用药'，愚侄今日另开几服药，世伯吃吃看，想来有两日就可离床了，五日就可恢复如初。"

听罢，陈家父子忙道谢不迭，家丁取来笔墨交给张定边开方子，不料他突然拈须道："且慢！"

陈家父子有点吃惊，忙问："怎么了？"

张定边又仔细号了号陈父的脉象，发觉其脉弦而细，细观之下又发现其面目有些肿胀，于是问道："敢问世伯，您老的四肢是否经常浮肿，且不时伴随腹胀肠鸣、饮食减少等症状？"

"对！对！"陈友仁接口道，"可不是如此吗？爹的大便也稀而次数多，平素遵医嘱，一直服用牵牛、大黄两味药物，病情时有减轻，但总不能除根，遇有阴雨天反而更厉害呢！"

张定边小心地放开陈父的手，道："这就是了！此系世伯胃气太弱之故，致使体内湿气太盛，遇有阴雨天更甚！平素那些医士，总是不太注意病患的实际情形，一味使用牵牛、大黄等物，图一时之快，而致损伤胃气！岂不知此症在于调补，否则一旦元气耗尽，必有性命之忧啊！"

闻听此言，一向讲求孝道的陈友仁被吓出了一身冷汗，忙问道：

"张兄，那家父还有救吗？"

张定边微笑道："无碍，好在及时发现，世伯身体还算康健！只需服用平胃散加白术、茯苓、草豆蔻仁等物，几次之后就可减轻症状；此后再用导滞通经汤治之，便不难痊愈了。"

陈家父子又立时化愁为喜，忙再次向张定边道谢不迭，还示意家丁取重金酬谢。见张定边一意推辞，陈父遂又道："如今贤侄在哪里高就？何不就到我'陈记大药房'坐诊，可免去腿脚上的麻烦！"

陈友仁笑着解释道："爹啊，您有所不知，张兄刻下正在扯旗招徒呢，不过招的不是学医的徒弟，而是学武的徒弟！张兄身怀百艺，人文地理无所不通，遁甲奇门无所不晓，以至医卜星相、文学武艺皆能，不过是看在我跟四哥的面子上，才来给您老瞧病的。"

陈父惊得目瞪口呆，连声说道："后生可畏啊！只愿老朽活得长一些，见识见识你们这帮后生的作为！"

"会的！世伯是个高寿有福之人，愚侄一看便知，改天愚侄传给世伯一套强身健体的拳法，包管您老延年益寿。"

"那敢情好！"待听过了张定边的经历，陈父不由感叹道，"玄门多异能之士啊！早些年老朽就听说苏东坡在黄州时，有个杨道士跟他过从甚密。那杨道士善画山水，又能鼓琴，还通晓星象、历法与骨色（指看人骨相），能作轨革卦影，会黄白药术，连那东坡先生都赞他多才多艺！世侄可曾晓得此人？"

"偏巧愚侄晓得这一段故事呢！"张定边仍旧笑道，"那人姓杨名世昌，字子京，系蜀地绵竹武都山道士，东坡先生最有名的《前赤壁赋》中提及的伴游客人之一，便是这位杨道士了！这杨道士光身一人，如闲云野鹤般来去自由，更难得的是他身体强健，即使泥行露宿，也满不在乎，直令东坡先生羡煞！杨道士还善吹洞箫，东坡有诗言'杨生自言识音律，洞箫入手清且哀'……"

"哎呀，定边兄果然博学！"陈友仁笑着夸赞道，"经兄长这么一说，想来《赤壁赋》中那句'客有吹洞箫者，倚歌而和之'，此吹洞箫者，必是杨道士无疑了！小弟素来景仰一箫一剑走江湖的侠客，只可惜我天性愚笨，音律方面总是懵懂，若是兄长这方面有所造诣，改日还请指点指点！"

"好说，好说！"张定边打趣道，"只是五兄若是浪迹江湖了，谁还在世伯跟前尽孝，弟妹更要责怪愚兄引诱好人了！"

陈家上下一片欢颜喜气，待吃过了隆重的晚宴后，友谅、友仁、友贵三兄弟都在座。陈友谅向张定边郑重请教道："从今往后张兄就是咱自家弟兄了。实不相瞒，多年前，曾有一位善看风水的老神仙相看我们陈家的祖坟，又相看了祖父的本家——谢家的祖坟。老神仙说我兄弟'法当贵'！张兄，你既通风水、相术，何不给我兄弟相看相看？"原来这陈友谅的祖父本来是一户姓谢人家的小儿子，后因家贫不得不入赘到陈家才改名换姓，而陈家则是从江州（今江西九江）著名的义门陈氏分出的一小支。

张定边面有难色，许久方道："不瞒四兄说，弟倒不看重这些！所谓星命杳无凭，天道暗难问，古往今来，兴亡有数，或恐有宋时费孝先一般的高人，但多半还是鱼目混珠大言欺人者。弟不敢妄称高人，道行短浅，惭愧，惭愧！"刚才吃了一顿饭，张定边在称呼上已开始有了微妙的变化。

"张兄谦虚了！"陈友谅闻言吃惊不小，但仍强作笑颜道，"张兄说的费孝先是何等人物？"

"此是宋时人物，以轨革卦影术名闻天下，连《东坡志林》中都有所记载！"张定边进一步说道，"说来这费孝先学艺的故事就让人神往不已！那是宋仁宗至和二年之事，孝先到青城山游玩，在借宿时不小心弄坏了一位老人的竹床。孝先表示要赔，但老人却摇手笑道：'床下有一行字：某年月造，某年月被费孝先损坏。好坏有定，何必要赔？'费孝先掀开床一看，分毫不差。他知老人定是黄石公一流，于是留下跟老人学艺，六年后便得以轨革卦影术名闻天下，王公大臣不远千里以金帛求其卦影者如过江之鲫……"

"又有鱼目混珠大言欺人情形，弟等孤陋寡闻，张兄可否举几个例子来听？"陈友谅听得来了兴致。

"不胜枚举，四兄要听，讲一车也是有的！"张定边看了看另外两兄弟，发现他们都伸长了脖子，明显十分感兴趣，便讲开了，"想那蔡京当国时，一班迷信轨革卦影的官员欲觅得进身之道，便四处找人来问。所得卦画都是一人戴草而祭，实则暗喻一个'蔡'字，那意思就是要他们跟蔡京搞好关系，走蔡氏的门路！等到蔡京倒台之后，这样的卦画也就无影无踪了。又有绍兴年间的一班官员乐此不疲，因此占卦者常占得三人手拿柴火的卦画，暗喻一个'秦'字。那时秦桧当权，意思自然是要他们走秦氏的门路了！等到秦桧一命归西，这种卦画也就一同消失了！诸兄想想，这种勾当岂不是哄弄人的把戏？"

"张兄，何谓'轨革卦影'？"在旁的陈友贵插口问道，他比之两位兄长更多一些草莽粗鲁之气，所以见识也少一些。

"据宋元怀所著《拊掌录》记载：轨革者，推八卦言祸福；卦影者，以丹青寓吉凶。画人物不常，鸟或四足，兽或两翼，人或儒冠而僧衣，故为怪以见象。"

陈友贵听得半解不解，这时陈友仁突然笑道："看来张兄非玄门人物，倒是更像儒门人物了！孔子于易，不信卜筮而观其德义，张兄莫非也不讲怪力乱神不成？哈哈。"

"如今张兄姑且言之，我们姑且听之！"陈友谅举起茶杯敬茶道。

张定边饮了一口茶，又捋了捋长须，喟然道："嗯，天道幽深难测，成败虽半由天定，亦半由人事。四兄报上八字，弟且算一算。"

陈友谅是延祐七年（1320）七月十三日正午时分出生的："庚申，壬午，壬申，丙午。"

张定边半闭了眼，掐指算了一会儿，方道："四兄五行乃是金金，水火，水金，火火。"

"当作何解？"陈友谅急不可耐地问道。

"五行缺土和木，金盛，就要慎动刀兵；火盛，就要慎防火烛。"

陈友谅将信将疑道："好，来日留心便是。"

又经过一番推算，张定边喜上眉梢道："依弟看来，四兄降世之时，文曲、文昌、左辅、右弼、天魁与天钺六吉星皆在正位，恰是大富大贵之兆！目下四兄虽处卑微，然进退有时，一旦乘风破浪，定然惊动天下！"

后半句明显是张定边对陈友谅的期许，而陈友谅最喜欢听这类吉言，也最迷信这类吉言，闻之喜不自胜，遂拱手道："多谢张兄吉言！"

张定边看了看陈友谅那得意忘形之态，心里颇有些不悦，忙笑道："适才弟也说了，成败半由天命，亦半由人事。天文、星变、五行之理，有时并不易窥破，正如古人所谓'天道远，人道迩'。四兄欲成大事，还要多学学曹孟德才是，哈哈。"

那曹操的父亲曹嵩本是夏侯氏之子，后被宦官曹腾收养，陈家确实跟曹家很像，不过陈友谅还是不明白张定边的意思，便问道："张兄要我学曹孟德什么？孟德一世枭雄，我等岂能望其肩项？"

"枭雄也非天定，阿瞒机警过人，深谋远虑，若是他像楚霸王早早除了怀王一般，又岂能长久？"张定边再次捋了捋自己的长须，又看了看三兄弟，"总之，我等身处寒微，欲成大事，非倚靠大树不可。倡仁义旗号，收天下人心，挟天子以令诸侯，不可早早离了大树，背上负义之名！"

陈氏兄弟听得云里雾里，友仁好半天方接口道："若是没有遇到张兄，我们兄弟不过是苍蝇乱撞，如今好了，有了张兄指点，定然乾坤扭转！"

友贵在旁附和："是啊，真是上天把张兄赐给了我们兄弟！"

四

四人谈兴正浓，待饮过一阵茶后，陈友谅支开了下人，正式切入正题。

只见陈友谅坐正了姿势，又向四下瞧了瞧，确认下人都已经离开，遂朗声道："咱们明人不说暗话，张兄不像是我等汲汲于功名利禄之徒，何故也以招徒之名，而欲行揭竿之实？"

张定边见陈友谅如此聪明，遂笑答："既然四兄问到这里，弟就和盘托出了。今日在市上招徒是真,他日欲揭竿而起也是真,这效姜太公钓鱼之法更是真……"

"张兄欲钓何人?"陈友谅道。

张定边扬着手指了指陈氏三兄弟道:"这不是已经上钩了吗?实话告诉兄长,弟早已听闻四兄、五兄和七兄大名,也心知四兄喜结豪杰,绝非久居人下之辈,故而想要投到四兄帐下,我等一起做出一番事业来!"

友仁带着疑惑道:"张兄身怀百艺,何愁富贵?且已是得道之人,不知你所为何来,难不成是想要垂名竹帛吗?"

"哈哈,或许也有这个缘故吧!弟也不能免俗。"说着,张定边张着手向四下指了指,"如今且看,一应士庶多辫发短衣,深檐胡帽;妇女则衣窄袖短衣,下服裙裳,此皆非我中华衣冠之旧!更有那等恬不知耻者,易其姓名,操习胡语,人竟不以为怪……有元百年,四海之内,起居、饮食、声音、器用,我中华之旧,哪一桩未被胡元同化?长此以往,华夏何在?弟虽是半身出家之人,也不忍见中华绝灭,不知诸兄以为然否?"张定边说着说着,竟有些少见的激动。

陈氏兄弟纷纷表示赞同,陈友谅更是拍案道:"那鞑子在我国作威作福,歧视我南人、汉人,让我等没的高官做,富极塞北而贫极江南,小弟早就看不惯了,只是苦于时机不到,每日还得笑脸相赔。有朝一日得了势,必定将鞑子们赶回大漠去!"

"元自混一以来,大抵皆内本国而外他国,内北人而外南人,以致深闭固拒,曲为防护,自以为得亲疏之道,是以王泽之施,少及于南;渗漉之恩,悉归于北。故贫极江南,富称塞北,见于其伪诏之所云也……元自世祖混一以后,天下治平者六七十年,轻刑薄赋,兵革罕用,生者有养,死者有葬,行旅万里,宿泊如家,此诚所谓盛也矣!但自平南宋,太平日久,民不知兵。将家之子,累世承袭,骄奢淫逸,自奉而已。至于武事,略不之讲,但以飞觞为飞炮,酒令为军令,肉阵为军阵,兵政不修也久矣!一旦天下有变,孰能为国之爪牙也?"张定边说得越发慷慨激昂,不断做出各种手势,"……前人有云'胡虏无百年之运',如今其败相已现,正是我等见机行事、厚积薄发之时。弟已有所耳闻,十年前在袁州起事未果的彭和尚,如今在江北麻城一带徒众益壮,他必是要再举的!而今天下汹汹,不出十年中原必定大乱,我等他日若据有湖广与湖北,则高屋建瓴之势自成。一统长江之域,先得江山半壁,与中原群雄分庭抗礼,那时岂知不能混一华夏?四兄岂不成了开国之主?"

陈友谅一向野心勃勃,又自视甚高。若是张定边这样恭维别人,恐怕别人会以为他是在痴人说梦,而陈友谅听后却受用非常,当即击案而起道:"张兄真是友谅的千载知音!"因他力大,那茶杯盖竟然被震得掉在地上摔碎了!

众人一惊,接着又转作欢笑,张定边忙道:"开国之后,封侯拜相本非弟愿,弟心中只有一个心愿,若此愿得偿,则后半生愿遁入玄门,从此全然做个修道之人。"

"张兄快说,你有何心愿?"友仁好奇道。

"只因弟在武当山修习二十载,得尽了众师兄及友朋的好处,急欲回报之。想那武当山上,虽然得道之士众多,却苦于道场年久失修,有辱设教之威仪!他日四兄若得了天下,请为武当修葺一番道场,多添些光彩,也算酬答弟的辅翊之功了。说来这也正是弟参与举事、推翻胡元的另一大初衷!"说着,张定边躬身向众人行了一番礼。

武当山乃是玄武神(玄天上帝)的道场,元朝皇室也把玄天上帝奉为皇家的保护神,把武当宫观变成了为皇帝"告天祝寿"的专门场所;因此在元廷的大力扶持下,武当山众道观广置田庄庙产,而且宫观众多,堪称宏丽。对此,消息灵通的陈友谅是有所耳闻的,他疑问道:"进入国朝以来,武当香火甚为鼎盛,诸帝也特加以庇护扶植,使之成为与龙虎山齐名的玄门圣地,每年三月三香客都多达数万。十多年前,当今天子还遣使以香币赐武当、龙虎二山呢!张兄勿怪弟唐突,难道张兄对此犹未餍足?"

张定边捋了捋自己的胡须,沉吟了半响,方道:"在崇道之人来看,世间有十个、百个武当也不会嫌多的,盖此关乎世运盛衰、天下兴亡也!四兄若得了天下,也当崇道敬道,为万民祈福,修缮一番道场,其实也在情理之中!其实弟所忧虑者,天下大乱之际,武当岂能独免？是故新朝奉天承运之后，要对武当特加眷顾才是，恩遇当超越胡元！"

"哈哈，有理，有理！是弟一时疏忽了，"陈友谅笑着摸摸脑袋道，"这个不难，不过是费些民力罢了。若我等得了天下，纵是翻修、扩修十次武当山也使得，就算不说是对玄天上帝的敬意，也是对张兄的酬报嘛！"

"嗯，一次就够了！"张定边微笑道，"民力岂能滥用，不然我等就要触动玄武真神，招来百世骂名了！"

陈友仁因张定边一下子就看穿了四哥的心事，对他越发敬若神明。不过他知道四哥是个外表慷慨大度、内里狂傲不羁之人，此番正好让张定边好好点拨四哥一番，去去其锋芒。于是友仁故意高声道："今日听张兄一席话，如暗夜之遇明火，我等兄弟心里越发透亮了，从今而后，张兄就做我们的谋主吧！不过，有空张兄还是要指点指点我们兄弟的武艺！"

陈友谅听到这里，有些不以为然，自矜道："张兄自是天人下凡，不过要说这武艺，便是那西楚霸王再生，小弟也不惧他！不瞒张兄说，家父不惜血本遍请名师来教授我兄弟三个武艺。自二十岁学成，八九年来我身经百战，却一直未遇敌手！"

"嗯，早先五兄已经跟弟说了，四兄才器过人，又下过十年苦功，如今使得一手荆楚长剑，方圆百里谁人不知！以致小儿闻名而不敢夜啼。"张定边由衷赞叹道。

"哈哈，张兄过奖了，哪有如此夸张，都把小弟说成钟馗了！"

友仁挥挥手道："四哥，话先不要说满，咱们就比比看嘛。今日天色已晚，咱们留张兄住上一宿，待明日上午再向张兄请教不迟。"

"好！老五所言极是，那今晚就委屈张兄在舍下歇息吧。"陈友谅很不服气，想着要证明一番。

听闻要比试武艺，陈友贵拍手道："五哥既然这样推重张兄，料想张兄必是有几手的，明日一较，很是让人期待啊！哈哈，俺这夜里要睡不好了。"

四人又闲谈了一会儿，便各自散去睡觉了。陈友仁将张定边安排

109

到了一间敞亮的客房里，两人又谈了几句才作别。

次日上午吃过早饭，陈友谅向衙门告了假，四人在厅堂坐了一会儿后，便来到后院准备比武事宜。

友贵没有见识过张定边的厉害，想先见识一番，便一边摩拳擦掌，一边自告奋勇道："张兄，先让俺老七领教一番吧。"

众人笑着表示同意，于是二人先比试了一场拳艺。陈友谅注意到张定边确实身法独特，一般人无从破解，料定七弟必输无疑，纵然换作自己，恐怕也难徒手取胜。果然才十几招，张定边就将友贵制服了。友贵见输得太快，有点不甘心，又道："再让俺老七以枪棒请教一回吧！"

众人微笑着再次点头同意，两人便各拿了一根棍子，互道一声"得罪"后又比试起来。友贵出招甚狠，但每次都被刚柔相济、后发制人的张定边压过。仍是十几个回合，友贵就被扫倒在地。他不得不一边拍打着身上的灰尘，一边表示服气道："哎呀，张兄果然不是我等凡类，小弟甘拜下风！"

休息了一会儿后，终于轮到陈友谅向张定边请教了，只见他对着张定边嘿嘿一笑道："适才虽未亲自与张兄切磋，但已知张兄在拳术与棍棒上的根基。不瞒张兄说，小弟确实也无必胜把握，不如我们直接较量小弟最为擅长的剑术吧！若是张兄可以胜我，那今后我们兄弟都要拜张兄为师了！"

"看四兄说的，若是弟侥幸胜了，也不过是比诸兄多吃了几碗干饭而已，哪里就敢称师了！"张定边晓得陈友谅为人狂傲，只需压一压他的傲气足矣，"好，咱们就切磋一下剑术吧！"

待舒展了一番身体后，陈友谅手持着一把三尺七八寸的长剑，又指着身边两把长短不同的剑道："一寸长，一寸强，张兄也挑长的这把吗？"

"哈哈，弟气力有限，使不得如此沉重的长剑，还是挑一把短的吧。"张定边的动作是那般随意，令陈友谅不免有些胜之不武的忧虑。

待张定边选好了剑，陈友谅道过一声"得罪了"，便正式交起手来。陈友谅当仁不让，尽展长剑的优势，一一使出如提剑护顶、下伏砍腿、挂剑防刺、撩剑等长剑特有的招式。因他力大无匹，那长剑在他手里竟发出龙吟之声，惊得张定边不由得连声赞叹："四兄剑法果然名不虚传！"

张定边很久未遇如此强敌，起初确实有些难以招架，等到摸清陈友谅的路数后，才逐渐占据上风，让陈友谅屡屡刺空！那短剑在他手里犹如人剑合一，直令观者叫好不断！

陈友谅拒不服输，又使出一些更为厉害的招式来，一时间院子里烟尘漫天。一旁观战的陈友仁不禁对友贵说道："老七，咱们四哥是遇强则强，定边兄怕是有些苦头吃了！"

陈友贵亲自领教过张定边的厉害，感受至深，不由得说道："定边兄惯于后发制人，路子着实奇特，我们且看吧！"

果不其然，无论陈友谅出招如何强劲、狠辣，都被张定边一一化解。至此，陈友谅终于确信取胜无望，后退几步收了剑，不待擦拭一下额头的汗水，便红着脸拱手道："小弟有眼不识泰山，今日算是遇见真神了！"

张定边弃了剑，又拿手绢擦拭了一下脸上的汗水，便拈须笑道："剑使轻灵，以技巧见长，而今四兄又兼以力道，着实不愧为万人敌！但凡事皆相生相克，偏我中华武功又以重技巧不重力道、以智胜不以力胜、服人而不压人三者为圭臬，故而用心于修炼者，并不难破四兄的招式！"

"张兄不愧为得道高人，今日能得聆听高论，实属三生有幸。"陈友谅虽如此说，但心里还是不太服气。

张定边晓得陈友谅为人过于自负，如果想让他今后多多尊重自己的意见，还须进一步消磨其锐气，因而张定边又语出惊人道："此番交手，弟已看清了四兄的招数，不瞒各位说，弟平生最擅长空手夺白刃了！"

陈友谅听罢，心想："这老兄也太狂妄了吧！刚才比剑我不过是略处下风，如今你想空手夺白刃，这不是自讨苦吃吗？"

经此一战，友仁已非常信服张定边的神武，遂在旁怂恿陈友谅道：

"四哥，张兄向你发起挑战了，快接招吧！我们兄弟也是烧了高香了，今日能如此开眼！"

友贵忍不住感叹道："如果此番张兄能把四哥的剑也夺了，那普天之下哪个还是张兄的敌手？张兄之武学造诣，真是深不可测啊！"

陈友谅自然不服气，拱手道："好，那张兄就让兄弟们再见识一下吧。"

"请！"张定边挥手道。

友仁、友贵目不转睛地盯着四哥手中的长剑，但见陈友谅稍微变换了一下招式，双手持剑，直向张定边刺去！张定边如泥鳅般左躲右闪，眼看每一次似乎都要被刺中，弄得在旁观战的陈家兄弟神经绷得紧紧的，生怕有什么闪失。陈友谅却很想用事实回击一下张定边对自己的轻视，故而下手丝毫不留余地……

可十分奇怪的是，哪怕那剑已经触到了张定边的衣服，却依然无法伤及他，张定边仿佛有神仙护体一般。陈友谅偏不信这个邪，使出了看家绝技，定要求得一胜！陈友谅一向看重细枝末节，必求剑术的尽善尽美，此番也顾不得什么身姿优美了，心中只剩了一个"赢"字——可偏偏又赢不了，弄得他浑身大汗淋漓！

最后时刻，张定边一个近于躺倒在地的高难度后仰，让陈友谅的长剑从自己身体上方呼啸而过。只见张定边左手轻轻扶住地面，右手快速先后击打了一下陈友谅的两只胳膊肘。陈友谅一时痛麻，两手握剑不住，那长剑由此脱出手去，眼看就要下落着刺到张定边，恰被他用右手一把接住！

在旁观战的陈家兄弟看到这一幕，一时都呆了，半晌方回过神来，不禁极力鼓掌欢呼道："张兄果然天下无敌！叹为观止，叹为观止！"

剑被人夺去，可谓使剑者的奇耻大辱，陈友谅这回是彻底服气了，忙作着揖笑道："从今而后，小弟再不敢狂言会使剑了！"

张定边把剑还给了狼狈不堪的陈友谅，待喘匀了气，又捋着长须笑道："敢称天下无敌者，那是作茧自缚！天下之道术岂不精深？用之在武术、技击上，曷有其极？"

幸遇万中无一的真英雄，陈友谅已经决定要同张定边义结金兰了，于是转作欢颜，提议道："今日高兴，何不也把必先兄请了来，咱们兄弟五个痛痛快快地喝一场！"

"我去请吧！"陈友仁主动请缨道。

到了中午时分，五个人已经聚齐了，酒酣耳热之际，陈友谅开门见山道："我等兄弟皆渔家后裔，又皆有志于推翻胡虏、恢复中华，今日何不义结金兰，以便他日相互扶持，共图大业？"

张定边、张必先假意推辞了一番："不敢，不敢高攀！"

陈家兄弟再三相请，张定边终于从命，陈友谅当即命下人准备好结拜所需的一应物品。正式结拜之前，张定边有言在先道："世人结拜，一般不问年纪，只以富贵、权势者为长，如今我等虽不从俗，然规矩还是要讲的。咱们五人中，自然以我年齿最长，必先比我小一旬，四兄比我小一纪，但咱们这个带头大哥，非四兄莫属，况他有天命在身，还是请他做这个大哥吧！"

其他人都表示同意，只有陈友谅本人客气地推让了一番，最后还是做了这个大哥，张定边、张必先、陈友仁、陈友贵依次排行。陈友谅强调道："咱们这只是座次，至于平素来往，自然还是要按照年齿、手足来论，以示不逾礼法。"众人皆表示同意。

为了方便互通消息，陈友谅又道："我家里头有几匹衙门特许的用马，今日定边兄、必先兄就分别牵一匹回去，以便日后往来。"

二人笑纳了陈友谅的美意，张定边诡谲一笑道："不过愚兄要回敬一番友谅的美意！"结拜后，他们已经改了称呼。

"哦，是何宝物？"陈友谅问道。

"武术乃是极费力之事，必要呼吸与动作相配合才好，故而须行吐纳导引之术，才能在技击锻炼、心性锻炼、敏捷锻炼及抗击打锻炼等诸方面有大的进益。"张定边道。

陈友贵俏皮地笑着插言道："房事亦可行吐纳导引之术吗？"

众人被这一问逗笑了，张定边做了一个肯定的表示。陈友谅慨然道："好！那我们兄弟就都跟着定边兄好好学学吧，另外，我觉得在射箭方面我们兄弟也须加强，也有劳定边兄指点一二！"

自此后，一面是陈家兄弟利用官府身份的掩护加紧打造兵器，且与地方豪杰胡廷瑞等深相结纳；一面是张家兄弟以收徒名义聚拢和训练了一支上千人的队伍，又精选了四五百人做骨干，这些人都经过张家兄弟的选拔和指点，又因张定边略通兵法，所以在训练时很是注意往正规方面引导，乃至令其日渐成为一支精兵及陈、张队伍的核心主力。

第四章
群雄奋起

一

  台州黄岩地近东海，这一带不少人家世代以贩盐浮海为业。这一天，又到了海货交易的日子，洋屿镇市场上充满了各色海货，有待熙熙攘攘的人群来选购。

  中午时分，一辆平板大马车进入市场，众人猜测这一定是来为官家购买海货的。那马本就是个稀罕物，偏偏又生得格外高大健壮，更是引来不少人围观。赶车人在一处摊子前停下，把缰绳拴到了车辕上，自个儿放心大胆地下了车去挑选各色海货。

  这时，几个调皮的毛孩子近前戏弄马，赶车人及时发现，大声呵斥道："小毛孩们，不想活了！"几个毛孩子便嬉闹着一哄而散。

  正当赶车人与摊贩们砍价砍得投入时，那马突然拉起了粪便，不过马的屁股下方是用布袋接住的，因此不会排泄到地面上。几个散走的小毛孩此时又聚拢了过来，指着排便的大马说笑着，其中一个为了显示自己的本领，不知从哪里找来一截干树枝，二话不说就朝马的肛门处狠狠地捅了一下！

  这一下可了不得，马当下就惊了，嘶叫着狂奔起来……

  赶车人惊闻马的狂叫声，立即站起身来追逐马车，嘴里还连声高喊道："快散开，马惊了！马惊了，快散开！"

  可是已经来不及了，狂奔的惊马拉着车向人群中横冲而去，几个大胆的汉子试图上前拽住马车，但因马力气实在太大，他们都被拖倒了。路上一些躲闪不及的人也被弄得连滚带爬，狼狈不堪，东西撒了一地，眼看就要酿成血光之灾！

  就在这千钧一发之际，人群中冲出一个长身黑面的大汉，只见他飞身跳到飞驰的马车后，用力拉住了车尾。他大喊着，青筋已然暴起！由于马车的惯性实在太大，黑面大汉身后的地面上留下了一丈多长的拖痕，可是黑面大汉不仅没有被拖倒，反而在与惊马的角力中逐渐占据了上风!

不少围观的人认识这位身长六尺的黑面大汉,他们高喊着:"国珍,好样的!"有人还跟身边的人说:"早就听说方家老二天生神力,说不定真是孟贲一样的人物呢!"还有人说:"那马太健壮了,恐怕国珍拉不住它!"

就在众人议论纷纷的当口,方国珍大声咆哮着,硬是将马车生生拖住了!那马扬起前蹄,还在声嘶力竭地往前挣扎着,只见方国珍再接再厉,在一声骇人的吼叫声中,终于将马给一股劲儿拖倒了!众人这才赶上前去,一面按住了车,一面按住了马,生怕再有什么闪失。

赶车人连忙跑到方国珍跟前,拱手说道:"谢谢好汉,谢谢好汉!今日若没有好汉仗义出手,兄弟我就回不了家了!"

早已大汗淋漓的方国珍甩着双臂,转身坐在车尾喘起粗气来,赶车人连忙取来了水。只见方国珍一面大口喝着水,一面解开了外衣,露出如瓠一般白净的皮肤。赶车人不禁心想:"此人面黑而体白,想必是整天扛盐包的缘故!"

方国珍待喘息初定,才笑道:"哎呀,真是一匹好马!"说完,便起身走回了自己的盐摊子,他果真是一位贩盐的海户。

"力逐奔马"的事情渐渐传开后,方国珍成了当地的传奇人物,不少人慕名前来拜访,照顾他的生意,没想到他竟因此发了一笔大财。一位高姓的贩盐大户有些眼红方国珍的买卖,纠集了上百号人想要给方家兄弟讲讲"规矩",结果被勇猛善斗的方家兄弟打了个落花流水。

姓高的人家里有着官府背景,他的大舅哥是县里主管治安的巡检,不过方国珍也买通了县尉,致使高家暂时不敢对他轻举妄动。但姓高的实在咽不下这口气,便又纠集了几百号人,外加一干穿了便装的弓兵[1],准备杀到方家的盐场,来个砸光、抢光,让方国珍兄弟从此无法在黄岩乃至台州地区立足。

因方国珍人缘一向不错,有人提前把这个消息透露给了他。这一

---

[1] 指负责地方巡逻、缉捕之事的兵士,隶属巡检司。

天晚间，方国珍召集了哥哥国璋、三弟国瑛、四弟国珉及侄子明善，一同商议对策。方国珍气呼呼地说道："要对付这帮熊玩意儿并不难，不过是拿出钱来撒一撒，保管几千号兄弟都有。但这姓高的要总这样闹下去，不说伤筋动骨，也得把咱方家这几年辛辛苦苦挣下的家业给折腾光了。大哥，你是怎么想的？"

面相老成的国璋沉思了片刻，道："老二说得在理，咱们总要想个长久之计。"

国璋的儿子明善年轻气盛，大怒道："咱们方家可不是好惹的，我刚学成了一身武艺，正愁没个拿来练手的人呢！二叔你就看我的，我给他来个先下手为强，给他砸个稀巴烂，看他还敢耍横？"

"然后呢？你小子再被他们千口子人打回来？你可别忘了，那姓高的可是巡检张麻子的妹夫，那张麻子可不是好惹的，除非咱们方家不想在这黄岩立足了。"老三国瑛提醒道。

老四国珉在江湖上友朋众多，他叹了一口气道："这世道啊，真是逼得你没法做好人，咱们干脆杀了姓高的和张麻子这两个祸害，跑到海上加入'蔡乱头'，乐得逍遥，如何？"

大哥国璋一听有点不对劲，忙道："入海为寇那是万不得已的下下策。老四，你别添乱！老二，还是你拿个主意吧，咱地方上如今你是领头羊。"

为了消除愁闷感，方国珍手里摆弄着一个精致的茶壶。他把玩了好一会儿，才开口道："老四说的虽是玩笑话，但咱们也得做好最坏的打算，万一有个三长两短，入海避避风头，未尝不是个好办法。这样吧，咱们就先请官府给调解调解，大不了多花几个钱，往后海面上平静了，再捞回来就是。"

众人一致表示赞同，于是分了工，一部分人备了厚礼去官府走动；另一部分人则备好大船，随时准备将家里的贵重物品装运上去。

"蔡乱头"是至正八年初崛起于台州海面上的一股巨寇，早在几年前就已是官府通缉的大盗。可是因他贿赂官府后得到招安，便暂时安稳了几年。此时，距离"蔡乱头"重新作乱才几个月而已，那高某看到方家备船准备出海，竟跑到台州元军那里，诬陷方国珍兄弟私通

"蔡乱头"。

眼看大队元军将至，方家兄弟心知这种有官无法的世道，不被冤死倒是稀奇。事情紧急，须速下决断，最后方国珍只得毅然拍板道："咱们洋屿自来就有童谣'洋屿青，出贼精'，也许正应在咱们弟兄身上，那咱们干脆就下海吧！如今官心思钱，民心思乱，他'蔡乱头'能收买台州总管焦鼎安稳了些时日，来日我等手上真宽裕了，也可以花钱买个舒坦！不过下海之前，绝不能便宜了这姓高的和张麻子，到恩怨两清的时候了！"

于是，方家兄弟拿出一箱子金银财宝，召集来几百号弟兄，以迅雷不及掩耳之势杀到了高家和张家，把这两家给血洗了。当地不少百姓曾被高、张二人欺负过，目睹这一幕后，无不拍手称快，从此更把方国珍视为一位大豪杰，表示愿意为他当牛做马。

当时，东南沿海一带除各路海盗之外，已经有小股倭寇出没，方家兄弟带着几百号人入海以后，生怕被人吞并，所以并没有去投奔"蔡乱头"等人，而是先到了一处小岛上驻扎，然后凭借消息灵通，不断在台州一带骚扰抢掠，不少断了活路的沿海民众干脆也入了伙。

元廷对各路海盗、倭寇早已疲于应付，对轻车熟路、神出鬼没的方家兄弟更是束手无策。通过收买和裹挟，方家兄弟很快就拉起了一支数千人的队伍。有了一定实力以后，他们封锁海道，重点劫掠东南沿海地区北上的海船，上面装运的尽是浙江、福建、两广等地区的贡赋。方家兄弟将"打劫事业"搞得有声有色，甚至搞得元大都出现了粮食危机。

江浙行省参政朵儿只班率军讨伐方家兄弟，却因盲目自大，中了埋伏，朵儿只班被生擒。方国珍审时度势，召集大伙说道："这朵儿只班是蒙古显贵，咱们不能轻易杀他，可以好好利用他一番。如今咱们在海上漂了快一年了，实在有点累了，得到地面上走走，睡几个安稳觉。我听说元廷想先兵后礼，如果能用武力收拾了我们，那就用武力；武力收拾不了，再行招安之计！哈哈，我听说那大都已开始缺粮了，看来咱们这一闹腾，的确关系甚大，现在咱们就先向元廷寻求招安吧，以后的事情以后再做打算。"

多数人为了日子过得舒坦一点，便接受了招安的主张。于是方国珍派人将朵儿只班送回了江浙行省所在的杭州，并表达了愿受招安的意愿。元廷为解燃眉之急，只好批准了方国珍的请求，圣旨下到了地方，江浙行省授方国珍为定海尉。

这定海尉是个芝麻大的官，不仅受上司管束，还被其勒索。方国珍觉得元廷没啥诚意，于是故态复萌，安分了还没两天，便再次举兵反叛，并将防备松懈的温州也顺手抢掠了一番。一时间，浙东沿海地区大为震动。

二

方国珍再反的消息传到了元大都后，皇帝为之寝食难安，四川行省参知政事答失八都鲁之子孛罗帖木儿（与国丈名字相近）表示愿为君王分忧。皇帝认为答失八都鲁在镇压荆襄的民乱时表现不错，其子孛罗帖木儿也颇有些名声，便派孛罗帖木儿南下，希望他能给海寇们一点颜色瞧瞧，提振大元的声威。

这天，身为右丞相的脱脱在御书房上奏道："陛下，如今修治黄河已成当务之急，不然恐将为肘腋之患。"

已到而立之年的皇帝翻了翻脱脱的奏疏，道："嗯，朕前番翻阅文书，发现元统元年时，黄河大溢，河南水灾，两淮旱，民大饥，险些酿成不测之祸。去岁变钞之举有些不够深思熟虑，闹得市面上不太安稳，难免有些失人心。今年这国库尚算充盈，是该给天下百姓做些实事了。"

"变钞之举"指的是为了解决当时的通货膨胀问题，至正十年（1350），脱脱采纳左司都事武琪的建议，实行了变更钞法亦即发行新货币的做法。但其结果却事与愿违，官吏贪腐败坏下的中央政府信誉不佳，导致民间都把铜钱藏起而弃用纸币。大量新钞印行后，最终导致恶性通货膨胀，新钞形同废纸，严重干扰了社会经济秩序，加剧了两极分化，一度加重了社会动荡。

脱脱见皇帝提起了变钞之事，惶悚着伏地叩首，主动承担责任道："变钞之举端在臣虑事不周，累及朝廷声名，臣愿承担责任，请陛下降罪！"

皇帝作为最高决策者，自然也有失察和臆断的责任，他对此心知肚明，只得摆摆手道："此事先放下不提，为挽回人心，得赶快布施朝廷德泽了，既然提到修治黄河，依爱卿看来，何人能担此大任？"

脱脱立即回禀道："启禀陛下，治河乃是工部尚书分内之事，工部尚书贾鲁一向政声颇佳，又是水利方面的行家里手。臣建议，就以贾鲁为总治河防使，专力负责修治黄河吧。"

"好，容朕再想一想。"

几天后，朝廷便颁下了圣旨，正式任命工部尚书贾鲁为总治河防使，开始了修治黄河的谋划和举措。

元廷本以为这是一桩利国利民之举，必定得到黄河沿岸百姓的拥护，可是万万没想到，当地官府借机盘剥且急于求成，弄得河南百姓怨声载道，无异于往干柴中又丢下了一颗火星。

韩山童本是赵州栾城人，因祖上是白莲教的头目而为教众所崇拜，后韩山童的祖父因"白莲会烧香惑众"的罪名，被元朝政府"谪徙广平永年县"。这一打压举动不仅没有让韩家及白莲教走向没落，反让韩山童父亲这一代人的名望越发走高，韩家传教活动的规模越来越大，地域也越来越广。到了韩山童这一代，韩家已在河南、江淮间拥有了相当数量的信徒，达数百万之众。

由于祖父的受难和官府的敌视，韩山童起了推翻元朝之心。当修河工程搞得民怨沸腾之际，他见河南地区有机可乘，便率领着杜遵道、毛贵等一些心腹干将来到了颍上县，准备在这里点燃反抗之火。

颍州人刘福通是当地的白莲教头目，奉韩山童为教主。韩山童来到颍上，主要还是想借助刘福通在当地的势力。

这天，韩山童见民心可用，便召集了刘福通、杜遵道、毛贵等骨干，商议起事的事宜。

正襟危坐的韩山童开宗明义道："如今几十万名河工被召集起来，他们吃不饱饭，还要被监工的官军打骂，多半有一股子不平之气没处发泄。'天下大乱，弥勒佛下生'，这是世尊的教义，而今天下大乱之兆已成，如何为我所用，才是关键！众位尊者，有何高见？"

杜遵道曾经是国子监生，较之一般人熟知书史，依然未脱儒气的他显得成竹在胸："历来最能蛊惑人心的无非是童谣和谶语，如今'但看羊儿年，便是无家国'的童谣，已经遍及黄河南北。再过四年就又是羊年了，恐怕那时会有更多豪杰出来，要闹得'无家国'了。不过，若我等得了先机，加以世尊正义，人心悦服，自然可以号令天下群雄！依我的意思，不如我等也编个关于黄河泛滥、天下大乱的童谣出来，教给孩童们去唱，火上再浇它一瓢油，到时便不难凝聚人心。"

刘福通一副豪杰模样，端正了一下坐姿，寻思了一会儿，亢声道："杜尊者所言有理，我等白莲教众自然是一呼百应，可那些寻常百姓，还是更迷信这些童谣。我等可再编上几句顺口溜，作为号召起事的教旨。"

毛贵一向多智谋，虽只有三十出头，但很得韩山童的信任和倚重。他闻听刘福通等人的意见后不禁摇了摇头，说道："如今再去教唱童谣恐怕缓不济急，不能直指人心，何况这童谣多了，百姓们也不知该信哪个了。依我的主意，我等干脆来个移花接木……"

韩山童向前趋了一下身子，急忙问道："毛尊者快说，如何移花接木？"

毛贵拱了拱手道："回主爷，先前河南地区不是疯传'石人一出，天下必乱'的流言吗？我等就势打造一个石人，命人偷偷埋到黄河河道里，等着河工们把它给挖出来。主爷，您想，到时将是何等光景？"

众人合计了一番，还是觉得毛贵的意见高明些。最后，杜遵道又提议道："干脆就刻它个单眼石人，更显凶相！童谣嘛，我看还是要唱，嗯……就唱'莫道石人一只眼，挑动黄河天下反'吧，这样才算明明白白！"

经过一番商议，起事的顺口溜也由杜遵道等人编造好了：

　　天遣魔军杀不平，不平人杀不平人。

　　不平人杀不平者，杀尽不平方太平。

为了显得名正言顺，杜遵道又向韩山童提议道："主爷，我等白莲教众皆知您是'明王'无疑，可普天下的一般人，尤其是那醉心孔孟的读书人，还是更为怀念赵宋之世。而今为扩大影响，您干脆就对外自称是徽宗八世孙吧，这样做我华夏之主也就名正言顺了。"

韩山童急于求成，想了想便赞同了。一心想要固位的刘福通便借机说道："咱姓刘，就对外自称是南宋大将刘光世的后人吧，来保徽宗后裔复国。"

"好吧，反正年代也这么久了！"韩山童首肯道。实际上，这就等于默认了刘福通主掌兵权。刘福通自然窃喜不已，对于起事的准备事宜更加卖力了几分。

不久后，单眼石人的童谣迅速传播开来，引得民间一阵骚动，人们纷纷四下奔走相告，很多参与黄河工程的河工也开始窃窃私语，大伙似乎都在等童谣成真，如久旱急盼甘霖一般。

终于，当那具事先埋藏好的凶相毕露的单眼石人被河工们不经意间挖掘出来，曝光于众目睽睽之下时，在场的十多万名河工无不心潮澎湃、血气上涌。大家壮着胆子小声呼号："真的要变天了啊！杀尽不平方太平，是时候了！"更有一些白莲教徒乘机大肆煽动武力反抗元廷，并表示要听从"明王"韩山童的号令。

眼见时机已近成熟，韩山童想要立即起事，毛贵却适时地建议道："如今元军闻风后突然增兵，人马过于集中，不利于我等就地起事。而主爷您也过于暴露，不如我等先行分散到附近各地去，约定好日期一起发动，来个四面开花，让元军顾此失彼。"

急不可耐的韩山童不听毛贵的建议，道："如今火已经点燃了，只能马上添柴，不然就可能被灭掉。咱们就在颍上轰轰烈烈干一场吧，天下教众与各路豪杰一定会闻风而动，那时定然是一番大好光景！"

杜遵道也有些疑虑，他见韩山童如此坚决，便不好再阻止。不过他唯恐遭遇不测，所以在宣布起事时便托故先行离开了会场。

在韩山童、刘福通等人的带领下，几千人聚集在一起，杀了白马黑牛，祭了天地，只待正式揭竿而起时，却因事机不密、消息走漏，引来附近大队元军镇压。双方仓促间展开了一场混战，起事的一方终因准备不足被镇压了下去，着装明显的韩山童在败逃过程中被元军乱箭射杀，他的妻子杨氏闻讯便带着十岁的儿子韩林儿躲藏了起来。这是至正十一年（1351）三月间的事，整个颍上县一时间陷入了杀戮之中。

勇猛善战的刘福通率一队人马侥幸逃出了元军和官府的罗网，他与杜遵道等人结伴跑到了自己百里外的家乡颍州，准备乘势再举。在总结失败教训时，刘福通慷慨言道："我等要改天换地，还是要造出一番新气象来才好，不能只是一群农夫的模样。此番举事，咱们不妨学学那太平道的黄巾军，红色乃血色，大伙就一律头裹红巾，以示同元廷决裂之心！"

杜遵道想了想，击掌赞同道："好，咱们这支队伍就号称'红巾军'吧。如今明王不在了，要想聚拢人心、号令天下徒众，非找到小明王不可，此事要多加留意。"

众人计议已定，便决定一面在颍州举事，一面派出人手找寻韩林儿母子。五月初三这日，颍州城防守空虚，被周密准备、突然发动的红巾军一举占领，由此引燃了灭亡元朝的星星之火。

三

红巾军颍州举事成功之后，元军四处调集兵力，大肆围攻颍州。刘福通等人一面与元军周旋，一面号召天下白莲教众在各地举事，以作为自己的策应。

各地教众闻风而动，到处点火，大大分散了元军的力量。未出数月，江淮诸郡大多已沦入红巾军之手。其中动静闹得最大，且最为传奇的，当属徐州的"芝麻李"（真名李二，开香油坊的）举事。

话说八月初一这天，邳州人芝麻李、彭大、赵均用、薛显等八名白莲教众，在徐州城的彭大家中谋划响应举事的大计。为了尽量缩小目标，确保隐秘，他们并未联系其他教众，由于徐州城内一直控制严密，白莲教组织也未能在城内扎下根来。

智勇兼备的芝麻李是众人的首领，颇有长者风范的他率先说道："如今形势一片大好，元廷已是疲于应付，徐州城里流民数以万计，只要咱们振臂一呼，必然应者云集……如今我等比之梁山好汉也差不了多少，得干出一番轰轰烈烈的大事来！"

赵均用以善于算计著称，小眼睛眯起来像狐狸一般。他不无担心道："话是这样说，可是眼下就咱们八个人，虽说彭大、薛显二位兄弟可以一敌百，但风险还是很大，要从长计议才好。"

江湖豪客出身的彭大自恃勇力，不把官军放在眼里，扬着拳头大声说道："这个好说，咱们几个就学那瓦岗寨的法子，乘着官府不备，先把粮仓夺下来，然后亮出咱们红巾军的招牌，再以粮食招纳部众，不出一日，定然可罗致上千人马。"

"赵先生的担心是有道理的，彭兄的计策也不错。咱们人数虽少，也可学那梁山泊的石秀，就喊'红巾军好汉全伙在此'以鼓荡人心，仓促之间谁能晓得咱们有多少人马，"平常跟赵均用走得很近的薛显又转向芝麻李道，"咱脑子笨，老大，还是你拿个两全的法子吧。"

芝麻李思忖了一番，拍板道："如今秋高气燥，咱们先四处放火，吸引官府的注意，然后趁乱夺下粮仓。初十是秋粮入仓的最后一天，咱们就定在初十举事吧。"

芝麻李等人的计策果然奏效，八人在八月初十这天举了事。由于这八人多是勇猛善战之辈，再加上当时流民众多，竟在次日成功夺下了偌大的徐州城，引起元廷莫大震动。

消息传到大都后，朝廷上下震惊不已。身为右丞相的脱脱思前想后，觉得局势危急，必须自己亲自出马救火才行。于是他赶紧进宫向皇帝上奏道："陛下，徐州乃是南北大运河上的咽喉要道，关系到大都的食粮安全。如今海道被梗阻，大运河若再有闪失，则大都不战自乱。

臣愿亲自领军南下，挟朝廷雷霆之威，以求尽快平定徐州之乱！"

之前，元廷即已任命了孛罗帖木儿为江浙行省左丞，令其督兵前去征讨方国珍兄弟，不想这孛罗帖木儿不习海战，跟朵儿只班一样被方国珍活捉了去。正在气头上的皇帝厉声说道："此番孛罗帖木儿大丢朝廷颜面。方国珍无非是疥癣之疾，武力压不住他，不如来点软的，大不了招安时许他个高官做。前番就是江浙行省那帮奴才太吝啬，致令方国珍降而复叛。朕还听说，那方国珍原系良民，不过是被人冤枉才铤而走险做了海寇，其本性还是好的嘛……芝麻李等人系红巾匪寇无疑，乃是朝廷心腹之患，务必尽早拔掉这颗钉子。爱卿智勇非凡，为朝廷柱石，就有劳爱卿挂帅出征吧，望一举荡平红巾贼寇，涨我大元国威！"

脱脱率军赶到淮东一带后，立即召集先前同红巾军交过手的将领及地方乡绅，想要听取他们的建议。

淮东元帅[①]逯善之向脱脱进言道："相国大人，请恕卑职失言之罪！而今我朝廷大军已极尽腐化、扰民之能事，士卒沉溺赌博、嫖娼等恶习，多不习弓马，不堪力战，平素只知与贼寇兜圈子，四处骚扰良民！末将建议，不如临时招募些城乡里的趫勇惯捷者，稍加些训练，以令其扫荡各地红巾贼寇！"

组织地方武装同红巾军进行对抗的豪民王宣此时站出来附和道："逯元帅所言甚是，恕草民造次！那边军或恐还有些战力，中原一带的官军养尊日久，实在是不堪大战，还会不战自乱，是故朝廷须改弦易辙，另谋平贼良策。在这淮东一带，最吃苦耐劳且有所组织者，非盐丁莫属，望相国大人能善加笼络之，以为朝廷所用！"

脱脱虽知官军腐化，但依然觉得朝廷颜面受到了损害，脸上有些挂不住，心里也有些不服，气愤道："一群乌合之众能顶什么用？"

逯善之忙回奏道："如今那徐州城里的红巾贼寇不过上万人，他们

[①] 元代在外省及边疆地区常设有都元帅、元帅府或分元帅府、达鲁花赤、元帅等，以作为地区军事长官。地方武装首领后来也多自称元帅。

也是一群才集结数月的乌合之众。以乌合之众对乌合之众，只要朝廷肯破费，多招募一些人众，再加朝廷庙算与相国运筹，徐州城定可鼓而破。望相国大人三思！"

此番是脱脱第一次率军出征，十分想要向朝廷迅速报捷，何况他还真有些不相信自己带来的两万正规军会胜不了一群乌合之众。于是脱脱亲自率领所部官军在徐州城外扎下营来，大有直取徐州城之意。

次日，脱脱率部在徐州城下摆开阵来，又命一员大将前去叫阵。芝麻李等人在城头上也毫不示弱，立即由薛显率领一支精锐人马出城应敌。对阵中，元军前锋大将竟被薛显一刀斩于马下，元军立时气沮。站在远处观战的脱脱受惊不小，此时才不由得叹道："不承想贼寇中还有这等善战之辈，看来荡寇之事果真是急不得的！"

冷静下来的脱脱择善而从，即命逯善之与王宣二人负责招募民众中（尤其盐丁中）身手较好之人，组成了一支穿黄衣、戴黄帽的"黄军"——"黄"乃朝廷的颜色，其意正同红巾军针锋相对！

次年春上，这支部队的人数已经达到了六万，组织与训练方面也渐有起色。为了防止徐州城内的红巾军与别处的义军往来或逃窜，脱脱命四万元军将徐州城严密地监视起来。

在勤加训练了几个月后，六万黄军及四万官军在脱脱的一声号令下，对徐州城展开了疯狂围攻。由于先前城里已经有了乏粮之危，人心浮动，自然不堪一击，芝麻李等人很快便因寡不敌众而惨败。徐州城被攻破时，为了吸引敌军主力以便掩护其他兄弟突围，作为这股红巾军首领的芝麻李毅然选择了牺牲自己。最后诀别时，他对几位兄弟慷慨言道："去年八月，我等兄弟八人振臂一呼，就拿下了偌大一个徐州城，何其快哉，又何其壮哉！遍观史书，可有此等盛举？此番元军大举来攻，我等寡不敌众，看来只有决一死战了！如今既已城破，情势危急，若我等一起突围，必然难逃一人！昔日承蒙兄弟们看得起，推举我做了带头大哥，又做了这徐州城的首领，在江湖上咱算是叫响了，我李二这辈子也值了！此番与其大伙一块儿死，不如我这做首领的杀将出去，吸引住元军的注意，或恐兄弟们还有逃生的机会！"

彭大、薛显等人了解芝麻李的为人，不好多劝，只有赵均用假模假式地劝了一回，最后大伙见芝麻李心意已决，便与他摔杯诀别！

后来芝麻李不幸被俘，被脱脱献俘阙下后遭到残杀。彭大、赵均用和薛显等人却得以率领一支上千人的队伍成功突围。他们一面同围追堵截的元军周旋，一面向西南地区转移。

意气风发的脱脱准备对彭大等人穷追不舍，并征剿河南地区的红巾军各部时，湖广行省却突然告急。带着未竟全功的遗憾，脱脱不得不按照朝廷旨意，命麾下的主力部队转向湖广——原来早些年销声匿迹的彭和尚等人已在湖广地区捅开了一片弥勒天地、红巾世界……

彭莹玉袁州起事失败出逃后，喘息稍定便隐姓埋名在湖北麻城一带继续传教。后来他命自己的女弟子"金花娘子"前往庐州（今安徽合肥）、巢湖一带传教，经过十多年的耕耘，发展的徒众达百万计。

金花娘子是一个奇女子，她原本是大户人家的女儿，读过一些书，因遭遇家难而流落江湖，有幸被一老尼收养，并传授其武功。后来老尼病逝，金花娘子因报父仇而遭到官府通缉。逃亡过程中，金花娘子幸遇彭和尚等人搭救。彭和尚见其功夫了得，颇有些见识，便破例收她做了入室女弟子。金花娘子有独当一面的才干，彭和尚便外派她到庐州、巢湖一带传教，最终收了几个在未来英名赫赫的弟子。

为了培植和团结一批骨干人员，彭莹玉将自己在麻城所收的最早的一批重要弟子以"普"字排辈，于是就有了邹普胜、赵普胜、欧普祥、陈普略、丁普郎等人，这批人多是些江湖豪侠。徐寿辉原本是湖北罗田一个贩卖土布的小商贩，他走南闯北见过些世面，也因颇讲义气而结交过几个意气相投的江湖朋友，其中就有赵普胜。

一天，赵普胜带着徐寿辉去见彭莹玉，彭和尚见徐寿辉生得体格魁伟、相貌堂堂，便惊喜地对众弟子道："此人方面大耳，阔口隆准，乃系十足的帝王之相！为师闯荡江湖大半生，还未见过这等人，而今有幸结识此人，真乃世尊显灵！他日若举大事，必要以此人为王。"

为了让众人都折服，彭和尚又导演了一幕大戏——这天是白莲教众聚会的日子，彭和尚领着大家前往一处池塘沐浴，第一个下水的就是徐寿辉。彭和尚已事先在水中撒下大量食盐等物，当徐寿辉从水中站起身来时，众人只见其身上毫光骤现，非同凡类，为此惊诧不已。彭和尚顺势说道："徐君非常人，必是世尊下凡托生！"遂带领大家一起向徐寿辉朝拜，并约定来日要将他拥立为帝。

随后，彭莹玉自称为"彭祖家"，加紧了再次举事的筹备事宜。邹普胜本是铁匠，由他负责监督打造兵器，到至正十年（1350）时，起事的筹备工作已经告竣。但彭莹玉汲取了早年的失败教训，表示必须等到四方云动时再行举事，否则无法长久。

至正十一年（1351）八月，刘福通等人举事的消息传来后，彭莹玉召集众人，兴奋地说道："如今咱们河南地区的白莲教兄弟已经举事，我等此时不举，更待何时？我等举事之后，除了要拥立徐君为帝，还当以邹普胜为太师！"皇帝以下，以太师为最尊，这是彭莹玉对邹普胜最大的酬报（邹普胜是彭和尚最信得过的大弟子，他有意让邹普胜接替自己总揽大权）。

为了同刘福通等人打成一片，彭莹玉等人也头裹红巾，但因他们互不统属，所以被人称为"西边的红巾军"。彭和尚等人很快召集起数千人马，一举拿下了近处的麻城、罗田、蕲水（今湖北浠水）一带，人马也迅速增加至数万，其中就包括了黄州渔民倪文俊（此人身手了得，很快便崭露头角）。

元廷一时反应不及，彭莹玉、徐寿辉等人便正式以蕲水为都城，建国号为"天完"（意在压"大元"一头），改元"治平"，以徐寿辉为皇帝、邹普胜为太师。为了建立一个类似元廷中书省的机构，彭莹玉等人建莲台省并分置官署，由彭莹玉亲自主掌莲台省，处理日常军政事务。

湖北、淮南一带都是西系白莲教的天下，他们风闻彭祖家起事的消息，立即群起响应。至正十二年（1352）一月，作为湖北重镇的汉阳路、兴国路都被拿下了，到了一月底，连湖广行省首府所在地武昌也被攻克，一时间举国震动！

为了尽快拿下江南富庶地区，天完军分兵顺江东下，又向东、向南相继攻克了江州、袁州、饶州（今江西鄱阳县）、徽州（今安徽歙县）、信州（今江西上饶市信州区）等地。天完军所到之处，当地百姓都跟疯了一样群起响应，因此到这年七月间，他们又迅速拿下了江浙行省首府杭州。

半年之内，元廷连失两座行省首府，十分天下已去二三，皇帝闻知震惊不已，立即召集群臣商讨对策。当时脱脱还在徐州前线，其弟也先帖木儿上奏道："陛下，今红巾贼寇倡乱，天下良民为其所裹挟，贼寇队伍顷刻之间聚集多达数百万众，官军无从应付，长此以往，东南半壁不复为我朝所有！臣兄、中书右丞相脱脱此番南平徐州，得出一荡寇心得……"

"是何心得？速速讲来。"皇帝急切道。

"回禀陛下，便是放手招募并组织民间自卫武装。此举有两个好处，一个是壮大了朝廷的力量，另一个便是让此等良民不再被贼寇所裹挟。今安庆能常保不失，皆因负责镇守的河南行省左丞余阙善于动员民众，协力护城。望陛下明察。"也先帖木儿道。

皇帝已顾不得使用民兵可能造成军阀割据、各自为政等尾大不掉的后果。为了尽快灭火，他立即颁下圣旨，一面令各地官府多多组织民兵，一面鼓励各地地主、士绅、豪民等自行组织武力参与镇压东、西红巾军。

由于起事初期红巾军多半不注意军纪，一味乱抢滥杀，引来部分民众，尤其是地主、士绅等有产者的敌视，元廷圣旨一下，天下形势为之一变！

四

各地举事的消息传到沔阳后，陈友谅振奋之余，有些坐不住了。他挑了寒食节前一个晴朗的夜晚，把张定边、张必先及友仁、友贵、胡廷瑞等人召集到家中，商议何时举事为宜。

此外还有几个列席旁听的人，其中一个是县衙书吏罗复仁。此人四十岁出头,天性老成,昔日因家中困苦不堪,无钱给患病的老母医治,陈友谅闻讯立即施之以援手,令罗复仁感恩戴德,从此视陈氏为再生父母。罗复仁踏实勤勉,做事一丝不苟,受到陈友谅赏识,日渐成为其心腹。陈友谅准备让他来主管后勤事宜,做自己的"萧何"。

另一个列席旁听的人叫邓克明,此人一向游手好闲,善于插科打诨,是沔阳城里著名的帮闲。不过他颇为机智,被人称为"小智多星"。此外他也颇有些身手,早年与陈友谅有些过命的交情,所以受到了陈氏的器重。陈友谅觉得刘邦麾下多是斗鸡走狗、贩夫屠户之流,所以邓克明这种人也不见得不能大用,只要忠心就好。

胡廷瑞则是沔阳当地有名的豪强,是"小旋风"柴进一般的人物,陈友谅与之深相结纳,约定共举大事。胡廷瑞有个七八岁的女儿菲儿,天资甚好,已与陈友谅的儿子定亲,以结秦晋之好。祝宗本是胡家请来的拳师,渐渐与胡廷瑞的外甥康泰一起,成为胡氏麾下的重要骨干。此次会议,祝、康二人也得以列席。

一场隆重的家宴过后,十个人济济一堂,密商大计。

"如今武昌也被彭和尚等人拿下,咱们地方上受此影响,近日常有大股土匪出没,我看不久后他们就有胆量来攻打县城了。"陈友谅首先开口,随即转向胡廷瑞问道,"胡兄,你觉得呢?"

"哈哈,陈兄多虑了,"胡廷瑞端着茶笑道,"什么贼什么匪敢不问轻重,就来打咱们沔阳的主意?方圆百里内,陈兄的大名可是比县里的官兵管用!"

陈友谅自得地一笑,表示默认,然后又转向张定边:"定边兄,你意下如何?"

张定边沉吟了一会儿,道:"如今天完军急于向东、南发展,无意向西,于我等而言有利有弊。利者,等于是把地盘让给了我们;弊者,我们四周都是官军的控制地区,一旦举事,到时恐怕要四面受敌。"

"到时可否派人去面见一下徐寿辉与彭和尚,表示我等愿意称臣,约定互相救助,以成掎角之势呢?"陈友仁提议道。

陈友谅一向不甘人下,且非常迷信命相,不到万不得已,他是不会轻易屈服的,他随即不满道:"老五,你还有点志气吗?约定互相救助还是可行的，至于这称臣嘛，不到最后关头，还是不走这一步为妙。我等还没试试这水的深浅呢，岂能轻易受制于人！咱们起事之后，避免与天完冲突，可以重点向南发展，夺了湖广行省大部，到时再乘机东下……"

张定边早先就建议过，要陈友谅背靠大树，如今见陈友谅这个态度，只得道："我等没有白莲教这般铺垫，要想在短期内据有湖广行省大部，怕是很难！且走一步看一步吧，到了山穷水尽之时，谁知不会峰回路转？咱这沔阳湖区还有个好处，就是进可攻、退可守。"他的言外之意就是，如果失败了也不怕，至少可以给陈友谅一个教训。

邓克明老有剔不完的牙，只见他一面剔牙，一面轻言道："反正先拿下沔阳再说，先机还是非常重要的，若是被人抢去了，悔之晚矣！只有举事，咱们才有进一步扩展的机会！"

陈友谅觉得这话在理，表示道："也好，那就走一步看一步吧，车到山前必有路！"

众人经过一番计议，商量出一个拿下沔阳城的策略——张必先、胡廷瑞等率领麾下几百人马扮作土匪攻城，张定边、陈友仁、邓克明等率领另一队人马埋伏在城里适时攻占县衙，待陈友谅杀了达鲁花赤，便里应外合掌控住沔阳大局。如此就可事半功倍，尽可能减少兵员的损失。

张定边不太了解沔阳城衙门的情况，在商议任务的分配时，还特意询问陈友谅道："四兄，你一人对付众人，有把握吗？"

陈友谅扬了扬手，做出一副胸有成竹之态，笑道："定边兄，你莫不是要小瞧我？难不成我会如此儿戏，衙门里那些老爷有几斤几两，我陈友谅不比谁都清楚？哈哈。"

"好吧！不过还是让老罗带上我这边几个可靠有力的人，给你做帮手吧。"张定边最后决定道。

眼看就要走上一条毁家举事的不归路，陈友仁最放心不下的，除了父母，就是他挚爱的妻儿，此时他已经是一儿一女的父亲了。

陈友仁的妻子余氏本是陈母的干女儿，与友仁青梅竹马，情投意合。余氏钟情友仁的英俊豪侠，友仁则除了看重余氏的温柔妩媚，更看重她的孝道——余氏出生在一个诗书传统很盛、推崇孝道的人家，家族里多是孝子孝女，常有割股疗亲等感人孝行。余氏也不例外，十六岁上为母亲剁下过一节手指，和在药里给母亲服下，以求感动上天。当时十八岁的友仁闻讯，对她的愚孝又敬又气，她则解释道："灵不灵看天意，但我们做儿女的一定要拿出敬母的诚意！"凑巧的是，她母亲的病不久后就痊愈了，由此她的孝行传遍了乡里。

散会后，友仁在四哥家里又盘桓了半天，以便商议清楚有关细节，直到二更时分才回到家中。卧房里的灯此时依然亮着，余氏还在等待夫君归来。待友仁进来时，两人互相打了个招呼。因她想要赶快完成手里的针线活计，所以打过招呼之后便低头继续忙活。

在卧室里坐定后，友仁便对着灯下忙活的余氏细瞧了好一阵。她被砍掉一节的左手小拇指上套着一个漂亮的护甲套，身着一件青蓝色的交领广袖短襦，头绾梳云髻，比平素显得更为妩媚动人。友仁内心一阵躁动，忍不住上前将爱妻拥入怀中。

余氏非常聪明，友仁平常有事也很少瞒她，于是她放下手中的活计，轻启朱唇道："怎么了，五哥，大计已经定了吗？"听得出她有一丝不安。

"嗯，"友仁点着头，捧住她的脸道，"阿兰，你怕不怕？"

余氏握住夫君的手，轻声道："要说不怕，那是假的。可是如今已天下大乱，进退皆有性命之忧，那何不进一回呢？这也是你和四哥的生平志愿！"

"唉，我们兄弟倒好说，但就怕照顾不周，连累你们这些老弱妇孺……也真是不孝！"友仁叹气道。

"没事，五哥，你们放心去吧！我会照顾好父母、孩子，照顾好自己的，四哥到底是有天命的人！立身扬名，以显父母，就是大孝！"说着，余氏又捡起了针线，"还有一两刻钟，我忙完这几针再歇息。"

友仁还是有些不放心，四哥纵然真有天命，那也管不了家人的死活啊！想那汉光武帝刘秀起事时，不但他的大哥刘縯罹难；在小长安之役中，刘秀的二姐与二姐夫、弟弟刘仲及宗族数十人都遭逢不测了。

自古欲成大事者，有几个不是抛家舍业、九死一生的？

可多说也无益，友仁只能多派些人手保护家人。此时两个孩子早已睡下，友仁端着烛台，轻手轻脚地到孩子们的房间里去了……

五

几天后，当听到"土匪"来攻城的消息时，县达鲁花赤一面急命关闭城门，一面带领县衙众官吏前往城头查看情况。当他看到土匪人马稀少时，不禁放下心来，得意道："这伙贼寇就是来沔阳找死，诸位谁能带兵出城扫荡，本官一定为他请功！"但没一个人敢应声。

城下的"土匪"大喊着："取下达鲁花赤狗头，饶尔等不死！"

陈友谅一向是县里有名的强吏，达鲁花赤对他甚为倚重，但也没少拿他的贿赂。此时陈友谅挺着剑站了出来，达鲁花赤喜形于色，道："早知道咱们县上还是陈典史有这份担当！"

陈友谅笑道："若是下官平灭了这股贼寇，大人会报请行省如何加封下官？"

"只要是你们汉人可以做的官，你随便挑，哈哈。"

陈友谅叹了一口气，道："功劳再大，也不及生得好、血统好，这辈子还是没有做达鲁花赤的命啊！"

此语一出，在场诸公皆大惊失色，聪明人已经嗅到了一些不寻常的味道。

达鲁花赤此时特别需要仰仗陈友谅，便装作大度道："此是祖宗之法，我等也是无可奈何。平了贼寇，为朝廷分忧，何愁富贵，做不做达鲁花赤又有何妨？而今红巾贼寇蹂躏江淮，若陈典史能立下汗马之功，那官职凌驾于本官之上也是情理之中了！"

"没错，此时正是英雄取富贵之时！"陈友谅话里有话地说道。

大伙都在猜想这陈友谅葫芦里到底卖的什么药，他平素对待上官都是一副谦恭、驯顺的样子，如何今日竟似换了个人一般？就在达鲁花赤在城头上为陈友谅敬酒时，突然一个小卒气喘吁吁地跑上城头，对达鲁花赤禀告道："不好了！有一队人马在攻打县衙！"

达鲁花赤顿时起身变色道："可看清是何人所为？"

那小卒看了看一旁的陈友谅，吞吞吐吐道："小的没……没看真切，远看像是陈大人的兄弟！为首的，还有一个大胡子，也像是……像是常出入陈府的张……张定边！"

陈友谅装作大惊道："可看得真切吗？"他突然拔出剑来逼向那小卒，吓得那小卒连退几步。达鲁花赤想要上前喝住陈友谅："陈典史，莫急！待本官查明实情再说！"

陈友谅也不应答，说时迟，那时快，他一个疾速转身，只见寒光一闪，只听长剑一啸，留下达鲁花赤一声哀号——一股喷涌的鲜血飞溅到陈友谅身上。等众人反应过来时，达鲁花赤的项上人头已经滚落在地，整个身子也仆倒下去！

达鲁花赤的十几个亲兵刚刚反应过来，便被陈友谅一剑一个格杀在地，其中一个竟然还被一剑劈作两半！

众人都被这突如其来的可怕一幕惊住了，吓得立时匍匐在地。城上的兵丁见达鲁花赤已被陈友谅所杀，一时没了主意。在旁的罗复仁乘机向大家喊话道："此番只为替天行道，绝不伤及无辜，众兄弟勿怕！"因他是有名的老成人，大伙儿便多半信了他。

召集了众人后，陈友谅大声喊道："今日杀了这狗官，只是为民除害，有敢挡我者，死！"说完，他摆了摆手，让身边的几个亲随去打开城门，放张必先等人进城。

陈友谅等人就这样一举拿下了沔阳城，事后他向张定边等人吹嘘道："……谁见过这阵仗，我一剑取了那达鲁花赤的狗头！别看其他狗官平素欺负百姓惯了，一见我干脆利索地斩杀了那十几个亲兵，当下就不敢动弹了！原想着我陈某人要大开杀戒，血洗城门楼子，展一展咱这荆楚长剑的雄风，不想这帮货全尿了！哈哈。"

"都怪四哥平时才不外露，他们没想到四哥竟有如此身手！"陈友仁恭维道。

"哈哈，也是定边兄这三四年来点拨的功劳！"陈友谅谦虚道。

那些不敢反抗的县衙官吏，平时也都是陈友谅的熟人。陈友谅从中挑选了几个可靠的士兵充当自己的属下，其余的便命人看管了起来。他的心思是，来日需要有人去官军处谈判时，不妨再挑选一两个出来。

随后，陈友谅放手扩大和训练队伍，准备先分兵南下夺下洪湖、嘉鱼，再合兵攻下名城岳州（今湖南岳阳），打开通往湖南的门户；一旦取了岳州，再合兵向西，直到夺下中兴路（荆州）重镇，以确保后方的安全，然后便可倾力在湖南发展了。

经过一番招兵买马，陈友谅麾下很快就有了两千余名士兵和两百多匹马，但是其中最有战斗力的，自然还是张定边训练了两三年的那支五六百人的精兵。

在检阅队伍时，精兵的整肃与新兵的杂乱一目了然，张定边对此不无遗憾道："昔时不敢放开手脚，也无此财力，不然若能练得数万精兵，今日必可横行天下！可惜而今又腾不出这么多时日了。"

陈友谅踌躇满志道："待我等打下岳州、中兴路，那时休整个一两年，咱们训练出五千精兵，定可席卷湖南；等得了湖南，再休整个两三年，练得数万精兵，那时顺流东下，长江沿岸必为我有。"

"哈哈，只怕敌手不给我等喘息之机，若是天完能与官军旗鼓相当，便是天助我也，若是他们有一方得势，都是我等的大患。"张定边蹙眉道。

"大哥，那可如何是好？"张必先插言道。

张定边捋着长须道："只有速速扩大地盘，多打下几座城池，有了几百万人口，才有了和敌人鼎足而立的资本啊！"

"那咱们快分兵去打洪湖和嘉鱼吧。"张必先道。

由于嘉鱼只是一座小城，陈友谅便命张必先、陈友贵与胡廷瑞等人领兵八百前往攻取嘉鱼，得手后由友贵驻守；自己则与张定边、陈友仁、邓克明等率兵一千人前往攻打洪湖，攻克后留邓克明驻守。留守沔阳的任务，则暂交给了罗复仁及张定边的心腹弟子王玄素等人。王玄素等人多得张定边真传，武艺甚是了得。

当张必先、陈友贵、胡廷瑞等领兵赶至嘉鱼时，嘉鱼达鲁花赤在城楼上见对方人马不多，也听闻陈友谅未亲自来战，便大意地点了一支上千人的队伍杀出城去，要压一压"叛贼"的士气。双方在城外排开阵势，达鲁花赤命属下一员色目将领骑马出阵挑战，张必先想要一展身手，不承想身边的陈友贵却打马喊道："二哥，让我去会会他吧！"

陈友贵是陈氏三兄弟中才略、身手最次的，不过经张定边这几年的点拨，身手已大有进益。双方擂鼓助威，很快就打马战作一团，只见还没几个回合，陈友贵便一招虚晃刺伤了对手，那敌将赶快拍马回阵；这边张必先立即取过一张强弓，拍马向前去追赶狼狈逃窜的敌将，嘴里还高声喊道："鞑子休走！"

只听弓弦响过，那受伤的敌将被射中了臀部，当即痛得掉下马来！对方见状，惊骇异常，在如此远距离上还能将人射中，不但是神力，也是神技。

对方未战先惧，但在达鲁花赤的号令下，只得发起了冲锋，双方立时展开了一场混战。因官军长期腐化，毫无战力，很快就被陈家军杀败，陈家军乘势开始攻城。

陈家军一面以弓箭手掩护登城，一面运来了两辆六轮的云梯。张必先和陈友贵身先士卒，各拿一面盾牌率众登上云梯，因城墙不高且防守大意，两人很快就带人登了上去。压阵的胡廷瑞赶快挥军前去支援，经过一场短暂的激战，城门终于被打开，官军四下溃退，除一部分在达鲁花赤的率领下逃走外，其余大部分都投降了。

在这场前后持续不过一个时辰的战斗中，陈家军仅仅伤亡了几十人，其中冲锋在前的陈友贵受了点轻伤。

嘉鱼迅速失守的消息传到洪湖后，洪湖方面的官军不敢轻敌了，立即加强城防守备，决心固守待援。陈友谅和张定边等人率军赶到洪湖城下，张定边查看过周边地形与地势后，不无忧虑地说道："兵法上说攻城为下，如今看这洪湖的城防，确实如兵法所云，不到万不得已，绝不能轻易强攻，否则徒增伤亡，有损士气！"

"是啊，咱们是一支新军，队伍也没有多少攻城的经验。"邓克明附和道。

"那该如何是好?"陈友谅着急地询问张定边道,"必先、友贵那里已经得手了,总不能让他们看咱们的笑话吧?时间还不能拖,听说洪湖这边已经到岳州去搬救兵了,一旦援兵杀到,我等腹背受敌,更没有胜算。"

张定边习惯性地捋着长须,慢慢思量起对策来。陈友仁向来较为机智,他突发奇想道:"两位兄长,我看不如这样,我等今晚先在城外驻扎下来,待明日拂晓前,用弩箭射些文告到城里去。文告上就写:若有能够打开城门迎降者,不论官民人等,要官给官,要钱给钱。如何?"

"这法子行吗?"陈友谅问张定边。

张定边眉头一展,笑道:"成与不成,不妨试一下!而今人心思乱,这洪湖城里收拢的流民不少,听说近来朝廷有旨意下来,要各县、州、府、路等动员、收买民众,加以整训,以便与我等为敌,此是我等心腹大患。不过这洪湖县早就恶名在外,官府以残民害民为能事,民心或恐可用!"

友仁不无调皮道:"正是!四哥昔日高坐县衙,不知民间疾苦啊,哈哈。"

"好吧,那就死马当活马医一回吧。"陈友谅按住自己的长剑道。

待次日拂晓之前,陈家军将士纷纷抵近了洪湖城墙,然后一齐将上千份文告射进了城内。眼见文告进城,着实令官军紧张了一阵,他们立即下令没收了所有捡到的文告,可是有很大一部分早被闻声醒来的百姓趁着夜色捡了去。

等到中午时分,眼见洪湖城里还是没有任何动静,陈友谅对此着急不已,想要午饭后立即攻城,张定边、陈友仁等人只得劝他少安毋躁。

果然,快到申时的时候,突然间从洪湖城内传来一阵阵喧闹和打斗声!陈友仁闻报后惊喜道:"必是城里有了内应,四哥赶快整军攻城吧!"

原来那文告通过口耳相传,到了中午时分,洪湖城内几乎人人都晓得了此事,大伙纷纷串联起来,一些胆大的人见时机已经成熟,便立即抄起家伙向城门边冲来。由于内应人数众多，再加上陈家军攻城的压力，城门处很快就失守了。

城门被打开后，陈家军迅速杀进城里，将城池一举拿下。因四处被流民围困，洪湖县的官吏连同公差尽数被擒。最后，陈友谅大手一挥，干脆将这百十号人全都当众处死了，民众无不拍手称快！

六

拿下嘉鱼、洪湖这两座城池后，陈友谅部得以再次大肆扩充队伍，很快就拉起了一支多达四五千人的陈家军。本来队伍扩充到上万人也不困难，但张定边着眼于挑选体格精壮、勇猛剽悍者，因此陈部冗兵很少。

因岳州城地处洞庭湖之滨，背依长江，城池就建在水边上，从地形和地势上看都更为易守难攻，何况岳州是一座大城，守军就有两三千人。在众人商议对策时，张定边率先建言道："岳州城地近水边，此是它的优长，也是它的弊端。我听闻昔日元军夺天下时，曾经请西域的回人制造过一种很厉害的炮，用以攻取城池，也可用于防守。因这种炮在攻略襄阳重镇时有上佳之表现，所以这种'西域炮'又被称为'襄阳炮'。"

陈友谅顿时来了兴趣，忙问道："如今汉人里不知可有人能制造这西域炮？若是有，那真是天助我也！"

"找人制造并不为难，只是要费些时日。"

"哦，需多久？"陈友谅问道。

张定边笑道："若造的多了，自然费时就长！这个恐怕没有一年半载成不了规模。"

"哎呀，要是耽误一年工夫，那可就失了天时！"陈友仁道。

"那好！我先把工匠找来，细细了解下情形吧，若是费时太长，我等则另觅他途。"

"张兄一向料事如神，先前为何没想到早早把工匠请来呢？如此也可少耽误些时日。"胡廷瑞插问道。

"哈哈，"张定边一笑，"先前我们没有举事，没有立业的规模，怕请不来人嘛。"

原来张定边在武当求道时，因爱好广泛，也曾结识过几位上了年纪、病退在家的军械老匠人，细细了解过西域炮的原理、威力及制造过程，所以一直记挂着这一征战利器。待他跟陈友谅等人计议妥当后，立即修书若干封，命人到襄阳一带找到那几位老匠人，让他们推荐弟子来沔阳，而且多多益善。最后，有二十多个壮年工匠相继到达沔阳，从修书到请到这些匠人，来往已费时一月有余，这期间，陈氏方面只好加紧练兵、屯粮，并四处打探消息。

张定边深入了解后得知，西域炮形体越大，威力也就越大；所使用的重物体积越大，射程也就越远。为了节省时日，打造的大型西域炮既要方便运输和使用，又要可以直接在船上操作，数量必定有所限制。据张定边粗略估算，有十具西域炮就差不多够用了，而要完成这项工作，约需费时半年，而这段时间也正可加紧整军经武，以为霸业长策。

当时，元军在各地民军武装的配合下，已经取得对天完军作战的上风，杭州城很快被收复，一部分元军也已经在荆州对沔阳方面虎视眈眈。陈友谅分明有些坐不住了，坚持要先试着攻一攻岳州城，以便迅速扩大地盘，增强实力，让各地元军不敢轻动。陈友谅执意要攻岳州，张定边拦不住他，只好陪着他一起去了。

最初的攻击倒是出奇顺利，陈友仁竟然带人攻上了城头，一时间城下的陈家军纷纷欢呼雀跃，仿佛已经取胜了一般！可是官军早有准备，他们利用各种大小火器疯狂反扑，已经攻上城头的上百人非死即伤，奋战中的陈友仁一个不慎，左眼被乱飞的弹丸击伤，亲兵立时围住他拼死相护，并打出了需要紧急支援的旗语。

陈友谅等人在城下远远看见，晓得城上必是出了不测，忙令张必先带一支精锐人马速去接应。等到有人来报"五爷被飞弹打中了眼睛"

时，一向看重手足之情的陈友谅立马失了分寸，情急之下竟想亲自带人去城头上救下五弟。在旁的张定边一把抱住他道："四兄，如果你有个意外，那可就是倒下了大树啊！还是让必先去吧。"

"哎！"陈友谅一把将佩剑扔到了地上，"等拿下岳州，我一定要为老五报仇！"

等到陈友仁被张必先救下来时，已经浑身是血，尤其左眼部早已血肉模糊，整个人基本失去了知觉。经过张定边及几名医官的及时救治，命虽然保住了，但受伤的左眼境况却依然危险。

"怎么样？老五的眼睛还有救吗？"陈友谅急切地询问走出急救房的张定边，此时张定边的头上满是汗水。

"唉！凶多吉少啊，便是无失明之虞，可视力不但将大为减退，一个堂堂伟男子，面相也破了啊！刀枪无眼，于今知其信然！"张定边说完，便流下几滴眼泪。

"都是我行事操切，悔不听兄之言！此仇不报，非人也！"说着，陈友谅竟拔剑将身边的一棵胳膊粗细的小树斩为两截，随着"咔嚓"一声巨响，惊得众人一阵慌乱。

不想那陈友仁已经醒转过来，他听到陈友谅说的话，忙挥手示意四哥近前来。友仁用尽力气道："胜败本是兵家常事，万不可逞一时意气。若城破后肆行杀戮，必大失人望，四哥请三思！还有，我的事千万别告诉家里，更别告诉阿兰……"

陈友谅生怕兄弟病中不安，赶忙答应下来，又对身边的人大声宣布道："有泄露此消息者，斩！"

张定边听后，不禁对友仁越发钦佩起来，果然是一个有勇有谋、能忍小愤而就大谋的好汉子。他于是暗忖道："若是友谅能有友仁这些优长该多好！或者把友仁换到友谅的位置上，那大业必成！可惜友仁没这份野心，更不好跟兄长相争！"

然而没有不透风的墙，通过陈友谅在军中的妻弟，再经过陈友谅娘子的转述，友仁受伤眇目的消息还是很快传到了余氏的耳朵里。天旋地转过后，她立即风尘仆仆地从沔阳赶到了洪湖。当她拿着所谓的"偏方"来到夫君面前急忙呈上时，已经可以下床走动的友仁装作若无其事地取笑她道:"有定边兄在此,什么偏方都是无用!"

余氏一面心疼地看着夫君被包扎起来的眼睛,一面拭去眼泪嗔怒道:"灵不灵,总要试一下嘛!人家好不容易才找来的。"

"不用试了,你那厢是手有残缺,我这厢是眼有残疾,如此一来,咱两个今后谁也别嫌弃谁了,做一辈子老夫老妻吧!"诙谐的言语里分明包含了对爱妻的安慰。

余氏被友仁弄得哭笑不得,只得安慰道:"好吧,反正五哥就是变成最丑的人,我也不会嫌弃你的!五哥在我心里,永远都是最英俊的那条汉子!"

友仁对此深信不疑,忙又关切地问道:"阿兰,家里人都知道了吗?此事千万别告诉父母,免得老人家担心。"

"四嫂已经知道了,不会告诉父母的,我这回出来,就是借口回娘家住几天。可是往后你若回家去,可怎么办?"

"唉,希望能好起来吧!实在好不起来,也要待我恢复了,能重新上阵了再说!要是咱爹娘看到我这个样子,该有多着急!"

余氏原想说"怎么还上阵啊",可是终于没有说出口,这是男人的命运啊!她亲自煎了药,好歹说服友仁喝了下去,倒也有些效果。余氏又把自己从寺庙里求来的护身符给丈夫戴上,这才不舍地回到了沔阳。

一个月后,第一架西域炮被打造完成,张定边特意邀集了陈友谅、张必先、胡廷瑞及已经可以自由行动的陈友仁等一同前往观摩。

船上有一个人为众人进行讲解,此人长相憨厚,张定边指着他为大家介绍道:"这位是熊天瑞兄弟,他家世代是做飞炮的,从今而后,我等的飞炮就尽可交由他来负责。"

陈友谅站到张定边身边耳语道:"此人可靠吗?"

张定边微笑着示意了一下熊天瑞,于是熊天瑞向陈友谅一拱手,然后笑道:"从卑职应张先生之召前来的那一日,就已经认定您是卑职的主公了!恕卑职直言,而今论人马、论声威,您哪一样及得上徐寿辉?卑职今日冒死前来投奔,不正是赤胆忠心的明证吗?"

张定边笑着附和道："天瑞乃忠义之士，必不负我等！"

陈友谅顿时放下心来，笑道："危难之际见真情，他日我若得了天下，你就是我的开国元勋，定不相负！"

当大家走近体形庞大的西域炮时，熊天瑞指着它介绍道："这西域炮，既可以抛掷石弹，也可以抛掷火弹，依卑职看，需要时也可以抛掷装有油料的坛坛罐罐，以便于放火！"

陈友谅抚摩着巨大的炮架，问道："这西域炮可抛掷多远？"

"回主公，这可没有固定的距离，一般在五六十步上下。"熊天瑞干脆地答道。

"那石弹最重可抛掷多少斤的？杀伤之力有多大？"

熊天瑞答道："回主公，最高可抛掷重达一百五十斤的石弹！不过，若是这船更大，西域炮也可造得更大，那时恐怕二百斤的石弹也不在话下。石弹愈重，飞行愈远，自然杀伤之力愈大，可入地七尺，将人马砸为齑粉！攻城若用百斤以上石弹，一应旧制楼橹，无有不被摧毁者。当然，若对付敌众冲锋，用碎石即可，大石则用于毁坏敌人城墙或者船只。火弹的话，打人打物皆可，待会儿演练时，主公即可细细观之。"

陈友谅闻听此言，当即拍手道："好！果然是一件克敌制胜的利器，难怪那鞑子可破我襄阳城！你快点给咱说说西域炮的构造吧。"

熊天瑞于是指着精钢铸造、长约一丈多的炮杆的短端道："此为动端，为发力之所在，上面所悬重物为两千斤，顶端这个折臂可防止重物脱落。"他又指着长端道："此为阻端，杆头为弹窝，又称'蝎尾'，是摆放炮弹的地方。"中间还有一副长长的铁钩，熊天瑞再指着它道："当用绳索将阻端拉至地面时，即用此铁钩将炮杆固定住，待装上炮弹后，整个炮身便呈抛射状；当需抛射时，即拉开铁钩，动端重物立刻下坠，所产生的力道可使阻端猛然弹起，那炮弹随之就飞出了！"

"这西域炮需几个人来拉？"蒙着一只眼的陈友仁问道。

"回五爷，有此西域炮之前，宋时全靠人力，没个百八十人断难操作。如今有了这个宝贝，有个十几人就可应付裕如。可见西域之人灵巧之处，亦有胜于我中华者！"

"那玄奘尚且求取真经自西天,我东土自然有短于人者!"陈友仁笑道。

"五爷这话极是!"胡廷瑞笑道,"那《后汉书》里就提到西域之西的一个古国,名叫'大秦'(指古罗马帝国),'其人民皆长大平正,有类中国',可见定然不俗!自胡元混一天下以来,西方各色人等聚集中原,着实让人开了眼!但不管怎么说,其种种优长、千般器物,能为我所用就是最好了!"

陈友谅拍手称快之余,立即下令进行演示。随着熊天瑞的一声号令,十几个操作人员顿时精神抖擞地完成了一系列装弹、瞄准、发弹的动作!对面供演示之用的是一段废弃的砖墙,当五十步开外的西域炮准确击中这段砖墙时,伴随着一阵巨响和腾起的烟尘,大家很快便看到那段砖墙被砸了个稀巴烂!

陈友谅领教过西域炮展现出来的巨大破坏力后,不由得惊叹道:"我等有了此物,真是如虎添翼,岳州的一箭之仇可报了!"

四个月后,十架巨型、中型西域炮与一应所需炮弹都大体铸造完工,陈家军几十艘大小船只便向着岳州顺风驶去,这等壮观的景象居然引得附近百姓都出来观看。

到达岳州外围后,陈友谅想要四面围城,将守城的元军将士尽数消灭,但是陈友仁却进言道:"围城必阙,此次攻城务求速胜,可两面牵制、助攻,一面进行主攻,另一面给残敌留出退却之机,如此可使敌战心不固!"

"老五,你上回要我别血洗岳州,四哥已经答应了,此次咱们务必杀出一番威风来,看哪个今后还敢负隅顽抗!你眼上的伤,你都忘了吗?"

"我的左眼虽然半废了,但并不妨碍我继续上阵杀敌,此次四哥务必许我再做先锋,我定然一鼓作气拿下岳州!"

陈友谅出于爱护兄弟的考虑,坚决不同意,但是张定边从旁说道:"要重振军心非如此不可,何况眼下我军实力已今非昔比,友仁的眼睛也已无大碍,四兄,你就放手让五兄去吧!"

"要是老五再有个三长两短,叫我如何跟高堂交代?"

陈友仁气愤道："如果瞻前顾后，我等还出来打天下作甚？为求自保，不如一辈子窝在沔阳算了！如今这大乱之世，退则未必能生，进则未必会死！"

张必先表示愿与陈友仁一起做先锋，张定边拒绝道："你就负责你的北面，友仁负责西面，东面交给胡廷瑞！我与四兄就跟在五兄身后，一旦击破了城墙，我等再全力攻城。此次攻城务求一击必成，千万别给敌众留下喘息之机！"

张定边一锤定音，众人都再无异议。时值秋高气爽，养精蓄锐多日的陈家军开始三面攻城，其中五架巨型、三架中型西域炮都放在了西面，另两架则交给了张必先。

陈家军先是用西域炮发射装满火油的罐子，致使西面城墙上烧成了一片火海，守军先前所囤积的木料、火药和武器等都因存放不慎被烧着了，一时间城头上混乱不堪；然后陈家军又抛掷巨石，集中往一段城墙处猛打，由于岳州城墙主体是砖土结构，不算坚固，所以很快就被砸出一个大口子。

为了掩护冲锋，西域炮又开始延伸射击、抛掷火弹，致使守军主力无法靠近被打坏的城墙。陈家军乘机从城墙坍塌处杀进城去，打先锋的陈友仁果然勇猛如往昔，令陈友谅大为惊喜！

在激战中，陈友谅和张定边也全身披挂加入了战斗，陈友谅一时杀得兴起，便有些不管不顾，很多元军虽然已经跪地求饶，但还是被他杀得血流遍地，看得张定边摇头不已。

元军大部从南门逃走，人马互相践踏着，狼狈之相尽显！岳州城就这样被拿下了，事后陈友谅命胡廷瑞坐镇岳州，自己则回到了沔阳。

岳州作为一座重镇，陈友谅原本是想让友仁驻守的，但他想着五弟这回受了伤，不宜操劳，自己的身边也需要有得力的人帮着谋划，就把岳州留给了胡廷瑞驻守，这也算是不小的笼络了。在回沔阳的船上，张定边左思右想，觉得此举似乎不太妥当，他原本想跟陈友谅说一说，但话到嘴边又咽了回去，实在不吐不快，就把友仁悄悄地拉到了一边。

"五兄，岳州交给廷瑞把守，你觉得妥当与否？"张定边问道。

眼见张定边有些踌躇,与平日相比颇为反常,陈友仁心里一惊,立即不假思索地回道:"胡兄也是当世豪杰,智勇兼备,岳州交给他,我跟四哥自然是放心的!"

"不是说这个,五兄再往深处想一想!"张定边指着自己的心口窝继续说道,"往这里想!"

友仁还算聪明,有所意会,忙道:"胡兄声名在外,断断不会做出背信弃义之举的!"

张定边长吸了一口气,道:"话虽如此,可是来日之事难测,若是他迫不得已呢?"

"哈哈,定边兄如何也猜忌起人来了?"友仁故作轻松地笑道。

"非也!遍观史书,凡打江山者,朋辈甚或至亲因利害而反目者不胜枚举,往远处说有汉高、卢绾之事,往近处说有五代之事,我等总要确保万全才是!"张定边还没有说出宋太宗加害手足的事,"也罢,如今恐怕还担心不到这里,我也怕有离间嫌疑,所以一直忍着没跟四兄说,如今跟你说了,你我往后还要往这上面多多留心才是!"

友仁仔细回味了一番张定边的话,甚觉有理,忙拱手道:"还是定边兄虑事深远,往后我们兄弟有失察和考虑不到的地方,还请定边兄直言!"

第五章
声名渐起

一

颖上县距离定远县不过三四百里，刘福通等人举事之后，为了互为羽翼，他又派人游说各地豪杰举事，这其中自然包括了"小柴进"郭子兴。

在最初的半年里，郭子兴出于谨慎，未敢轻举妄动，等到至正十一年（1351）年底，他风闻东、西两系红巾军已经四面开花，才开始蠢蠢欲动。这天，他召集了孙德崖、马大威等五位兄弟来商议大事。郭子兴首作开场白道："现今刘福通、彭和尚、芝麻李等都闹腾起来了，而且还闹腾得有声有色，我等既以仁义相标榜，想在江湖上一举扬名，现今可不正是大好时机吗？再上一层，中原逐鹿，小者王，大者霸，也不是空谈嘛。眼下濠州官军都一心盯在颖上，我们正可杀他个措手不及，一鼓作气夺了濠州，岂不痛快？与其坐以待毙，不如铤而走险，马老弟，你意下如何？"

马大威系宿州闵子乡人，家世背景、为人都跟郭子兴差不多，但因是一个"及时雨"宋江式的人物，所以败家也很快。他年轻时膂力过人，威震乡里，而且一向行侠仗义、疾恶如仇。后来因杀人被迫带着全家逃至定远一带，不久之后，就与意气相投的郭子兴结为刎颈之交。

马大威早就受够了流亡的日子，巴不得有一天杀回宿州去，因此听郭子兴这么一问，便慨言道："郭兄所言甚是，小弟别无异议！不过，小弟有一个提议，不知当说不当说？"

"咳，你我自家兄弟，何必如此客套？"郭子兴道。

"郭兄，实不相瞒，小弟这几年来一心想回家乡，那里还有我不少兄弟，而且民心可用，小弟略有虚名，到时必定一呼百应。此番我就赶回宿州，咱们约定了时间一同举义，岂不可以互为膀臂，胜算更大吗？若是一方不幸失利而一方得胜，那咱们就合兵一处，长长远远做一场好兄弟！"

"哎呀，这个主意是极好的，"郭子兴拍手道，但他马上又眉头一皱，"不过你毕竟离开宿州多年了，如今贸然回去，怕是有不少风险，不如你就留下来，跟老哥哥我生死都在一处吧！"

郭天叙是郭子兴的长子，英武颇似其父，当时他就侍立在父亲一旁，于是附和道："是啊，马叔，恁就留下吧！"

孙德崖等人也一齐劝道："老马，留下吧！"

马大威沉吟了半晌，拱了拱手道："郭兄、诸位都知道，在宿州地面上，人家都认小弟是个'及时雨'式的人物，不是小弟夸口，如今只要小弟振臂一呼，响应者必定过千过万。另外，小弟如今已经听说，为了隔断刘福通和芝麻李，宿州城及其周边已经驻扎了四五千官军，非得小弟在宿州搅他一家伙，才足以减轻郭兄的担子啊！这七八年来，小弟吃住都在郭兄家里，感激之情自不必讲，小弟一心思报，如今这等好机会若是放过，岂不要抱恨终天？"宿州位于濠州以北约三四百里处，而定远则位于濠州以南几十里处。

郭子兴左右为难，他一时无法说服马大威，又深知马老弟为人，觉得他所言有理。经过一番艰难抉择，郭子兴只得说道："既然如此，那你就回宿州吧。不过我的好闺女秀英你不要带走，而且一旦你发觉势头不好，要立即赶回定远，晓得吗？"

"那是自然，秀英一个妮子家，小弟自然不便带在路上，就拜托郭兄替我好好照顾她吧！咱秀英她娘死得早，她也没个兄弟，她大姐嫁到那王家，受我牵累，如今也不知下落了。唉，咱秀英真是一个苦命的孩子啊！"马大威说着，竟流下了眼泪。不过，他很快又转悲为喜道："郭兄也知道，凡人都说咱秀英是大富大贵的命，她又知书达礼，若小弟果真有个不测，那拜托郭兄和嫂子务必给咱秀英挑个好夫君吧！"

马大威就要顿首拜谢，郭子兴连忙扶起道："哈哈，这个无须老弟多虑，我与你嫂子尽心竭力就是！秀英就是我郭子兴的亲闺女！"

发动举事的大计已无异议，具体的步骤和时间还须细细定夺。孙德崖是个农家出身的粗鄙汉子，空有一身力气，只听他瓮声道："就定在明年二月吧,这是春荒最重的日子,民心最是不稳!"

郭子兴想了想,觉得这农夫说的不无道理,最后拍板道:"好!那就定于明春二月举事!在此之前,我等一定要拿出些诚意来,别叫兄弟们动摇才好!"

眼看着春节过了,正月也快过完了,举事的日子近了!

这天上午,大伙要为马大威一行人送别,他的女儿秀英也在场。秀英年幼丧母,她不愿再失去父亲,自然早已泣不成声。她红肿着眼睛对父亲沙哑地说道:"眼下秀英就爹爹一个亲人了,若是爹爹有个三长两短,秀英岂不成了孤儿?往后可如何是好?"

马大威轻抚着女儿的肩头,如今女儿已经长成一个亭亭玉立的大姑娘了,他心里自是快慰不已。但身为江湖豪客,他自然有自己的命运,岂能牵绊于儿女情长,让江湖上的朋友们笑话?为了安慰女儿,马大威便当着众人的面道:"英儿啊,你现在虚岁都二十一了,早就是大姑娘了。常言道:在家从父,出嫁从夫!你马上就得嫁人了,那时爹爹想留你也不成了,这几年爹爹拼命留你在身边,已经让人家笑话了,哈哈!你郭伯父、伯母都很喜欢你,早就想把你收作养女,若是爹爹真的回不来了,那郭伯父、伯母就是你的亲爹娘!"

郭子兴的独生女郭天珍已经十四岁了,生得花容月貌。这几年相处下来,她早已跟秀英情同亲姐妹。她在一旁也安慰秀英道:"姐姐,不管别人怎么样,我永远都是你的亲妹妹!"说着,她一把抱住秀英哭泣起来。

郭子兴夫妇在一旁微笑着。张氏是郭子兴的续弦,也是郭天爵和郭天珍的生母,她一边安慰自己的女儿,一边和颜悦色地对马大威父女说道:"咱秀英是忒标致的好姑娘,又知书达礼,我们郭家能收她做养女,那是我们祖上有德!从前我还想着叫咱秀英给我做儿媳妇呢,老郭就骂我糊涂,说爵儿是个纨绔子弟,外面看着漂漂亮亮,里面是一堆草包,根本配不上咱秀英!"

秀英知道父亲有父亲的事情要做,她根本拦不住。她也知道郭家一定会将自己视同己出,绝不会让自己受到半点委屈,只是骨肉至亲毕竟无法取代。她平素在做女红之外还常读史书，心知父亲这等秉性和这番作为，是注定不会有好收场的。此次离别，也许就是与父亲的永诀，所以她始终无法说服自己克制奔泻的感情，把眼泪都快哭干了……

马大威虽不是铁石心肠，但也不想在众人面前丢了名声，最后他对女儿叮嘱道："女子在世，不过求一个'贞'字；男子在世，不过求一个'义'字；那做臣子的，则求一个'忠'字！这就是文山先生说的'好女不嫁二夫，忠臣不事二主'了。英儿啊，你读了这些年书，又有算命先生那些话，爹爹平生无子嗣，但爹爹相信你虽是女儿身，却一定可以光耀门楣的！你自己多保重吧，爹爹去也！"

然后，马大威便与众人拱手作别，在十几个人的护送下，骑着马扬尘而去……

既然父亲提到了文天祥，秀英立马记起了文丞相死前给妹妹写的信。文丞相要尽自己的忠道，只好忍痛放弃了父女亲情，把自己的女儿托付给了妹妹，他对妹妹道："收柳女信，痛割肠胃。人谁无妻儿骨肉之情？但今日事到这里，于义当死，乃是命也。奈何！奈何！……可令柳女、环女做好人，爹爹管不得。泪下哽咽。"

想到这里，秀英觉得今日之事何其相似，成仁取义者总是难得的、可敬的，她的心反而不那么痛了！

半个月后的一天，晴日朗照，郭子兴聚集了数千各色人等，其中不乏十几岁的街头混混这样所谓的"少年"，汤和、周德兴、费聚等人当时也在场。郭子兴尽散家资，杀牛置酒，与四方来的大小头目十多人结拜了手足之谊（将来彼此做声援），这支队伍的主帅还是郭子兴，另有副元帅孙德崖等四人。

这支队伍当天就攻占了定远县衙，次日开仓放粮，又临时聚拢起几千人。郭子兴、孙德崖等便带着这支临时拼凑起的上万人的队伍前往攻打濠州城，在内应的配合下一举破城。

得知濠州城失陷后，附近的两千元军立即赶来镇压，并先行夺回了定远。郭天叙颇得老爹的真传，他与自己的结拜兄弟邵荣都异常悍勇（但他不及邵荣有谋略）。为了在众人面前好好表现一番，为老爹脸上增添些光彩,经过轻敌的老爹首肯,他率领麾下千余人出城与元军展开了一场激战。然而,缺乏作战经验的郭天叙不知深浅,被元军团团围困,邵荣等人援救不及,结果连人带马被元军射杀。

虽说郭子兴立即带人杀退了元军并抢回了儿子的尸体,但这一不幸的事实却对老郭打击至深,不仅是因为老二、老三都远远不及老大,而且他猛然意识到——造反果然是有莫大风险的。前几天顺风顺水时虽然格外畅快,但一旦品尝到难以下咽的苦果,还是令他觉得有些得不偿失!

从此以后,不知不觉间,郭子兴的进取之心竟渐渐淡了下去,他也开始不太在意所谓的江湖名声了。

又过了几天,从宿州传来了马大威的噩耗:由于事机不密,起事之初,马大威就遭到了元军重兵围攻,他伤重被俘后遭处死,首级被悬挂于城头示众。依照郭子兴先前的脾性,他非要杀到宿州为马大威报仇不可,可而今只有长吁短叹、捶胸顿足的份儿了!

何况他在濠州的日子也不好过,到了闰三月的时候,元军将领彻里不花又带着三千元军杀到。

对于父亲的死,颖悟的秀英虽然早就已经预知到了,可是一旦成为事实,她还是无法轻易释怀,于是愈加想念失散多年的姐姐了。

父亲昔日在乡里时,总是喜欢扶危济困,比如每年冬天他都要准备好几条棉裤,不是因为他穿得浪费,而是因为他每次外出时,路上遇到在寒冬里没有棉裤穿的可怜人,就会毫不犹豫地将自己的棉裤脱给人家,然后自己穿着单裤瑟瑟缩缩地回家。每一次,他都会笑着对秀英的娘说道:"哎呀,那个人的命实在是太苦了,你都想不到他冻成了什么样子,咱真的是看不下去!你们娘们儿就多忙活些,再多做条棉裤给咱吧!"

遇上灾荒之年,一般的地主家担心百姓来拼抢着"吃大户",往往会先拿出一些少得可怜的米粮来赈济灾民,其实也就是装装样子,熬点稀得不能再稀的粥;可是每次只要父亲一出手,必定会实心实意为百姓着想,馍馍、大饼应有尽有。秀英的娘担心家底被饥民吃空,父亲便一笑道："怕啥，反正咱家里还有几百亩地，不行就卖它几亩！怎么都比这些饥民强！"

莫说是闵子乡，就是整个宿州，谁不知道他马大威的仁义之名？哪个百姓不对他竖大拇指？偏偏父亲还尚义任侠，喜欢打抱不平，结果得罪了当地的恶霸豪强，被逼得家无宁日，妻子重病而亡，最后终以被迫杀人、流落他乡收场……

父亲的惨死，既让秀英觉得老天不公，也让她得以仔细追忆起自己与父母生活的点点滴滴。如今父母都不在了，大姐也杳无音讯，这让她更想有个可靠的归宿，幻想有个子孙满堂的家！

二

为了裹挟更多的人参与起事，郭子兴麾下的人便到处放火，直到有一天把早已破败的皇觉寺也付之一炬。这一回，重八彻底没有了栖身之地。

这三年多来，仗着一身好武艺及脑瓜灵活，重八在皇觉寺中地位陡增，师父和师兄们不仅不敢再随便指使他，反而遇上一些稍大的事情就要请他出来帮着拿主意，重八分明已经成为皇觉寺真正的当家人。说实话，他暂时真的不想离开皇觉寺，何况他也注意到郭子兴的队伍鱼龙混杂、恶名在外，甚至传出了煮人、吃人的丑闻，更有一些人别出心裁地把人肉弄成了"想肉"。这样的队伍口称"义军"，却多行不义，能长久吗？重八对此非常怀疑，所以他还想进一步观察一下。

此时此刻，面对皇觉寺的一片废墟，重八想着："这回可真到了要决定何去何从的时刻了！"他有些信命，也有点信神，于是便向土地庙里的神灵祷告并进行了占卜，结果一连卜了三次，卦象都显示不吉。

"看来老天爷也不同意我去投那郭子兴！"重八心里盘算着。可是自己已经退无可退，难道说要离了家乡去外地投别人吗？如今兵荒马乱的，说不定就被人抓住当奸细给杀了呢！"

重八一时左右为难，只好打定主意进行最后一次问卜：去投郭子兴到底是否可行？就请土地爷、老天爷给点指示吧！

重八闭着眼睛，心一横，手一摔，待他睁开眼时，没想到这一次竟出现了奇迹——那问卜所用的珓居然直立了起来！重八当即愣了神，不禁有些惶惑："难道是老天爷嫌弃咱太过优柔寡断，不想给咱支招了吗？"他有些惴惴不安，所以一连几天都没敢轻举妄动，而是跑回了村子里，在自家仅能避风的破房子里又勉强生活了几天。

这天，费聚从濠州托人给重八捎来了一封信，信里说郭大帅如今正是用人之际，所以他希望大哥能赶快到濠州来，兴许还能有个好位置坐一坐。出于谨慎，重八看过信后就把它烧掉了，但他还是犹犹豫豫，没有下定决心。

三天后，着急的费聚竟亲自跑来了，他与重八交谈了半天，除了通报濠州举事近两个月来的历程，还恳恳重八赶快跟自己去濠州。他急切道："大哥，你看如今你连个安身之所都没有了，这日子还能过几天？郭大帅那里，如今就缺大哥这等智勇兼备的贤才了！此次我来钟离，也是受了汤、周两位老兄的委托，如今老汤都已经是千户了，我和周德兴都是百夫长！"

重八叹了一口气，回道："自古道，得民心者得天下，这郭大帅空有慷慨任侠的江湖虚名，你看他如今干的这些勾当，可叫人佩服吗？"

费聚一时被噎住了，忙解释道："郭大帅队伍中鱼龙混杂，如今是什么样的人都来者不拒。而前阵子大帅的长公子和一位宿州的结拜兄弟都战殁了，他老人家正烦着呢，好些日子都不太管事了。副元帅孙德崖等四人，都是些目光短浅的泥腿子，难免干出些混账勾当。如果大哥来日得了郭大帅倚重，您多约束一下兄弟们就是了！兄弟们跟着大哥混，也有个好前程不是！"

重八觉得费聚所言有理，但参与造反毕竟不是闹着玩的，他还想着，马上就要有一股新的官军来濠州镇压举事了，如果郭子兴能挺得住，自己再投他不晚。但是重八不好跟费聚明说，只好表示自己再考虑几天。

第五章 声名渐起

费聚走后的次日，彻里不花的三千元军就杀到了，但他们始终不敢进攻濠州，却滥捕、滥杀附近的老百姓以冒功，弄得十里八乡成了一片废墟。孤庄村本已不多的百姓也被吓得四处逃难，刘继祖、刘德兄弟也早已跑得没了踪影，四处皆是凄凉不堪之相。

邻居汪大娘已经过世了，她那年过三十岁的儿子汪文带着老婆孩子过活，此时汪文一家也吓得四处躲藏。汪文此前还特意跑来问重八："重八，要不你带我们去投奔哪位强人吧，如今兵荒马乱的，可怎么好呢？"

重八想了想，道："哪里也没咱穷人的立足之地啊！如今乡亲们都走了，地都荒了，不如咱们就先种起来吧。"汪文一家只好跟着重八留下来。

眼看元军就要杀到太平乡了，这回是真的没有退路了。就在那一瞬间，重八突然开悟道："以这样的军队，这样腐败的朝廷，焉能不败？费聚说得对，只要自己在濠州站住了脚，得到郭大帅倚重，那就不愁抱负伸展不了。何况只要自己去了，一切必然不同！这就是自己的命！"

主意已定，但重八还是舍不下自己的那些书，他决定干脆把它们一起背到濠州去。重八又跑去询问汪文一家是否愿意跟随自己投奔濠州，这一次汪文反倒恋巢了，他感叹道："重八，你有好身手，也没有家室拖累，走到哪里都不怕。我这笨手笨脚的，又有一家子人，还是留下来种地吧！你上次说得对，这地总得有人种不是？反正你汪哥我誓死不离乡土了……"

"好吧，那你就多保重吧！为了防歹人，你们可以在家里多挖些地道，要深些，巧妙些。一来藏身，二来藏粮食……白天也不要轻易出门……"重八诀别道。他的江湖经验又一次派上了用场，汪文在乱世中终于活了下来。

谁都没有想到，与重八这一别，竟然是十二年！

赶了一天的路，重八终于赶到了戒备森严的濠州城下，把门的士兵见敌军围困之际竟有人来主动投效，觉得非常可疑，便把他先作为奸细看管了起来。

重八也不反抗，只说道："我跟咱队伍上的汤和汤千户是兄弟，烦劳兄弟们请他来说话！"

士兵们怕误会，便叫来了汤和，汤和一看是重八来了，惊喜道："早叫你小子来，你不来！这会儿倒来了，有你的苦吃了！哈哈，等着吧，我去面见郭大帅！要他老人家务必好好考察你一番。"

郭子兴听了汤和对重八的介绍，着实有些兴趣，他立即命人将重八请来，要当面会会他。

受父亲的影响，郭子兴也懂些相术，当他第一眼见到相貌奇特的重八时，不由得大吃一惊。他上前握住重八的两条胳膊，眼睛盯着重八的五官，大声说道："好小子！果然有些不凡之相！"

郭子兴也读过些书，当他得知重八的包袱里竟然是一些书时，更感觉如同发现了奇珍异宝一般，心里道："听说这小子足智多谋，又勇武不凡，还如此喜欢读书，面相上更是大异常人，可见这是个有英雄之气的人！咱秀英与他倒是相配，还可以好好把他笼络住。不过，为谨慎起见，我还是先把他放在身边，细细观察几天吧！"

"你小子多大了？成家没有？"郭子兴问道。

"小的虚岁二十五，并未成家。"

"好！大丈夫何患无妻，只要你小子好好跟着我郭某人干一番事业，不愁没有佳人美眷。哈哈，这样吧，我看你身手还不错，你就先留在本帅身边做个亲兵十夫长吧！"郭子兴道。

重八就这样在濠州义军里安顿下来，从最基层的小军官做起，开始了他龙飞淮甸的传奇历程……

几天后，郭子兴便派重八带着几个兄弟出城去刺探敌情。回来后，重八仔仔细细地跟郭子兴讲道："回禀大帅，小的们出城去转了一天，发现城西锦里镇上有一股两三百人的官军，他们无大纛，只有几面小旗，大约是官军的先锋……城西北茅盖乡有官军千余人，他们多是在吃酒赌博，军纪很是涣散，只知四处搜刮百姓，想来对我濠州城无大的威胁……茅盖乡往北的赵家庄也有千余官军，两股官军主力相距约有十里，互为犄角之势！这几股官军设在村庄外面的营帐都没扎牢，看来随时准备撤走！小的看他们的粮草辎重并不多，也坚持不了多久……"

郭子兴见重八说得如此详细且有条理，便笑着问道："你小子是个初出茅庐的后生，何故对这些事如此熟悉？实话讲，本帅都不及你！"

重八嘿嘿一笑，道："启禀大帅，小人的姥爷从十几岁到四十几岁，在军营里待了整整三十年，他老人家常跟小人讲这些行军打仗、粮草辎重、人员马匹的情形，所以小的比一般人要了解这些事情。何况小的这几年还翻看过几部兵书呢。"

"很好，很好，"郭子兴点点头，想了一会儿又道，"重八啊，你看如今官军不敢对付我们，但这些地方民军却常常骚扰我们，这可如何是好呢？"

重八知道，有些民军是因为倾向朝廷所以敌视举事的队伍，另一些则是因为郭家军不时烧杀抢掠，所以引来人家的仇视。于是重八答道："回大帅，这骚扰我们的民军，大致可分为两类，这第一类是心向官府的，咱们无法一一扫灭，更不需一一扫灭，但不妨挑他几个硬茬出来干掉，以便杀一儆百！另一类则多半是因为咱们义军兄弟的不是，招来人家的仇视，所以还请大帅多多约束兄弟们才是！小的有些冒失了，还请大帅宽恕！"

郭子兴倒不护短，顿时气愤道："咱们这帮兄弟，好多都是上不了台面的货，包括孙德崖他们几个，一朝得势，就忘了自己是谁！大家不都是穷苦出身吗？今天抢人家的粮食，明天抢人家的妻女，人家能不反抗吗？但是不当家不知当家的难处，我要是把他们管得紧了，这些货就要怨声载道，下回本帅就指使不动了，你看如何是好？"

重八思忖了一番道："眼下这事着实难办，不过还是请大帅集合众人讲一番，谈谈这个失人心的恶果，也许有些兄弟会听的，至少也会收敛一些！我们总不能做流寇去，总要靠着濠州地面为生吧！"

"也好！这死马就当一回活马来医吧！"郭子兴沉吟了一会儿道，"至于这啃硬茬的事，本帅就交给邵荣来办吧，这小子有勇有谋，本帅还是很放心的。至于你小子嘛，来队伍上没几天，资历还浅，你就先去给邵荣做个参谋和副手吧，顺便也历练历练！"

重八清楚，大帅既是器重自己，也是想考察自己一番，因此他在心里暗暗发誓："此番一定要好好表现！"

而且重八已经听闻了秀英的事，有一次也有幸见到了面目清秀、举止端庄、略带娇羞的秀英，在重八心里，秀英虽然不及魏家大小姐风流标致，却另具一种大家闺秀的气质之美。重八更曾听闻，秀英是个难得的女夫子，兴许她可以成为自己的贤内助。何况郭大帅将她视同己出，若是娶了她，自然不愁来日的富贵，至少兄弟们都会高看自己几眼！

郭子兴把担任镇抚的邵荣找来，跟他说了大意，邵荣摸了摸自己腮边微露的几根赤须，亢声道："这些寨子里，最为敌视咱们，势力也最大的当属李家寨，那里有青壮年千余口。寨子平日戒备森严，易守难攻，要拔掉这颗钉子，大帅非得拨给俺两千人马不可，这样胜算才有把握！"

"哈，笑话，真是笑话！拔掉他一个李家寨，还用得了本帅拨出两千人马吗？"郭子兴轻蔑道。

"打掉一个李家寨，自然不需两千人马。只是大帅有所不知，这些寨子互相联结，彼此援助，见咱们去打李家寨，必然都来相救；若是不能速战速决，恐怕官军也要来插一杠子呢……"邵荣面有难色道。

"去那么多人也是麻烦啊，动静也太大，"郭子兴又转向重八道，"重八，你怎么看？"

重八看了看比自己年长十岁的邵荣，讨好地笑了笑，便侃侃而谈道："自古道，兵在精而不在多，如果调出两千人马，确实显得兴师动众，这人马还没出濠州城，李家寨甚至官军那边恐怕就已经嗅到味道了。大帅帐下多的是能征惯战之辈，不如咱们就挑选出一千精壮，一日去，一日战，一日回，三天内就把李家寨的事情解决掉！邵镇抚，您意下如何？"

重八最后把头转向了邵荣，邵荣分明有些不悦，面带愠色地对重八道："好！那此次出征，就由你全权负责吧，俺全力配合就是！不过这大话谁都会说，若是到时办不成事，还损兵折将，又当如何？"

"愿受军令处罚！要杀要剐，大帅一句话就是！"其实重八对此已经思虑了良久，觉得有必要冒一次险，要是成功了，自己的名头也就打响了。

郭子兴见重八果然气魄非凡，暗自欣喜不已，于是一锤定音道："好！一切就依重八的意思吧，本帅在濠州静候佳音！"邵荣没再多言，他倒也真想看看这个朱重八到底有何能耐。

原来重八早就想好了，依靠自己手上这点兵力，他自然不敢去直接攻打李家寨，而是想来个围魏救赵的翻版，即先把李家寨附近的刘家庄围了，做出大打的声势，然后安排主力人马在李家寨出援的半道上进行截杀。

为了加强自身的防护和壮大军容，经过郭子兴的特许，重八还特意头戴铁盔，披挂了一身对襟铁甲，披膊连带护肩系于颈上。那甲衣胸前有两个圆形护甲，形状酷似唐代的"明光甲"。此外，他还内衬着朱红戎服，穿一双绣花战靴，马具则是银鞍铜镫。

费聚特地被召来跟在重八身边，他也是铁盔铁甲、白袍长枪。等大家都穿戴齐整后，重八不禁对费聚笑道："那李家寨的人看到咱们这阵仗，必定先怯了半截。此番咱们更要拿出些排山倒海的气势来，彻底把他们压服了才好，看他们以后还敢小瞧咱们！"

"还是大哥虑得周全、虑得长远，小弟佩服！哈哈。"费聚笑道。

一切都按着重八的计划有序进行，未出一丝纰漏。经过紧张地等待，当大伙儿看到李家寨的援军倾巢而来时，都长长地松了一口气，重八心里的那块大石头也猝然落地！

待李家寨的人马进入伏击圈后，埋伏在半道上的六七百郭部人马突然杀出，当即就打了对方一个措手不及。不过重八有言在先："李家寨的百姓不同于效忠官府的李家兄弟，所以这次战斗的目标，在于尽量与李家寨的部众周旋，但一定不能放掉那些头目！"

重八看准了李家老大，便亲自带人实施"斩首"行动。经过一阵短兵相接，立足未稳、惊魂未定的敌手被重八一举击杀！重八看到那些大小头目已所剩无几，便后退了几步，大喊一声，要双方住手。双方一时诧异，竟都愣在了原地，当即罢了手！于是重八跑到高处大声喊道："李家寨的兄弟们，你们都是穷苦出身，何必要跟着李家兄弟效忠官府？今天咱们杀了你们李家老大，但是绝不与你们为敌，现在咱们就放你们回去，希望你们今后别再干这等傻事了！若不然，咱们可不是吃素的！"

群龙无首的李家寨寨民有些不敢相信自己的耳朵，都面面相觑，但看到郭部集合人马要走时，有人不禁说道："郭子兴还真是仗义，早知他有豪侠之名，今后我等可得小心从事了！"另有一人议论道："看老郭家这阵仗、这手段，着实了得，我等真不是对手，还是少惹他们吧！"

三天后，邵荣跟重八带着队伍凯旋，郭子兴亲自前往城外笑脸相迎，并隆重宣布：提拔重八为自己的亲兵百夫长！这就等于将自己的亲兵尽数交给了重八掌管。重八跪谢道："此次出征，虽然是属下的计策，但邵镇抚厥功至伟，他一人就斩杀了李家寨五六个大小头目，真是大扬我部军威，使敌众丧胆。望大帅明察！"

邵荣原本对重八在敬佩之外还有些嫉妒，听到这话以后不由得对他刮目相看。最后，郭子兴便将邵荣提拔为帐前先锋官。

通过这次重点打击李家寨，以及其后郭子兴一番语重心长的讲话，扰民的现象一时间的确少了很多，袭扰郭部的事件也就大为减少了。

三

郭子兴的心病才去除一桩，松快了没几天，不想又添了一桩新的。

这一段时间，细心的重八发现郭子兴与孙德崖等四个副帅总是合不来，五个人只要坐在一起商量事情，气氛总是颇为怪异，说不了几句就闹得不欢而散。既然合不来，干脆就来个眼不见为净，郭大帅从此以后竟很少到外面走动了，也懒得过问队伍上的琐碎事务，情愿躲在家里享清福，或找人来下下棋、谈谈天，或对着郭天叙、马大威两人的灵位倾诉心声。他偶尔也与妻妾们一起消遣一番（郭子兴有一个小妾，生子郭老舍，当时只有五六岁），真有事情要做，便吩咐次子郭天叙代劳。

不过郭子兴也不希望如此长久下去，有一次他气呼呼地回到私室后，便对重八说道："这一个月来，本帅跟孙德崖他们几个碰面，都是他们四个先到，等本帅去了，讲话时，这四个孬货都爱搭不理的。这可不是好兆头，重八，你看可怎么着？"

重八斟酌了一番言辞后说道："其实属下早就想跟大帅汇报了，自打您少问队伍上的事情、疏于在外头走动以后，众人免不得在情分上就要跟您疏远，一应大事小情也多是由孙副帅他们安排着。长此下去，大帅您的权威可就要受损了，咱这队伍岂不是要姓孙了？"

"天叙在外头怎么样？兄弟们不是都买他的账吗？"

"二公子到底年轻，众人也多是看大帅您的面子！"重八联想到赵先生给他讲过的一些历史故事，"这自古的道理，若是皇帝不问政事，那权柄就会旁落到后妃、大臣或者宦官们手上，大帅您可要三思啊！"

郭子兴长叹了一声："重八啊，本帅不想瞒你，自从天爵战死、我的马兄弟遭难，本帅这心就有点冷了，要不是因为有这么大的摊子和那么多人口要活命，本帅干脆就出家算了！"

重八听到这里，心下一凉，心想："难怪您老人家整日这么消沉，往后还有何前景可言？看来咱要想想辙了，最好能有机会出去单干！"

郭子兴进一步说道："本帅虽不想多操心，但也不想受制于孙德崖等人，所以你跟邵荣几个人，就多多帮衬天叙吧！天叙跟本帅说，汤和他们几个人都围在你身边，对你言听计从、死心塌地，看来你小子的确是有两下子的，这往后啊，你若发达了，也别忘了提携提携天叙，也不枉本帅器重你一场！"

听罢此言，重八当即跪倒在地，信誓旦旦地说道："大帅就是重八的再生父母，有大帅和公子们在，咱重八绝不会生出非分之想！"

郭子兴笑着扶起重八，道："只要你小子别忘本就好。本帅看你颇有进取之心，这样吧，过些日子你就打着本帅的旗号，去你的家乡钟离那边拉起一支自己的人马来。若是条件许可，本帅就放你出去单干。这年头，没有几块地盘是不行的，这也是本帅对你的期望啊！"

重八听到这里,心里乐开了花,真是恰对上自己的心思。

晚上休息时,郭子兴把当天的事情跟夫人说了,张氏且喜且忧道:"所谓人心隔肚皮,别人心里究竟是怎么想的,谁个知道?纵是这个重八不会忘本,可难保日子一长,他就把咱家抛到脑后去了。为着长远,总要想个好办法,把他的心给拴住才是……"

"料想这个不难,等过些日子,我多多提拔他一下就是了,他小子穷困出身,必定知道感恩!"

张氏嗔怒道:"亏你还读过书的,光提拔有什么用?古往今来,虽说骨肉之情也未必靠得住,但也只有这个最有准儿。如今这重八年纪不小了,咱们正该在这上头做做文章。"

"啥?你不是想把珍儿嫁给他吧?珍儿太小了,我不答应!"

"你就给我揣着明白装糊涂吧!"张氏拿手指点了一下郭子兴,"咱秀英可是个好姑娘,我信不过亲闺女,我都信得过我这个干闺女。就说前些天,我身上有些不大舒服,秀英就亲自跑到外头找大夫去问,一连问了好几个,这又是比对方子,又是小心抓药、煎药,我这病立马就好了!你说,咱珍儿能有这份心吗?"

"珍儿还小嘛,不懂事!"

"三岁看到老,珍儿活到八十岁也不及咱秀英会体贴人!依我的主意,既然你如此器重重八,索性就把秀英许配给他,郎才女貌,正是天生一对佳偶啊!如此一来,还何愁重八会忘本?"

"哈哈,"郭子兴突然眉开眼笑道,"其实我早有此意,但又怕你不放人,故而一直不敢提及。这回好了,过几天捡个空儿,我去跟重八说说,你去跟秀英说说,也听听他们个人的意思。想来他们也不会有什么异议,但还是且听听吧,也算咱们尊重他们一回。"

郭子兴说完,便睡下了,可张氏却有些难以入眠,仿佛真的是亲闺女就要出嫁了,做娘的难免有些怅然若失。

郭氏夫妇这段对话被一个侍女听了去,侍女便告诉了郭天珍,郭天珍又笑嘻嘻地跑去告诉了秀英。秀英是个有主意的人,虽说她也见过几次重八,也大略了解一些他的事,但毕竟没有跟他说过话。她虽不免觉得他相貌有些丑陋,但这等兵荒马乱的年月,贞洁乃至性命都是朝不保夕的，哪个女子还有资格挑三拣四、挑肥拣瘦？

秀英还是决定亲自对重八考察一番，毕竟这可是她的终身大事，不容丝毫马虎。

次日一早，重八去到郭天叙那里谈事情，还没进大门，便被一脸神秘的郭天珍给拦住了，她微笑道："你就是朱重八吧？我家姐姐想找你说几句话，今儿你空了就到后院来找我吧，我领你去见我姐姐。"

"好的，小姐！今天也没什么事，咱跟二公子谈完事，马上出来就跟小姐去！"

重八本能地感到一定是好事临头了，不然犯不着这么一个深闺大小姐要亲自来跟自己说话。约莫一炷香的时间，他就从郭天叙那里出来，郭天珍还等候在此，便领着重八到了秀英所住的后院里。

待到秀英撩开门帘走出来时，郭天珍笑嘻嘻地说道："姐姐，我到门上去玩，你们且说话吧！"

院子里有一套下棋、乘凉用的石桌凳。秀英一个黄花大姑娘，不方便请重八进屋，此时又是初秋时节，便请他在外面石凳上坐了。她大大方方地说道："今日小女子只有几句话想跟朱公子说，所以也没有备上茶水，得罪了！"

秀英手里拿着一个香气浓郁的月白色帕子，边说边躬了躬身子。重八平生还没有如此正式地跟一个女子，尤其是一位小姐这样说话，不免心里有些紧张，忙支吾道："无碍的，无碍的，马……马小姐请说吧，重八……重八听着就是了！"

秀英一坐下，便开门见山道："听说朱公子喜欢读书，可是当真？"

重八初觉秀英人淡而韵，盈盈冉冉，衣裙虽不华美却也别有俏姿。他不好意思对着秀英的眼睛，一边看向别处一边点了点头，又竭力平复了情绪，道："从前咱闯荡江湖时，认识了一位说书的赵先生，他觉得咱行止上有些可取之处，所以劝咱多读书，又送了咱一些书。咱承他的好意，就开始读书，时间久了，就觉得这些书都成了咱的老友一般，实在不忍割舍，每常总要翻一翻。"

"那朱公子都喜欢读些什么书？"

"这个嘛，不敢隐瞒马小姐，"此时他开始正眼去看秀英的脸，那是一张白皙姣好、薄施粉黛的姑娘的脸，头发齐整洁然、油光可鉴，圆形脸、斜刘海，煞是合宜，她身上发出的幽香不禁使重八黯然魂销，重八的心头不由得蹿出一群乱撞的小鹿，声音有些紧张起来，"因咱只上过两年学，根底实在太浅，又没有先生指点，书虽翻了不少，但进益始终很小。要说喜读何种书，还是要算史书吧，起码咱是爱听这些掌故的！"

秀英点头微笑了一下，又轻启朱唇问道："如今天下纷乱，朱公子如何看？"

重八想了想，方道："说实话，这些年来，咱早就盼着能有今天呢！您是大家小姐，不知道俺们穷人家的苦处，虽说这乱世会伤及无辜，可也是天道还报、英雄用命之时！古语说，一治一乱，一乱一治，只盼着这天下能早日恢复大治吧，恢复咱汉人的衣冠，汉人的江山！至于咱个人，当然还是希望借着这乱世，成就一番英雄事业，搏个封妻荫子！"

秀英又点了点头，进而问道："朱公子，近期你有何打算？"

"咱的打算？那就是郭大帅的打算！大帅前日跟咱说了，要咱带领一支队伍去扩大地盘，以增强咱濠州的力量。咱就盼望着早出明主吧，来日跟着大帅一同去为他效力！"

"我听说你很反对咱队伍上有些人杀掠无辜，你又是怎么想的呢？"

聪明的重八到这里已经彻底明白了秀英的意思，他在脑海里梳理了一番自己的想法，于是开诚布公道："杀掠无辜，不说是造孽，也是愚行。咱们义军队伍好比是鱼，百姓犹如水，若是把水都弄干了，这鱼又如何能够独活呢？这帮人都是想做流寇的，徒逞一时之快，早晚必坏事！若是等咱拉起一支队伍来，咱必跟这帮家伙划清界限，免得被连累！若是郭大帅有难处，咱也正可施以援手……"

这番短暂的对话之后，秀英心里似乎有了底，她暗忖道："这个朱重八，论志向、论才干、论人品，皆有可圈可点之处！看他那眼神，也颇有些锐利，凡夫俗子岂能及此？最难得的，还是他有心读书，勤奋好学。从前孙权规劝吕蒙多读书，后来就有了一个令孙权刮目相看的吕蒙，若他日能有人指点朱重八好好读书，其成就或许不在吕蒙、周瑜之下呢！环顾这队伍上，若想托付终身，还有何人比这朱重八更合适呢？"

通过这番对话，重八也注意到了秀英举止有度、谈吐文雅，果然是一位名副其实的"女先生"。重八心想："若是咱能娶了她，不但是跟郭大帅的关系彻底变了，而且她还能在读书上指点咱，岂不是两全其美？他日真有本事了，不满意这个了，再纳个美娇娘做妾也是好的。"因此，当郭子兴来征求他的意见时，他立即爽快地答应了，对着郭子兴把头都快磕破了。

秀英虽然有些羞涩，但是当张氏来问她的主意时，她还是说道："一切都听义父义母的安排，孩儿照办就是！您二老想着怎么好，就怎么办吧！"

张氏笑道："好！英儿啊，你虽是一个不出闺门的女孩儿，可是凡人都说这朱重八的好，想必你也是听闻了！你虽非我亲生，可胜过亲生，虽然那重八相貌上有些不尽如人意，但也算英武不凡，就是这出身低微……可如今是英雄不问出处，说不定过个几年他就出人头地了……"

这年九月，也就是重八加入队伍的半年后，郭子兴夫妇特意挑了一个黄道吉日，把重八和秀英的婚事给操办了。洞房花烛夜，可是人生大喜之一，重八故意留了几分清醒来验看自己的美娇娘。那灯花影中的一晚，但见秀英绾堕马髻，着红绡之衣，分外俏丽动人！重八借着花烛细细端详了一番娇羞、妩媚的新妇，不想狡黠的秀英略带着一些顽皮，欲拒还迎，弄得重八有些猴儿急，二人阴阳谐和，欢笑弥畅……

为了表示自己的新生和志向，重八特意给自己改名叫"元璋"，表字则为"国瑞"，都是求个吉祥、平安的意思，但又有种担负天下的寓意；谱名就叫"兴宗"，和四个亲兄弟的谱名一道，取"隆、盛、祖、宗"之意。

元璋与秀英成婚之后，大家便开始一律称呼他为"朱公子"，他也算夫以妻贵了，自然越发踌躇满志。

四

自从成婚以来，每到晚上，凡无事时，元璋、秀英夫妇都会秉烛夜读两个时辰左右。正是在夫人手把手的悉心指导下，元璋开始了对经典较为系统的学习。

这天晚上元璋读《论语》，当他读到"子曰：'唯女子与小人为难养也，近之则不逊，远之则怨。'"一句时，便有些不解地问秀英道："夫人，何故这孔夫子要将女子与小人并列呢，这不是轻看了女子吗？"

秀英想了一会儿，微笑道："这一句也着实困扰了我很久，觉得这孔夫子有失公道。不过后来有些想通了，这一般的世间女子，尤其是那中古①时的女子，有几个是读书知礼的？既然脑里空空，敏于小事而昧于大义，那就做不了君子。偏偏有些女子不免行止乖张、不近情理，在孔夫子眼里，也就与小人无异了！"

"夫人所言有理，这世间女子若都如夫人一般，便是夫子再生，也不敢小瞧了！"元璋说完，夫妇两个相视一笑。

"当然，前面只是我的一家之言，也可有其他的解释！"秀英又正色道。

"那怎么讲？"

"一般的解释认为，此处'小人'乃是指劳力者或者家中奴仆，那女子便是指士大夫家的妻妾等。'难养'就是难相处之意，整句来看就是说士大夫平素居家也好，与治下的普通百姓或家中奴仆打交道也好，都是很难把握好那个度的——这是由于女子与小人不易相处，若是过分亲近了，他们就会对你不逊；若是疏远了，他们就会对你有怨言！这不过是夫子个人的经验之谈或平素生活观察所见，并无什么微

---

① 古代一般把有文字以前称为上古，夏商周称为中古，秦朝以后称为近古。

言大义!"

"哦,是了!记得夫人前几日跟咱讲述夫子生平时,特意说到春秋之世与今日不同,那时是行分封制,士大夫家皆有封地!"

过了好一会儿,元璋读书累了,要歇一会儿。秀英去给他倒了一杯茶来,元璋正饮着茶,秀英突然似有所感道:"如今我们夫妇这个样,也是难能可贵了!那《资治通鉴》上说'长孙皇后性仁孝俭素,好读书,常与上从容商略古事,因而献替,裨益弘多',我资性虽不敢与长孙贤后比肩,但她也是我这小女子的榜样了!"

"哈哈,夫人谦虚了,谁敢说将来夫人成就不及那长孙皇后!"元璋笑着恭维道。

不过,元璋在人前还是不好意思承认自己的学问是夫人教导之功,只好编造出一个"一梦通五经"的鬼话来堵别人的嘴。此事后来竟然传为神话,连三岁小儿都晓得。

又过了几日,一个午后,元璋没有公事,索性回到了家里。他进门后笑着对秀英道:"今日队伍上无事,咱就先回来了,先生,咱们今日可读些什么?"

秀英平素也做些女红,她见元璋兴致这样高,着实乐在心头,于是丢开了刚上手的女红,笑道:"今日趁着天光大亮,咱们就先不读书了吧,不妨写一点东西吧!"

"写东西,写甚呢?"

"嘿,自然是书法!"秀英娇媚地一笑,"我看你平素字写得潦草,毫无章法,恐怕连自己都认不得吧!"

元璋摸了摸自己的头皮,有些不好意思道:"先生教训的是!如今可不正是需要先生提点则个嘛!"

"如果只是你我往来,那慢慢地我也就认得了你的字。往后你若是成了统兵之将,那字还写得让人认不得,岂不误事?更进一步说,若是那字写得漂亮了,往后就方便跟读书人亲近了,人家就不拿你当草莽了,那时何愁没有可靠的膀臂,何愁大事难成呢?"秀英跟着父亲在江湖上游荡,也着实见过几个草莽出身却把字练得出色的豪侠,那帮读书人见他们脱了草莽之气,又见他们出手阔绰,便喜欢与之交游。

其实元璋早就向往着能像一个正经的读书人那样写一笔好字，他见秀英这般说，忙欣喜道："真真儿是夫人想得周到，咱听着就是！"

"嗯，这书写还有一桩好处呢，就是便于记诵！那东坡先生是一位大书家，但他读书之外也喜欢抄书，一部《汉书》几十万言，东坡先生都抄过两三遍呢，乃至于日久成诵！"

说着，秀英在书桌上仔细地摆好了文房四宝，她一边命元璋研墨，一边疾步走到里间的藏书室中取出了一册蒙着灰尘的厚厚的大开本藏书，元璋见后好奇道："这是何物？"

秀英小心地擦拭了藏书，又给元璋翻看纸张已经发黄的书页，道："这是我家多年前收藏的一卷字帖，里面多是历代书家的名作拓片！这个宝贝，一来可以让学书者开眼界，汲取众家之长；二来便于学书者临帖，凡初学者都是要仔细临帖的，这是第一关！"

"哦，这个咱倒还真是听赵先生说起过，他说有些嗜好书法的读书人对碑帖很是着迷，他们离家四处去观摩各类碑帖，以至于忘记了吃饭和睡觉！看来那不是初学的人也好这一口啊！"

元璋说出这两句，顿时令秀英对他有些刮目相看起来，她笑道："看来你跟那赵先生处的日子可真不短呢，他必是倾囊相授了，更难得你还记得这些杂事！不瞒你说，就是那书圣王右军，也是颇能转益多师、兼采众长的，而且终生不倦！东晋永和年间，晋军北伐中原，进屯洛阳一带，那成名多年的王右军借机北游观碑，一时眼界大开，乃至于书风为之一变！"

"哎呀，夫人真是博古通今，小生佩服！"元璋笑着拱手道。

"哈哈，哪里哪里，不过是现学现卖！"秀英笑得越发娇媚了，乃至元璋一时心有旁骛。

秀英循着卫夫人教授年幼的王羲之（小名"阿菟"）的成例，也有板有眼、按部就班着来。她一面给元璋翻看着字帖，一面大略地讲起了书法的渊源：从仓颉造字到金石古篆，从秦始皇一统后的车同轨、书同文，秦相李斯定制小篆到汉代隶书，再到魏晋出现行、草、真（楷）书诸体，又到北碑南帖的南北朝时期，到唐宋时期涌现了诸多大家名作……

在讲到汉代隶书向魏晋诸体的转变时，秀英抬头看着元璋，眨眼问道："这其中有个关键人物，你道他是谁？"

元璋所知有限，抓耳挠腮半天，方勉强道："是不是曹孟德那个做皇帝的儿子，叫曹子桓的？"

"哈哈，猜对了一半！"秀英笑道，"就是这魏武曹孟德！魏武平素倡言什么'治平尚德行，有事尚功能'，诸般禁忌较两汉为少，是故诞育出文采风流的建安风骨，连书法也深受此风之影响，创出一番琳琅触目的新气象！"

"三国故事咱倒是熟得很，可从来没听说过这些呢！如今可是开了眼界了，从此再不敢自夸懂三国了！"元璋道。

"魏晋之际，众书家如群星璀璨，有曹孟德、梁鹄、邯郸淳、韦诞、索靖、陆士衡等，其中最耀眼者，莫过于钟繇与卫恒，"讲到这里，秀英将视线从字帖上移开，又向着元璋笑问，"他们两位书法大家可是都跟一位知名女书家有交集，你道这位女书家是哪个？"

历史上的女书家，不管是有名的还是没名的，元璋就知道那一位，于是他略带些兴奋地答道："这个咱知道，定然是被那阿菟弄得哭鼻子的卫夫人了，对不对？"

"哈哈，这回还真让你猜着了呢，不过世人皆以为卫夫人是悲伤弟子的书名盖过自己，实则她乃是喜极而泣，世间男子多以为女子心胸狭小，这是偏见！"秀英粲然一笑，"钟繇乃是卫夫人卫铄一脉的祖师，卫恒则是卫夫人的从兄！卫氏乃高门大姓，在当时以书法知名，所以阿菟的母亲，也就是卫铄的胞姐也擅书，只是不及妹妹造诣高，所以王母请了妹妹来教儿子学书，也可谓是寄望着名师出高徒了！"

"哦，原来这卫夫人是王右军的姨母啊，怪道王家会请一个女子做老师呢！"元璋似恍然大悟道。

"嗯，那右军五六岁上就无父了，偏生卫夫人也寡居了，两个姐妹到一处，也算是相互扶持吧！"说到这里，秀英突然又想念起自己那音讯全无的姐姐，若是今日可以跟姐姐在一处，该有多好，她本来大好的心情忽而急转成阴。

还没等元璋解劝，秀英又突然转悲为喜，继续认认真真地履行起自己的师道，一直到给元璋介绍完唐宋诸大家，甚至连带介绍了赵孟頫等当代大家。末了，她微笑道："我的见识则是如此，如今指导你的法子，也不过就是当日卫夫人指导阿荽的法子，只是我这厢也是初学乍练的，只望别画虎不成反类犬就好！"

"嗨，夫人过谦了，纵使你乃卫夫人再生，咱却朽木一截，也是白搭工夫的！"

"哈哈，想那王右军二十三岁时就以所写祝版'入木三分'而名扬天下，如今你竟还似白纸一张！"说着，秀英笑得有些把持不住，因担心元璋生气，又不得不转而道，"自然各人的命数不同，你我也不承望着做那书家！纵然想做，也有这等天分，但似一般人家也是做不起的，何况如今也没这个工夫耗。'吾儿磨尽三缸水，唯有一点似羲之'，你想啊，写尽三缸水须得几年？所谓'工欲善其事，必先利其器也'。当日右军等对笔、墨、纸、砚四宝可都是极讲究的，如对真书的钩摹影拓必用临川薄纸；行书讲究流转活泼，就要写在蚕茧纸上；而连绵回绕、纵横飞白的草体，就非宣城一带的白麻纸不用了……"

元璋听到这里，不由得惊叹道："善哉善哉！咱家里要是有这些物什，还练什么书啊，换钱够白吃一辈子了！"

初学书法的孩童，必须从写大字开始练习，这是为着深切地体会书法的布局妙处，而不是索求小关节处的流丽、圆转。秀英就按照卫夫人的成法，挽了挽衣袖，边示范边道："卫夫人说，'下笔点墨画芝波屈曲，皆须尽一身之力而送之……善笔力者多骨，不善笔力者多肉。多骨微肉者，谓之筋书；多肉微骨者，谓之墨猪。多力丰筋者圣，无力无筋者病'……注意，写书关键在于腕力，腕力不足终不会成就，握笔高低也有讲究……尔等男子自然是有力气的，但腕力的使用也在于巧用，不然拿捏不好，这笔就成烧火棍了。"

秀英在纸上用心地写下了"朱元璋"三个字，待元璋细细瞧了，但觉字迹娟秀、妩媚，煞是可爱，不由得称赞道："夫人好字，咱此生是无力让夫人喜极而泣了！"

秀英脸上一时如桃花绽开，笑道："人言卫夫人所书，'如插花舞女，低昂芙蓉；又如美女登台，仙娥弄影；又若红莲映水，碧沼浮霞'，虽则同是女流，可是我连给卫夫人提鞋的资格都不配！"

在秀英手把手的指导之下，到了黄昏时分，元璋已经算是入了门，写出来的字渐渐可以叫别人辨认了。到了晚间，夫妇两个的兴致依然很高，因为灯火下不便于写字，秀英便笑盈盈地继续下午的话题道："那王右军的儿子王子敬也是一代大书家，风流为一时之冠，且长得风度翩翩，连当时的公主都倾慕不已呢！偏就有一位新安公主，嫁了一个自己相不中的夫婿，后来公主居然休了丈夫，哈哈……"

"啊？公主相中了王子敬？"元璋插问道。

"正是了！偏偏那时子敬兄家中已经有妇了，就是他表姐郗道茂，夫妇两个感情甚好，只可惜婚后多年一直无子，有一女还夭了，右军也为此伤心而死……"秀英的兴致越发高了，索性就说开了，"其实后汉就有过这等事，光武帝姐湖阳公主夫君亡故，她听闻一位叫宋弘的大臣威仪德器，群臣莫及，就想再嫁这位宋公！这宋公也是有妇的，公主就让光武亲自去为自己说项，哪知宋公不愿休弃发妻而去攀龙附凤，更道'贫贱之知不可忘，糟糠之妻不下堂'，可公主能做小吗？光武帝也不好逼人休妻再娶，此事居然就此作罢了……"

"哎呀，这位宋公着实可敬！这光武皇帝也真是大量，偏生我们不曾遇上这等明君！"

"可不是！如今天下大乱，若想济世安民，非再出一个光武不可，我等就算有盼头了！"秀英见元璋如此爱听，乃是好学的脾性使然，自己越发有了兴头，"我继续刚才的题目啊，那新安公主不同于湖阳公主那般知道进退，公主之父简文帝更是个不识大体的主儿，非逼着子敬停妻再娶不可！子敬无法，为明心迹，只好拿艾草炙足，以至于落下残疾，终生行走不便！可是那公主还是非子敬不嫁，子敬到底有些懦弱，就负了郗氏！可怜那郗氏当时娘家已经无人，孤苦伶仃聊度余生……"

"虽是公主刁蛮，到底还是子敬魅力太大！咱看以后咱这书法还是不练了吧，免得无故生出事端！"元璋打趣道。

"若你有个'书圣'的父亲，那你就别练了，从此就丢开手！"秀英笑得前仰后合，元璋乘势将她扑倒在床上，二人大笑着滚作了一团。

又过了几天，外面下起了连绵秋雨，元璋又得偷闲在家里看书和习字。到了下午申时，他明显有些乏了，秀英走过来看了一下他写的字，笑盈盈道："嗯，进益很大嘛，我看今天就练到这里吧，趁着天色尚早，咱们手谈几局可好？"

听夫人说要跟自己"手弹"，元璋一下子蒙住了，忙问："手弹？弹什么？家里有琴吗？夫人也会弹琴？"

闻听此言，秀英已经笑得有些肚子疼了。她立即转身到了里间，从床底下取出一个四角的小方桌似的古雅物件和两只檀木做的小圆盒，待秀英有些吃力地举着它们近前来，元璋注意到"方桌"上画着的方格，又嗅到一股木料发出的幽香馥郁之气。他顿时明白了，忙上前去接了："咱晓得，咱见过，这是围棋，好生沉啊！嘿嘿，只是咱还真不会下呢，夫人快教咱吧！"

秀英把围棋在桌子上摆好，然后跟元璋对面坐了，笑道："你这乡老到底是见过点世面的，这就是围棋，下围棋雅称'手谈'，谈话的'谈'！"

元璋急不可耐地打开檀木盒去细瞧黑白棋子，但见一颗颗棋子莹亮别致，拿在手里甚有质感。摩挲半晌后，他忙又笑道："嗨，刚才是一时没反应过来，咱想起来了，赵先生送咱的书里有一部《颜氏家训》，其中'杂艺篇'里颜老先生就劝人下棋不可沉迷，要少下为好，但是他又说什么'围棋有手谈、坐隐之目，颇为雅戏'，可不就对上了吗？"

"是了，'坐隐'也是下围棋的雅称！"秀英不太熟悉元璋诵读的这一节，不禁对他有些刮目相看起来，"今日你这几句话出口，当即不俗了呢，失敬失敬！"

秀英笑着向元璋拱手，元璋倒有些不好意思了，忙道："要想让咱不俗，恁还是赶紧把棋术给咱传授一二吧！不瞒夫人说，咱打小就听姥爷说起过那神仙下棋、观棋者斧柄烂掉的故事，心里想着自己也要下一回棋，做一回神仙呢！"

元璋这几句话又把秀英逗得乐不可支，但她不是轻浮之人，怕失了夫妇礼数，还是竭力克制着自己。她正色道："这副棋是当初我跟爹爹从家里带出来的，平素无事我们父女常弈棋取乐。那黑棋是墨玉做的，白棋是瓷的，选料考究，做工精细，又配以紫檀木盒、楠木棋盘，也可谓是难得的上品了，这还是当年爹爹跟着祖父过集庆路时买到的！我平素不愿意翻出它来，怕睹物思人，可是人也不能老活在往昔，何况你若是学会了棋，不仅平素可以拿来消遣，想来也是可以助你思谋用兵之道的，更如那书法一样，便于你往后跟那些读书人亲近！"

"夫人用心良苦，咱已明白！"元璋内心深受触动，忙又站起来向外面额手盟誓，"咱朱元璋此生定不负夫人，若违此誓，天诛地灭！"

秀英见他这般正经，自己又有些不好意思了，忙道："好端端的这是做什么？若是看错了人，也只有我马秀英自责的理儿，难道还怨谁去不成？赶紧过来听我讲一讲棋规跟棋史吧！"

元璋笑着坐了下来，秀英先跟他简单地说了一下围棋的章法。这个一点不复杂，元璋很快就记住了。接着，秀英便指着棋盘上的格子说开了："咱们先来看这个纵横之局，横竖各有十九，共三百六十一又点，因棋子众多、棋路众多，虽只有黑、白两色，却可以在弈棋时衍生出无穷变化，是故宋人《棋经十三篇》里说'自古及今，弈者无同局'，又有唐人感慨'人能尽数天星，则可遍知棋势'！不过，棋盘也有纵横少于十九的，这个我小时候跟伙伴玩过，我又见那唐时仕女图里，也是纵横十七道，想来女子无力与男子争胜，只好玩这等简易、省时的！"

"敢问夫人，这围棋起源于何时？"

"对，忘了先说这个了！"秀英莞尔一笑，"相传'尧造围棋，丹朱善之'，也有人说围棋是神仙所造，还有人说是乌曹所造，总之年代实在久远，咱们就不管它了！有一成语叫'举棋不定'，此典出自《左传》，乃鲁襄公时之事，于今约有两千年，可见孔子那时就有这东西了！《西京杂记》有载，那汉高帝就没少在宫中与爱妃戚夫人对弈，不过两汉弈棋的人还少，女子更是屈指可数！"

"咱也曾亲见读书人弈棋，这里面讲究可大？"

"那是自然的，凡源远流长又受士大夫所喜见的物什，多半可以雕出花来呢！这做工、陈设自不用说了，就是落子、拾子都要究尽其妙呢！就是女子也马虎不得，正所谓'新样梳妆巧画眉，窄衣纤体最相宜。一时趋向多情逸，小阁幽窗静奕（弈）棋'！往后你跟人对弈，这第一着，就是要从容、镇定些！"

说着，秀英一手小心地提着衣袖，一手从身边取了一枚白子，颔首把它放在了棋盘一角的星位上，她的姿态如蜻蜓点水，元璋看了果然觉得甚是优美，于是也有样学样取了一枚黑子落到了另一个星位上。

秀英笑道："这叫'势子'，而中心一子不下，原本弈棋是没有一定之规的，但人们下着下着就摸出了门道，自后汉乃至今日，凡高手对弈，少有不从势子开始的！这里还有个规矩，就是白子要先行，究竟是何缘故，我也记不得了，只好改日再翻翻书了，兴许本朝《玄玄棋经》上有载！若是男女对弈，女子多半要取白子，女子棋力弱，正需先行！"

"那棋史上可曾有女高人？"元璋又忍不住插问道。

"棋琴书画历来为才女必精的，古来聪慧女子也不少，棋艺高超的想来也不乏其人！相传南朝有一位东阳女子棋艺甚高，她女扮男装，遍游公卿，后来还做了官呢，可惜终究还是被人识破！南宋时有一女子名作'沈姑姑'，因棋艺高超，成了一位棋待诏！"

"何谓'棋待诏'？"

"这个嘛，待诏自然是供君王御用之意，唐时待诏者，有词学、经术、合练、僧道、卜祝、术艺、书弈等等，这围棋就是'书弈'之一种，棋待诏自然有国手之意！"

说着，两人就慢条斯理地试着下了一盘，仅仅一盘工夫，耗了约莫半个时辰，元璋就有些谙熟棋路了。只是第二盘才下到一半时，天色就在不知不觉间暗了下来，屋子里有些看不清了，秀英便慢吞吞地站起身来，笑道："天色晚了，我也乏了，也该喂饱饥肠了，咱们先'封盘'吧！晚上掌灯再战！"

"也好！如今咱围棋也入了门，往后少不得叨扰夫人了！"

大约是禀赋甚高又整日琢磨用兵之道的缘故，还没几天，元璋的棋艺就与秀英不相上下了。而且他还喜欢下快棋，这方面连老到的秀英也不是他的对手了！不过元璋既醉心于闺房之乐，想着夫妇弈棋的妙处，真是不可胜言，若是那为夫的"当仁不让"甚至"争强好胜"，强压妻妾们一头，那真是没有心肝，更不知怜香惜玉了！所以他在后来相当长的一段时间里，即便棋艺高了，也不忍心多赢秀英等人。

五

郭子兴看到元璋一日千里的进步，自是欣慰不已。不过在孙德崖等人的问题上，他依然非常忧心。这天，他与孙德崖等人碰过面之后，又忍不住对女婿倾吐道："元璋啊，今日孙德崖他们四人连表面上的客套都省了，这明显是要架空本帅嘛，你看本帅要不要摊牌，干脆跟他们分了家算了？"

元璋早就在思考这个问题，他立即回道："帅父，万万不可！如今外敌环伺，若咱自家先分化了，岂不是给了人家渔翁得利、各个击破的机会？帅父三思！"

"那让他们别走远行不行？到时还可以互助一臂之力！"

"帅父，恕小婿直言，这个可不是您一厢情愿就能办到的！何况，是他们离开濠州，还是咱们离开濠州？若是让孙德崖他们离开，他们指定不乐意。眼下若是让他们杀回定远，就算再把那里夺下来，可那里城太小，恐怕大股官军一来，他们就要赔上性命了，我们又失了奥援！"

"咳，着实为难啊！"郭子兴踌躇了半天，忽而又想起一件事，"眼下倒是有个新情况，元璋，你也帮着本帅参谋参谋，看看是凶是吉！"

"帅父，何事？"

郭子兴朝东北方向指了指，道："这不是去年八月芝麻李他们八个人在徐州举事嘛，今年春上他们受到了十万元军的围攻，撑不住了！本帅听闻那芝麻李已经战死了，余部由彭大、赵均用两个领着，说是有千把人，在向着泗州①一带突围前进。前些天彭大派人来送信，想问问本帅是否能收留他们。本帅跟这彭大有一面之交，况且此人也有万夫不当之勇，着实是个好汉子……"

元璋非常担心彭大一伙人会鸠占鹊巢，或者加剧濠州内部的纷乱局面，但是为着长远着想，自己要带人向南发展，迟早是要让出濠州城来的；如果彭大等人来了，正可壮大城内的防守力量，也在大势上加强了自己的后方。因此，为长远计，元璋便回道："收留他们，自然是好，但不知是否会引来官军的大举围攻，而且濠州城人口多了，这吃饭更加是个问题了！"

"这个官军的事情无妨！"郭子兴摆摆手道，"眼下元军大部都被彭和尚一伙人吸引到湖广去了，对彭大他们的围追堵截也放松了。至于这粮食的事情，当然要从长计议。如今咱们西面是刘福通他们，北面、东面都有官军的威胁，只有南面还有些腾挪之处。等彭大他们来后，你就领一支队伍南下开拓一番吧，若是真成了，也算是狡兔三窟之意！"

"多谢帅父看重，不过还当请二公子挂帅！"元璋故意说道。

"嗯，到时再看吧！"

两人计议后，又找孙德崖他们去商量。孙德崖等人觉得若是彭大、赵均用来了，正可伺机拉拢以进一步增强反郭的力量，所以也就爽快同意了。

这年十月，经过千里转战的彭大等人风尘仆仆地赶到了濠州近郊，为示推诚之意，郭子兴亲自率众杀牛置酒，出城十里相迎，双方会师之后很是热闹了一阵。

可是令郭子兴怎么也想不到的是，彭大虽然跟自己一条心，但那赵均用分明不是一盏省油的灯，他仗着自己诡计多端，竟然反客为主，倒把孙德崖等人给拉了过去。如此一来，濠州城内就分成了两股势力，且日成水火不容之势。

---

① 古泗州城遗址在今江苏盱眙县境内，城池在康熙十九年（1680）被洪水淹没，沉入洪泽湖。

第五章 声名渐起

这天，众人商议分派过冬粮草的事，以往孙德崖都几乎不发言，可是这次他开口就说道："而今俺手下有了两千口子人吃饭，得照这个人数分配才行！如果少了，兄弟们又要被逼着去各处打秋风了，那时别怪兄弟们犯纪！"说完，他向赵均用递了个眼色。

元璋侍立在郭子兴一旁，他先替郭子兴兜着，便道："孙副帅，几时您手下就有了两千口子人了？前些天大出操，咱点的可还是一千二呢！"

郭天叙、邵荣也在场，他们也纷纷附和元璋、质疑孙德崖，但孙氏显然是有备而来，他不慌不忙道："一定是你点错了，俺老孙还诓大伙儿不成？这里另有一桩事，还是请赵兄来说说吧。"

孙德崖向赵均用示意了一下，赵谄媚地一笑，缓缓说道："咱的兄弟薛显，如今留守在泗州，他那里兵少，恐怕顶不住，说不定年底就要来濠州投奔我等。到时不想麻烦郭兄，由孙兄多担待些就是了。"

彭大一听这话，当场急了，道："薛显这小子几时说要来濠州了？若是真的来了，另行安排就是了，何必现在就要多吃多占？"

"彭帅此言差了！"孙德崖装出一副老成的模样道，"目前麾下就是两千口子人，待到薛显兄弟来了，撑死六七百兄弟，不过是俺兄弟这边勒一勒裤腰带，也省得给咱濠州加重负担！"

孙德崖暗地里其实已经纠集了一帮游杂人等，暂时凑足了两千人之数，所以不怕清点，但他又怕被人深究乃至揭穿，始终悬着一颗心。薛显等人在泗州的确有一定压力，他也向赵均用表达过可能要来濠州的意思，如果薛显等人真的来了，赵、孙等人就可以直接将其拉拢过来，就算不来，多占一些粮草也便于以后扩张人马，更便于压缩郭子兴方面的实力。

"你勒什么裤腰带？是想说我郭某人亏待你不成？叫外人看了，岂不是要戳我郭某人的脊梁骨？"气愤的郭子兴转过脸去看了看彭大，又继续向着孙德崖说道："若是薛兄弟真来了，不过几百张嘴，大伙一起招呼着就是了，何必叫哪个人为难？是不是两千兄弟，你自己心里有数，这个郭某人也不计较了，明年保不齐就得闹春荒，到时候我让元璋先把定远夺回来，本帅兴许也会回乡去住！"

"哎呀，都是我等给郭兄添麻烦了，要走，也是我等该走！"赵均用虚情假意道。

孙德崖话里有话地说道："濠州庙小，容不下大菩萨，郭兄到南面去也好！"

至此，这场矛盾已近于公开化，气得郭子兴当即拂袖而去！

在回家的路上，被气得咬牙切齿的郭子兴忍不住对元璋委屈道："看来孙德崖这厮是容不得本帅了，这脸都快撕破了，真没想到，会落到今天这步田地！"

元璋凑近岳丈低声道："据小婿观察，定然是那赵均用从中作梗，这人说话阴阳怪气的，做人做事很不坦荡，帅父不得不防！"

"不怕，有彭兄呢，他们敢放肆！"郭子兴大声道，随手扬了扬手上的剑，"再说我郭某人岂是好惹的？实在不行，本帅到时就真的随了你们去定远，落得清净！那里也是本帅的老家！"

不过郭子兴既舍不得濠州的舒适条件，也担心定远的城防太不坚固，在心底里对濠州自有千般不舍，所以他开始有些后悔，自己当时竟说出那种气话！为了取得上风，他只好暗暗派人去监视孙德崖，想找出他几个错处来，以便借机整治一番。

本已心虚的孙德崖很快就发觉了有人在盯自己的梢儿，他赶紧找到赵均用商量对策，那赵均用翻了翻眼珠，悄声道："老弟，你还没看出来吗？这姓郭的分明就是想加害于你！前几天他在会议上那样慷慨，无非是想麻痹你。你想啊，他是什么人，鼠肚鸡肠，怎肯让出濠州给咱们？不如老弟给他来个先发制人，如何？"

"怎么个制法？"

赵均用早就想让孙德崖与郭子兴拼个两败俱伤，最好同归于尽，以便他坐收渔翁之利，所以当即做了一个砍头的动作，孙德崖顿时被惊出一身冷汗，忙道："这如何使得？好歹俺们也结拜一场，如何下得去手？再者说，俺若害了他，他的那帮兄弟岂不是要找俺拼命，那时如何了局？"

赵均用阴笑道："你瞅准他出城的空儿，把他偷偷绑了，然后死不承认，谁晓得是你把他姓郭的绑了？谁有证据？反正一口咬定是官军或者与我们为敌的民军干的就是，他姓郭的总有几个仇人吧！到时大家为保住濠州城，少不得要把猜忌搁到一边去。若是有些人看不惯，叫他们离开就是了……老弟，你可不能有那妇人之仁，等到人家先下了手，你都没有坟头哭！"

头脑粗笨的孙德崖一时鬼迷心窍，终于被赵均用说动了，开始暗暗布置起来。

一天，孙德崖趁着元璋去淮北办差，不在郭子兴身边护卫的空儿，便将出城巡视的郭子兴等一行人偷偷拿蒙汗药放倒了，然后乘着夜色押到了自家的地窖里。

先行清醒过来的郭子兴因威猛非凡，所以先是被人狠狠吊打了一番，但是他并不认识打他的这几个人，更不知自己身在何处，于是破口大骂道："你们是些什么鸟人？敢暗害爷爷？敢不敢放了爷爷，咱们大战一回！"

那些人也不回答，一边骂着一边继续打，直到打得郭子兴不再喊出声来，这时孙德崖才现了身，他一瓢冷水给郭子兴浇醒，愤愤地说道："姓郭的，想不到你也有今天吧！"

郭子兴慢慢睁开眼睛，一看竟是孙德崖，当即气得浑身战栗，使出全身力气斥骂道："王八羔子的，原来是你小子阴我！我郭某人何时亏待于你，你竟这样害我！"

"姓郭的，咱们到底是谁先害的谁？"看着郭子兴皮开肉绽的样子，孙德崖倒一时心软了，"你为什么派人跟踪俺，不是想害俺吗？"

郭子兴一时语塞，忙分辩道："这个，这个是我的错处，但我郭某人只是想找你几个错处，好借机压压你的气势，哪里像你个王八蛋这么黑！咱们认识二十年了，我郭某人是那种背后捅刀子的人吗？"

孙德崖虽然头脑有些糊涂，但是经郭子兴这么一说，突然有些下不去手了。他又忙去拷问那几个跟踪过他的人，回答得都差不多，至此孙德崖有些后悔自己的莽撞了。他忙命人去给郭子兴松了绑，又命人去请了医官，然后面有愧色地跟郭子兴说道："这事容俺再查查，若你所说属实，俺孙某必当负荆请罪，也请你狠狠地打俺一顿……"

孙德崖赶紧去找赵均用商议,赵均小眼睛一眯,小声道:"如今还管得了那个吗?你我已经是骑虎难下了,难不成你再给他赔礼道歉,礼送他回去不成?"

"俺不过是打了他一顿,让他还回来就是!"

赵均用一把抓住孙德崖,道:"我的孙老弟啊,你也太天真了,这事有那么容易转圜吗?不如一不做二不休,免得夜长梦多!"

孙德崖脸色难看起来,道:"赵兄,实不相瞒,俺们与那姓郭的原本是八拜之交,想当初俺们几个落魄得没个安生的地方,如果不是他老郭主动收留,哪里还有俺们今日?今日这件事已经是俺孙某理亏了,不能再错下去了,不然,举头三尺有神明,看看老天爷饶过谁?"

"他先不仁,你才不义,如果今日你放虎归山,等他真把你杀了,你后悔岂不晚了?"

"他若杀俺,就是他不义,看他今后如何还能在江湖上混!再说咱们不也是有一帮兄弟在嘛,他想杀俺,也得先问问大伙!"孙德崖最后毅然表示道。

"那先别放人,容我们再合计合计!"

赵均用就是不同意放人,杀掉郭子兴的主意是他出的,万一走漏出去,郭子兴必然要找他算账。赵、孙两人于是僵持起来,直到次日元璋与彭大闻讯赶来。

六

话说濠州城内的兄弟们原本都是一家人,他们看到孙、郭两位大帅要火并了,心下着实不忍,其中更有一个是元璋曾经百般交好的,于是他就派人快马加鞭去给几十里外的元璋报了信。

元璋闻讯,立即心急火燎地往回赶。他路过一个庄子,想要换马。那庄子的主人与元璋有一面之缘,当得知郭子兴的凶讯后,立即抓住元璋的胳膊阻止道："朱公子且慢，他们既然敢把郭帅拘押起来，想必正在想法子捉拿你，你此去不是自投罗网吗？"

元璋知道，自己的一切都是郭子兴给的，如果此时见死不救，来日不但失去了凭借，更将无法立足，而且他也隐隐觉得孙德崖断不是心狠手辣、忘恩负义之徒，其中一定有什么误会，或者就是赵均用那厮挑唆的。他不便多说，只得道："郭公一向待朱某不薄，此时若只顾个人安危，岂不是畜生之行？请赶快借马吧，他日必定厚报！"

元璋连夜赶路，等赶到郭家时，已经是次日一大早，此时郭家已经没有什么主事的人了，只有郭天珍跟几个下人留守在家。张夫人和秀英也都不在，估计是到外面打听消息去了。

元璋见到了郭天叙和郭天爵兄弟，他们已经联络好了人马，只因顾及老爹的性命而暂时不敢轻举妄动。一晚上没睡好的郭天叙对同样憔悴的元璋道："孙德崖这个王八蛋，我们一定不能轻饶他！还有那姓赵的！"

面目清秀的郭天爵也气愤道："这两个浑蛋欺我郭家无人吗？姐夫，不如我们就跟他们拼了？"

元璋已经在路上想好了对策，他忙劝阻道："两位公子，不可硬来啊！帅父平素厚待彭帅，而轻薄那赵某人，此事必是赵某人所主使，看来非请彭帅解围不可！"

"好吧，咱们现在就一起去彭府！"郭天叙道。

几人立即匆匆赶到了彭大家里。彭大因昨夜醉酒，这时才刚醒过来些，对外间发生的事还一无所知。他得知大致情况后，当即拍案而起道："有我彭大在这里，我看哪个敢动郭兄一根毫毛！"

彭大当即招呼左右，点起一支人马就杀奔孙家；元璋全副武装，会同邵荣所率领的人马，于是大伙儿一起把孙家给包围了起来。

一时之间，双方的人马开始剑拔弩张，孙德崖见势头不妙，赶紧出来回话，赵均用也闻讯赶来。彭大便质问孙、赵二人道："你二人居心何在？摸摸心口窝，良心都叫狗吃了吗？"

赵均用见事已至此，错失了杀郭的最佳时机，忙解释道："都是误会，误会！"然后他转身对孙德崖说道，"老孙，快放人吧，你干的好事！"

原本就想放人的孙德崖只好赶紧照办。

阴沟里翻了船，一世英名大为受损，当遍体鳞伤的郭子兴被人背出来时，他又羞又愤，一句话也没说，摆了摆手示意赶快回家。

当元璋与彭大准备离开时，孙德崖等人不免有些惭愧地跟在后面相送，元璋便回过头对孙德崖说道："副帅，您与郭帅同时举义，素称莫逆，如何偏听偏信小人的谗言，致使兄弟之间自相戕害呢？"

"咳，都是俺一时糊涂，还望你在郭帅面前替俺分辩几句，说几句好话才是！"说着，孙德崖便悄悄地递给元璋一包财宝，但被元璋断然拒绝。

"为了大局，咱会尽量在郭帅面前为您缓颊的！"元璋悄声道。

元璋后退几步，转而对赵均用义正词严地说道："天下方乱，群雄竞逐，您与彭帅既投奔至此，咱们就当勠力同心，共图大举。怎能萧墙之内先弄出祸端，做出这等令亲者痛、仇者快的事呢？"

赵均用心知骗不过元璋，一时间无言以对，直到元璋走远了，才对孙德崖缓缓说道："这小子不简单啊！他消息这么灵通，来得还这么快，我赵某人还真是小看他了！"

孙德崖长叹了一口气，道："想想还真有点后怕呢，赵兄，往后咱们凡事可得更加小心了！"

"嗯，这是自然！"赵均用盯着元璋远去的背影，"那小子虽没收你的礼，但料想为顾全大局，应该会为你在老郭面前缓颊的！"

"嗯，刚才他是这样说的，俺信他这回！"

郭子兴是个快意恩仇之辈，他丝毫不接受孙德崖的负荆请罪，在养伤期间一直盘算着如何报复孙、赵二人，任谁规劝也没用。

郭子兴一再对元璋表示道："等我伤好了，咱们觑个空，把这两个畜生狠狠教训了，再踢出濠州城去！"

元璋预感到大势不妙，这天晚上便对秀英说道："过去咱是怕官军来，这回是盼着官军来，而且多来一些才好呢！"

秀英轻轻叹了口气，道："这终究不是长远之计，不怕人家说咱不孝，义父这气量着实是小了些，不是成大事的人，倒有些像三国时的关云长！"

"是啊，这样下去终究不是长远之计，夫人可有良策？"

秀英预感到来日恐有不测发生，不由得说道："眼前有什么良策？横竖不过一死，我是不怕的。你若是有良策，只管放手去干好了，我马秀英绝不拖累你！"

元璋看着秀英那肃然的样子，忙道："夫人这是说哪里话！要死也是咱朱某人先死！"

事有凑巧，春节刚过，便有两万多元军浩浩荡荡地杀到了濠州城下，城内各部上下一心、竭力据守，才勉强顶住了元军的疯狂攻势。大敌当前，郭子兴暂时没有心思搞内耗了，他不免笑着对元璋说道："幸好这官军来得早，若是晚来几天，本帅打跑了孙德崖他们，咱这一家老小可就要被人包饺子了！"

元军见强攻无法奏效，转而开始长久围困，濠州城人多粮少，若这般长此下去，到六七月份，粮草就该无以为继了。彭大、赵均用两个先后出城去试着偷袭了元军一番，但都被人家的优势兵力给挡了回来，彭大于是长叹道："看来这次濠州要成徐州了，我等又要成为丧家之犬了！"

郭子兴又不得不亲自率领所部杀出城去，与元军展开了一番激战。虽然元璋在此战中充分见识了郭大帅的勇猛善战，可是由于元军人马众多，又得到各处倾向朝廷的民军支援，濠州义军还是无法有效击破敌人的围困。

坐以待毙的前景摆在了眼前，一时间城中人心惶惶，元璋不得不开始做起突围的准备。他回家后便对秀英直言道："万一不得不突围，咱们不能跟孙德崖、赵均用他们一路了。他们兴许会去泗州落脚，咱跟帅父说了，咱们就先到定远一带落脚。如果元军继续尾追，咱们就去投庐州老左，咱听说此人颇有些手段，兴许是个做大事的！"

秀英早已预见到了这一天，但真到了眼前，又不愿意轻易想到那个"死"字，所以对于突围转战的前景不免有些忧虑。男人们还好说，她这等手无缚鸡之力的女子纯粹是路上的累赘，她不禁说道："难道没有其他办法打破官军的围困吗？你不是一向很有办法的吗？"

元璋不想在夫人面前显得无能，只好道："眼下咱们濠州城里有七八千弟兄，若是这些人都听咱朱某一个人的号令，那咱定然是有办法的！可夫人你也知道，咱们这支队伍纪律太宽，肯定是打不了硬仗、恶仗的，眼下不过是将就事儿。但是夫人放心，有朝一日咱一定拉起一支纪律严明、齐心协力、能打硬仗和恶仗的精兵来！"

"嗯，好在我还没有身孕，不然可要拖累你了！"秀英说着，摸了摸肚子。

元璋抓起她的手，温存地说道："夫人说哪里话，一家人还说什么拖累不拖累！别说你我是夫妻，你又是咱的好先生，便你是哪位兄弟家的亲眷，咱朱某人也断不会见死不救的！"

秀英感动于夫君的这番话，竟忽而又有些惭愧和自责，因为结婚大半年了，她仍旧没有怀孕的迹象，于是不免黯然失落起来，想着自己这辈子也许不能为人母了，那可就糟了！元璋看出了夫人的心思，便笑着安慰道："如今兵荒马乱的，就是咱们抱养几个小孩，都是使得的！"

秀英忽而又想着到时候还可以给元璋纳妾，心下又宽慰多了，转而笑道："那自然是好，不过总要想法子怀上亲骨肉才好，何况大丈夫就当三妻四妾的，这个我替你主张。"

到了四月，濠州一带的天气已经有些炎热，那元军主将是北方来的，年纪也不小了，居然一下子就病倒了。到了五月间，元军主将更是一命呜呼，这股群龙无首的元军无心恋战，只好含恨解围而去。此时的濠州城里，已经出现了不少饿殍，非常凄惨。不少将士也已经面有菜色，待元军解围后，元璋立即派人化装南下定远，用盐换了些米粮，这才帮濠州解了燃眉之急。

经过这次围困，元璋越发意识到：濠州孤城确实不宜再固守下去了，得赶紧向南发展才行！只有壮大自己，才能立于不败之地。经过郭子兴的许可，元璋决定先回家乡钟离招募一批可靠的弟兄，然后利用这支嫡系人马一路向南开拓。

不过就在元璋出发之前，彭大、赵均用两人竟然抖擞了起来，他们仗着几次出城大战元军的功劳，开始大撑门面，一个自称"鲁淮王"，一个自称"永义王"。郭子兴已经想好了，不久就要跟他们分道扬镳，所以只好由着他们去瞎折腾了。

七

濠州城北二十里处有个村子叫郭家店，元璋一行几十人想先到这里来招兵。这个村子属于倾向支持郭子兴一方的，经常主动组织村民去给郭部服一些徭役，所以上次元军大举围城时，这里受到元军很重的勒索，导致不少人被迫背井离乡外出逃难。

为了活命，郭家店有二三十个青壮年选择报名入伍，元璋郑重承诺："愿意带着家属来的也可以！我朱某人对天盟誓，无论我们走到哪里，绝不会抛下家属不管！"此言一出，又有二三十个青壮年来报了名。

正在元璋忙着给这些人把关时，一个二十多岁、肤色较白的健壮汉子凑到他跟前问道："在下郭兴，家父想见见朱公子，不知是否肯赏光？"

"哦？老人家有何要紧事吗？"

"实不相瞒，家父擅长相面，他想给朱公子看看。"

元璋有些明白了，如果自己的面相不凡，恐怕郭家就要有几个兄弟来追随自己了。元璋也有些好奇郭父的说辞，只好撂下手边的事，带着几个人随了郭兴来到了郭家。

这是一个比较殷实的地主之家，进门时，元璋看到大门上写着"指上观日月""袖里看乾坤"的对联，果然是对上了这家主人的喜好。进到大厅，一个五十多岁、须发有些斑白的长者已经坐在大厅的主位上，此人纶巾羽服，显然是一位好道之人。他见客人到了，便起身拱手道："久闻朱公子大名，今日得见，幸会幸会！"

长者请元璋在客位上坐了，郭兴和元璋的几个随从也都各自找地方坐下，此时又有一个二十岁上下、身着裋褐的精壮汉子进来，虎声虎气地对元璋说道："你就是朱元璋吧？听说你身手不错，咱们比试一番如何？"

"四儿，不得无礼！"长者呵斥了那汉子一番，转而对元璋笑道："朱公子见笑了，老夫家教不严，犬子惹您笑话了！"

"哪里，哪里，贵公子一看就是个练家子！"

"咱从小就跟着师傅学武，不是我郭英吹牛，整个十里八乡，还没有我的敌手！今日好不容易遇上个对手，还请赐教几招吧！"

元璋心想，这活脱脱又是一个费聚，只是眼前这小子身材高大，器宇不凡，恐怕不只是费聚敌不过他，甚至自己也不是他的对手！他若加入到自己的队伍，倒是又添了一份生力。

"混账东西！这里有你说话的份儿吗？"那长者分明生气了。

众人都笑了，郭兴赶紧拉走了兄弟，那长者请元璋饮过了茶，又仔细打量了他一回，这才切入正题，笑道："老夫名叫郭山甫，是这一带有名的神算子，朱公子若是不信，可到四处去打听打听。老夫早听得人说朱公子天生贵相，心里也想领略一番呢！"

"哦？老先生有何见教？"元璋大感兴趣道。

郭山甫微笑了一下，方道："天机不可泄露！那轻易泄露天机之人，必是要遭天谴的！"

元璋于是报上了自己的八字——"戊辰、辛酉、辛酉、乙未"。郭山甫掐指算了算他的五行，闭了眼念叨了一会儿，然后故作神秘道："天机不可复问，朱公子，老夫膝下尚有三个儿子，今日就让老三和老四随你去吧，还望公子不嫌弃！咱们都是聪明人，不用老夫点破。"

元璋闻言喜在心里，忙道："晚辈明白了，在此谢过老先生的好意！只愿早出圣人，开皇明之世，救民于水火！"

待元璋行过礼后，郭山甫便命家人张罗着准备酒饭。他失陪了一会儿，把老三郭兴和老四郭英都叫到了自己的书房中，兄弟两个很相信父亲的相术，忙问结果如何，只见难掩兴奋的郭山甫迅速在纸上写下了几个字，兄弟两个赶忙念道："龙飞淮甸！"

"爹每常也听人家讲史，如今大乱之世，想来这朱元璋必有称王的命，虽未必能得天下，亦可为一方雄主！"说完，郭山甫点头微笑起来。

兄弟两个也都兴奋起来，赶紧随了父亲出来陪着元璋吃酒，态度也恭谨了很多。因为高兴，元璋便多吃了几杯。酒酣耳热之际，郭山甫突然朝厅堂后面喊道："凤儿，快来给客人敬酒！"

只见一个约莫十三四岁的半大姑娘娉娉婷婷地从后堂走了出来，身上还有着一股迷人的香气，着实如一树初开的桃花！元璋酒后有些无法自持，竟目不转睛地盯着那姑娘看起来。元璋不管不顾，羞得姑娘一脸绯红，她刚要拿起酒壶给元璋斟酒，不承想元璋竟一把抓住了她的手，满嘴酒气地说道："这个妹子……好生眼熟……哪里，哪里……见过吧！"

"鬼才见过你！"郭姑娘推开了元璋，头也不回地转入内室。

众人都被酒后失态的元璋和郭姑娘的小性儿逗得笑了，郭山甫看在眼里，只是颔首不语。

元璋一行人离开后，郭山甫便笑着对两个儿子说道："朱公子的五行是'土土，金金，金金，木土'，他虽有极贵之相，但病在杀戮过重，自古开国英主多雄猜，所以爹特意拿凤儿去试他。凤儿的相貌是不必说了，也正因她有女中鸾凤之相，所以爹才给她取了这个名字。"

郭兴有些明白了，道："爹是想把妹妹许配给朱公子吗？这个怕是不好吧，妹子怎能给人家做小？"

郭山甫劈头骂道："糊涂东西！如果他朱公子成了龙，你妹子就是皇贵妃；倘或那皇后早早死了，你妹子岂不要统摄六宫吗？还分什么大小！"

"那万一姓朱的不是一条真龙呢？孩儿是说万一啊！"郭英小心道，怕又招来父亲一顿训斥。

"嗯，如今你妹子还小，不妨等几年看看，到时如果你两个乐成此事，爹就把你妹子舍出去，看得出朱公子跟凤儿是天作之合！如此一来，你们既是开国功臣，又是外戚，富贵就可常保无忧了！"郭山甫说完，便闭了眼冥思起来。

"爹真是想得周全！"两个儿子由衷赞佩道。

到了钟离后，由于地利之便、地缘之亲，加上前些日子还传出了"大破十万官军"的神话，元璋的招兵大旗竖起没几天，远近的豪杰就都竞相赶来投奔。这其中就包括了钟离东北乡的徐达、怀远的花云、泗州的耿再成等人，他们有的是像徐达这般只身来投的，有的则是像耿再成一般率百余人来投的。

当花云来投时，元璋见其人长身黑面，体格如熊罴一般，就知其人身手必定不凡，着实是一个"黑旋风"李逵式的人物！元璋当即就要费聚去试试花云的身手，结果花云几拳下去就打得费聚龇牙咧嘴，元璋不禁暗忖道："这个黑汉子果然是勇猛过貔貅！"

元璋见费聚完全处于下风，便马上叫停道："好，你两个住手吧！不知花兄弟在家时都做些什么营生？"

花云亢声答道："早些年俺跟着家里四处跑买卖，所以才晒得这样黑。嘿嘿，后来这天下大乱，买卖跑不成了，俺爹也死了，眼瞅着没活路了，听人说濠州郭大帅是个替天行道的大英雄，朱公子是个有勇有谋的好汉子，才赶来投奔！"其实花云的亲爹早就死了，他后来随母亲改嫁到了一户姓张的人家，带他跑买卖的是他的继父。花云不愿意向人谈及家事，所以也只坚持姓"花"。

"可曾娶妻不成？家中还有什么人？"

"没的，这些年家里穷困，因为葬俺爹花销了不少！俺想着自己一身好武艺，这乱世之中不愁没有用武之地，只要擦亮眼睛寻一个明主就是了！俺家中还有一位六十岁的老母亲，由俺一个兄弟先照看着！"那个弟弟其实是同母异父的。

"花大哥，你功夫跟谁学的？好生了得啊！"费聚插问道。

"嘿嘿，是早些年跟俺爹跑买卖时，路上遇着一个厉害的师傅，俺爹就花钱请他教了俺几年！"花云说着，又拉开了比武的架势，"不瞒公子说，在俺怀远，习武成风，高手很多，但不是敢夸口，恐怕还没有人能胜过俺呢，至多可打成个平手。只是俺生平不愿好勇斗狠，所以名声没有传开！不信，恁找十几个兄弟一起上！"

元璋一听他是个孝子，又见其材勇重厚，可以托付些大事，于是赞许道："好志气！大孝子！你的话咱信了！"

说着，元璋上前揽住花云，又道："这样吧，你就给咱做先锋官，只要你立了功，咱保证马上就给你娶一个如花似玉的媳妇，如何？"

"嘿嘿，"花云憨笑道，"那如花似玉的媳妇恐怕不好养呢，俺还是找个会过日子、会孝顺爹娘的浑家吧！"

元璋、费聚都被花云这话给逗笑了，道："到时候就让你自己挑吧！"

耿再成是泗州的一个地方小头目，在家乡结寨自保，后来薛显等人率部霸占了县城。在说明来意时，耿再成便道："不瞒朱公子说，我等晓得贵部与那薛显颇有瓜葛，但这小子不知约束纪律，对地方上危害甚大，民多怨言，终难成事！我等无法独存，又不愿与他闹翻，听闻公子仁义之名，便前来投效，我等不敢求富贵，只愿公子领着大伙闯过这乱世！还请朱公子去关照一下那薛显，让他不要骚扰我们老家！"

元璋一看耿再成是个实诚人，又见他身手不错，是个窦建德一般的人物，当下喜不自胜，忙道："那是自然，咱马上派人去泗州！若是他敢不顾脸面，咱必定与他兵戎相见！"

当仗剑而来的徐达甫出现时，元璋当即被他倜傥沉稳的气质、英挺不凡的相貌给深深地吸引住了。当他听到徐达自报家门时，不禁暗忖道："眼前这小子居然还有表字，想来是读过些书的！越发难能可贵了！"

"天德，你成家否？家里还有何人？"元璋问道。

徐达略一黯然，然后有些腼腆地说道："不瞒公子说，家里老早就给我找了个童养媳，可是几年前不幸病死了，所以至今未娶。家中父母健在，咱上面有两个哥哥，种着一百多亩地，要搁平时也够养活一大家子了，只是如今兵荒马乱的，能保住性命就不错了！"

"嗯，你虚岁二十二了，也不小了，等来日你立下功劳，咱亲自给你主婚！"

徐达摆了摆手，道："此事不用急，缓个几年无妨呢！如今天下大势尚不明朗，咱们这支队伍也不知要经历几多困厄，若是有了家室之累，反倒不美！等他日大业初立，规模初具，再成家不迟。公子，您的意思呢？"

元璋听闻这番话，不禁油然起敬，道："天德兄好志气，大有赵子龙之风！戏里唱得好：'将来到疆场，一刀一枪，博得个封妻荫子，也不枉了一个青史留名！'可不是唱出了我辈的心声嘛！我看你谈吐不似那些泥腿子，可是读过些书的？"

"公子，实不相瞒，在下自幼喜好武事，稍长后就开始心仪那'万人敌'之术！《六韬》《三略》之类也着实费尽辛苦去找了来，韩、白、卫、霍的故事也读了不少，但平生最敬服的还是一个武穆！"说着，徐达面上露出一个朴实的微笑。

"哎呀！难得你还读过这些兵书，说实话，举目看看咱这队伍，读过几部兵书的，恐怕也就唯有'使君与操耳'了。"元璋说着，忙把徐达请到屋子里坐下，命人茶水伺候。

徐达用过茶后，笑道："在下早已耳闻公子'一梦通五经'的佳话了，也猜到您定然不会放过研读兵书的机会，凡士贵在好学，所以才特来投奔！"徐达的言外之意很明显，如果元璋不能令他满意，他也不会留下。

"兵书嘛，咱确实是看过一些，不过囫囵得很，这个来日不妨向天德兄好好请教！"元璋说着，便做了一个请教的姿势，"只是你说到武穆，这个咱也甚有共鸣啊！这里想先请教天德兄，我辈最该学武穆哪一点呢？"

这明显是考察徐达的意思，但徐达早已胸有成竹，只见他又小啜了一口茶水，道："武穆精髓，可以用九个字来概括！"

"哦？哪九个字？"

徐达一字一句地说道："练精兵，严军纪，备骑士！明主若将这九个字好好贯彻了，则天下必运于掌中！"

元璋听罢，如遭雷击一般，突然从椅子上站了起来，然后上前紧紧抓住徐达的手，直直地盯着他的眼睛，许久方道："天德兄，英雄所见——略同啊！你我同为钟离人，家乡亦不过相距二三十里，却无缘相识，真是相见何其恨晚！"

徐达也有些激动，同样紧紧盯着元璋的眼睛，道："我徐达三生有幸，一出茅庐就遇上了明主！"

元璋有些不好意思，笑道："哈哈，明主嘛，咱是愧不敢当！所谓成事在天，且看吧！"

"公子谦虚了，成事固然在天，但若是你本无王霸之志，天公又如何能成全？"徐达又上前一步凑近了元璋，拿锐利的目光逼视着他，"你我虽出身贫贱，无尺土凭借，然王侯将相，宁有种乎？"

元璋一时觉得那"王霸之业"，是太过遥远和不切实际的事情，便笑道："没想到天德兄如此志存高远，咱甚是佩服！好，且走一步看一步吧！毕竟水涨船高嘛，那时恐怕你我也身不由己了！"

因为两人彼此欣赏，所以元璋便将徐达留置麾下，用作自己的心腹骨干，兼作幕僚。此后元璋凡事大都找徐达商议一番，两人的关系越发亲密无间。

其实徐达平素少言寡语，也不喜炫耀，他的经历众人不得而知，他的兵学造诣更是少有人了解；但他总是给人一种既雄壮威武又高深莫测的感觉，大伙一见他就既崇拜又畏惧，不由自主对他言听计从。元璋对此不由得说道："看来这就是所谓的大将风范了！"

自从跟了元璋，徐达少不得三天两头向自己的主公进些"王霸之略"，元璋一时虽不太上心，但慢慢就有些"非分之想"了。而徐达自己本非汲汲于名利之徒，只是觉得既然大家出来血拼一场，就应该树立一个求正果的目标。不然的话，人人稀里糊涂的，就可能错失很多良机，一辈子都是"反贼"的料儿不说，多半还要横尸草间。

有一回，徐达再次向元璋进言道："所谓'将相本无种，男儿当自强'！如今群雄并起，究竟鹿死谁手，可不好说。公子您即使成不了沛公，也未见得做不了黄袍加身的赵太祖！"

元璋有些动了心，道："好！不过也得先找着咱们雄才大略的柴世宗再说！不过，咱可不干那欺负孤儿寡母的勾当，哈哈！"

"主少国疑，想来太祖也有不少苦衷吧！"徐达忙解释道。

"也许吧，怪就怪柴世宗太短命啊！"

徐达其实是个厚道人，并不赞成那些阴谋诡计，最后他又说道："反正再不济，您也当求个列名云台、图画凌烟阁！"

"哈哈，这个咱觉得还能菩萨面前求一求！"

大概有一个月的时间，元璋招到了七百人马，为着安定军心计，他又招了几十个军妓。不过越到后来，元璋越不喜欢弄这些，怕的就是兄弟们沉溺于此或染病难治，所以一向鼓励他们成家，帮助他们安家，事实上也便于通过控制家属控制士兵。

就在回濠州的路上，一行人在路边休息时，元璋突然发觉一处柴草间有动静，于是命人去搜查，看是否有人图谋不轨。结果真的揪出一个身着破烂、背着一个布袋子的十七八岁的小伙来。

元璋故意厉声问他道："你是什么人？为什么在这里？"

小伙儿有些战战兢兢，好半天才答道："小的叫陆仲亨，年十七，家就在附近的陆家庄。只因父母兄弟都死了，我一个人害怕被乱兵掠去，所以才背着这袋麦子，藏在这堆柴草里……"

陆仲亨的年纪和身世马上就让元璋想到了过去的自己，元璋便关心地说道："那这样说你是无家可归了，那你以后如何求生呢？"

陆仲亨一时答不上来，居然流下了眼泪，元璋便上前抓着他的手说道："如今这兵荒马乱的，投军也未尝不是一条出路，总比饿死或者被人杀死强吧？不如你就跟着咱走吧，保管你饿不死，更没人敢欺负你，如何？"

陆仲亨仔细打量了元璋一番，见他毫无一点架子，又听他如此关心自己，分外感动，便点头同意了他的建议。回到濠州后，元璋发现陆仲亨还颇有些气力，是个可造之才，不禁大喜过望，遂将他收为亲兵。

第六章
一战成名

一

东、西两大红巾军崛起以后，元廷为了保住江南财赋重地，防范红巾军染指，开始大肆募集舟师，严加整训，以阻止红巾军主力渡过长江。

擒获孛罗帖木儿之后，朝廷又来招安方氏兄弟，方国珍就坡下驴，便接受了招安。可是，当方国珍看到元军水师日益强大，突然就有些坐不住了。他很是忧虑地对兄弟们说道："官府这水师，说起来是对付红巾军的，可是咱们兄弟打了朝廷两回脸，他们对咱们必欲除之而后快，说不定哪天就把咱们先给围了。大哥、三弟、四弟，你们怎么看？"

"想当初咱们被逼作乱的时候，朝廷拿着一堆官衣官帽来募集兵丁对付我们，沿海一带的壮士多有应募，并因此在同'蔡乱头'、倭寇及咱们兄弟的对阵中立功的。这些流血流汗的壮士，本指望着博个封妻荫子，不承想这朝廷却传下了话，说什么'先交钱，再给官帽'！"老三国瑛气愤道，越说越激动，"那有的人家甚至战死了好几个，也没见官府给半点抚恤，这老百姓的心可是真的伤透了。这等黑白颠倒、逼良为盗的世道，看以后谁还抢着为官府卖命！"

"老三说的在理啊，如今民心可用，咱们正可再大干它一场，也算给老百姓出出这口恶气！何况如今朝廷顾此失彼，也不像往日眼睛只盯着咱们了！"方国珍大声道。

方氏兄弟、子侄都同意再次举事，方明善揎拳捋袖道："二叔，咱们就干吧！反正那朝廷的水师不能下海，咱们就来个先发制人！"

"嗯，元廷派来的大司农达识帖睦迩这个狗官，一年来吃了咱们多少贿赂，老子非叫他乖乖吐出来不可！"方国珍愤愤道。

说干就干，方国珍兄弟在至正十二年三月（闰三月是朱元璋加入郭子兴部的时间）再次举起叛旗，一时间响应无数，没几天就聚集起了上万人马，开始不断对台州沿海地区进行袭扰。

台州路达鲁花赤泰不华是元廷的大忠臣，一直力主剿方，此前他曾任浙东道宣慰使都元帅，驻兵于温州，与新到任的江浙行省左丞孛罗帖木儿（驻庆元）对方氏兄弟进行左右夹攻。当孛罗帖木儿被擒的消息传来时，泰不华闻之痛愤不已，乃至数日没有进食。

朝廷不知其间曲折，所以赶紧又派遣大司农达识帖睦迩等前往黄岩去招抚方国珍。至正十一年（1351）八月，方氏兄弟接受了朝廷招安，在登岸罗拜时，泰不华曾想见机命壮士袭杀方国珍，可是却被达识帖睦迩坚决制止。达识帖睦迩檄令泰不华亲至海滨，遣散方氏徒众，收缴其海舟、兵器，又为方氏兄弟分别安排了官职。

等到方氏兄弟再叛的消息传来后，泰不华立即发兵去扼守黄岩地区的澄江，在与兵力占据优势的方家军的激战中，泰不华眼见形势危急，不惜亲自上阵，终在手刃四人后被杀死，享年四十九岁。

方氏兄弟对台州地区大肆劫掠一番后，立即流亡入海，行动之神速，让无法出远海、只适宜在内河与近海作战的元朝水军鞭长莫及。

在方国珍的队伍中，许下的高官厚禄总是不打折扣地兑现，只要是有功之人立赏，这与朝廷的表现形成了鲜明对比。浙东沿海一带加入方国珍队伍的人员日益增多，最终浙东沿海的百姓竟然纷纷崇拜起方国珍来，都尊称他为"方大帅"。

一段日子以后，方国珍觉得又该到陆地上转转了，于是派人潜至元大都，贿赂了一干权贵，表达了想要再次被招安的意思。

方国珍的说客向朝廷解释说："我们大帅之所以再次举事，纯粹是因为浙东大小官吏太过贪心，他们勒索无度，弄得我们方大帅无计可施，才出此下策！"

那些拿了贿赂的权贵都出来帮着方国珍说话，皇帝迷惑于左右近臣的进言，只得同意了招安的请求，并授予方国珍徽州路治中之职。治中这一官职，负责文书档案的管理，朝廷以此安置白丁方国珍，无非是给他一个不任实事的虚衔而已。

朝廷再次同意招安方国珍的消息传到江浙行省后，站出来极力反对此事的官员之一，便是时任行省都事的刘基。至正八年（1348）时，刘基出任了江浙行省儒学副提举、行省考试官，得以在杭州任职。可是不久后他就发现行省监察御史渎职，刘基愤而举报，不想这官场沆瀣一气，执司监察的中书省宪臣非但不予追究，反而对刘基大加斥责，刘基因此再次愤然辞职。

这次辞职后，刘基没有跟上次一样回乡和出游，反而在杭州闲居了四年，直到西系红巾军杀到了杭州。在回乡避乱期间，刘基越发感到自己有平治天下、救济苍生的职责，于是在至正十二年（1352）接受了浙东元帅府都事的任命，次年又改任江浙行省都事。这是一个管收发文书、稽查缺失及监印等事的官职，秩正七品或从七品。

朝廷命江浙行省左丞帖里帖木耳招抚方国珍，刘基对方国珍这个老乡的品性甚为了解，他在向行省官员们陈词时指出："那方氏贼性难改，反复无常，他有一、有二必有三！如今浙东沿海一带民风大坏，人皆不以寇盗为耻，若朝廷还不予以严惩，浙东之局必至不可收拾！"

帖里帖木耳被刘基说动了，当即拍案道："刘都事，本官也力主剿捕，不然朝廷威严何在！"

帖里帖木耳当即命文章几近冠绝天下的刘基起草了议剿奏书，并命自己的哥哥径直呈送给朝廷。可是在那些受贿的朝中权贵的百般维护下，皇帝反而以"擅作威福，伤朝廷好生之仁"的罪名罢了帖里帖木耳的官，并将主谋此事的刘基羁管（软禁）于绍兴。

圣旨下到杭州以后，刘基如遭五雷轰顶，如受针锥刺心，他连连仰天长叹道："大势去矣，大势去矣！天下生灵涂炭矣！"刘基恸哭不已，乃至于呕血数口，整个人立即消瘦了十多斤……

自从至正八年再次复出及辞官以来，刘基在杭州官场和士林中结识了一批志同道合之士，这些人有一个共同的取向，那就是要誓死效忠元廷！享食元禄的刘基受此影响，便开始将做贰臣视为宁死不为之事——尤其是此时他并未发现什么"明主"！

如今，病床上的刘基对朝政已经近乎绝望，又不忍见生灵涂炭，以至于起了轻生的念头。

这天傍晚，家仆叶性去给老爷送药，却怎么也推不开刘老爷的房门。叶性感觉情势不妙，赶紧叫来了其他家仆，众人在门外一起大呼，而里面始终无人回应，众人只好破门而入，发现刘老爷正被一块白布吊在房梁上。众人惊吓得手足无措，将刘老爷迅速救下后，赶紧请来了大夫和老爷的门人密里沙。密里沙是色目人，此人颇有见识，跟刘基很谈得来。

好在发现及时，刘基并无性命之忧，待他苏醒后，密里沙含泪进言道："先生怎么这般糊涂，如今世道是非混淆，岂是您这等良知、忧国之士轻生之时？若都寻了短见，这天下之病还要靠何人救治？"

刘基憔悴、疲惫的眼睛里也含着热泪，他啜嚅道："忠臣见弃，只有以死明志！"

"如今太夫人尚在堂上，先生将置她老人家于何地？"

闻听此言，刘基的眼睛里当即涌出了泪流，他沉默了半晌，方道："自古忠孝不能两全，为国事而死，正是老母的教导！"

"先生啊，您这般为国事而死，可谓重于泰山，还是轻于鸿毛？"密里沙直视着刘基，两手还紧紧地握着他的臂膀，"您平生学究天人、满腹经纶，抱负尚且未伸，宏图尚且未展，若是就这般死了，岂不可惜？百代之下，谁又会记得您的大名？恕小生冒犯，不过是多一个愚忠之徒罢了！"

刘基平生最忧虑的不是别人在文章、才学和见识上盖过自己，却正是不得垂大名于宇宙，不得书不朽于世间，不得与诸葛孔明之辈并肩傲立于青史——经密里沙一点破，刘基对这样去死确乎有些心有不甘！他顿时沉默了。慢慢地，他似乎想通了，可是却因这场苦剧而落下了中风（痰气疾）的病征。

天有不测风云，人有旦夕祸福。老天爷居然又一次戏耍了刘基一番——原来此次方国珍向朝廷要求招安，不过是一种"障眼法"：他低三下四地派人到大都请求招安，正是意在让朝廷和江浙省放松警惕，暗地里则准备着干一票更大的！正当江浙行省对方氏兄弟疏于防备之时，方国珍一伙上万之众便乘机登岸攻陷了台州，并将当地储备朝廷贡赋的太仓付之一炬。消息传来后，元廷上下为之震动不已！

受此影响，刘基也得以暂时官复原职，可是腐败无能的朝廷此时已经奈何不了方氏兄弟,而大都上下又急切地需要粮食,因此元廷只好又以"海道漕运万户"的官衔为诱饵招安方国珍。方氏觉得朝廷这回甚有诚意,于是便答应下来,但是深惧刘基威名的方国珍有个条件,便是要朝廷继续执行羁管刘基于绍兴的决定。

窝囊的元廷只得照办,至正十四年(1354),刘基携家人由台州迁至绍兴,居于城南宝林寺附近的当地士绅王原实的南园,正式开始了长达两年的羁管生涯。

好在刘基的行动并未受到太大限制,在埋头读书、结交知友与游赏风景名胜之际,刘基内心的伤痛也得到了些许抚慰,只是他依然看不清自己的前路。不过他的虬髯长须已然长成,他的生命中又多了一分难得的坦荡和从容。

二

泰州白驹场亭是大元帝国的一座重要盐场,当地很多人都从事煮盐、贩盐的营生,很多人也乘机以公盐夹带私盐,捞取了不少好处。当地主管治安的弓手为此没少对盐贩子敲诈勒索。一些富户也常常仗势欺人,故意压低或拖欠买盐的钱。

本名张九四(这个名字简单好记,而且寓意不凡,从易学方面来解释,"九四"有得朋友拥戴之意)的张士诚是一个盐贩子,因他轻财好施、广交朋友,所以在当地颇有些影响力。只是他毕竟身份低微,故而常常遭到一个名叫丘义的弓手的刁难和敲诈。

这天,丘义又派手下兄弟给张士诚送来一张帖子,上面写明三天后是丘义岳父的生辰,希望张士诚到时赏光驾临,张氏兄弟不得不凑到一起商量对策。

"上个月是他爹的生辰,年初是他娘的生辰,恐怕过些日子又会是他岳母的生辰了,把我们张家当作他的钱庄了,真是欺人太甚!"张士诚对兄弟张士信和张士义气愤地说道。

张士义有些血性，开口说道："大哥，要不这回先别送了，李伯升他娘还病着呢，这药费可是不菲，他家的情况，您又不是不知道！"

"这吕珍家要生孩子，徐义家要办丧事，可不都得要钱吗？如今天下大乱，赋税越来越重，丘义这厮还这般讲排场，可不是想把咱们往死路上逼吗？"张士信愤愤道，他还是心疼钱。

张士诚看两位兄弟都反对前去赴宴，当即拍案而起道："好，这回就先不送了！看他狗杂种奈我何！"

张士诚想着这个丘义总该体谅一回自己的难处，把自己逼到绝境对他丘义也不好，他总该用脑子想一想。可这丘义是一个霸道惯了的人，就是不会用脑子去想，没几天他就借故扣下了张士诚的一车盐，张士诚去找他通融，丘义以一副公事公办的样子说道："张九四，你多年贩卖私盐的勾当，已经被人揭发，这回我也保不了你了！"然后他就命人将张士诚押入巡检司大牢，狠狠教训了一顿，直到张家重重贿赂了丘义一回，巡检司这才把人给放出来。

张士诚被打得腿骨折断，躺在床上好几个月都动弹不得，众兄弟闻讯都赶来探望。大家围拢到了一起，只听张士信咬牙切齿道："如果二哥在家就好了，他兴许可以报大哥的一箭之仇！"

躺在床上的张士诚直了直身子，低沉着嗓子说道："九六在南少林这些年，本事肯定是长进了不少，但那丘义死党众多，又有官府撑腰，岂是好动的？唉，大伙千万不要冲动！"

李伯升一向深为敬重慷慨仗义的张士诚，二人最是性情投合，关系密切，只听平素一向老实的李伯升叹了一口气道："如今到处民乱，咱们扬、淮一带还算好的，哪天逼得我们乡民也反了，才有他官府的好看！"

"对，这口气绝不能就这么咽下去，到了跟丘义那个王八蛋了结的时候了！"其他兄弟也纷纷附和着。

"大不了我等跟那厮同归于尽！"张士义决绝道。

张士诚看了看大家，觉得人心可用，他也实在咽不下这口气，何况如今连李伯升的态度都发生了重大转变。许久他方道："好吧！等到义军杀到咱们这里,我们兄弟就跟着他们干!实在是没我们兄弟的活路了!不过总要再合计合计!"

张家老二就是本名"张九六"的张士德,他于六年前南下福建,先去南少林学习了三年武艺,其后又开始闯荡江湖,结交相契的朋辈,交流切磋,乃至又三年不归,但时有书信寄到家里。

至正十二年冬,闯荡至浙东一带的张士德听闻哥哥的遭遇,又耳闻目睹了方国珍兄弟的事迹,于是立即赶回了泰州,要怂恿哥哥做"方国珍第二"。兄弟俩有六年没有相见了,眼见弟弟已经长成了一个顶天立地的粗壮汉子,依旧躺在床上的张士诚紧紧抱住了兄弟,不禁喜极而泣道:"咱爹娘死得早,亏得老天保护,才让咱兄弟有今天!"

张士德也抱住哥哥痛哭起来,并发誓道:"此生若不能手刃丘义这条狗,替大哥报了仇,我张九六誓不为人!"

张士诚沉浸在兄弟相逢的喜悦中,忙道:"大哥知道你在外边这几年长进很大,不过报仇的事情不急,可以跟兄弟们一起从长计议!"

"大哥你有所不知,如今狼烟四起,官府疲于应对,只要咱们在泰州登高一呼,必定应者云集,那时何仇报不得!"张士德坐在床边侃侃而谈起来,"只要咱们牢牢把住泰州城几个月,威胁大运河粮道,官军一时无计可施,必然像招安方国珍兄弟一样,又来招降咱们!那时候,若是看情形不好,就权且受他招安!小弟在砟德胜湖地区认识了一帮兄弟,他们有几千人,学着水泊梁山的模样聚义称雄,咱们可以暗中联结他们,以为声援。此外,若是看情形好,也可不受招安,乘机攻城略地,割据扬、淮一带,裂土称王,岂不是光宗耀祖的大富贵?"

听兄弟这样一说,张士诚被惊得目瞪口呆,许久才说道:"你小子在外这些年,本事长了,这心也大了!"

"怎么?大哥是怕死,怕拖累家里,还是觉得老百姓的日子好过?"

张士诚一时被问住了,他的妻子刘氏是个很有主见的女人,张士诚一贯很尊重她的意见。只听躲在一旁避嫌的刘氏突然站出来凛然道:"相公啊,你看你这次被人家打成个什么样?咱们不反就是死,反了,兴许还有活下去的希望!我看二弟说得对,你也别瞻前顾后的,到时候我们娘们儿绝不拖累你!"

"你想怎样？"张士诚转头看了看刘氏。

"我跟弟妹们会在一处，你们男人就放手去干，如果有不测，我们绝不受辱！"

刘氏还在娘家做姑娘时，就曾持刀与老爹的仇家对峙过，结果吓得对方溜之大吉。张士诚晓得刘氏的为人和性情，知道她真的能干出些决绝的事情来，竟一时沉默了。

"嫂子好魄力！"张士德向刘氏行了一个大礼，回头又跟张士诚说道："大哥，干吧！别叫嫂子一介女流都笑话你！你还顾虑什么？大哥放心，嫂子和弟妹并侄子们，咱们就先把他们秘密送到砦德胜湖去，万一我等遭了不幸，今后就拜托砦德胜湖的兄弟们照顾了！朋友之妻不可欺，这点江湖道义他们还是懂的！"由于多年在外，张家四兄弟唯独张士德没有娶妻。

"好，容大哥再想想！"

"我看你才是个妇人！"刘氏看丈夫这么犹豫，学起了激将法，抛下这句话，转身就走开了。

张士诚一下子血气上涌，对着刘氏的背影大喊道："好，老子就让你看看什么是爷们儿！"

至此，张士诚下定了起事的决心，经过一番秘密商议，大伙初步决定过了年后方正式举事，一来可以趁着年关广泛联络人马，二来张士诚的身体那时也痊愈了。

眼看至正十三年（1353）的正月来到了，张士诚兄弟并李伯升、吕珍、朱暹等共一十八人，经过一场祭天仪式后决定立即举事，因这些人都是挑盐贩盐的盐丁出身，所以又被人称为"十八条扁担起义"。这十八人其实个个身手不凡，其中以张士德智勇最为突出，又是带头大哥的亲手足，所以大伙都奉他为谋主。

举事之后，大伙第一个要拿来祭旗的自然就是弓手丘义。十八人带着上百个兄弟火速冲到丘义家，先是堵住了四周，然后杀进去将丘家大小十多口人一概杀死。至于他们最为痛恨的丘义，则割去五官、斩断四肢，令其受尽折磨而死。

完成了这一切之后，张士诚还不解气，又大声说道："受了王八蛋这些年的气，今天总算快活了一回，不过那些大户也没少欺负咱们，也得去找他们算算账！"

很多人见张士诚等人反了，还杀了丘义全家，立即奔走相告，速度远比官府的反应快，马上又有几百人自愿加入进来，果然是登高一呼，应者云集！大伙分兵六路，分别去对付那些平素为富不仁的大户家，直到将他们的亲属杀尽，将其家室住宅都付之一炬才作罢！

这时，姗姗来迟的泰州几百官军才赶来镇压，张士德一马当先，冲入敌群中几个回合就斩杀了首领，官军顿时被吓得作了鸟兽散。

随后，张士诚等人便正式打起旗帜，招募兵勇，一时响应者达到了数千之众，其中多是受官役之苦最深、悍勇异常的盐丁。他们很快就拿下了泰州城，高邮方面派出了两千官军前来镇压，张家军最后虽然取得了胜利，但奋勇杀敌的张士义却身负重伤。

不久后，眼见无法轻易平息这股叛匪，高邮城守李齐便派人前来游说道："尔等本性纯良，皆系弓手丘义逼迫才出此下策，朝廷体恤尔等苦心，故而望尔等接受招安！"

张士诚看着重伤的兄弟，也觉得眼下实无必要与官军顽抗，张士德便伺机建言道："我等不妨先接受了招安，但前提是要朝廷撤走泰州城周边的驻军。我等可乘机休养生息，加紧练兵，以备来日大举！"

众人一致同意招安，急于平息骚乱的官府也接受了张氏兄弟的条件，可张士义终因伤重而去世。

眼看着半年的时间匆匆而过，张士德目睹大伙练兵已经小有成绩，便又怂恿哥哥道："而今不是苟且偷安之时，官军主力都杀向湖广了，一旦他们完成对湖广的剿杀，下一个势必就要轮到咱们兄弟了，所以必须尽快再举，救湖广也是救我们自己！四弟的仇也终究是要找李齐报的，大哥你快拿主意吧！"

此时元朝方面的河南江北行省参政赵琏恰巧率众经由大运河南下，此人是个大贪官，携带了很多财物在身边。于是张士诚兄弟在泰州段截杀了赵琏，抢掠了一干财物，再次打起了反叛的大旗。为了与砦德胜湖地区的兄弟们取得战略上的配合，张家军乘势拿下了东北面的兴化，至此声威愈壮，兵众达到一万多人。

元廷暂时无暇东顾，又见张氏兄弟严重威胁到了南北大运河的安全，只得强压高邮城守李齐，以万户的职衔再次前去招安。张士德又见机对大哥说道："如今主动权在我们手上，千万不可错失，我们不妨将计就计，以请李齐亲自到泰州来详谈为由，到时扣留了他，然后一举拿下高邮重镇。那时建国称王，扩大声势，岂不是天赐良机？"

高邮可以完全封锁住南北大运河，张士诚不无担心道："我等完全切断了朝廷的输粮血脉，这不是自蹈死地吗？"

"大哥此言差矣，自从我等杀了丘义，夺了泰州城，就已经没有退路，只能一心往前！后退则必死；往前，兴许还有一线生路在！"张士德挥手南指，"小弟多年来走遍了江南各地，那里可是全天下最富庶之区，若是我等能够据而有之，可养兵数十万，那时将是一番什么光景？不说混一天下，割据东南半壁足矣！"

张士诚被士德说得心动不已，最后他召来大伙表态道："招安之事往后不许再提了，哪个再提就不是咱自家兄弟！我和九六已经盘算好了，在江北立住脚后，立即南下江南。若咱兄弟得了江南，必要恩养百姓，百姓受尽官府奴役之苦，那时定要箪食壶浆相迎……"

一向好色的吕珍笑着附和道："好！江南多美女，我等兄弟就去那温柔富贵乡住住，也不枉了此生！"

张氏兄弟依计而行，在骗杀了李齐后，张家军遂一举攻占了作为大运河重要枢纽的高邮城，江北一带再次为之震动！张士诚随即自称"诚王"，定国号为"大周"，建元"天祐"，一时间闹得轰轰烈烈。远近人众果然群起响应，人马很快就扩充到了数万，给元廷造成了巨大的压力。

三

镇抚官是一个很重要的职衔，非亲信不授，职责就是维持队伍内部稳定，还兼管着部分亲军。如今且说元璋带了七百多人赶回了濠州城，郭子兴见女婿给队伍上添了不少生力军，一高兴就把女婿封为了镇抚官。这个职位之前本来是由老三郭天爵暂时兼着的，但这毕竟是个要职，除了亲信之人，更须得力之人。

虽然元璋深得郭子兴的信任，又是郭氏的干女婿，但他毕竟资历浅薄，也尚未立下什么了不得的大功，所以诸将并未把他太放在眼里，依旧我行我素，全然不顾义军的纪律。只有徐达、汤和、周德兴、费聚、耿再成、花云、郭兴、郭英等人奉其约束甚谨，犹如接受圣旨一般，算是帮元璋树立了不少威信。此外这批人里还包括了胡海、华云龙、耿炳文、吴祯等出众之士，他们本是郭氏旧部，但因相继隶属元璋麾下而对其产生亲近和服膺之心，渐渐都会聚到元璋身边，成为他的心腹嫡系。

眼见元璋一味蛰伏待机，徐达忧虑白白错过了良机，故而心里不免有些着急。这天，元璋正在料理军务，徐达突然闯入，见左右无人，便凑到元璋耳畔低语道："我的好公子，您不是想成就一番大事吗？何故郁郁居此，长屈于人下？"

元璋一时语塞，只得如实相告："咱自然晓得久居此地，终非长久之计，但羽毛未满，不便高飞。天德，你是有所不知，前些日子说得好好的，只要咱招来了兵，不管多少，郭帅就许咱带着大伙儿南下。可是这几天他老人家不知听了哪个的逸言，竟然变卦了！咱少不得让夫人去张老夫人那里打听打听，想弄清楚了再说。而且现今天气正热，咱也怕兄弟们路上受不了！"此时正是至正十三年的夏天。

"天热也好啊，天热的话，对手就会疏于防备。"徐达又凑近了元璋小声说道，"据属下来看，这郭帅为人长厚，但是耳根子太软；孙副帅乃一无能之辈，彭、赵两帅又相持不下，濠州实乃一危地！行事多牵制，万一不慎，必将祸及于身！所谓'君子不立于危墙之下'，公子，您还是速做打算吧！"

徐达果然是个有心人，才来没几天，就把队伍上的事情摸得门清。元璋不得不表态道："好吧，容咱仔细想想，明天再来给你说！"元璋丢开了簿书，继续道："天德兄，麻烦你先去通知一下汤和、费聚、周德兴、花云他们，要他们尽快做好动身南下的准备！如果郭帅应允，咱们可以即刻启程！"

"好的，大伙儿已经恭候多时了！"

徐达答应着，面带笑意离去。元璋想着南下定远，也许不需要太多人，不妨就带上徐达他们十多个人前往，到时仍可见机行事。他料想只要有机会招兵，就不愁在短时间内再拉起一支队伍来，何况华云龙、胡海、吴祯他们都是定远人。因此元璋立即去向郭子兴请求，表示带几个人去到定远一带打探下情况，如果有机会继续招兵甚至可以拿下定远城，那也断不会放过机会。

郭子兴暗忖："这等无本的买卖，不如就让元璋去做，如果真做成了，自己也没有损失嘛。前番天叙担心元璋招来的那些人都是他的老乡，容易形成效忠他的小圈子，如今元璋又去定远拉队伍，那就没有这种顾虑了嘛。"

郭子兴同意放行之后，元璋立即挑选了自己属下二十四个最精干的兄弟，分别是徐达、汤和、吴良、吴祯、花云、陈德、顾时、费聚、耿再成、耿炳文、唐胜宗、陆仲亨、华云龙、郑遇春、郭兴、郭英、胡海、张龙、陈桓、谢成、李新、张赫、张铨、周德兴。其中濠州籍的耿炳文和父亲耿君用与耿再成本系同一家族，未出五服，之前耿再成率众来投也有投亲的意思；吴良、吴祯是亲兄弟；而除花云之外，这帮人里身手与胆魄最著的便是胡海了。

为了保险起见，元璋又拜托耿炳文去征询其父耿君用的意见，已经四十开外的耿君用不无忧虑道："如今天气热是不必说了，就是你们受得住，你们要拉起来的队伍受得住吗？不如缓一缓再说吧。"

元璋谢过了耿君用的好意，还是带领大家毅然上了路。

因为时值盛夏，又加顿生出了前途未卜的某种忧虑，一向很少生病的元璋中途居然得了一场急病，实在打熬不过，不得不半路无功而返。失落的元璋不禁心想："真是人算不如天算，怕什么来什么！"

为了防止自己的不良情绪感染众兄弟，元璋只好强作欢颜，道："塞翁失马，焉知非福，且等等看吧！"

回到濠州后，一晃半个月过去了，元璋的病才稍微好了点。这天傍晚，正在一处院子里同徐达一起乘凉、下象棋的元璋，突然听到门外有人连声叹息着经过，隐约听到那人说什么"这郭公真不是办大事的人，如此犹犹豫豫"。元璋好奇之余，便让在一旁观战的费聚出去打听一下，看看是怎么回事。

约莫一炷香的工夫，费聚回来后说道："大哥，都打听明白了，是这样的……"

元璋立即停止了下棋，对徐达笑道："这一盘先停了吧，你我果然是棋逢对手！改天咱们下下围棋！"

费聚瞅了瞅周遭没有闲杂人等，于是一五一十地说道："这定远有一处叫张家堡的地方，当地的驴牌寨组织了一支自保的民军，说是有两三千人。这些人最近被人家攻打，孤军乏食，无所依属，就想来濠州投靠咱们郭帅！那个寨主跟郭帅是老熟人，大概也有些放心不下，故而想先派人来试探一番。郭帅听后很高兴，表示愿意全部接收他们，但他老人家又不知派谁去接洽才好……"

费聚说到这里，元璋顿悟道："估计这位寨主跟帅父昔日有点过节儿，况且人家也未必打定心思要跟着咱们一起造反，目前定然也是左右摇摆的，所以帅父怕前去接洽的人遭害。天德，你意下如何？"

徐达收拾着棋子，道："这就是互不信任嘛，但确实需要进一步接触、试探，互相摸一摸底！"

"想来大哥料想的没错吧！"费聚笑道，"反正驴牌寨来的那两个人见郭帅这么犹豫，不免有些失望，所以竟敢在背地里说出那种大不敬的话。刚才我跑去问缘故，那两人都被吓得不轻，我再三申明，只要他对咱说实话，管保没有第四个人知道，他们才肯如实说了。"

"好啊！看来我等的机会来了，果然是天意如此！"说着，元璋猛然从藤椅上站了起来，勉强支撑着病体，表示要马上去郭子兴那里主动请缨。

徐达也站起身来，道："公子，我跟你一起去！"

元璋摆了摆手道："天德，你就留在家里坐镇吧，这里也离不开你，恐怕咱在这边还真需要得力的人随时接应！"

元璋说明了来意后，郭子兴非常纳闷地问道："你如何得知的此事？"

"小婿刚才在院子里纳凉，那两人在路上议论，不巧就被咱听到了一二！所以专门请他们讲明白了缘故！"

郭子兴做出关切状，道："眼下你大病初愈，炎夏里要跑那么远，再中了暑，可就不好了！依本帅的意思，不如等几天再看吧。"实际上他还是有些爱惜元璋，怕他此去遭了毒手。

"多谢帅父垂爱，小婿无事的！"元璋拱手道，"那驴牌寨一事万万缓不得，不然就要被别人捷足先登了，或者有对头抢了先对他们下手，或者那李寨主见咱们没有表示，又去改投别人……"

架不住女婿的再三请求，郭子兴最终勉强答应了，道："好吧！你自己要多加小心！"

元璋回去之后连忙挑选了包括费聚在内的两名骑马的亲随以及步卒九人，他们一行共计十二人，简单收拾了一番，便顶着酷暑马不停蹄地赶往二百多里外的定远地界。

就在元璋快要出城时，突然被人叫住了，那人远远喊道："朱公子且慢，夫人有话说！"

原来是秀英在家里听张老夫人说到朱元璋要出发，便立即追来，终于大汗淋漓地在城门口追上了元璋。她不由得佯装嗔怒道："这么热的天儿，你要出城，怎么也不跟我说一声？莫不是嫌弃了！你如今身子虚，这些东西你拿着！"说着，把一包东西递给了元璋。

元璋傻笑着，一边把东西接了，一边道："怕夫人担心嘛！"

"我自然是担心的，但也捆不住你的腿！此去路上千万要多加小心！别着了人家的道儿！"看来秀英是从张老夫人那里听说了些什么内幕，元璋也不好细问，只是打开包袱好奇地看了一下，只听秀英又道，"这是绿豆，是我专程托人去乡下买的，此物有消暑止渴、清热解毒之效，路上一定要多煮汤喝！"

"多谢夫人，咱命可大着呢！事不宜迟，咱得先告辞了！"元璋来不及儿女情长，何况兄弟们都在一旁看着呢，只是他的心底里充满了对夫人的无尽感激。

由于赶路太急，加之刚刚病愈，身体尚虚的元璋果然中暑了，头脑晕乎乎，几乎不能自持，中途不得不稍稍休整了一番。所幸他并无大碍，那绿豆汤果然派上了大用场，元璋不由得在心里叹道："总归是夫人想得周全啊！"

六天之后，元璋一行人终于到达了定远的宝公河一带，隔着浅浅的河水与驴牌寨的营地遥相望见。

那寨子一面靠山，三面都是木栅栏，上面挑着个大大的"李"字旗。费聚去向对方喊话道："我等奉郭大帅之命前来，与你家李寨主商议大事，烦请各位进去通报一声！"

驴牌寨见濠州方面来人了，便全副武装地列队出迎。元璋明白，表面上这是人家在显示对自己的尊重，实际上是想炫耀武力以便讨价还价，可能也有试探自己胆量的意思。因为这些小股的民团，往往都在官军与义军之间骑墙观望，谁开的价高就会把自己"卖"给谁。当然有时候也是想多打听一下对方的详细情形，比如队伍的实力、未来打算等，尤其是有无受招安的意图。

元璋带来的那几个人，一看到对方的大阵仗，竟莫名有些害怕起来，嚷嚷道："哎呀，朱公子，这帮人好像不怀好意啊，不会是变卦了吧？不如咱们即刻回去吧！"

元璋当即怒斥道："住口！咱朱某人都不怕，你们怕什么！跟在咱后面就是了！"他已经打定主意先去营中看个究竟，于是毅然打马涉水过了河。虽是丰水期，但由于天旱，宝公河的水较浅处只有齐腰深，径流宽度也不过十几丈而已。

待元璋过了河，不一会儿，但见对方的李寨主从容出迎。元璋注意到这位李寨主面相奇特，额头两端有些凸起，仿佛犄角一般，心里不禁有些好笑。双方客套过后，李寨主即言归正传："此番朱公子远来，郭公必有所交代吧？"

元璋坐定之后，道："来时郭帅已有交代，说与李寨主您是旧识。还说多年前曾与您有些小误会，但那都是年轻时作下的勾当了，还望李寨主大人大量！"

"那是自然的，小儿吃奶时的旧账，再翻出来就叫人家笑话了，哈哈！"李寨主笑道。

元璋又正色道："郭帅听闻您军中乏粮，心里很是着急。而今，又风闻有别处的贼人想要来攻打咱们寨子，郭帅特派咱前来通报李寨主！如贵部能和我部合兵一处，那请随咱一同前往濠州；若有他意，也请移营他处以避贼锋芒……"

李寨主有些怀疑道："哦，朱公子风闻何处贼人想要谋我？"

"就是那横涧山的缪大亨，此贼拥众数万，而今投在了行省张知院①帐下。年初时这厮就率部参与了围攻我濠州之役，故而与郭帅结下了梁子，大概是他风闻了贵部要投奔我濠州，便想先下手为强吧！我濠州与此贼势不两立，已经加派人手去那边侦伺，年内必定将其擒杀，请李寨主拭目以待！"元璋平素不怎么说谎，此时说出这些话来难免有些手心冒汗。

"好，好！这股祸水，是该早早除了，咱们汉人如果还想着做那元廷的狗，就是贱骨头了！"

"我等虽众不过万人，但个个皆是能征惯战之辈，想必李寨主也有所耳闻！要降服那缪大亨，当不在话下！"

对于元璋的这番夸口说辞，李寨主一时间相当满意，当场表示道："收拾缪大亨，我等愿助郭公一臂之力！容我等准备个十天半月，到时一定前往濠州与郭公痛饮一番！朱公子可即刻回去跟郭公说了，不过走之前，还请朱公子留下一件信物，以示不背盟约！"

说着，李寨主先把自己随身佩戴的一尊小玉佛给元璋递了过来，

---

① "知院"是枢密使之通称，是行省最高军事长官，这里是指河南江北行省的枢密使。

元璋便解下佩戴在身上的香囊递给了李寨主,道:"此系成亲时夫人所赠,也是在下的保命之物!"

李寨主留元璋一行人吃过了饭,便要送他们回去,不过元璋又觉得对方还有几分犹豫:既没有确切的开拔日期,又没有确定何时会合,更没有派几个有分量的人先行一同回濠州打点前哨。所以他很不放心,心想:"这姓李的虽然答得干脆,但难保不会变卦,看来他还是想观望一番!兴许是想看看我等与那缪大亨哪家能胜。"

于是元璋便把费聚给留了下来,让他在这边先候着,随时予以监视,并仔细叮嘱道:"兄弟记着,千万要打起精神盯着!一旦这里有什么变故,要立马回濠州报知于咱!切切不可耽搁!"

待元璋狐疑地离开后,不出所料,情况果然出现了他不希望看到的变化。三天后,费聚便气喘吁吁地跑了来,告知道:"大哥,不好了!事情恐怕有变,那驴牌寨人众都在避着我窃窃私语,看样子他们还有别的打算!"

在这三天里,元璋跟徐达等人商议了很多应对方案,比如带着大队人马打着迎接的幌子前去驴牌寨,实际上则是要胁迫对方就范。但是后来这些方案都被元璋否定了,他想:"无论如何不能让双方发生激烈冲突,不然就给以后树立了一个最坏的榜样,但是如果可以'擒贼先擒王',兴许就好办多了。"

这般想着,多谋的元璋便计上心来,他即刻令徐达等人去把濠州义军里一个最有名的大力士找来,要他随时准备好跟着自己去驴牌寨。另外,元璋也请准了郭子兴,获得了郭大帅的支持。

费聚把情况通报之后,元璋当即点起了一支三百人马的精壮队伍,直奔驴牌寨而去。三百人马,想要对付驴牌寨看起来自然是不可能的,这样就会让对方放松戒备、消除敌视态度,但这支人马又足以在出现意外的情况下保障大伙顺利突围。

急匆匆地到了驴牌寨后,元璋找到了李寨主,慷慨言道:"这几天在下细细思量,觉得还有些不周之处,还望李寨主海涵!我等晓得贵寨没少受那齐王寨欺负,大仇未能得报。今日若草率从咱去了濠州,恐怕心里还会耿耿于怀,这样吧,让咱先帮兄弟们把仇给报了吧!"

如此一番盛情,李寨主不好拒绝,只得表示道:"也好!不过容我先去跟兄弟们商议一下。"李寨主走后,元璋就发现寨子里突然加强了戒备。

好言好语,动之以情、晓之以理恐怕是不能奏效了,徐达在一旁悄声劝勉道:"公子,到了该下决心的时候了,古语有云:'处世有疑,非智也;临难不决,非勇也!'"

元璋看了看四周,语气坚定地对徐达表示道:"好!当断不断,必受其乱!那就来他个孤注一掷吧!"但这是在人家的地盘上,当然只能智取。

在濠州时,元璋已经把自己的想法大致跟那位大力士说了,此时他便把那大力士叫了来,笑问道:"怎么样,怕不怕?"

大力士轻蔑地看了看驴牌寨的布置,道:"怕它个啥!朱公子放心!"

见这大力士果然毫无惧色,元璋便赶紧派人再去邀来李寨主一叙。李寨主姗姗来迟,元璋没有直奔主题,竟转而说道:"咱平生受姥爷的点化,也略通些相术,李寨主,您想不想要在下帮您算一算、看一看?"

李寨主不晓得这元璋葫芦里卖的什么药,只得笑道:"那敢情好!"

元璋便一本正经地盯着李寨主的面部看了起来,以至于对方都觉得有些不好意思了。突然,元璋惊道:"天德,你快来看看!这李寨主是不是有咱平常所言的'真龙下凡'之相?"

徐达立即凑上前来,扫过一眼后,忙高声道:"哎呀,那额头两端岂不是龙的犄角之相吗?着实是大富大贵之相、帝王受命易姓之符!俺平生阅人无数,今天可是头一遭!"

"先时咱看得不仔细,竟断断错过了。今番仔仔细细看过了,才知李寨主乃是人中龙凤呐!岂不预兆着配乎天地、参乎日月的旷代英主出世吗?"元璋故意大声道。

待在一旁的濠州城的兄弟们听闻徐达、元璋如是说,都假装凑过来好奇围观,元璋随即怒斥道:"一帮没见过世面的东西,看什么看!"

那帮家伙只得嬉皮笑脸地散开了。

元璋随即向李寨主拱手道:"都是在下管教无方,让李寨主见笑了!"

李寨主心里还有些得意,所以并未做出反感此举的表示,只是一笑置之。不承想,由于"流言"的迅速扩散,导致不断有濠州来的兄弟挤过来要围观李寨主,乃至于既聚复散,如是者三。李寨主身边的亲兵刚开始还挺警惕,几次之后,他们就都笑着到别处喝酒去了。

可就在李寨主本人自我陶醉、疏于防范之际,那窥视在旁的大力士突然出手,一口气就将李寨主给制服了。接着,元璋又派了几十个人把李寨主与大力士紧紧地围在中间,迅速簇拥着他出了驴牌寨。

元璋嘴上还说着:"哎呀,李寨主怎么如此着急?不留咱们吃饭了吗?"驴牌寨的人此时已经对此见怪不怪,又听寨主吩咐道:"你们先在寨子里候着,我陪朱公子外面转转!"寨子里的人众于是都笑着目送元璋一行人离开。

直到一行人走出十多里地后,元璋才终于松了一口气,连忙叫人给李寨主放开了,然后上前赔礼道:"在下事出无奈,才出此下策,多有得罪!"

那李寨主见事已至此,又见眼前这个家伙如此诡诈多谋,只得认了命,在元璋的要求下下了一道手谕。然后元璋立即派人回驴牌寨告谕众人道:"你们李寨主已经随同我等前去濠州查看新营地了,下令尔等赶紧移师跟来,不要逗留此地了。这是他的手谕!"大伙儿以为是李寨主想通了,只好奉命开拔。

为了防止有些人恋巢,或者将来出现反复,元璋便以不能把营寨留给其他敌对势力为名,干脆命人将驴牌寨旧营付之一炬,彻底断掉了他们的后路。

最后清点人数,除家属之外,跟随到濠州来的兄弟竟多达三千余人。为防止李寨主串通驴牌寨兄弟脱逃,郭子兴便将他暂时软禁了起来。后来木已成舟,李寨主虽不愿意寄人篱下,但见元璋一路胜绩不断,也就心悦诚服地留了下来。

四

手上有了这三千多兄弟，元璋的底气一下子就变得足了，他不禁对徐达窃喜道："所谓长袖善舞、多财善贾，有了这些本钱，咱们这回可得好好利用一番，先干一票大的！"

"公子是否已经胸有成竹？"

元璋点了点头，道："那缪大亨早已是帅父的肉中之刺，如果咱提出带着这三千兄弟去攻下横涧山，帅父必无反对之理！而一旦功成，局面可就要大为改观了啊！"

徐达不无忧虑，半晌方道："缪大亨一伙儿虽是乌合之众，但其属下不下数万之众，咱们以寡击众，利在速战速决，尤利在智取，公子还要细细谋划一番才好！"

有了驴牌寨的成功，元璋顿时信心大增，说道："天德兄放心，这个咱已经初步有了计划，只是细微处还要再跟大伙儿合计合计！横涧山在我濠州东面百余里处，咱们一旦请准了帅父，马上就召集人马出发，争取明晚二更时分赶到！如此暑天，彼等必料不到咱们敢于孤军进击！待歇息至四更以后，乘其酣睡之际，出其不意，攻其不备，打缪大亨一个措手不及，争取一鼓作气拿住此贼……"

听完元璋的计策，徐达当即赞赏道："公子真是深得兵法运用之妙，天德甘拜下风！还请公子许我带花云兄弟打头阵！不过想必这一路上耳目众多，咱们不妨兵分多路以分散行动，就打四处筹粮的幌子，那缪大亨必然掉以轻心！"

"哈哈，好！"元璋拍了拍自己的大腿道，"天德兄所虑极是，那就由你带着花云、汤和、胡海、周德兴、费聚他们，挑选精锐的五百人闯敌中军，务必一举擒拿缪大亨，最好要活的！这厮只是头脑糊涂，人倒不坏，且颇有治才，很能服众，留着他对我们有好处！"

"公子放心，绝对留下这个活口！"徐达点头道。

郭子兴听了女婿的盘算后，觉得这与无本的买卖差不多，当即拍板答应。元璋便赶紧依计划实施，从前一日早饭过后到次日二更时分，经过一番辛苦跋涉，这支三千多人的部队已经在横涧山脚下聚齐。元璋命令大伙立即就地睡下，自己则带了几个亲随前去侦察。

夜半的横涧山有些虫子的叫声，倒正可掩护队伍的行动。在下弦月的映照下，整座山的轮廓倒也模糊可见，空气中弥漫的是山间特有的清凉及草木的馥郁气息。元璋发现横涧山的戒备还算森严，在先前潜伏在缪大亨部的眼线的带领下，通过一番查看和判断，元璋大致确定了缪大亨部的兵力部署及其中军营地的位置。

等到四更时分开始行动，元璋对徐达、花云等人小声说道："待会儿咱命人四下呐喊，虚张声势，以分散横涧山人众的注意！你们先跟着向导悄悄地溜上山去，注意，一定要尽量别出声，每个人嘴里都要噙上一截小树枝之类的才好！"

然后他又指着山腰上的几个火点说道："那几处亮的地方，想必就是缪大亨的前军阵地了！至于其中军营地，应该就在前军后山不远处吧，想来是在山神庙或三清观里，你们要细细找寻，待确定之后再果断出手！怎么样，清楚了吗？"

徐达等人点了头，花云手里提着一柄大长刀，当即慨然表示道："公子放心，小的已经清楚了！此次出战一定凯旋，到时公子别食言就成！"

"食言什么？"元璋一时有些不解。

"恁说呢？当然是给俺老花娶浑家的事！"花云憨笑着，这也是为了减轻大伙大战前的紧张，"恁看这横涧山，男女老幼可是有好几万呢，恁给俺挑个浑家，不就是一句话的事吗？"

"哈哈，那是自然！只要你小子擒住了缪大亨，初战告捷，别说给你娶一个浑家，就是娶两个、三个也行啊！"元璋笑道。

"嘿嘿，一个就够了，多了的话，俺可养不起！而且，这一个还得是贤惠的，知道孝敬老母。"花云笑道。

众人都跟着笑了起来，紧张情绪果然缓解了不少，然后大伙便分头行动了。可是元璋还是少不得抓住徐达的肩膀叮嘱道："天德兄，拜托了！初战定要告捷！"

"公子放心！徐某定不负所托！"说完，徐达便头也不回地走了。

一切都在悄无声息地进行着，当山脚下突然聒噪起来时，正在山神庙里睡觉的缪大亨被亲兵叫醒了。这位读书人出身的儒将问明情况后，马上下令道："此必是濠州贼人来戏弄我等，且不管他，待天亮后再做处置。各营不可轻举妄动，容本帅去细细查看了再说。"

当时，徐达、花云等人已经埋伏在了附近，正在四下观望时，突然看到从山神庙里走出来几十个擎着火把的人，徐达料定主帅缪大亨很可能就在其中。他暗暗在心里祷告："真是老天有眼！希望这拨人马就是缪大亨吧，天德给您磕头了！"徐达屏住了呼吸，静待着对方一行人往自己这边迅速前来，近了，更近了……

因为徐达事先严令不可轻举妄动，所以大伙都在紧张地等待他的号令。当缪大亨一行人在火把的辉映下暴露在徐达等人眼前时，徐达虽然不能十分肯定主帅就在这其中，但是他根据自己对缪大亨的了解及对情势的判断，猜想缪氏十有八九就在其中！

"兄弟们，冲啊！"徐达突然高声喊道。

濠州的弟兄们听到命令后，立即快速杀向缪大亨一伙。由于四处响起的喊叫声掩盖了徐达等人的动静，直到双方迎头撞上时，缪大亨等人才惊慌失措地大声喊道："不好，有埋伏！"

当时缪大亨身边只有百十人，显然不是徐达、花云等人的对手，他们一边大声喊叫着援兵，一边且战且退。为了防止缪大亨逃走，徐达对花云下令道："花先锋，考验你的时候到了！"

全身披挂的花云于是大叫一声："兄弟们，随我杀进去！"说着，他便带着麾下十几个同样全身披挂、手持盾牌的弟兄，冒死冲入了敌群之中。

只见花云奋力冲锋在前，狂舞着大刀向前砍杀而去，不论敌人是死是活，也不管其负伤与否，他只是像根锥子一般朝缪大亨一行人尽力刺去！

徐达极力予以配合，命弓箭手一通乱射。乘缪大亨亲随疲于应付的时机，花云越发有恃无恐。可是，此刻山寨的援兵已经从四处疾速赶来，初出茅庐的徐达不禁有些心慌，唯恐遭遇不测，便分出了一路人马由汤和率领守住全军的后路，自己则指挥主力继续加紧围攻缪大亨。

胡海、费聚、周德兴等人晓得此战关系重大，所以都非常卖力，其中尤以骁勇的胡海最出死力。

"老胡，你受伤了？要不先去包扎一下？"当激战中的周德兴看到胡海突然跪地，做出撕扯衣襟包扎伤口的动作时，他立即建议道。

"不碍事！时间要紧！"快速包扎完毕后，胡海站起来说道，重新投入拼杀的他反而比先前更显勇猛无畏。

在一旁指挥而没有亲身参与战斗的徐达目睹此情此景，分外感动，他不禁心想："平常公子待大家恩威并加，所以大家既不敢懈怠，又一心图报，有了这种劲头儿，还有何敌不破？"可是徐达心底还是难免有一些紧张，他不停地对自己说道："一定不要失手！不要失手！"

此时已经有三三两两的敌人投降，为了添上最后一根稻草，徐达也拔出手上的宝剑，向敌人奋力杀去……

眼看双方已经全然混战成了一团，这时，突然传来一阵喊叫声："缪大亨被拿住了！快快投降！"

看来花云等人已经得手了，至此，徐达总算可以松一口气了，兴奋异常的他立即下令停止交战！

本来花云等人并不认识缪大亨，何况还是在夜色中，偏巧缪大亨有些慌乱乃至失了阵脚，竟大喊道："兄弟们，别恋战，快走！"眼见敌人退得更快了，花云料定此人可能就是缪大亨，便循着声音加紧向前冲去，直到堵住了缪大亨等人的去路。花云高声喊道："缪元帅，快投降吧，我们主公许你不死！"

在这种前后夹击、突围无望的情况下，被"天降神兵"打得有些晕头的缪大亨心知自己与濠州方面并无深仇大恨，杀了自己肯定于他们不利，为了减轻部下的伤亡，也为了避免被误杀，他只好自报家门向花云举手投降！

这场激战打了还不到两刻钟，双方死了五十多人，伤了上百人。

因缪大亨的亲随多是身手不错的汉子，所以花云带着闯阵的十几个好汉除了战死的，其余都负了轻重不同的伤，花云本人腿上也挨了一枪，鲜血混杂着汗水染红了他的伤腿。他大汗淋漓地押着缪大亨找到徐达，咧着嘴笑道："徐老弟，这回咱们可以交差了！"

花云一边说着"太热了"，一边随手把披挂脱了，医官见状连忙跑来为他包扎伤口。徐达早已是喜出望外，双手抓着花云的肩膀激动地说道："花兄，辛苦，辛苦！"

缪大亨部得知主帅被俘的消息后，陆续放弃了抵抗，整座横涧山突然陷入了濠州人马的狂呼声中。缪大亨被押至元璋面前，元璋一边亲自为他解去了绳索，一边赔笑道："得罪了，得罪了！小弟也是奉命办事，望缪帅多多包涵！"

看到这一路上敌手的阵势，缪大亨心里更多的是疑惑，他忙问："你带着这点人马怎么敢来攻我横涧山？又如何运筹着将我擒住了呢？"

元璋故作神秘地一笑道："元运已终，此是天命，人力岂可阻挡？"

缪大亨立时被这句话打动了，又深为元璋的谋略所折服，于是伏地跪道："朱公子大仁大义，用兵如神，我缪某人从此甘愿归顺，绝不再生二心！"

元璋了解缪大亨重承诺的为人，相信他不是随口乱说的，便连忙笑着将他扶了起来，然后将他的家属留下，随即命他前去招降麾下各部。

两天后，清单报到了元璋这里，经过粗略清点，缪部归降兵将连同家属，居然有七万多口，堪比一个大县的人口了。元璋略有所思，不禁对徐达等人感叹道："真是得人心者得天下啊，我等口口声声一个'义'字，却总落实不到行上，以至于百姓都依附到人家那里去了！这真是像太史公说的'桃李不言，下自成蹊'……"

"所以说，公子您才要别立门户嘛，布施仁义，以令百姓归心！不然受人掣肘，仁义主张无法贯彻，百姓都会有所顾忌的。"徐达道。

"嗯！不过咱现在最后怕的，还是你们没有误杀了缪大亨，不然麻烦就大了！"元璋笑道。

元璋从缪部人马中挑选出了精壮者两万人，将他们都暂交到了徐达手上，而名义上仍以缪大亨为主帅。

这天夜里，元璋特意请徐达到家里小酌，其间他交代道："天德兄，你施展抱负的时刻到了，一定要将这支人马好好加以训练，以备来日大用！"

徐达皱了下眉，缓缓道："不瞒公子说，欲练就一支精兵，少则需两年，多则就要四五年了！而且十万人马里能练就一万精兵就不错了，想那战国之时，魏国带甲以三十万计，吴子所练之魏武卒最多不过五万！武穆之背嵬军，骑兵约八千，步卒约为数万，数量倒也算可观，不过这些可都是百战之余，是多年里且战且练之功，所以以属下现学现卖的资质，公子还要有耐心才是！"

"哈哈，天德兄能这样想就对了，若是那等狂悖之徒，嘴上说得满满的，一到战场上就露了底，那时才是悔之晚矣！"元璋思忖了一番，继续道，"那你这样，从那两万人马里，你再挑选出两三千人，或者四五千人也行，就由你长久管带着，勤加整训，务必将其练就成一支精锐之师！来日我部若壮大了，你老兄也有了这个经验，就尽可放手大干了！"

徐达站起来拱手道："好，多谢公子信任！其实光是将他们很有力地编组起来，就殊为不易。如那等有杀气的好汉要让其手持长枪，年老力大的兵士手持长盾，年少便捷、手足未硬的士兵手持藤牌，而长兵器之外，还要配以短兵器，以应对种种情形……这些我本人经验也很不足啊！"

元璋笑道："天德兄，你放手去干就是了，咱全力支持！反正咱们都是摸着石头过河嘛，摸到哪里算哪里！"

"是啊！"痛饮了一杯之后，徐达的话匣子又打开了，"不瞒公子说，有些兵家先贤所言，我都不甚明白。如那《卫公兵法》中说'古之善为将者，必能十卒而杀其三，次者十杀其一。三者，威振于敌国；一者，令行于三军。是知畏我者不畏敌，畏敌者不畏我'，李卫公的步伍那是纵横天下而无敌，其军纪更是相当严苛，其中罪可致死的条目竟达到了三十多条。公子，您说，那卫公是如何做到的呢？而今咱们可是大大地为难！"

元璋摸了摸头皮，好一会儿方笑道："天德说的这个，咱也有所注意，而今我等不必那么严苛，何况与我等对阵的也少有强兵劲旅。只有当咱们称王建国，一应防守都稳固了，关隘道路都设立了卡子，才能放手对士兵乃至将领进行严厉管训。那时才能做到人死而不敢怨，纵是想逃也没的逃，哈哈！"

徐达思考了一番元璋的话，不禁拱手道："公子果然是天纵英明，天德不及也！"

秀英听闻了驴牌寨尤其是横涧山之事，心里自是喜慰不已，觉得自己终究没有嫁错人，也终究没有白忙活一场，暗地里不禁喜极而泣，也越发思念起九泉下的爹娘。此时在一旁帮着家里厨娘伺候饭食的她，悄悄地留心将二人的对话听了，内心也越发喜不自胜。她也顾不得男女大防，当即近前来坐上了桌，惊得徐达忙叫"夫人"不迭。

秀英自斟了一杯酒，然后举起来笑道："天德，我知你辛苦，这杯酒是我敬你的，元璋有了你这个好膀臂，可是他的造化！从此以后凡你有了难处，尽管托人来说与我知道，一应针黹活计我还应付得了，我在郭帅、老夫人那里说话也还有些分量！"

徐达闻言感动不已，忙举起杯来一饮而尽，然后对秀英道："夫人才是公子的好膀臂！"

"夫人跟天德同岁，也帮着天德物色一位佳偶吧！"元璋在一旁笑道。

"那是当然！此事包在我马秀英身上，从今后我就留着心了！"秀英知道，像自己这种读书的女子自然是不好找，关键处并非要促成一对天作之合，而是应该把徐达的婚事跟元璋的需要联系起来，以进一步巩固元璋在郭部中的地位，所以她心中已经有了初步的人选。

徐达忙站起来躬身道："天德这里先行谢过夫人！"

为了兑现自己的承诺，元璋特意请缪大亨从所部家属中挑选了一位待字闺中的郜氏之女，这女子手脚勤快且秉性纯良，模样也甚为端正，正合乎了花云择妻的要求，所以元璋特意将她许配给了花云。

花云成亲的那天格外热闹，进进出出几百号人。花云的老母目睹此情此景，一时间乐极生悲，竟当场痛哭起来，任谁也劝不住，后来还是郜氏女把她劝好了。这郜氏女颇通道理，且富于主见，为人又极要强、极刚烈，从此老太太也就越发对儿媳妇宠爱有加。

花云虽然外表粗鲁，但在老母的教导下，待人还算厚道，所以他在家中十分敬重妻子，两人可谓举案齐眉。后来花云战死于太平城，郜氏女有感于夫君的厚待，竟抛下儿子为之殉葬。

第七章
守机待时

一

横涧山的捷报传到濠州后，郭子兴大喜之余，也不禁有些五味杂陈，因为他完全没有想到女婿会几近兵不血刃地收服了偌大一个缪大亨部，这一来就显示出了自己的无能，二来也让他这个主帅显得越发无足轻重了。

眼下为了队伍的长远大计，郭子兴便同意了元璋一路向南扩张地盘的请求，不然粮饷从何而出？兵力如何壮大？又如何摆脱孙德崖、赵均用等人的挟制？横涧山一战也确乎打出了元璋的声威，远近数百里内都为之震动，又有不少人闻讯来投，再想像从前那样对女婿束手束脚，也就不合时宜的了。

到了这年夏末，元璋留下徐达、汤和、耿炳文、缪大亨等人在横涧山一带主持练兵，自己则率所部万余人马开始浩浩荡荡地向南进发。当队伍行至妙山一带时，有两个自称同胞兄弟、儒生打扮的民军头目带着数百人而来，请求面见元璋，元璋便将他们请到附近一处稍宽敞的民房中叙谈。

三人入座之前，其中一位年纪稍长、三十岁上下的来客自报家门道："在下冯国用，这位是胞弟国胜！"

"在下朱元璋！请二位坐下细谈！"虽然穿着儒服，但元璋明显感到那冯国用身上有一股英气，而其弟冯国胜更有一种雄武之气。

待坐定之后，冯国用恭敬道："我兄弟是这妙山脚下冯家庄的，自从大乱以来，我等兄弟便在家乡结寨自保！前几日听说朱公子一战戡定了横涧山，我等甚是敬慕，特意前来投奔！"

"恕在下冒昧，尔等可是儒生吗？"

冯国用与冯国胜互相对视了一下，笑道："正是！我兄弟生于一个耕读之家，自幼修习儒业，因小有文名，在这定远一带的士林之中也算佼佼者了。"

"好，好！如今咱这队伍上正缺操习翰墨之人呢！"

"朱公子见笑了！不瞒公子说，这文章究系小道，况且如今乃大乱之世，文章何足立命安身？所幸我等兄弟自幼熟习武术，也略通些兵法，是故能够在冯家庄一呼百应！"冯国用的神情相当从容，令元璋颇感难以测度。

"难得，难得！原来是两位文武兼资之才，咱这队伍越发兴旺了呵！"元璋话题一转道，"只是在下尚有一事不明，还望赐教！尔等既是读书人，何故甘心追随我等造反呢？不怕背上不忠的恶名吗？"

冯国用略一沉吟，哂笑道："所谓'食君之禄，分君之忧'，我等几时食过君禄？想必朱公子也略有耳闻，我等儒户之地位当与一般军户及僧道之人齐平，可元廷另眼看待汉人、南人，南人儒生自入元以来即颇受贱视，皆要如一般民户那般承当赋役，真是旷古未有也！元廷重吏轻儒，而南人科举名额少之又少，因此想走科举入仕之路，更是难上加难……如此荒唐、不公之立国，岂能得人心？又岂能得士心？且蒙元本非我中华正统，崛起之初杀戮我汉民无数，天道好还，今日岂不是报应之时？"

"正所谓失民心者失天下，蒙元倒行逆施，确乎有报应之日！"元璋停顿了一会儿，他觉得冯国用颇有些见识，方又道出心中长久的疑问，"两位既是读书人，想必定有高见，恕咱冒昧一问，环顾当今天下，纷扰异常，不知可有安定良策否？"

冯国用早在走出家门以前，就已对天下大势与冯国胜及一干朋辈进行过一番思量和讨论，此次自然算是有备而来。实话讲，元璋眼下驻扎的地盘都成问题，还真没到风云际会、纵谈天下的地步。但那卖草鞋的刘备，带着屡战屡败的拼凑之军，有幸遇到诸葛亮后，都能来一番高屋建瓴的"隆中对"，此时正踌躇满志的元璋有此一问实在不算什么，而且他主要关注的还是国家大势的走向及其个人的归宿。

面对元璋的这番问话，冯国用不禁沉吟了半晌，蓄过力道之后，才缓慢有力地说出了六个字："有德昌，有势强！"

听到这几个字后，元璋先是心头一颤，然后拱手道："恕在下愚钝，还请足下细细指教！"

冯国用斟酌了一番言语，进一步详细解释道："我们南面的金陵，即今日之集庆路，有所谓'江南佳丽地，金陵帝王州'之美誉，历来为帝王之都，东吴、东晋、刘宋、萧齐、萧梁、南陈、南唐等，皆定都于此！相传诸葛孔明曾出游金陵，未尝不感叹道：'钟山龙蟠，石城虎踞，真帝王之宅也！'不瞒朱公子说，我等兄弟在五六年以前预感天下将乱，故而也曾到过金陵，到处观览游走，正是预做功课之意！"

冯国用看了看兄弟，冯国胜清了清嗓子，旋即补充道："是的！我与家兄一直出游至苏杭一带，此地不愧为风华绝地，淮右焉能同日而语？真乃天下最富庶之区，若是我等可以据而有之，则大业先已有了稳固之凭借。又如北魏时陆睿所言：'长江浩荡，彼之巨防，可以德昭，难以力屈。'若得江南，适足以同北朝分庭抗礼！"

元璋顿时被这番话激荡起了心潮，他竭力平复着内心的激动，许久才道："若果真有幸得了江南，至少兄弟们不用挨饿了吧！在形势上也安全多了，这就是足下所谓的'有势强'吧！"

"正是，朱公子果然是英明天纵！"冯国胜恭维道。

元璋笑了笑，冯国用眼见元璋是个可以与之商谈大事之人，所以进而道："以今日形势来看，我等欲有所作为，当先攻下金陵，定鼎于此，然后再命诸将四出攻伐，救生灵于水火，倡仁义于远近。如此，则天下不难定也！此所谓'有德昌'之义。"

"好！"元璋拍案道，此举表示了他对冯氏兄弟的认同和激赏，"果然还是尔等读书人有见识，大有诸葛孔明之风嘛！眼下咱去夺金陵虽然有些痴心妄想，但到底是个好念想……就委屈两位先生留置幕下，以备咱随时请益吧！"说着，元璋就请了人去安排。

大家于是继续上路南下，不过元璋的心潮依然在不断起伏着——金陵距离濠州不过四五百里，虽困难重重，可是若果然侥幸得了金陵，从此就真的成了跃过龙门的金鲤鱼了！到那时，又将是一番什么光景！

部队浩浩荡荡地向定远进发，眼看定远城已经在望了，元璋忍不住问身边的冯国用道："大先生，今日会否将有一战？"

骑在马上的冯国用大声回复道:"横涧山一战,已经打出了公子威名,定远弹丸之地,早已寒而胆落。在下听说那县里的达鲁花赤早在前几天就跑了,如今城里面是县丞在管事,负责守备城池的是大姓陈氏组织的一支民军,昌义乡毛麟是远近闻名的士绅,他而今是陈氏的辅佐,想必您事先已经打探清楚了。不过此番在下想立一功,未知可否?"

"哦?大先生何意?"元璋诧异道。

"在下与毛麟有旧,可让在下前往游说,存他们一个体面,料想无须动刀兵的!"冯国用笑道。

"若毛麟等人冥顽不灵,还请公子许我做开路先锋,也让诸位都看看我麾下兄弟手段如何!"冯国胜在一旁表示道。一旦轮到上战场了,他便换了一副雄武面目,说着还扬起了手里的宝剑。

元璋正想试试冯国胜的身手,便一口答应了下来,不过他有些担心道:"大先生此去,不知可否安全?"

"公子勿虑!"冯国用轻轻一笑道,"那毛先生也是一厚道之人,必不敢加害的,其他人也但求自保而已,犯不着与我等做死敌,只求咱们一句准话而已!"

"好吧,那大先生多加小心!"元璋应允道。

此时正是中午,元璋一面命冯国用进城游说,一面命大军停驻下来,利用吃中饭的间隙等待游说结果。

待吃过了午饭,元璋便命冯国胜带领一路人马杀到城下去进行威吓。就在冯国胜披挂好了刚要上马之际,只见定远城的北大门突然洞开,一群人从里面陆陆续续走了出来。

城外的众人不禁松了一口气,元璋笑道:"古人所谓'三寸之舌,强于百万之师',今日冯大先生可是给咱们示范了一回呵!"

冯国用一行人与元璋一行人聚齐后,冯国用指着身边一位年纪在六十上下的老官吏说道:"此是张县丞!"

"老朽有礼了!"张县丞拱手道。在一旁扶着他的,还有一位五十岁上下的先生。

"这位是毛先生!"冯国用指着那个扶住张县丞的人道。

"毛麟见过朱公子！"

元璋向二人略一还礼，做出一副慷慨大度的模样道："我等奉郭帅之命前来安定地方，诸位父母官勿惊！定远乃郭帅家乡，我等定要好生保全！"

等到大军进城后，元璋看了看四周，问冯国用道："何故这城里兵丁如此稀少？"

"哈哈，在下早说这帮人寒而胆落了，他们早在昨日就作鸟兽散了！毛先生特意留下，表示愿到帐下助公子一臂之力！依在下看，就让毛先生帮着队伍管理一下定远的民政吧！"

"好！只要可靠就好！"元璋爽快道。

定远往东南二百多里就是滁州，往西南约三百里就是庐州，滁州再往东南二百多里就是集庆路，只是中间需要跨越一道长江天堑。

次日晚间，待大家都安顿好，元璋便召集了几个重要的头目来商议下一步该何去何从。他首先申明道："今天把大伙都请了来，就是想合计合计我等下一步的去路！如今定远城我们算是兵不血刃地拿下了，但这块地方还是太小，也贫瘠，总要往长远处想才是，不然我大军撑不了多久就该喝西北风了！"

元璋转头先看了看冯国用，但见冯国用停下了手上的蒲扇，慢悠悠地说道："那庐州左君弼原是彭和尚的再传弟子，如今受到元廷的大兵围困，已是举步维艰，我听说他已有接受招安之意。我等欲图滁州，就当先与左君弼搞好关系，不然就要小心被他抄了后路！"

与会的花云很不服气，当即站起来说道："他敢！看俺老花不先平了庐州！"

元璋示意花云坐下，笑道："咱们再强，也不能两个拳头同时去打人嘛。咱听说庐州城墙高壕深，又尽得因地制宜之妙，防守甚为坚固，十万官军恐怕都奈何不得。那庐州老左断非寻常之辈，可不要小瞧了他！"

冯国用接口道："正是公子这话了！如今这左君弼日子自然也不好过，他与元廷虚与委蛇，倒并非真心受招安！若是得罪了我等，也算他因小失大，想来他必不会结怨于我等。不过为求通个消息，公子最好还是亲自跑一趟庐州,与左君弼立个正式的盟约才是!"

元璋思忖了一番,道:"好吧,那咱就亲自跑一趟,去庐州会会那左君弼!"

几天后,元璋先命人将消息通报给了左君弼,得到对方的同意后,他便带了冯氏兄弟、花云等十几人驰往庐州。

庐州果然是一座雄峻壮阔的大城,左君弼占据此城之后,又对它进行了很大程度的加固,现在仅护城河就达两丈多宽、一丈多深,着实是易守难攻。等到城门大开、吊桥缓缓放下来时,庐州城内的守卫们顿时高呼起来,乃至声震云霄,这既是对客人的欢迎,更是对客人的一种威慑!

元璋眼见此情此景,不禁说道:"这老左治军果然有一套!有如此坚城,也足以进退裕如了!"

左君弼是一个四十多岁的汉子,一双剑眉甚显威严,会面时所穿的一袭白袍更是惹眼。冯国用悄声对元璋嘀咕道:"这老左表面功夫做得如此之足,皆意在显示其人非一介莽夫,公子还当不矜不伐才是!"

将元璋一行人请进自己豪华的会客厅之后,左君弼在主位上坐下,左侧位置上还陪坐着他的部将张焕、殷从道等人。叙礼之后,左君弼笑道:"近闻朱公子横涧山大显身手,不才着实钦佩得紧啊!今日一睹公子风采,真乃三生有幸!"

"哪里,哪里,侥幸得逞而已!还是左兄声著两淮,真英雄也!"元璋说着,又指了一下坐在身边的花云道,"正是这位兄弟,奋不顾身冲入敌群擒住了敌酋!"

左君弼等人都转眼看了看花云,觉其人虎躯熊腰、霸气外现,左君弼不禁连连赞叹道:"一看这位好汉就有万夫不当之勇,百万军中取敌上将之首级,真乃武圣复生!"

元璋笑道:"左公谦虚了!他不过一介武夫,何况左公这里英雄无数,哪里是我等小庙可比的!"

"哈哈,什么小庙、大庙,如今都是不好过啊!"左君弼装作沮丧地摆了摆手,"想必朱公子也听闻了,前阵子我们的师父'金花娘子'

阵亡了，她是彭祖家的亲传弟子，武艺高强，深得人心。她这一去，淮南一带人心都有些散了！另外，自从各地结集民兵与我红巾军誓死血战以来，到今年春上，我等的日子可是越发难过了。如今江浙、湖广、四川、河南、江西诸路官军就要会师，准备攻下我天完国都蕲水城，此番彭祖家及陛下、太师等都是危在旦夕啊！"说完，左君弼还掉下泪来，以示自己的难处。

元璋对西系红巾军的事情不是很了解，但他已经晓得了左君弼的事情，忙安慰道："留得青山在，不愁没柴烧，大丈夫能屈能伸，左公忍一时之愤就是了！"

左君弼见元璋这样"聪明"，于是转悲为笑道："正是这么说，不过朱公子来得正好，要想咱们都有活路，还当团结才是，不知朱公子下一步是如何盘算的？"

元璋不好意思谈及南渡长江的事情，那毕竟显得太不自量力，也容易招来防范，他只好道："准备拿下滁州后，伺机再向东与高邮张九六等取得声援！"

"好！其实滁州南面的历阳（又叫和州，今安徽和县）也可以考虑，此城甚小，料想不难拿下！"左君弼又做出为难状道，"不瞒朱公子说，巢湖一带就在咱的卧榻之侧，巢湖的赵普胜、李普胜、廖永安等与我本是教内兄弟，但他们见我与元廷媾和，分外敌视，所以咱想着如果能说服他们更好，不行就将他们赶得远远的吧……"

过了很久，元璋才明白为什么左君弼会建议自己打历阳——那里是元军重点设防的城市，是他们集结兵员、粮草的江北重镇，虽然很小但异常坚固，如果自己冒死拿下了历阳，就算是帮着庐州拔掉了东面威胁极大的一颗钉子；如果打不下，也会弄得元军惊慌不已，无非是两败俱伤。

这"庐州老左"果然是精明老辣，不过元璋看得出此人喜好风雅，并无大志。他早年本是一个没落家族的子孙，如今一时得志，也只是满足于做个地方上的土皇帝而已。有这一点他就放心多了——若换了他朱某人坐镇庐州，就要尽量团结教内的兄弟，然后伺机南下芜湖、集庆路一带，何至于师父一死，就急着接受招安，并同其他兄弟翻脸呢？就是庐州再好，也绝不留恋！

元璋在与左君弼烧香盟誓永不攻伐，并约定危急时互施援手之后，又留住了一晚。在款待客人的夜宴上，左君弼专门请了几个歌女来演唱《西厢记》选段，一时间鼓瑟齐鸣、宫商迭奏，乐声与歌声同时响起，但听那歌声或高亢或细腻，流转自然，每令听众大声叫绝！

选段中多有悲声，许是歌女唱得太投入，一时引起了身世之感。当一人唱着《耍孩儿》时，连欣赏口味不高的元璋也听得入了神……

淋漓襟袖啼红泪，比司马青衫更湿。

伯劳东去燕西飞，未登程先问归期。

虽然眼底人千里，且尽生前酒一杯。

未饮心先醉，眼中流血，心内成灰。

歌声停止了好久，内心有些凄然的元璋还没有回过神来。冯国用见状，向元璋侧耳低声唤道："公子！公子……"

冯国用唤了三四遍，元璋才醒觉过来，忙对好奇的众人笑道："哎呀，都怪左公太会调教人，这几支曲子真是唱得人黯然魂销，连咱这样的粗人都给打动了！但不知如此沉溺，是否会坏人心性？哈哈。"

"俺老花起初有些不耐烦，后来也起了一点恻隐之心呢！"花云笑道。

左君弼敬过元璋一杯酒后，笑道："昔日那苏东坡家有歌女琴操、朝云等人，东坡每闻清歌，辄唤奈何之致！然东坡秉心刚正，不立异，不诡随，可见此等赏心乐事，还不致移人心性吧！"

元璋学识浅薄，一时不知如何应答，冯国用便接口道："王右军曾言'年在桑榆，自然至此，正赖丝竹陶写'，何况圣人那般推崇六艺呢！"

"正是这话了！还是冯先生高见，不愧为朱公子的良辅！"左君弼恭维道，忙又向冯国用敬了一杯。

夜宴到四更才散，众人因酒醉多半睡到了中午时分，直到吃过了午饭，元璋一行人才启程匆忙赶回定远。

不过，此次庐州之行最让元璋难忘的，还是留宿时由东道主特意安排的一位舞女。在宴饮之际，左君弼为了助兴，便在歌曲之后又召来了一大帮婀娜多姿、千娇百媚的舞女，元璋因为多喝了几杯，竟再次萌动色心，不免被人看在了眼里。

为了取悦来客，左君弼便打发舞女中最艳丽的一位前去陪侍元璋，而三分醉意的元璋难以自持，只好予以笑纳了。在赶往定远的路上，元璋还在不住地回味着昨夜的风流，他心里想着："咱与夫人成婚一载有余，她这肚子里竟无半点动静！夫人待我虽好，为着子嗣考虑，也为着这等做男人的快活，咱何不考虑下纳妾之事呢？"

不过他虽这样痴心妄想，但因为担心秀英会吃醋，由此令他在郭子兴面前更为失宠，所以一时之间只得压下了这个念头。

二

定远城东面几十里处，有一座高约几十丈的东山，山上住着一个名叫李百室的人。此人已四十出头，曾因公平处事，被乡人推举为主管祭祀之事的"祭酒"，又因熟读过几部法家的著作，所以被县衙安排做了定远本县的一名小吏。

元代社会重吏轻儒，官员的选拔也多由吏出，许多儒生迫于生计，不得不调整自己的个人规划，乃至相当一部分人弃儒为吏。但吏员出职的年限又非常漫长，许多由儒入吏者经过多年的迁调，也不一定熬得一官半职。李百室因为看透了这一点，所以很早就不再专注于学习儒家经典，可是因他颇有些看不惯官府的腐恶行径，短时期内无法适应污浊的官场环境，加上升迁本就困难，所以一直职位低微。

李百室积了一肚子的不平之气，后来他眼见天下大乱之兆已成，干脆辞职回了家，等到大乱已成时，他带着全家去了东山避乱。在避乱期间，李百室不但没有自弃，反而加紧读书，幻想着自己也能做个"萧何第二"或者"赵普第二"。

从至正十年底，到至正十三年初，李百室苦等了两年多，竟没有发现周边哪一个豪杰有成大事之相。曾经他倒也想过去投奔左君弼，但因他们是白莲教，李百室厌恶其神道的宗教活动，觉得那些无非都是诓骗愚夫愚妇的鬼把戏，如黄巾军、方腊等历来成不了什么大气候；而且他还发现左氏无大志，自己若投奔了他，难说不是明珠暗投，所以他只有继续观察、等待！

由于生计断绝，耕种不易，李家的生活颇为艰辛，乃至于家里时常断炊。每当妻儿抱怨，家中无法安身时，深感怀才不遇的李百室便会独自登至东山山顶，或放眼四周，或仰天长啸……

李百室常言："大丈夫安能屈居穷乡一隅，老死牖下，与草木同腐也？"怀想古来的那些贤者，哪个不是贫贱出身？比如秦朝时期的丞相李斯，尽管他没有什么好下场，可拥有那样辉煌、绚烂的一生，也是值得了。

李斯本是楚国上蔡的一个小吏，他年轻时在吏舍的厕所中发现有老鼠在吞吃一些不洁之物，每当有人或狗走近时，厕中之鼠都会显得非常惊恐；可是反观那些粮仓中的老鼠，他们吞食积粟，居大庑之下，饱食终日，见了人或狗却显得有恃无恐。李斯顿时发觉所处环境对人影响甚深，为此不由得感叹道："人之贤不肖譬如鼠矣，在所自处耳！"

李斯不满足于做个县中小吏，一辈子过着庸庸碌碌的生活，于是跑到了当时的齐国，跟从著名学者荀卿（荀子）学习帝王之术。待学成之后，李斯发现楚王不足以成大事，而六国皆羸弱不堪，无可为建功者，于是准备西行入秦，以求建功立业、跻身富贵。在辞别荀卿时，李斯说道：

> 斯闻得时无怠，今万乘方争时，游者主事。今秦王欲吞天下，称帝而治，此布衣驰骛之时而游说者之秋也。处卑贱之位而计不为者，此禽鹿视肉，人面而能强行者耳。故诟莫大于卑贱，而悲莫甚于穷困。久处卑贱之位，困苦之地，非世而恶利，自托于无为，此非士之情也。故斯将西说秦王矣。

以上文字出自《史记·李斯列传》，这是李百室熟悉到可以背诵的段落，他早就发觉自己跟李斯方方面面都很相似，比如家乡离得不远、都是小吏出身、都可谓是法家信徒，甚至都姓李。当然，最最重要的，便是如今已成大争之世，这才是百年不遇的奋发良机！

在苟延性命之际，李百室不忘到处打听时局，当他听说元璋的队伍占据定远的消息时，不由得狂喜地大笑一声道："真乃天赐良机也！我李百室出人头地的时辰到了！"然后，他赶紧收拾好行装下了山，直奔定远城而去。

李百室过去在官府任职时，一向以"有智计"闻名，此人又颇有长者之风，为人厚道谦和，极善于处事，只是不为贪婪成病的上司所喜而已。不过，在一干士绅、百姓这里，这李百室颇有清誉，所以他们一致在元璋面前为他美言，元璋当即将他留置幕下，出任操持日常细务的书记官。

想当初房玄龄在渭北初投李世民时，便是受命典掌书记，李百室对自己的这一职务感到非常满意，也有种说不出的宿命的得意。

这一天下午，元璋得了闲暇，为了请教也为了考察一番李书记的才干，他便把李百室叫到身边，二人促膝长谈。

元璋亲手为他奉上一杯热茶，问道："李先生，咱今天想跟您说点掏出肺腑的话，不知您可愿与咱赤诚相见？"

"公子这般抬举，是我李百室的荣幸，自然捧出心肝来！"李百室笑道。

"好，那咱开门见山了！"元璋做了一个请李百室喝茶的手势，"而今四方纷扰，战乱不息，百姓乃至你我皆无以自保，不知何时天下才可大定，真是让人忧心不已……"这确实是他内心的困惑，一直以来都想多找一些有识之士来交流探讨。

李百室知道元璋也读过些书，只是很多地方不如自己精熟而已，于是他便反问道："汉高祖之事，公子晓得几分？"

"略知皮毛而已，还望先生不吝赐教。"元璋如实答道。

李百室啜了一口茶后，便侃侃而谈道："想当初秦末大乱时，高祖沛公起身于一介布衣，然而他豁达大度，知人善任，不嗜杀人，五载遂成帝业……而今元朝纲纪既紊，天下呈土崩瓦解之势，想彻底收拾一番，则难于登天……不过在下还有一事不明，还望公子示以至诚！"

"哈哈，刚才开宗明义，咱今日就是要跟先生赤诚相见，所问何事，先生请直说吧！"元璋笑道。

李百室转头看了看四下无人，便凑近元璋低声问道："不知公子可有问鼎之心？依在下看来，公子才智非凡，又生得这等相貌，如今元失其鹿，天下人共逐之，公子怎能缺席呢？"

听罢此言，元璋也向四处扫视了一下，然后悄声答道："今日先生既这样说了，少不得咱也将心比心，说说肺腑之言。实话说，郭公待咱恩重如山，我等若侥幸得了天下，自然要奉郭公为尊。只要天下可以安定，我等有所成就，咱处在什么位置，都是一样的！"

李百室捋了捋自己不长的胡须，笑道："公子知恩图报、厚道为人，这本是圣人的教义！不过这取天下、坐天下却并非寻常之事，自当非常处之，非如此，也断难成功！试想，若公子处处受制于郭公，处处要问他意见、看他眼色，这岂不是要坏了大事？所以为着大事着眼，公子还当尽量摆脱郭公的掣肘，而一旦您成就了大业，于郭公又是何等美事？那时您尊郭公亦可，不尊而裂土封王于他，亦可！"李百室还没见过郭子兴，自然与他生分些。

这番话又说得元璋心动不已，他欣喜道："李先生果然有识见！不过尊郭公还是不容商量的，万一郭公有个不测，咱也要尊二公子为主，不能让天下人笑话咱反客为主了去！"

"好，这个且容日后再说！"李百室略一停顿，继而声调转为高亢道，"如今且说公子既起家于濠州，此处距沛公龙兴之处的沛县不远，距离曹魏龙兴之地的亳州也不远，以在下观之，山川王气，公子当受之无疑！所以，公子但取法高祖即可，少则数载，多则十数载，那时公子在百姓眼里岂非'明王出世'？"说出这种话来，李百室本人也并非有十足的把握，不过是树立一种目标而已。

元璋尚不敢有此非分之想，于是笑道："咱出身寒微，恐怕不能服天下吧！"

"公子此言差矣！那沛公也无非是一介布衣，位不过亭长，况且还有浪荡之名！自古道'英雄不问出处'，公子何故妄自菲薄！"李百室逼视着元璋，显然他不是恭维。

"好吧，且走一步看一步吧！下一步咱就先取了滁州再说！"元璋又想起了集庆路规划的事情，也需乘机向李百室征询一番，"那冯大先生前些日子还建议咱伺机去取金陵，李先生，如何看？"

李百室思量了一番，道："这自然是好主意，不过长江天堑，江南又有重兵布防，岂能飞渡过去？此事非同小可，还当从长计议，多做准备才是，万万不可贸然行动！如果公子执意过江，务求一举成功，万万不可拖泥带水，以免功亏一篑……提到滁州，这里也有个典故，哈哈，公子要不要听？"

"什么典故？先生尽管说来！"见李百室忽作神秘状，元璋甚是好奇。

李百室的脸上顿时如春风拂过，他微笑道："昔日赵太祖在周世宗麾下做禁军将领之时，曾奉世宗之命带领一军将滁州攻克。受宰相范质之荐，小吏世家出身的赵韩王普来到滁州出任军事判官，恰是在此地，太祖与韩王两人一见定交，成就了一段君王佳话呵！"

元璋不再提及什么"欺负孤儿寡母"的话了，忙感叹道："看来今日咱与先生相识也是天意！古有'雪夜访普'，今有先生指点迷津，哈哈……那赵太祖处主少国疑之际，也是进退两难，好在其人雄才大略，到底没有辜负了柴世宗辛苦打下的这番基业，只是待他子孙忒不厚道了些！"

这次谈话，表面看倒也寻常，可是对于元璋内心的触动却非常大，以后他不由自主地就会请人给自己讲述关于刘邦、赵匡胤等开国帝王的历史故事，希望能够从中获得教益。这次倾心而谈之后，他对李百室自然更加信任和器重，准备将一应后勤及民事工作都交付于他，就让他做萧何那样的大管家。

为了增加亲信和膀臂，李百室又建议尚无子嗣的元璋学着五代时期武将的成例，多多收养义子，以便将来让他们或出任监军，或担当要职，以弥补其家族寒弱、子嗣匮乏的缺陷，李百室还特意举例说："如那柴世宗，便是周太祖郭威夫人的娘家侄子，太祖无子嗣，便将世宗收为养子，后来更传位于他！"

"好吧！咱来日留心便是！"元璋欣然道。

几天以后，元璋又把李百室找了去，要跟他商议一件棘手的事情。

话说前两天发生了一桩事情，为了应对接下来要发生的战事，胡海便带人去管军械的司库那里索要军械，以弥补以往的缺损，哪知那司库居然颐指气使地向胡海索要元璋的手谕。这司库是由原定远县衙留用的官吏们新近推荐来的，由于元璋尚未熟悉一应军政制度，加上以往事务也特别简单，所以在军械管理方面非常粗放，并未规定军械库、粮库等库藏非要有自己的手谕才予放行。为此胡海跟那司库争执了半天，只因惧于元璋的严厉军纪才没敢大闹，最后他气鼓鼓地折回去，准备次日找元璋讨个公道。

哪知那司库竟然抢先告状，当天晚上就拜访了元璋，进言道："胡海桀骜不驯，往后必定枉法难治，历来骄兵悍将最坏王道，绝不能宽纵，希望公子予以严惩，以便立威！还有那等见了我等竟不知行礼的兵丁，若不杀几个，怎能令其畏上？"他言语之间充满了对于武人、兵士的轻蔑，似乎忘了元璋也是武人。

元璋晓得这些吏员彼此已经结为一体，互为声援，不好随便发遣，只得表面上答应道："先生有心了，容咱考虑考虑！"

元璋了解胡海的为人，准备先问一问情况再说。次日胡海不请自来，元璋才晓得此事实属自己的疏忽才委屈了胡海。不过，正由于此事，才让元璋越发注意到队伍里文武不协的现象，这着实是一个不小的问题。

待到把李百室找来后，元璋便开门见山道："近日咱注意到队伍上有一个很不好的苗头，就是那些文职吏员总是喜欢轻慢舞刀弄枪的武人，总喜欢到咱这里讲武人的坏话，恐怕背地里连咱都不放在眼里呢。李先生，你说这是何缘故？"

李百室思忖了一番，道："公子说的是，在下也早已发觉了这一苗头，正准备找公子商量呢！重文轻武之风，这是两宋以来大兴文治、崇文抑武的结果，入元以后，稍有些改观，但那些稍通文墨、执掌吏事之人，平常擅作威福、欺压百姓惯了，非但习惯成自然，往往还自视甚高！"

"这可不是什么好事！"元璋微带愠色道，"若是那文人相轻，顶多就是斗斗嘴皮子，坏不了大事，但弄到重文轻武、文武不协，岂不是要咱步那两宋的后尘吗？还有那背地里说坏话的，主帅若是轻信人言，则将士们恐怕要疏远了主帅。如此一来，主帅岂有独存的道理……说了这么多，无非就是希望李先生不要像其他吏员一般有所偏私，总该要协调诸将才是，以助咱一臂之力！"

李百室拱着手道："公子且放心，在下谨受命！"

说做就做，李百室在元璋的授意下，经常邀请一些文武人士前来聚会。渐渐地，不但调和了文武关系，也使得他在文武人士中具有了非凡的口碑，大家一致把他视作队伍上的大管家——这对于李百室后来成为开国丞相至关重要！

稳定了后方之后，元璋于这年七月底入秋之际率领主力部队继续向南转战，兵锋开始直指滁州。

滁州是一座四面环山、易守难攻的军事重镇，驻扎有元军及各类民军近万人。为了迅速夺取该城，也为了在胜利后将其变成自己新的大本营，元璋便将徐达、缪大亨等人都召了来，仔细谋划攻城方略。

听完幕僚对滁州情况的介绍后，徐达首先建言道："滁州守军虽众，但是彼此互不统属，号令无法统一，不过各自为战罢了。我军可在各处大张疑兵，必要时加以佯攻，而以主力对阵官军，一旦将其击破，滁州守军必定分崩离析！"

听罢徐达的主意，众人都比较赞同，元璋当即表示道："天德之意甚好！你在横涧山训练部队也有两个月了，不如仍由你担纲主力，试试练军成效可好？"

徐达对此自然无不乐从，但他忘不了花云的勇猛善战，便请求道："花云甚善战，请公子再将他划拨到我这里吧！"

"哈哈，好！不过你要小心，这厮会轻敌，烈马需要好的驭手才能驾驭！"从上次花云轻视左君弼来看，元璋已经注意到他有些翘尾巴了。

部署既定，徐达亲率五千人马正面迎战官军，花云得知自己再次担当开路先锋，不禁有些扬扬自得，竟然不顾徐达的号令单骑前行，想要找敌人先拼杀一阵再说。

队伍里有个说书人，在讲"隋唐故事"时曾提到李世民经常单骑在敌阵中左右冲杀，如入无人之境，花云不免对此大为赞叹，也有心学他一回，哪怕是死了，也不枉英雄一场！不过他自信身手非凡，又有上天保佑，不会轻易送命的。如果一逞豪雄、威震四方，倒也多了在新婚夫人面前吹嘘的资本！

眼见花云已离开队伍好远，徐达生怕他遭遇不测，立即派了两个小校试图去拦住他，哪知花云所乘的白马脚力甚健，两人追出十几里才赶上。

"花将军，快回去吧，徐将军有令！"两人好意劝着。

花云一扬手道："不妨事的，俺老花命大！"说完，他继续打马向前。

就在两人着急之时，他们突然看到前方居然出现了敌方的大队人马，当即吓得就要往回走！两人原以为花云自知寡不敌众，必然也会跟来，不承想花云突然将马立住，取了水袋喝了几口，然后撸起了袖口，举起大刀便向敌阵纵马冲杀而去，竟然毫无惧色。

目睹此种情形，两人有些呆了，一个小校赶紧对另一个说道："快去禀报徐将军！我在这里守着！"

敌方见只有一人一骑杀来，并未认真备战，只派出一员战将出来应敌。当两人还有约莫一丈之遥时，只听得花云学着喑哑叱咤、千人皆废的项羽那般大吼一声，惊得敌将的战马有些立脚不稳，花云乘势策马疾速上前，只一刀便将敌将砍翻于地！敌众顿时惊慌起来，秩序一时颇乱，花云胆气愈壮，竟然提刀跃马，径直杀入了敌阵！

敌众大惊失色，纷纷向一旁躲避，那些躲闪不及的人多被花云劈倒，还有些人被白马踩成了重伤。元军主将见状，便迅速组织人马扑向花云。花云一时杀得兴起，居然完全忘却了生死，只是一意向前，直接杀到元军主将的面前！

那主将被吓得不轻，连忙喊道："这个黑大汉实在勇猛，我等不要与他争锋！"这话很快被兵士们传开，结果元军加速闪避开来，花云就这样一口气冲过了几千人马的敌阵！

花云回身看到被自己单枪匹马冲得阵脚大乱的敌阵，又看到自己的白马身上满是敌军的血污，越发豪气冲天，不禁狂傲地吼叫起来！这时他远远听到徐达的援军已经赶来，于是鼓起余勇，拨转马头再次杀入敌阵。血肉横飞之中，花云手中的大刀都卷了刃，不得已之下，他只好拔出身后的宝剑继续刺杀。

元军早已被花云搅得大乱，又见有大批援兵来到，当即纷纷溃退。徐达率军一路紧追不舍，终于一气拿下了滁州城。

当徐达见到花云时，那人已是血人，白马已是血马，花云本人却未伤及皮毛，只是战马受了几处轻伤。徐达没有责怪花云莽撞，反而忍不住惊叹道："花兄真乃神人也！"

花云大笑道："这一回俺老花就是到地下见了李唐王，也要跟他老人家较较长短了！哈哈哈！"

徐达行事一向小心谨慎，虽然花云这次侥幸取得了大胜，但他内心仍未免觉得如此单枪匹马实在造次，可如果硬要拦着，又怕伤了士气。为了在对阵时减小风险，就要多派些人手暗中紧跟着花云。

得了滁州以后，元璋立即将秀英接来居住，不但是因为他十分想念夫人，还因为他给夫人弄了个儿子。

话说就在出征滁州的路上，一个小孩竟然大着胆子来队伍里讨要吃的。元璋赶巧看到了这一幕，不禁动了恻隐之心，于是命人把那孩子叫了过来，亲手递给他一个馍馍。小孩感激不尽，拼命地磕头道谢，元璋见他虽身上污秽不堪，但两眼却甚是有神，于是待他吃完后又命人给他换洗了一番。

当这个孩子再次出现在元璋面前时，元璋心里越发喜欢起来，突然想起了李百室要自己多多收养义子的话。

"小兄弟，你姓什么叫什么？家在哪里？几岁了？家里还有什么人吗？"元璋亲切地问道，他如此一连串的询问，也意在考察这小孩的应对。

"回大人，小的名叫沐英，家就是这滁州周王乡的，今年八岁了，爹爹叫坏人杀了，娘也被他们抓走了！"小孩对答如流，说完就哭了起来，又感激地给元璋磕头，"谢大人救命！小的做牛做马报答大人！"

元璋见他孤苦伶仃，又生得有几分机灵，还知感恩图报，当即决定收他为义子，并交给夫人抚养。不久后，他给这孩子取了个新名字，叫"朱文英"，众人按照当时的规矩，则称呼他为"周舍"①。

相处了一段时间后，秀英也越发喜欢起沐英来。一天晚上，她笑着对元璋说道："亏你那好眼力，给咱们弄回这么个好孩儿，人聪明，学东西快，而且懂道理，你那边再教他些武艺，恐怕以后文英真的要给你接班了！"

"哈哈，夫人可别偏心！近日咱看你只顾着教文英读书，对咱的学业可都疏忽了呢！"元璋笑道，由于不少读书人的加入，其实他已经开始正经物色一批师傅了。

"嗨，如今你那里正经的博学先生多的是，你还是多跟他们请教吧，我的职命从今儿起也算完成了，往后就帮你带孩儿吧！"秀英一本正经道。

三

地盘扩大了，兵众扩大了，辖下的民众也扩大了，但是由于战乱造成的流亡和混乱，粮食问题仍然迫在眉睫。为了养活和留住更多的百姓，元璋便开始在滁州实施粮食配给，每个人的口粮都有限制，尤其是那些非武装人员。

元璋自己带头节省口粮，秀英有点看不过去，她在濠州被围困时就曾想尽办法省下口粮给元璋吃，自己则经常饿着肚子。如今到了滁州，她依然如故，为此不得不经常带着侍女和厨娘去郊外挖野菜。元璋听闻此事感动不已。有一回，当她们提着菜筐子赶回来时，元璋便

---

① 当时文武官员的儿子叫舍人，简称"舍"。

紧紧抓住秀英的手劝止道："咱带头减粮，是要给大伙做个表率，也不是要大伙都吃不饱去，只是要大伙尽量节约粮食，体念农家的辛苦，体恤身处乱世中百姓的不易！你这样老出城，也太危险！"

秀英微笑道："你虽是穷苦出身，如今身居高位，却能够不忘本，时时处处为百姓着想，我真是由衷高兴！既是说要减粮，那咱们就得落到实处，绝不能自欺。你是个汉子，自然要多吃一点，我吃少点是无所谓的，反正动得也少！"

元璋有些两难，只好悄悄吩咐了侍女，一旦发现夫人有饿肚子的迹象，就要立即把吃的奉上。但秀英自有她的主意，为了减少粮食消耗，增加蔬菜的供应，她也开始学着农人的样子在院子里种菜。毕竟此时元璋已经收了三四个养子了（前后一共收了二十几个养子），这些孩子的饭食也得她亲自管——这其实也是一种感情培养，时时照顾他们、教导他们，才不见得生分。

元璋自此越发敬重夫人，可另一面也越发忧心忡忡：一则是因为两淮一带因较为贫瘠且战乱频仍，所以普遍缺粮；二则是濠州不断传来坏消息，对大局越发不利；三则是因为元廷对整个义军队伍的镇压力度在不断增强。

元璋晓得不能独存的道理，为自己也为天下百姓感到前途未卜。

这天，元璋觉得心里空落落的，于是命人立了一个大大的香案，将一应供品献上，随后带领众人焚香祷告。他心里默念道："苍天在上，请听得小人一言！只愿天命早有所归，勿要再令天下生民受苦，也让咱能够有所建树吧！"

到了晚上歇息的时候，元璋把白天祷告的事情告诉了夫人。秀英正色道："如今天下豪杰并起，虽然尚不知天命将终归于谁，但以我一得之愚来看，一定要以不杀人为本……对于摔倒之人，我们要扶助他；对于危难之人，我们要救护他；对于生计困难之人，我们要接济他……只有这样，才能积聚人心！而人心所向，定然就是天命所在，正所谓'天视自我民视，天听自我民听'。那些杀人如麻、只知道攻城略地、贪图一时之快的人，上天都会厌弃他们，他们自身尚且难以保全，还谈什么夺取天下啊？又所谓'积善之家必有余庆，积不善之家必有余殃'，与人为善、广种善果总不会有错！"

听罢夫人的言语，元璋深受触动，不禁拱手道："夫人果然是胸中有锦绣的，真是智者之言！咱受教了！"

第二天，元璋冒着雨从外面赶回来，还没等擦拭一番，便开心地对夫人说道："昨天听了夫人的话，咱走在路上一直都在回味。今天偏巧就有一个士兵违犯了军令，居然从外面带回来一个妇人。经过咱仔细盘问，他才承认是自己攻城时掳掠回来的，于是咱就对他说：'现在咱们用兵讲求法纪，不准侵犯老百姓，更不准私藏妇人。这次暂且记下，如果以后再犯，那就按军纪处置。'那个士兵听后很害怕，结果就把那个妇人给送回去了……"

"这样做就对了，如此何愁不得人心？"秀英欣慰道，并报之以赞赏的目光。

平常在军中，元璋有些一时拿不准的事情，便时常会去找夫人商议，而秀英也总是为丈夫积极地出谋划策，最后也总能有所补益。夫人既是如此出色，元璋自然会把很多事托付于她。

当元璋领兵出战时，便把一干军状籍簿都交给夫人保存，而秀英总能把一切管理得井井有条，即使很久之后元璋偶然问起，她也能立刻查找出来。而在平日闲暇时间，她又常常带着女眷们缝补衣物，为前方打仗的男子们做点后勤准备。

滁州的事业蒸蒸日上，身在濠州的彭大、赵均用两个都有些眼红。就在打下滁州不到一个月时，彭大、赵均用那边就分别派人来敦促元璋分兵去把守盱眙和泗州，以作为濠州的东部屏障，但被元璋婉辞拒绝。

回到家后，元璋气愤对夫人地说道："彭、赵二人性情鲁莽，缺少长远的盘算，终究是要坏事的！盱眙和泗州本来是他们分兵把守的，他们想把这个包袱甩给咱，倒是想得美！"

秀英叹了一口气，道："那姓赵的人，笑里藏刀，善使阴谋诡计，这种人也只是可以得逞一时罢了，不可长久与之共事！如今幸好是咱们出来了，不然必遭其殃及！"

果不其然，很快就从北边传来一个坏消息：彭、赵二王发生火并，双方死伤了很多人，结果悍勇异常的彭大到底没能斗过诡计多端的赵均用，终因疏忽大意而毙命！

话说彭大和赵均用两人日渐互相看不顺眼，但是彭大始终不愿落下亲痛仇快的骂名，所以一直只是对赵均用严加防范而已。为了先下手为强，阴险狡诈的赵均用决定彻底除掉彭大，并控制住郭子兴，因此他秘密买通了彭大家的厨子，趁着郭子兴到彭大家宴饮的机会，将蒙汗药下到了饭菜里，然后乘夜展开了突袭，最后连彭大的儿子彭早住也一同被杀。

得知濠州火并的事情后，元璋连忙问来通报的人道："郭帅怎么样了？"

来人是郭子兴的亲信，他忧虑不安地答道："如今那姓赵的把持着濠州的大小事务，郭帅已经被他软禁起来了。姓赵的阴狠残暴，日甚一日，郭帅的日子很不好过啊！小的是好不容易才逃离魔掌，朱公子快想个辙，把郭帅救出火坑吧！"

"二公子、三公子和邵荣、赵继祖他们呢？"

"郭帅在赵均用手上，孙德崖等人又搞突袭，缴了公子们的械，将他们看管起来了！"

元璋庆幸自己早一步把夫人给接出来了，不然又要增添几分担心。最后他斩钉截铁地说道："好！你先休息一晚，明天就赶回去，咱这里马上派个得力的人到濠州，我就不信他姓赵的敢逆天！"

元璋随即派人去请冯国用，要他前往濠州带话给赵均用，要赵某人务必看清楚形势。

两天后，冯国用到达了濠州，他对赵均用和孙德崖说道："两位大帅，如今正是天下诸路义军的困难时期，同心协力尚且不易维持，兄弟阋墙岂不更给人以可乘之机吗？"

受了这份责问，赵均用颇为不快，但他强忍道："冯先生教训的是，濠州之事皆因那彭大欺人太甚，我等不得已才出手自卫！郭帅一时为那彭大所蒙蔽，为免刀兵相见，故而被我等先行看管起来，还望体谅则个！"

"此行朱公子派我冯某人来，并非要问谁是谁非！如今朱公子已经控御了定远及滁州，麾下三万之众，且已与庐州老左盟了誓，公子不想再次闹出兄弟阋墙之事，还望两位大帅厚待郭帅！"冯国用以严正的口吻说道。

　　赵均用只好笑道："那是自然，想当初若不是郭帅收留我等，这濠州也没我等的份儿！不过是一场兄弟间的误会，还请先生回去转告元璋，我赵某人必会善待郭帅的。"

　　赵均用于是稍稍收敛了对郭子兴的压迫态度，但是他一时间进退两难：长久软禁着郭子兴父子终究不是上策，何况那朱元璋也不会答应；可是一旦将这帮人放出濠州，睚眦必报的郭子兴必是要引着朱元璋等人来上门报仇的。

　　元璋看透了赵均用的心思，于是他一面命人贿赂了赵均用身边的幕僚，一面又派冯国用前去游说赵均用道："不说您跟朱公子曾是并肩作战的自家兄弟，便是从那祸起萧墙的危害看，唇亡则齿寒，因此公子必会规劝郭帅不与您为敌的！何况濠州乃是一座坚城，只要朱公子不助郭帅一臂之力，那郭帅只有徒呼奈何！朱公子是一诺千金之人，必不会背约！"

　　"好，不过叫我如何信得过朱公子？"赵均用道。

　　拿了元璋好处的幕僚们于是站出来说道："大王，那朱公子确是言而有信之人，恕在下冒昧，大王得罪郭帅也不是第一遭了，皆因朱公子顾全大局，才维持到今天这等局面！望大王三思。"

　　众人都纷纷出来为元璋说好话，冯国用又拿出了元璋的亲笔书信作为见证，赵均用只好就坡下驴，最终同意将郭子兴一干人释放。

　　郭子兴带领着万余人马来到滁州落脚，还没等坐下把气喘匀，便急不可耐地要女婿召集队伍举行大型阅兵式，元璋劝止不住，只得照办。

　　当郭子兴看到这支号令严明、军容整肃的雄壮队伍时，不禁心花怒放道："好！明天我等就杀回濠州，出出为父多日来积在胸口的恶气！"

　　元璋闻听此言，当即下跪道："帅父，万万不可！所谓君子报仇十年不晚,今日我等实力尚弱,就是侥幸破了濠州,也势必会元气大伤,鹬蚌相争,到时必定会让渔翁得利!何况您此番能够平安脱险,也是小婿跟那赵某人有言在先,帅父,您不能让小婿失信于人啊!"

"浑蛋!"郭子兴一脚将元璋踢倒在地,咆哮起来,"老子不管,老子现在就要报仇!你快给老子下令,明天队伍就出发!"

元璋只是磕头不迭,李百室便赶紧站出来打圆场道:"在下书记李百室,请大帅听在下一言!"

郭子兴看了看李百室,凝神想了一会儿,方笑道:"哎呀,原来是李先生,郭某人在十年前就听过你的大名!你有话不妨直言,别跟郭某客气!"

"如今各路官军在大肆围攻蕲水,蕲水危在旦夕,庐州老左已经被元廷招安。中原一带,李察罕等人紧追在刘福通等人身后,红巾军兄弟几近无法立足……一旦官军拿下蕲水,势必要大举来犯我,此时若我等倾巢而出攻打濠州,那必被官军抄了后路;便是侥幸迅速夺下濠州,也无法独存,难不成大帅也想学那左君弼吗?"李百室说完,恭敬地行了一个礼。

郭子兴学不了左君弼,因为那样会让他在江湖人面前彻底抬不起头来,他左右权衡了半天,终于说道:"好吧!权且先饶过姓赵的和姓孙的那两个狗东西吧,让他们再多活些时日!"

四

暂时压下对赵均用、孙德崖等人的怨气后,郭子兴便把怨气撒到了元璋头上,此时他身边还多了一个煽风点火的,那便是张夫人的胞弟张天祐。

郭子兴初起事的时候,张天祐担心不得长久,怕连累自己,所以躲得远远的。后来他眼见元璋拿下了定远,局势明朗了许多,才赶紧前往濠州投奔了姐夫，但不想立马遇上了彭、赵火并的惊魂一幕！来到滁州以后，张天祐眼见得元璋创下的这番基业，便开始极力怂恿姐夫加紧进行控制，以便于自己也从中多分取一杯羹。

这天，张天祐拉着外甥天叙向郭子兴进言道："姐夫，那李百室是个人物，您何不将他拉到自己身边来用着？"

"君子怎能夺人所爱？况且那李先生自己未必愿意。"郭子兴道。

"爹，这滁州的一切可不都是咱家的，什么夺不夺的？您把李百室召到身边来，也是看重他，那元璋脸上也会有面子，舅舅，您说是这个理儿不？"郭天叙插言道。

"是这个理儿，是这个理儿！"张天祐附和道，"他朱元璋器重的人，能得姐夫的重用，也是证明了他姓朱的小子有眼光嘛！"

"好吧，那我就试试！"

郭子兴表达了礼贤的意思后，不想李百室却坚决婉拒，他心知这郭子兴是个败事的人，跟着他走绝没有什么好下场，所以不为所动。相反，这还是一个拉近自己与元璋关系的机会。

郭子兴派人再三来请，李百室只得跑到元璋那里倾诉委屈道："李某无德无能，能够为公子所信用，已是非分了，而今郭帅再三派人来请李某去他身边高就，真是愧杀李某！还请公子到郭帅那里，去帮李某说句话吧！"

实际上李百室也是来为元璋撇清责任，意在证明这并非元璋的主意，元璋也果真奉劝他道："大帅既叫先生去，先生去便是了！咱这边也不好强留！"

为了表明自己的忠心，李百室流着泪说道："李某晓得公子为难，但李某今生今世就认准公子了！郭帅再怎么派人来请，李某也是不去的，实在犟他不过，李某就只有一死以报公子知遇了！"

元璋闻听此言，感动不已道："先生厚意，元璋必终生铭感不忘！"

见李百室软硬不吃，郭子兴不愿落下逼死贤良的恶名，只好放过了李百室。然后，他又来拉冯国用等人，但也未能得逞，最后只拉去了一些无足轻重的小角色。

郭子兴心有不甘，却又无计可施，张天祐也觉得自己被打了脸，便又站出来煽惑道:"此事虽未必是那姓朱的小子从中作梗,但姐夫可杀一杀这小子的威风,也让他的那帮手下晓得您郭大帅才是一家之主!"

元璋因为不想让百姓太为难,担心逼得他们没活路,所以在征收粮食时手下留情不少,但这就让队伍的日子紧巴了不少。在张天祐和郭天叙二人的怂恿下,郭子兴以女婿筹粮不力为借口,将元璋禁闭了起来。他的本意只是想教训元璋一番,让他及其属下加重对自己的敬畏,可是张天祐和郭天叙却不这样想,他们非常眼红元璋的地位和威望,急欲据为己有,于是两人暗中做了手脚,竟头脑昏聩地想要置元璋于死地!

他们一面对外封锁消息,一面瞒着郭子兴不给元璋东西吃,弄得元璋苦不堪言。元璋着实没有想到张天祐和郭天叙二人竟不顾往日情分,如此狠毒,又是如此鼠目寸光,不禁恨意顿生!

就在这饥肠辘辘的难眠之夜,元璋痛定思痛,反思起自己平生做人的得失来。他翻来覆去地想,如果自己一味做个好人,早晚还是要被这些小人欺负,甚至真的被他们弄死,那时岂不冤枉?看来好人也不能做得太滥,要对付小人,还得多用用小人的办法——只要尽量隐秘,料想还是不易让自己背负上恶名的!古今成大事者,何必拘泥于小节,也许真的不能像一般人那样为人处世,如果刘邦没有害死韩信、李世民没有杀兄胁父、赵匡胤没有欺负孤儿寡母,那他们的下场会好吗?就算是那刘秀干净一些,可他毕竟是刘氏子孙,没有"人心思汉",哪会有什么光武中兴?何况他只是命大,不然也早就像他的哥哥刘縯那样被小人害死了,那时岂不亏得慌……

过去,元璋对于史事听得多,却思考得少,如今细细思量之下,不禁有些毛骨悚然!原来史书上浸透了血腥,所记录的无非是一代又一代的刀光剑影!曹操、司马懿之流就不用说了,即便如武则天这样的一介女流,为了拼命上位和巩固权位,也可谓不择手段,不仅豢养一批令人发指的酷吏虐杀无数,连自己的亲生骨肉也毫不在乎(直接下手杀掉的是大女儿安定公主,纵容臣下杀掉的是二儿子章怀太子李贤,唯一没有被武则天虐过的人就是她的小女儿太平公主,但是武则天却把太平公主的第一任丈夫薛绍给杀了，为了促成女儿的第二次婚姻，又杀死了武攸暨的老婆，并一度让武攸暨的兄弟们休妻），如此惨毒，更别说一般的亲戚和李唐宗室了！

武则天曾经在朝堂上公然恫吓臣僚们说："朕事先帝二十余年，忧天下至矣！公卿富贵，皆朕与之；天下安乐，朕长养之。及先帝弃群臣，以天下托顾于朕，不爱身而爱百姓。今为戎首，皆出于将相群臣，何负朕之深也！且卿辈有受遗老臣、倔强难制过裴炎者乎？有将门贵种、能纠合亡命过徐敬业者乎？握兵宿将、攻战必胜过程务挺者乎？此三人者，人望也，不利于朕，朕能戮之。卿等有过此三者，当即为之；不然，须革心事朕，无为天下笑！"

史书上充斥着阴谋和屠戮，这到底是为什么呢？震惊之余，元璋心底还是有很多疑惑。

饥饿的滋味很不好受，尤其是最初，简直痛苦万分！元璋的胃部火烧火燎的，折磨得他恨不能斩下自己一条胳膊煮了吃！好在他少年时代是被饿惯了的，还懂得少折腾、存元气的法子。不过到后来，他眼见空耗下去也不是好办法，而那监牢里连耗子也没有一只，元璋便开始大喊大叫起来，但没有一个人来搭理他，到最后，他连喊叫的力气也没有了。好在最痛苦的阶段过去之后，他整个人的知觉就开始变得有些麻木了——在流浪江湖时，元璋可是见惯了那种倒毙街头的人，人被饿到一定程度就会浑浑噩噩的，一旦在街上被绊倒了，可能就再也爬不起来了。

元璋开始真正害怕起来，他真的不想死，此时此刻他多么希望秀英能带着一锅热饭来寻上自己啊。他在心里默默祈祷着，希望再得天命的眷顾！昏昏沉沉之中，元璋暗暗发誓，自己就是化为厉鬼也绝不会放过张天祐和郭天叙二人！如果自己侥幸逃过这一劫，不远的一天，自己一定要将二人除掉，不管是用什么办法！

眼看就到了第四天，郭天珍通过小心打探，终于发现了姐夫的踪迹，她立即跑去告知了秀英。秀英赶紧让厨娘和了面，烙了五六个巴掌大的菜饼，又匆忙用提篮装着给元璋送去。

两人到了第一个关口时，把门的兵士阻拦她们道："大小姐、朱夫人，你们还是回去吧，大帅已经下了严令，任何人不许探视！"

"胡说八道！我爹爹什么时候下的令？都是你们这些小人从中捣鬼！"郭天珍说着就要闯关。

把门的兵士见劝止不住，便跪下去说道："大小姐体谅体谅小的们吧，二公子已经下了严令！"其他三个兵士也跟着跪了下去。

秀英便走上前去偷偷塞给把门的兵士一小块银锭，又笑着说道："我们快去快回，就只看一眼！他日朱公子出来，也不会忘了兄弟们的好处的！"

这些人既十分贪图这笔横财，心里也有些是非观，都晓得元璋是遭人陷害，待四人小声商议后，其中一个便对她们说道："好吧，人可以进去，但是要快去快回，提篮也要留下！前面还有一道关口，他们也不会准许你们带东西进去的！"

秀英见状，不愿再难为兵士们，只得从提篮最上层用手绢包了两个烙饼，急急地揣到怀里后便拉着郭天珍赶紧往里面走。那提篮中最上面的一个烙饼，其实是刚刚烙好的、最热的那一个，秀英一时着急错拿了那个，而且手绢太小，又是在走动之中，所以根本包不住两个饼，再加上天气尚热，她身上衣服单薄，结果那饼就碰触到了她的皮肤，把她烫得只能弓着身子走路，她又是讲求礼数的一介女流，不好意思轻易做出不雅的动作。

郭天珍见状，忙问："怎么了，姐姐，哪里不舒服？"她刚才只顾着跟兵士们纠缠，根本没有注意到秀英在身上藏饼的事儿。

"没事，快走吧，待会儿你就知道了！"

此时秀英心里装的只有丈夫的安危，已经顾不得烙饼把她烫得浑身冒汗了。元璋被关在一个院子里，院门口有两个兵士把守着，秀英再次悄悄塞了银锭给兵士，并声言："我们说一句话就走，绝不耽搁！"

两个兵士只得互相递了一下眼色，一个待在原地，一个则跑到一边去把风了。秀英、天珍赶紧到了院子里，见到一个上了重锁的大木门便直奔过去。到了门口，见四下无人，秀英这才急忙掏出饼来。天珍见状，惊叫一声道："哎呀，姐姐，把你烫坏了吧！"

秀英顾不得谈这个，小声向门里喊道："元——璋，元——璋！你在里面吗？"

元璋已经饿得动弹不得，也有些神志不清了，可是当他听到夫人的亲切呼唤，顿时如睡梦中听到父母召唤一般，不知哪来的力量，竟然一边小声答应着，一边就醒转了过来。元璋使出全身气力爬到了门边，隔着一道门缝儿，两人就这般互相望见了……

秀英眼见元璋的惨象，已经顾不得当下落泪，她一边把饼塞给他，一边颤巍巍地说道："你撑着啊，我找徐达他们来救你！"

郭天珍也在一旁哭道："姐夫，我去找娘救你！"

见到烙饼后，元璋如同抓住了救命稻草，他连忙咬了一口，半天后终于恢复了一丝元气，忙道："此地不宜久留，你们快回去分头行动！被他们发现了，他们会对我提前下毒手的！"

送了饼之后，秀英也就放心多了，她立即站起身来，一边捂着胸口，一边拉着已经哭成泪人儿的天珍疾步走了出去，此时不是脆弱的时候。

郭天珍去找了张夫人，张氏听闻此事后大惊道："这个天叙太浑蛋了！你舅舅也是猪油蒙了心！"她立即悄声去找郭子兴陈明实情，可那郭子兴不信，道："妇道人家别乱掺和爷们儿的事儿，元璋哪里这样娇气！"

张氏分辩道："乃是珍儿亲眼所见，定是有人借机下了黑手，要不你还是赶紧亲自去看吧！"

郭子兴还是不信，道："定是元璋演给珍儿看的！我只是不信有谁这么大胆！"

两人正说着，手下人来通报道："大帅，李百室、徐达等百余人都在外面，要求见大帅！"

"好家伙，都来向本帅施压了，这还没怎么着呢，就想要本帅的好看了！"郭子兴怒道，"走！看看去，看他们能翻出什么风浪来！"

郭子兴看到元璋手下的一众文武个个咬牙切齿，当下就有些心虚胆怯了。李百室上前禀道："朱公子于郭帅有大功，便是犯了错，薄施惩戒即可，何故如此重处？我等皆替朱公子鸣不平！"

徐达、花云、冯氏兄弟、缪大亨、汤和、费聚、郭氏兄弟等都到齐了，都一齐单膝下跪道："请郭帅开恩！"

这时郭子兴居然也看到了邵荣、赵继祖等人的身影，心想："看来这回是犯了众怒了！人心都跑到元璋那里去了！"于是郭子兴忙道："必是尔等也听信了谣言，说本帅要加害元璋，这纯属无稽之谈！好吧，本帅就请出元璋来，要他自己说说！"说完，他便示意手下去放出元璋。

"来啊！快去把二公子和张舅爷找来，就说本帅有急事找他们！"郭子兴也怀疑是两人从中作梗，要他们赶快来对质。

元璋因为吃了那两块饼，屋里又有个大水缸（张天祐和郭天叙考虑到，如果渴死了元璋，他的死相会非常明显，而饿死则可以谎称是暴病），所以他的气色已经好多了，也有力气走路了。他来到郭子兴及众人面前，竭力压制着内心的怒火，装作轻描淡写地说道："今儿这是怎么了，大伙如此齐全！"

"元璋，你来说说，本帅关你几天禁闭，有没有断你的饭食？"郭子兴气愤道。

元璋饿了那么久，乍吃进去那两块菜饼，还有点噎，他忍不住拿手去摩挲自己的胃部，又振作了一下精神，笑道："元璋办事不力，帅父理当责罚。至于那饭食，自然不能同外面一样随便，少是少了些，但是怎么会断？此话从何说起？"

这时，郭天叙和张天祐两人进来了，元璋狠狠地瞟了他们一眼，两人不由得害怕起来。因为心虚得紧，他们正搜肠刮肚地准备狡辩一番，闻听元璋并未怪罪，心下踏实多了。郭天叙于是凑近张天祐的耳边悄声道："差点闹出乱子来，好在这元璋是穷苦出身，真能挨饿！"他们还不知道秀英送饼的事。

"误会"澄清了，郭子兴便就坡下驴道："好了，都是本帅一时糊涂，委屈了元璋，这里本帅给元璋和大伙赔个不是！"

众人也多以为秀英因为太过担心丈夫以至于"谎报军情"，只有李百室、冯国用、徐达这几个聪明人才知道元璋的隐忍。于是李百室代大伙表示道："哎呀，都是我等急躁了，听风就是雨！该赔罪的是我等！"说着，他示意大伙再次单膝跪了下去。

郭子兴自觉理亏，便请大伙起身，并表示道："本帅以后再不如此造次了，免得叫大伙担心！"

元璋在人群里也看到了邵荣等人，不禁心想："看来他果然不是糊涂人！有机会要好好谢谢他才是。"

由于那饼非常热，结果秀英的皮肉被烫得焦烂了一大块。待回到家中后，元璋很快就发现夫人的胸口处正敷了药包扎着，待问清楚了缘由后，夫妇两人不禁抱头痛哭了一场，劫后余生，真如黄泉路上走过了一遭……

对于这次禁闭事件，众人依然余怒未消，但元璋为着顾全大局却默默忍下了。表面上他对郭子兴毫无半句怨言，也愈发恭谨有礼，可是有些人为了讨好郭天叙和张天祐，便站出来公然诋毁元璋。

郭子兴身边有个姓任的偏将，就在郭面前数落元璋道："大帅，您别看朱元璋常打胜仗，其实这小子都是以诡诈才侥幸取胜的，每次出战这小子都躲在后面，这分明是个孬种！"然后他便举出了近来作战的例子，说明元璋确实无一次冲锋在前边；这个任某的目的，一来自然是希望元璋出丑，二来就是有意要元璋死在战场了。

"好，下回有机会，本帅就试试他的身手和胆识，如果真是个孬种，看本帅不捏碎他的卵子！"

面对强敌，能"诡诈"、多谋应该是个优点，可是豪侠惯了的郭子兴却对此不以为然，他一向认为，好汉在江湖上混，靠的都是真功夫，比的是光明正大，那些像赵均用一样喜欢"使诈"的人，让他郭某人瞧不起！

几天后，碰巧有数千元兵从历阳方向来攻打滁州，他们不停地在城下叫阵，郭子兴站在城头下令道："元璋，你与任将军各带一千人马杀出城去，杀退敌军者，有重赏！"

元璋不好违逆郭子兴的号令，他料想此次郭帅如此急于要自己上阵杀敌，一定又是有人在郭帅面前讲了自己的坏话。看来此次非卖力表现一番不可了，正好趁机增加一下郭帅对自己的好感，何况如今他老人家还亲自在城头上看着呢!

元璋赶紧披挂好了,与任某各领一千人马分别从南、东两个门杀出了城去。可还没走出几步,元军开始万箭齐发,射得任某立不住脚,只得灰头土脸地返回城里。

元璋近来肚子里正憋着一股子气,此时也正好借机发泄一番,只见他身先士卒,奋不顾身杀向了敌阵。因他平时军纪较严,又能深得人心,所以一众兄弟都不甘落后,纷纷冒死冲锋在前。郭子兴在城头上看到,不禁大为赞赏道:"好样的,不是孬种!"

很多兄弟都中了箭,但都伤得不重,只有十几个人倒地未起。元璋的马也中了几箭,他腿上也中了一箭,好在人和马都披着甲,没有伤及要害。元璋这边的弓箭手开始还击,射得元军有些阵脚不稳,元璋瞅准了一个空子,趁势带人杀入了敌阵,与队形不整的元军混战成一团。

郭子兴在城头上紧盯着元璋的踪影,时而见他被大小旗幡挡住,时而又见他被各色人马挡住,郭子兴左右探头,紧张不已。当看到元璋横枪跃马,接连戳翻了几员敌将时,他忍不住大声赞叹道:"好女婿,还真有两下子!"

这回跟着元璋出城的只是耿再成麾下的一千人马,耿再成的勇猛善战其实仅次于花云,而其稳健、智略又过之,所以他的麾下还是颇为善战的,再加元璋的表率,众人自然杀得不亦乐乎!这股元军仅是从历阳方面过来试探军情的,虽然人数上颇有优势,但战意本就不固,一两刻钟后便被对方杀得抵挡不住,只得纷纷溃退。然而元璋偏偏不罢手,直到追出好几里外才返回,前后才不过半个时辰。

郭子兴兴奋不已,居然跑到了城门口去迎接女婿凯旋。他拍着元璋的肩头笑道:"真有种,本帅果然没有看错你小子!"

此次元璋大显身手,看得郭子兴大感快慰,英雄惜英雄,从此他便再也不想着给女婿小鞋穿了。

一旁的任某自觉羞愧难当,连忙帮腔道:"真是后生可畏,后生可畏!"

几天后又发生了一件事,越发令郭子兴对元璋刮目相看起来,也越发使他意识到元璋的敏锐、善谋并非是什么"诡诈"。

这天,元璋接到线报,立即带着三百骑兵疾速出城,准备偷袭一支数百人的元军辎重队。可是在半路上,元璋突然听见鹁鸽在天上飞的声音,却未见鹁鸽,正纳闷时,又忽见有箭支从天空中坠落。元璋觉得好生奇怪,心里想着:"难不成是有内奸在向元军通风报信?"

元璋为人一向警觉,他立即对身边的费聚说道:"有点不对劲,不可贪图小利而轻易涉险,咱们快撤回城去吧!"

在该冒险时,元璋会毫不犹豫;可是对于有些不该随便冒的险,他就要思量再三了;而对于那些完全没必要冒的险,他更是会断然拒绝:这就是他用兵的一大特色!

大伙都不知道是怎么回事,又不能违令,只得掉转马头迅速回城。他们刚走出一里多路,就听到远处滚滚而来的马蹄声,大伙回头一看,居然是元军的大部队正疾速赶来。费聚等人出了一身冷汗,不禁窃喜道:"哇,刚才好险啊,险些进了官军的包围圈!幸好大哥神机妙算!"

回到滁州后,有关元璋"赛过诸葛亮"的神话开始不胫而走,这话传到了郭子兴耳朵里,他便找元璋去问问究竟。元璋笑道:"其实也没什么,咱想着那鹁鸽一般都是家里养的,如今必是拿来做报信之用,首先就起了疑,怀疑咱这队伍里有人在给官军通风报信!后来又见有飞箭落下来,咱想着必是去射那鸽子的,因为这鸽子未必训练得那么尽如人意,要想取得信件,只好把它射下来了!"

元璋本来只是多疑而已,并没有十分的把握,但是在别人看来,事实已经证明了元璋的神机妙算。待他说完,郭子兴不禁拍着大腿笑道:"好小子,人家都说你惯于使诈,本帅看来,你小子分明就是只伶俐猴儿,哈哈!"

这女婿既有真刀真枪的功夫,又有如此灵活锐敏的头脑,还有对自己的这份忠心,郭子兴不由得心想,自己应该为之自豪才对,如果自己还有什么不满的话,那真是非分之念!女婿有此作为,足以让自己坐享其成,如果还要恩将仇报、存心挤对,那断然不是好汉所为,莫要叫江湖人耻笑了!

五

滁州东面的六合县被其他义军捷足先登后，就等于暂时切断了郭子兴部继续向东开拓的通道，而他们的东南方向就是轻易无法逾越的长江天堑，西面是左君弼的地盘，西南方的历阳则是元廷重兵设防的一座城池，剩下的就只有北面的一些零星地域了。

继续开拓的难度非常大，元璋只有抓紧练兵、积蓄实力，坐等有利于己的形势变化，不过他也确实有些悲观。至正十四年春，张士诚在高邮称王建国的消息传来后，元璋便把李百室、冯国用、徐达三个人找来，先是跟他们通报了一下情况，然后就试着跟他们商议一番未来的大计。

元璋首先说道："而今张九四兄弟在高邮称王建国，气象轰轰烈烈，外面看着确实鼓舞人心，可是当初那彭和尚、徐寿辉的场面何曾比这小，而今呢？彭和尚死了，徐寿辉也跑到黄梅山区跟官军兜圈子去了，真不知道这张家兄弟能撑到几时。他们占据的可是元廷的命脉所系，依咱看，元廷绝不会坐视不管的。天德，还有两位先生，你们也来说说，咱们下一步究竟该怎么走！"

冯国用整了整自己的衣襟，思忖半晌后，开口道："公子说的是，元廷对于张九四所为绝不会坐视不管，待人马、粮草都齐备了，他们必然先要前去征讨高邮。这就像当初对付徐州芝麻李一样；一旦击破高邮，元军就可能会顺势西来，将我等一网打尽，那时可就没我等的好日子过了！何去何从，不能不及早打算！"

"咱们初会之时，先生就建议咱先取了金陵，依先生看，这几时才有希望取了金陵？"元璋带着几分急切的心理问道。

冯国用面有难色，缓缓道："这天下形势瞬息万变，我等只有趁势而为，不失时机，才有一线希望！不可强为，亦无法强为！如今元廷有贤相脱脱坐镇，这可不是我等的福音，只是我等的眼光不妨多往前看看,这元廷内部从来都是相互倾轧,君不君、臣不臣,说不定哪天脱脱就被人排挤下去了。他们祸起萧墙,我等有机可乘,那时又怎知是何光景?"

冯国用说到这里,思索了半天的李百室便插言道:"冯兄所言极是,早在七八年前,脱脱就被皇帝疏远过,近年来天下多事,皇帝才指着他居中调度,不想轻易换柱。据闻皇帝身边有一帮宵小之徒,但愿他们早一天帮着我等扳倒这脱脱吧!"

冯国用苦笑了一下,又道:"这脱脱也勉为一代贤相了,偏偏生得不是时候,而今是末世,岂是他一力可以回天的?这大元的气数肯定是尽了,目下不过是垂死挣扎,回光返照,但别在他们内部再出一个曹孟德就好!当然,一旦我等据有江南半壁,那时就不惧什么曹孟德了!"

"不会的,不会再出曹孟德的!元廷真要出个差不多'曹孟德',也断然不会是我等汉人,可'胡虏无百年之运'嘛,哈哈!"李百室大声道,这既是想说服别人,也是想说服自己。

李百室并未举出什么太有说服力的理由,元璋便笑道:"若真出个非我华夏族裔的曹孟德也好,我等仍有割据江南的机会嘛!"

话题又转回来了,冯国用便道:"眼下欲渡江南下,第一是要先拔掉历阳这颗钉子,以消除我等的侧背威胁;其次就是加紧收集、打造上百的船只,并训练一支水军。历阳驻有元廷的重兵,其意在监视我等,也便于来日元军从江上过来在此集结,进而向淮南一带反攻……"

徐达听到这里,终于坐不住了,大声道:"总要想办法拔掉这颗钉子才好,不过眼下确实不是时机,就算我等侥幸夺下,元军也必然要大举反扑,那时困也会困死咱们!"

这次谈话依然没个明确的结果,必须静待天下形势的有利变化。大家沉默了一会儿,元璋突然笑道:"要说这船嘛,恐怕巢湖里那帮家伙不少,而今他们受到老左和元军的双重压迫,恐怕日子也不会好过,来日如果咱们有幸与他们合兵一处,倒是再好不过的!"

徐达面露出一丝喜色,接口道:"老左和元军都是难缠的,可是那巢湖众豪杰如今还硬挺着,看来其中必有过人之处,来日与他们合作,我看还是大有希望的！"

"是啊，别个咱不太清楚，那赵普胜可是彭和尚手下'普'字辈的大将，据说武艺着实了得，这人善使一副双刀，百人莫敌啊！"元璋略带着艳羡道。

"总之，咱们当下还是要有耐心，且不可轻动，加紧修缮城池、加紧练兵，守机待时，养精蓄锐，留此有用之身，以便来日抓住那得之不易的好机会！可以搞一些全军大比武、大演练之类的活动嘛，胜出者有奖，以激励将士们勤加训练。另外，公子也不妨四处走动走动，与四方的豪杰们拉拉关系，以便来日能有个照应！"冯国用建言道。

"对，冯先生所言甚是，我等练兵，就当宗法武穆，把操练场作为沙场，绝不容懈怠之人！只是为着调动大家，必要多给些好处和激励才是！又要处事公平，不失人心……"徐达补充道。

"好吧！形势比人强，咱们就耐下心来吧！练兵之事不是小事，天德兄就多操心吧！最近我看邵荣他们都对练兵挺上心的，咱们最起码不能输给他们，武穆说得好嘛，'日月却从闲里过，功名不向懒中求'。"元璋最后笑着表示道。

"公子放心，天德一定倾尽全力！"由于没有家事之累，徐达近乎把军营当成了家，所以一天到晚都跟士兵们在一起，整天都在琢磨用兵和练兵的事，这一点让元璋非常感激，也非常安慰。

时间就在这种焦虑和希望的情绪中飞驰而去，眼看就到了这年七月，滁州地区连续高温天气，而又缺乏雨水，因此遭遇了大旱，一时间饥民遍野。元璋对此深以为忧，如果旱情继续下去，那么不必等元军来攻，坐吃山空也到不了明年。

这天，秀英从外面归来，对忧心忡忡的元璋说道："去滁州城三里的丰山东南，有一处地方叫柏子灵湫，又称柏子龙潭，相传是汉代人采铜留下的矿坑，潭中之水呈深黑色，给人以神秘莫测之感！滁州人都说这潭水可以通神，所求多能灵验，所以前几天我去那里求子，还在潭边梳洗了一回！"

"哦？"元璋一时来了兴味，"那夫人可觉灵验？"

"灵验与否，当下怎能知道？"秀英脸上带着一丝娇嗔说道，"不过我想着这潭水里或恐有能生云致雨的蛟龙，正所谓'积土成山，风雨兴焉；积水成渊，蛟龙生焉'，你何不带人去那里求一回呢？即便不灵验，也是尽了咱们的心意！"

元璋思忖了一番，方笑着答应道："好！这回咱就赌一赌天命是否在吾身吧！"

次日，元璋便带着一线希望去了柏子龙潭，待到那里亲自一观，那潭水幽深异常，看上去果然有些骇人。按照当地人的指教，元璋于是开始一番祝祷的仪式：他亲挽雕弓，向潭中射箭三支，以祭祷"神龙"请其三日内降雨！

大概也是到了该降雨的时候，在人们焦急地等到第三天时，突然开始大雨如注。元璋见状，急忙兴奋地跑回了家，瞅着四下无人，便一把抱住秀英狂喜道："哈哈，看来天命果在吾身，夫人也可得高枕了！将来若是咱得了天下，必定要在柏子龙潭为神龙建祠、立碑！"①

秀英也非常高兴，她一边笑着推开元璋，一边说道："看来明年咱这儿子也有着落了，天道无亲，常与善人！"

成婚两年以来，秀英一直没有身孕，这令她非常着急，她担心自己会步李易安后尘，所以特意请几个高明的大夫看了。

大夫们一般都不会认为问题出在男人身上，何况元璋看起来还算正常，所以基本都指出问题出在了她的身上。虽然药吃了不少，却总是不见效，导致秀英渐渐放弃了希望。可是就在两个月前，她又重新鼓起了希望……

那天秀英正在屋子里做活计，门外侍女进来禀报道："夫人，门外有个姓李叫小红的姑娘想要见您，她说以前服侍过您！"

---

① 洪武六年（1373），已经成为皇帝的朱元璋亲自撰文《至柏子潭前致祭》，并派遣秦王府右傅文厚吉前往代祭；洪武九年又"敕有司建祠"；洪武十八年十二月十一日，朱元璋再次下诏，在柏子潭前建亭，亭内安放御制的"柏子潭神龙效灵碑"。次年又疏浚龙潭，并在潭周围建了一些极其壮丽的楼宇。自古以来，中国人眼中的"龙"是一种绝对的客观存在，人们从不认为它是虚构出来的，不仅各种经典著作里充斥着龙的踪影，而且各地屡屡有关于各种龙出现的报告。

秀英家从前只有三四个丫鬟，所以她很快就晓得是哪个了，她连忙丢下活计，亲自跑到门口去看，果然是她少女时期的那位再熟悉不过的贴身丫鬟。只见小红身上穿得破破烂烂的，脸上也脏兮兮的，可秀英还是一眼认了出来，她忙拉住小红的手，热切地关心道："你怎么找到这里来的？"

小红哭着扑到秀英怀里，泣诉道："二小姐，我可找到你了！"

自从马大威杀人逃走以来，秀英与小红已经分开六七年了，如今天下大乱，年近二十的小红与父母失去了联系，一时无处安身，险些被人卖入妓院，后来她听说秀英成了朱夫人，所以赶紧从宿州前来投奔。

"路上俺怕再被人盯上，所以才把自己打扮成一个小叫花子的模样！"小红洗漱完毕，换上一身红装，向秀英讲起了一路上的惊险历程，"俺都是跟着逃难的老婆婆们身后走，一路上有好几回强盗出没，幸好俺把自己弄得老丑……"

六七年不见，小红分明已经长成大姑娘了，秀英注意到小红虽然由于营养不良有些偏瘦偏黄，但她身材高挑、面容姣好，还是有几分姿色，如果再补充些营养，肯定更漂亮。秀英又问她："你有没有大小姐一家的消息？"

"没有！"小红伤心地说道，"俺跟您分别以后，再也没有见过大小姐的面，也没有听说他们一家人如今下落何处……"

两人抱头痛哭过后，秀英安慰小红道："如今好了，你就在我这里留下吧，生死咱们都在一处！"

一个月后，为了求子，秀英便带着郭天珍、小红等人去了柏子龙潭，回来的路上她突然想起一件事：小时候有算命先生给小红看相，都说她是多子多孙的福命！秀英不由得想道："我自己已然生子无望，何不让小红来代我呢？岂不是比别人放心得多？"

等到元璋求雨成功后，秀英越发相信自己求子一定也能成功，只是此事定然应在了小红身上而已。这两个月以来，由于秀英的细心照顾，小红的面色已经红润多了，元璋也很喜欢跟她说话，看来元璋不会讨厌她，这就算是有谱了。

晚间，秀英便把小红悄悄叫到身边，郑重其事地把要她给元璋做妾的事情说了，小红只是羞得一脸通红，自然没有不应的道理。她当即伏地表示："小姐和姑爷都是好人，小红能长长远远地服侍您二老，是俺一辈子的福分，如果真能为姑爷生得一男半女，也是小红报答小姐的厚恩了！"

"好！这从今往后，你我就以姐妹相称吧！"说着，秀英就去扶起小红来，"快起来吧，我的好妹妹！"小红这样懂事，秀英真是打心眼里高兴，不愧是自己调教出来的姑娘。

秀英又去将此事告知了元璋，元璋早已对小红垂涎三尺，但他还是装作勉为其难地说道："没孩子咱们就多收养几个嘛，眼前这几个就不错，到时候恐怕比亲生的还强些！夫人待咱这么好，咱怎能三心二意？"

秀英点了点元璋的眉头，佯装嗔怒道："庐州那点事儿，你别以为我不知道！但这些鸡毛蒜皮的小事，我怎能跟你计较？我又不是那隋文的皇后独孤氏，犯不着得个妒妇、悍妇的恶名，何况你将来是要成大业的，怎能没有亲骨肉做子嗣？"

元璋见夫人如此明察秋毫，脸上有些羞红了，又听夫人如此设身处地为自己着想，只得讨好道："夫人真是善解人意、善体人心，天下少有的贤良淑德，咱此生是报答不尽的！"

"贤良淑德不敢当，但求无过吧！"秀英正色道，"如今你纳了小红，这也不算什么三心二意，我已和小红拜了姐妹，你只把她当成是我的替身就行了！将来你若果真有天命做了那帝王，皇后之外，四妃九嫔等等，后宫没个百十佳丽还成什么体统？咱更不是那惠帝的贾后，没她那么恶毒！而且那养子也到底不如亲子放心，骨肉之情哪能轻易取代呢？养子祭祀时，总要先想着亲生父母不是？而且这一旦儿女成群，就方便咱家跟人家联姻，这联姻可有一桩好处，你可晓得？"

"不曾晓得啊，望夫人指教！"元璋故作谦虚道。

"你平常鬼点子那么多，怎么如今倒糊涂起来！"秀英以老师范儿说道，"你看那汉武帝，为什么重用卫青、霍去病、李广利等人，不就是仗着他们的外戚身份吗？这总比外人多一份可靠！"

"好吧,既然夫人如此深谋远虑,又如此开明,那咱就委屈一次!不过,下回也请夫人务必委屈一次吧!"元璋略带些坏地笑道。

秀英知道他话里有话,便嗔怪道:"到时可别挑花了你的眼!"

两天后,元璋与小红圆了房。三个月后,小红果然怀上了。秀英如释重负,每天细心照顾小红不迭。

六

得知小红怀孕的喜讯后,元璋一时精神大好。虽然从高邮方面不断传来坏消息,但他越发显得自信和镇定,总想着只要大伙齐心协力,未来就一定有办法。

此前他因为倍加思念亲人,所以派了很多人前往家乡找寻失散亲人的下落,结果令他非常失望——打听的结果是二哥重六已死了好几年,但二哥的续弦找到了,只是没有生育。元璋后来把这一情景形容为"独遗寡妇野持筐",这位二嫂年纪也不大,元璋便给了她一些钱,任由她改嫁;三哥一家没有下落,大嫂和二姐夫也都下落不明。

好在寻亲的消息已经散布出去了,元璋的名头也在淮西大地上越来越响亮,尚存的亲人前来投奔是早晚的事。果然,到了这年十月,劫后余生的大嫂便带着侄子狗儿和收养的一个女孩,从淮东一路乞讨着赶到了滁州。尽管元璋曾对大哥非常不满,但他毕竟已去世多年,狗儿又是老朱家硕果仅存的幼辈男丁,也是唯一健在的与元璋相处时间最久的男性亲人。因此,对于狗儿的到来,元璋还是相当兴奋,尤其是能让亲人们看到自己的今天,更足以快慰和满足了,也越发证明姥爷当年所言非虚!

在离散了整整十年之后,眼见侄子已长成了一个十七八岁的壮小伙,正跟当初分别时的自己一样,元璋激动得掉下了眼泪。他忍不住对大嫂一家感叹道:"十年了,在这乱世之中咱们骨肉还能相见,真是苍天有眼！"

饱经风霜的大嫂也非常高兴，喜极而泣道："以前姥爷活着的时候，就说你小子有出息，还是姥爷的眼睛毒！可惜他老人家看不见了，爹娘和你大哥也都看不见了！呜呜呜……"

狗儿感觉自己一下子掉进了福窝里，忙安慰母亲道："娘，你就别哭了，四叔能有今天，都是太公、婆婆在天有灵！"

"是啊，咱们朱家到底是有福气的，将来咱们就生死在一处，共创大业，同享富贵，再不分开！"元璋喜慰道。

为了让狗儿有一个较好的成长环境，能够在将来委以重用，元璋便将他收为养子，交给秀英代为督导、教育，又给他取了个正式的大名叫"文正"。

又过了两个月，曾携家避难于淮东的二姐夫李贞也得到了小舅子的消息，所以赶紧带着外甥保儿前来投靠。渔民出身的李贞当年游荡到淮东，投靠在一大户家里做了佃农，日子也相当清苦，所以一直没能再娶。

元璋自从保儿出生以后就没见过他几面，如今，当一个十四五岁的半大小子站在面前亲切地喊着"四舅"时，元璋回想起当年二姐的青春样貌，怎能不生出恍如隔世之感！一家子人围拢在一起，各有各的感伤，各有各的心事，顿时哭成了一团……

保儿从小跟着老爹吃苦受罪，如今看到老舅那一身还算体面的衣服，觉得十分新鲜，也十分宝贵，便忍不住上前紧紧拉住元璋的衣服，摩挲个不停。元璋于是对在座的亲人破涕为笑道："外甥见舅如见娘！"笑罢又开始哽咽起来。

许久，元璋又忍不住对秀英及家人说道："在我们六兄妹里，其实咱跟二姐是最亲的，二姐比咱大八九岁，从小都是她带着咱。因为咱娘年纪很大，又整天忙里忙外，咱倒觉得二姐更像娘似的。就在咱十岁上，二姐要远嫁到盱眙的二姐夫家里去，那时的咱虽然年纪很小不懂事，可也是真的伤心啊，有好几次都哭着闹着要去找二姐……咱还记得二姐最后一次回娘家，我们姐弟依依不舍，咱跟娘把她送出去很远。二姐一手抱着吃奶的保儿，一手还为咱洗了脸，因为咱那时候太伤心,都哭成大花脸了。二姐看着实在不像话,也实在不想看到咱是那副可怜样子,不然她就横不下心回盱眙了……那些年闹饥荒,二姐又怀上了,就这么难产死了,保儿那时候才三岁啊!咱闻听噩耗,也是哭得昏天黑地,要不是娘拉住,咱当天就赤脚跑到盱眙去看二姐最后一眼……"

说到这里,元璋又忍不住痛哭起来。在场的人听了无不感慨,百感交集的秀英红着眼圈跑到了一边,原来她也想念自己的亲人、自己的姐姐了。

许久,元璋擦拭了一下自己的眼泪,然后便对李贞说道:"二姐夫,保儿是你一手拉扯大的,这十几年了,你着实不容易啊!从今以后,咱们就一起过日子,一起抚养孩子们了!"不久,他还贴心地给二姐夫找了一位续弦。

粗豪的李贞自然无不乐从,忙道:"兄弟这样上心,那是再好不过了!"

眼见外甥年幼丧母,甚觉可怜,元璋在征得二姐夫同意后,也将保儿一并收为养子,改为朱姓,又正式给外甥取名叫"文忠",一并交给秀英督导、教育,以便将来像文正那样委以重任。同时,元璋又收养了文辉(本姓何)、文逊、文刚等十几个养子,十年之间,元璋夫妇共计收养了二十多个养子,可是够秀英辛苦的了!

元璋在孩子们的教育上可谓不遗余力、用心良苦,尤其是在文正和文忠这两位骨肉至亲的身上,他花费的心血最多。除了教他们读书、习武,元璋还常常让他们跟随在自己左右,以熟悉军政事务,有时即使在马上同行,也不忘时刻教导他们,并对他们寄予了殷切的厚望。

大哥是个坏坯子,这种坏习性最容易由父及子,所以元璋担心侄子也有恶习,少不得要多加留心。

这一天天气晴好,元璋带着侄子和外甥外出打猎,他们的运气和实力还不错,猎获了几只兔子和野鸡,大家都非常高兴。回来的路上,元璋便在马上问文正:"狗儿,最近功课学得怎么样?有兴趣吗?"私下的场合他还是喜欢叫晚辈的乳名。

文正在马上挺了挺身子,回答道:"婶娘请来了高明先生,他们学问虽好,只是教得沉闷了些,听着有些犯困,要是再活泼些就好了!"

"这是文的,武的呢?"

"武的啊!那个'黑赵'着实了得,教得也挺卖力,大家都学得很起劲,不觉得累!"说到武艺,文正立马兴奋起来,又转头去问文忠,"保弟,你说是吧?"

文忠竭力控制着马的速度,忙应和道:"是啊,大伙都羡慕赵师傅的好身手,都想跟着他好好学,将来也好建功立业,不负四舅、婶子的栽培和养育之恩!"私下里文忠还是称呼元璋为"四舅",只是在名分上他是养子,与文正一样享有优先继承权,元璋则自称为"老舅"和"老叔"。

"黑赵"本名赵德胜,是元璋新近慕名请来的枪棒教头,是个跟当年何忠师傅一般了得的人物,只是因为面相黝黑,故而得了一个"黑赵"的绰号。其人状貌魁伟、膂力绝人,尤善使长槊,而且个性刚直沉鸷、号令严肃,元璋发现他颇有大将之才。于是他对两个孩子语重心长道:"那'黑赵'身手不在花云之下,咱看他智略上也绝非泛泛,来日必是要用他上阵统军的,眼下只是先委屈他做个教头,好好地教一教你们!这可是难得的机会啊,所以你们一定要好好跟着他学才是!而且来日咱们还要渡江南下,那时征战必多,生死悬于一线,更是考验你们的时候!"

文正不假思索,当即表态道:"四叔放心,而今咱们吃得上一口饱饭了,也叫人家瞧得起了,更要加倍努力,为四叔也为我们自己,打出一片锦绣江山、光明前程来!婶娘平常也教导我们说,要万分珍惜今天来之不易的学习机遇,打下坚实之基础,以备来日一展长才,这些话我们都深深地记在了心里!"

"是啊,吃苦受穷、忍饥挨饿了这些年,终于有好日子过了!如今我们也是青春年纪,怎能蹉跎了这大好光阴!"文忠附和道。

元璋欣慰地笑了笑,又对文正说道:"你小子就给我好好学习两年,文的方面,你底子薄,能识文断字就行;至于武的方面,老叔不求你赶上那'黑赵',别让他把咱姓朱的看扁了就行,别给咱丢人!如今你年纪也不小了,眼看着该成婚了,老叔已经帮你寻摸了一门好亲事,那女孩子可是个佳人儿……"

文正顿时如色迷心窍一般,眼睛里射出异样的光芒,忙问:"是哪家的?"

"哪家的你先别管!"元璋微笑道,不过他对文正身上流露出的那种轻浮着实有些不喜,"到时自然会告诉你,眼下你要抓紧学习,而且如今也不是结婚生子的年纪,太拖累!等过两年咱们真渡了江,安生下来,再办喜事也不晚!老叔还告诉你,这次你娶的是他家的老三,老二咱已经给徐天德说下了。天德长你几岁,他都不急于成婚,所以你要多多向他看齐才对,先把自己的心收一收,也别去那不该去的地方,小心染了病,可不是闹的!到时候老叔就给你和徐天德一起完婚,你们做了连襟,我跟他的关系也更拉近了一步,也方便你多跟他学学!"

文正有些乐不可支,忙应道:"侄儿记住了,一定谨记四叔的教训!"不过他毕竟是个血性男儿,又不像文忠一样脸皮薄,把持不住时便去找娼妓,只是次数不算多。秀英怕他染了病,只得请准了元璋,把家里新招来的一个年轻侍女给了文正。

眼见回城还有一段距离,元璋突然问文忠道:"保儿,听说你喜好诗文,那今日何不吟诗一首来助助雅兴?"

文忠略带羞涩地一笑,便道:"好吧,那就吟一首王摩诘的《猎骑》,也算应了今日之景!"

说完,文忠便在马上抑扬顿挫地高声吟咏道:

风劲角弓鸣,将军猎渭城。

草枯鹰眼疾,雪尽马蹄轻。

忽过新丰市,还归细柳营。

回看射雕处,千里暮云平。

元璋和文正连连叫好,元璋忽而说道:"保儿,你妗子也喜欢这些,有空你也多跟她切磋一番吧!"

"不敢,不敢!妗子太忙了,实在不敢打搅她老人家!"文忠笑道。

文正听说四叔会写诗了,于是问道:"听闻四叔也有这种雅兴,是不是也曾作过诗？"

元璋忙笑着解释道："哈哈，老叔不过是偶一为之，有感而发罢了！"

文忠一时来了兴致，忙缠住元璋笑道："那四舅何不吟诵一篇您的大作，也让我们小辈学习一番嘛！"

元璋不好推脱，也有意想做两个孩子的好示范，便从脑海里翻出了他前些日子作的一首名叫《野卧》的诗，大声吟诵道：

天为罗帐地为毡，日月星辰伴我眠。

夜间不敢长伸脚，恐踏山河社稷穿。

元璋吟罢，文正立即鼓掌称赞道："侄儿虽然不是很懂，但四叔这诗着实有气势，是大英雄之手笔！"

文忠反复在心里品咂了好久，方道："想必这是四舅的忆苦之诗吧，天寒野卧而没有盖的，所以冻得脚都不敢伸一伸！但四舅如此不凡怀抱，以天下为己任，着实叫人刮目相看！"

元璋见文忠听出了自己的弦外之音，不禁说道："看来还是保儿有心，根底也强些！"后来他更慢慢发现，文忠的资质和脾性都远在文正之上，心里越发欢喜不已，更待文忠胜过其他孩子。

在诗歌的助兴下，元璋一行人言罢便策马飞奔起来，一路上扬起了欢快的飞尘……

第八章
各逞豪雄

一

天有不测之风云，正当陈友谅蓄势待发准备去攻打荆州（中兴路）时，突然传来了蕲水城被攻破的消息。陈友谅连忙派人前去打探消息，得知徐寿辉率领余部成功逃窜到了黄梅山区，暂时蛰伏了起来；徐寿辉手下大将倪文俊率领一支水军在突出官军重围后，暂时不知去向。

陈友谅、张定边等人都明白，官军下一步重点打击的目标可能就是自己了，而他们此时手上的兵力才一万余人，无论如何，也难以与江浙、湖广、四川、河南、江西诸路官军的几十万主力相抗衡，搞不好就会被连根拔起。

这天夜里，陈友谅特意把大家召集起来，商议一下队伍未来的去向，他尽量把几个核心骨干都召来了。

看着四哥那犹豫的神态，陈友贵首先不服气地说道："如果不打一场，实在心有不甘，这几处城池是兄弟们拿命换来的，就这样拱手相让的话，实在说不过去！"

陈友仁则叹了一口气，道："如今敌众我寡，且人心不稳，与其白白牺牲，不如先把力量积蓄起来。官军是按下葫芦起了瓢，其实也是疲于应付，我等不如先把大部队遣散了，骨干人员及其家属都撤到湖区去。那里是我等的家乡，天时、地利、人和都占着，吃不了亏，然后静观其变就好了，我相信要不了多久，天下形势还会有一大变的！"

熊天瑞听罢，便站起来附和道："五相公说的极是，眼下要紧的是先把那十几条大船护下，只要保留下这些攻战的利器，将来我等东山再起也容易些！"

胡廷瑞与邓克明等人面面相觑，他们其实也主张暂时避一避风头，不过因为陈友谅的态度还不明朗，所以一时没有表态。

陈友谅既想放手打一场，又怕伤亡太重，他于是想征求一下张定边的意见："定边兄，你的意思呢？"

张定边沉吟了半响，最后艰难地说道："如果把官军主力引来，我等寡不敌众，确实没有胜算，那时还会遭到其报复，地方上也会遭其蹂躏，那时我等岂不是罪人了？也失去了东山再起的凭借资本！我看还是依五兄说的办吧，我等自动放弃到手的城池，再向行省写一封悔罪书，此举也形同被'招安'！如今官军急于东去，见我等俯首，一时半会儿必不至于大动干戈的！"

张定边是大家服膺的智囊，也是陈友谅仰赖有加的军师，胡廷瑞、邓克明见机也连忙出来附和道："张兄所见甚明！"

陈友谅见众人多倾向于以退为进，方叹着气表态道："好吧，就依你们的主意吧！还真是没想到，我陈某人又暂时做回渔家子了，哈哈。"

张定边所建议的各项举措，陈友谅在一个月的时间里都一一照做了。他解散了大部分队伍，只留下张定边一直以来训练的几百弟子作为种子。他们用大小几十艘船载着家属及粮食等，开到了张定边家乡附近的湖区，正式潜伏下来。胡廷瑞因不是主谋，经过一番收买，便得以在官府的庇护下安生下来，其余人等又多半得到了胡氏的照拂。

在到达了湖区的仅仅几天后，张定边便兴冲冲地从外面回来，向坐在船舱里喝着闷酒的陈友谅大声说道："四兄，难得的好消息啊！真是天助我也！"

张定边一向是非常稳重踏实、不苟言笑的人，少见他如此兴奋。陈友谅当即放下酒杯，好奇地问道："哦？什么好消息？难不成是官军在何地走麦城了？"

张定边随即坐了下来，自斟了一杯酒后便一饮而尽。陈友谅有些着急道："定边兄别卖关子了！快点说吧。"

张定边朗声笑道："哈哈，比那消息还叫人振奋！就是元廷今日亡了，我都不会这么高兴！"

陈友谅突然意会到了什么，忙道："难不成是有什么大树可以让咱们靠一靠了？"

"正是！"张定边捋了捋自己的美髯，"话说有一股人马也到了咱这湖区，如今就落脚在八仙洲。四兄，你道是何人？"

陈友谅想了一会儿，道："该不会是那人称'蛮子'的倪文俊吧？"

"四兄聪明，正是此人！"张定边拍案道。

"那有什么值得高兴的？这厮若把官军大部队招来，可不是好玩的！"

张定边摆了摆手，不以为然道："那八仙洲原本就是水匪们经常出没的地方，有些水寨工事，也如那梁山泊一般易守难攻。如今倪文俊他们有几千人，要知道那倪蛮子可绝非泛泛，其麾下那帮人又都是久战之辈，何况还是在水上，哪有那么容易就扫平？再说官军大部如今都已东下或准备东下，即便想来攻打倪文俊，那船只一时恐怕也凑不齐……"

"那定边兄是怎么个打算？"

张定边神秘地一笑，道："咱们自然要做好这个东道主啊！如今这红巾军势力虽然暂时被压下去了，但其根基还在，一旦时机到来，势必还要重整旗鼓，那时岂知鹿死谁手？我等只是小打小闹，如果四兄能跟那倪文俊拉上关系，到时借其势伸展，必然事半功倍！而且我们两相联合，也更易做成大事啊！"其实借势发展的想法，是张定边一贯就具有的，而且他也早跟陈友谅说过了。

这般说着，陈友谅有了兴趣，忙问："那这关系如何拉呢？前番我等没有向其称臣，如今这般去投了他，恐怕他也会多加猜忌的！"

"正是为这话了，所以才要从长计议！"张定边稍微停顿了一下，"刚才回来的路上，我也仔细盘算了，四兄不妨就一个人到他那里去，暂且收起锋芒，示以卑弱，想办法慢慢取得倪氏信任后，再把我等召去，以求联手做出一番事业来。不知四兄意下如何？"

陈友谅面有难色，道："我孤身一人前往？万一不小心惹怒了那厮，如何是好？想反抗，都没个膀臂！"

张定边叹了一口气，道："险是险了些，难也是难了点，不过机不可失，此事一定做成了才好！"

陈友谅犹豫了一番，只得道："那先听听大伙的意见吧，我们再合计合计！"

陈友仁在晓得此事的原委后，也站出来支持张定边的意见，道：

"这可是千载难逢的好时机,一旦得逞,可是不啻于钻入了天完国的腹心,四哥千万千万要把握住这一良机!"

经过几天的商议和思考,陈友谅总算是想通了,因为风险与回报是匹配的,此举一旦成功,回报自然会相当之大,对于野心勃勃的陈友谅而言,这种诱惑是他无法拒绝的。仔细想想,当初在官场上混的自己,不也是经常委曲求全吗?为了让自己改一改脾气,陈友谅还特意让自己的夫人把他当作下人,硬是支使了十多天才罢。

事后,陈友谅的夫人悄悄地对自己的弟妹余氏笑道:"弟妹啊,你不知道,你四哥最近跟换了一个人似的,过去嫂子就跟他的丫鬟差不多,整天呼来喝去的,稍不如意,他还要发脾气!如今好了,反过来了,他非说要报答嫂子,让我拿他当了十几天的下人!哈哈,这太阳真的打西边出来了……其实,嫂子也不求别的,只巴望着他一旦功成名就,别抛弃了我这糟糠之妻就好!"

"不会的,四哥不是那种人!再说嫂子还为咱们陈家生下了三个侄儿呢!四哥若成了皇帝,嫂子您可就是皇后无疑了!"余氏笑着安慰道。

"其实嫂子就想做个相夫教子的本分女人,哪里会想到做什么皇后?若你四哥真成了皇帝,我看那《汉宫秋》里演的,那汉元帝三宫六院的还不足,又让那个毛延寿到民间挑选美女,就这么着,那后宫里女子成千成万,正经的男子就那么一个。呵呵,大家你争我夺那雨露滋润,这能不乱套吗?"说到这里,她竟然忍不住笑起来。

"哈哈,嫂子说的是!"余氏也跟着笑了,"咱们都是那小家的女人,本不该做这个黄粱美梦,也不稀罕做什么王妃、皇后的!从前五代十国倒是热闹,可也苦了百姓!四哥一心想在这乱世中成就一番英雄事业,少不得我们也跟着辛苦些!他若是真做成了,又可在天下广布德泽,倒也是天大的一桩好事呢!"

"唉,咱家三个男孩儿,都不像你四哥这么个狂性情,咱爹也不像,真不知你四哥这是随哪个!反正嫂子就盼个平平安安,咱家过去的小康也知足了,可不求什么大富大贵!更不求做什么天大的好事,但求睡得安稳就好了!就说这两年……"陈夫人惆怅着说不下去了。

"咱们女人家就是这个命啊,在家从父,出嫁从夫,夫死从子!"余氏慨叹道。

几天后,陈友谅终于决定要立刻起行,大伙又聚首在一起为他送行,陈友谅竟一改平素华丽考究的衣着和狂傲不羁的行止,不仅穿戴上朴实无华,举止上也谦恭礼让了许多。当他头戴平巾帻、身穿盘领窄袖袍从家里走出来,逢人便行拱手礼时,大伙对他这副公人的打扮和状貌都有些忍俊不禁。张定边见状便语重心长地勉励他道:"四兄如今也算回归昔日本色了,就当是重新起步吧!包羞忍耻是男儿,四兄此去,心里务必记住一个越王勾践!"

陈友谅向大伙辞行时笑道:"此一去,不成功则成仁,望老天助我吧!"

张定边顺势安慰他及众人道:"四兄自有天命在身,此去必定马到成功!我等静候佳音吧!"

倪文俊不是井底之蛙,他早已听说过陈友谅等人的事情,但也无非是一些零星的风传。当陈友谅孤身前来求见时,倪文俊一时有些纳闷,还有些好奇,便命人把陈友谅给请了进来。

倪文俊生得一副燕颔虎须,颇有些威仪,当陈友谅前来拜见他时,倪文俊顿时一愣,二人不禁有些惺惺相惜,颇有相见恨晚之意。

"陈头领何故屈尊,到咱这敝庐来?"倪文俊傲气十足地坐在大堂上的头把交椅上问道。

陈友谅恭恭敬敬地站着,拱拱手笑道:"倪公谦虚了,俗话说大树底下好乘凉,咱这棵小树苗,经不得风吹日晒,自然要靠上大树才能得幸存!"

"哦?你这小树就不怕被大树把地力都给你吸了去?"倪文俊故意试探道。

"把咱这棵小树都耗尽,又有何妨?只要存住了大地上的生机,都是值得的,来日不又是一派绿色江山吗?"陈友谅依然面不改色地笑道。

"哈哈,你这厮脑子倒机灵!"倪文俊命人给陈友谅赐座,"不逗闷子了,今日你就给咱一个说得过去的理由,何故到咱这里来?"

放在过去,如果有人敢对自己如此不敬,陈友谅早把他碎尸万段了,但此时此刻他就是装孙子来了,先已有了足够的心理准备,因而赔笑道:"过去小人常存非分之想,也是受那鞑子的欺压,所以起事造反!因着队伍上多有玄门子弟,所以一时未能响应咱们天完新帝的号令,实在是小的一时糊涂!如今咱那队伍也散了,小的也想通了,要成大事,还是得背靠着倪公这样的大山!"

"如今我这队伍也败走新野了,你就不怕有朝一日官军打上门吗?"

"有什么怕的?那鞑子气数已尽,如今不过是回光返照,小的敢说,不出一两年,天下形势必然再度剧变,那时正是我天完重振雄风、扫清胡尘之日!"陈友谅一边说,一边还做着手势。

"说得好!"倪文俊被陈友谅这番话说得很开心,但他暂时还不能信任陈友谅,既担心他可能是官军的奸细,也担心他可能只是来利用自己的,所以他表示道:"我听说你从前是沔阳府里的强吏,如今我这队伍上缺一个佐掌文书、钱粮的簿掾,你就屈尊先操一操老本行吧!也算帮队伍渡过难关!"

终于迈出了这最关键的第一步,陈友谅忙下了跪,欣然应道:"感谢倪公收留,别说做个簿掾了,就是给您牵马坠镫,小的也甘心!"

陈友谅做了簿掾以来,一意巴结倪文俊,要显示自己对他的忠贞,任谁的面子都不给,就专门按照倪文俊的意思来"秉公办事",结果惹得倪文俊手下一干人常去他那里告状,想要倪文俊换掉陈友谅,但倪文俊每次只是虚应着,心里却对陈友谅非常满意。

几个月后的一天,倪文俊手下的领军元帅黄贵雄气呼呼地揪着陈友谅,想要找大帅评理,他一见到倪文俊便怒道:"大帅,今日末将要杀了这个狗贼,他竟敢克扣我部的粮饷!"

陈友谅的衣服都被扯破了,但他一直没敢反抗。见到倪文俊后,陈友谅便理直气壮地跪下分辩道:"大帅,请为小的做主!大帅前日说,近日粮饷吃紧,要小的酌情分配,以保证可以吃到秋收之际!小的跟黄将军再三解释,可他偏不信!"

"是啊,贵雄,你误会了友谅,这是本帅的主意!"

黄贵雄仍不依不饶道："大帅别听这个浑蛋的狡辩，便是酌情减一些，我部这个月也该分到饷银五百两、粮食五千石，为何实际只有饷银四百五十两、粮食四千五百石呢？分明是叫这狗贼黑了！"

倪文俊掐指一算，觉得黄贵雄说的在理，便质问陈友谅道："友谅，你说说，到底是怎么回事？若果真是你黑了，今日就是你的死期！"话音刚落，刀斧手就走近前来。

陈友谅站起身来，在倪文俊的耳畔小声说道："请大帅借一步说话！"

黄贵雄在一旁看了，怒道："这厮弄什么鬼？"

倪文俊没有搭理黄贵雄，领着陈友谅径直到了后堂。陈友谅道："是这样，近日大帅的亲军将领都来反映粮饷微薄，士兵兄弟们颇有些情绪，故而小人擅自做主截留下一部分粮饷，准备在紧急时期交由大帅支配。小人还没来得及跟大帅说，但依小的来看，亲军的待遇绝不能同于一般将士，何况亲军将士的身手也高过一般将士！"

听到这里，倪文俊恍然大悟道："哎呀，都是本帅粗心了，难得你想得如此周到！不过此事还是不宜跟众将明讲，免得那些人都有情绪！"

"是的，所以大帅托词说要再采买些船只就行了，至于说何故忘了，就托词说此事还在未定之中，只是有意想先把钱粮预备下而已，要怪就怪小的听风就是雨，执行得太快……"陈友谅可是早想好了今日的应对，"另外，为着众人的团结，大帅不能把这些额外的津贴明着给亲军将士，正可以采买船只为名，只把那钱粮交给将领们便是！"

"那买不来又如何交差？"

"大帅放心，小的可带人去买，保证不花一文钱！"

"你哪来的船？"倪文俊诧异不已。

"就是先时起事时抢来的，如今被我藏匿起来了，贡献给大帅也算有了它们的用武之地了！"

陈友谅说完，倪文俊惊喜异常，为了向黄贵雄有所交代，他回到前厅后，便对陈友谅呵斥道："此事皆因你先斩后奏而起，罚你三个月的俸禄吧！以示薄惩！"他又拍着黄贵雄的肩膀安慰道："如今是困难时期，我等上下要同心协力共渡难关才是，贵雄且放心，'弥勒降生，明王出世'绝不是戏言，大家再忍个一年半载，到时我等再战武昌，定然重开一片新天地！"

黄贵雄眼见二人到后堂密议了好一会儿，晓得其中必有什么缘故，但如今二人给出的解释也算说得通，他也就没法继续纠缠了。他最后狠狠地瞪了陈友谅一眼，便转身告辞了。

二

几天后，陈友谅忙到二更时分才得了空，他眼见天上的朗朗圆月，又觉清风怡人，不禁走出门来想要徜徉一番。

当他经过倪文俊帐下的后军元帅李景瑞的府邸时，突然无意间瞥见了一群马，其中一匹在月光下依然难掩光彩。他觉得这匹马有些似曾相识，想了一会儿，心里方道："哎呀，那不是黄贵雄那厮的青霜紫吗？"那马因为高大精壮、毛色油亮、略呈紫红，所以被称作"青霜紫"。

陈友谅本就对前几天的事情耿耿于怀，他心里揣度着："我不过是秉公办事，再说即便是有什么小九九，那黄贵雄也不可能看得出来啊！后来误会看起来也澄清了，但他何故还是对我怒目相向呢？大家都是倪文俊手下的人，当彼此多体谅才是，相煎何必太急！"

这样想着，陈友谅越发疑心这黄贵雄并非单纯是冲着自己来的，打狗看主人，恐怕也有不敬倪文俊的意思。"已经如此晚了，这几个家伙聚在一起不会只是吃酒赌钱吧？会不会谈些什么见不得人的事儿呢？这几天眼见得那李景瑞神色也有些异常，其中也许有些缘故，待我去细细查看一番吧！"陈友谅暗忖道。

他悄悄翻过墙去，那院子并不大，但里面却有一个小湖，湖中央有一座亭榭，三面隔绝，唯一通路便是一座曲栏小桥，由几个兵丁在把着。亭榭里闪着烛火的熹微亮光，陈友谅心想："那几个家伙一定在水榭里议事，待我去偷听一下吧！"

从湖边到水榭那里约有十几步距离，要想躲过那些环视四周的兵丁们的眼睛，仅靠平常那般游过去显然是不行的，幸好这三四年来陈友谅从张定边那里学到了很多呼吸吐纳的功夫，在水里可以憋气达半刻钟还多。陈友谅找准了一个隐蔽的角落下了水，水里有点凉，但他已经顾不得那么多了，他本就是渔家子出身，平常也没少下河游泳。他瞅准方位，便一个猛子扎下去，就这般神不知鬼不觉地潜行到了水榭的底下。

陈友谅伸出头来细细静听，但有些模糊不清，他于是用一只手扩住了耳朵，找了一个最佳的位置，才算勉强听到水榭里面的对话。

"……如今彭祖家都死了，跟着倪蛮子这个打鱼的继续混，也不会有好结果的！"这是李景瑞的声音。

"如今粮饷是越来越困难了，过几个月都要靠喝这湖水过活了，这样下去怎么行？"这是黄贵雄的声音。

还有几个人也在跟着发牢骚，这时又有一个人说道："诸位的意思，我已经跟马知院马大人说了，只要尔等诚心归顺，里应外合助我官军捣毁了这八仙洲水寨，到时诸位必定各有封赏！如今上位英明，将士用命，我大元中兴在望，诸位都是聪明人……"

至此，陈友谅已经彻底听明白了，原来这几个灰心、动摇的将领想要勾结元军，卖主求荣。陈友谅在心里不禁大喜道："如今想得不到那倪蛮子的信任和重用，也是不能够了！真是天助我也！"他把众人的计划都听了个明明白白，直到他们都散去，他才连夜去找倪文俊报告。

倪文俊听后备感震惊，他忙自言自语道："不会的，不会的，景瑞、贵雄、开林……我们都是生死弟兄，他们怎么敢害我？"然后他转过头来怒斥陈友谅道："你这厮不要挑拨离间！"

陈友谅忙道："自古兄弟阋墙的事情还少吗？大帅信与不信，三天后自见分晓，小的有几个胆子还敢挑拨离间？"

倪文俊恢复了镇定，忙道："刚才那些对话，本帅信你着实是编不出来的……他们这四五个将领，人马有两千多，占到总人马的三成，

第八章 各逞豪雄

如果他们跟官军里应外合,那咱们水寨就全完了!不过好在被你听到了,这也是我等的命数吧!这场危机过去之后,本帅一定重重赏你!"

"大帅要早作布置啊,到时只发落了主犯,胁从者一律不问就是,千万不可株连过多!"

"本帅自有主张,你就休管了!"

眼看着三天就到了,一部元军果然来攻,倪文俊便带着陈友谅并四五个亲信将领、五百亲军来到黄贵雄、李景瑞等部的防区。黄、李二人上前奉迎道:"何必劳驾大帅亲自跑一趟,如此小敌有我等坐镇就够了!"

"小心驶得万年船啊!今日本帅调派了五百人来此协防!"倪文俊道。

黄、李二人互相递了下眼色,黄贵雄以手势相请道:"请大帅到谯楼休息一下吧!"

众人一起到了谯楼上,唯独不见陈友谅的踪影,黄贵雄命人奉茶,倪文俊当下饮了。又约莫坐了一刻钟,倪文俊开始显得有些困倦,不一会儿,居然在椅子上睡着了。几个亲信将领都推他、唤他,可是无济于事,此时只听黄贵雄高声喊道:"来啊,有人要谋害大帅,将这几个贼人给我拿下!"

话音刚落,四周的兵丁便将谯楼上的人众给围了起来。惊慌错愕之后,被围的众人才反应过来。倪文俊的一位亲信将领连忙质问道:"黄贵雄,莫非你在大帅茶里下了蒙汗药,还要贼喊捉贼吗?"

黄贵雄冷笑一声道:"哈哈,算你小子聪明!可惜已经晚了,来啊,给我拿下!"

就在这剑拔弩张、一触即发的时刻,倪文俊突然醒了,他从椅子上腾地站起身来,朝着黄贵雄等人走去,怒目圆睁地盯着黄贵雄等人骂道:"本帅待你们不薄,你们这几个狗东西居然敢吃里爬外!"

这一回,惊慌错愕的人变成了黄贵雄一伙,就在他们手足无措、面面相觑之际,腰佩长剑的陈友谅闯了进来,将一杯下了蒙汗药的茶摔在地上,指着洒了一地的茶水道:"黄贵雄,你别高兴得太早了,你的茶在这里！"

黄贵雄等人眼见东窗事发，不免有些心虚，忙跪下分辩道："大帅！我等也是为了活命，并不想加害于您，故而才下了蒙汗药，只要您跟我们一同降了朝廷，咱们还是好兄弟！"

"王八蛋，彭祖家的仇，你们都忘了吗？咱们兄弟当初誓死反元的诺言，你们都忘了吗？"倪文俊大骂道。

那几个亲信将领也跟着骂道："尔等卖主求荣，还有什么好讲的？"

那混在黄贵雄等人中间的官府奸细突然喊道："如今事情已到这步，辩解无用，尔等何不就此反了？反正他们人少！"

黄贵雄等人互相递了下眼色，迅速站起身来。倪文俊呵斥道："还要执迷不悟吗？快放下武器，饶尔等不死！"

就在这时，外面示警的鼓声响了，黄贵雄看了看湖面上，元军的船只已经距离水寨不到一里路了，于是他激动地怂恿李景瑞等人道："算了，干吧！活路就在眼前了！"

几人立即拔出了刀剑准备动手，倪文俊被气得手直抖，也拔出腰间宝剑，逼视着眼前众人道："想死的就上来！"

众人都知道倪文俊的身手，吓得后退了几步，然后招呼道："咱们一起上！"虽然他们知道自己不一定是倪文俊等人的对手，但只要争取住时间，到时把官军迎进来就行了。

几个反将连同其手下士兵向倪文俊杀来，倪文俊一方也做好了反击的准备。这时只见陈友谅拔出剑来，突然迈出两步挡在了倪文俊前面，大声说道："杀鸡焉用牛刀，大帅，让我陈友谅替你收拾这几个吃里爬外的东西吧！"

黄贵雄根本不知陈友谅的底细，他心想："你一个小小的簿掾，那就让爷爷先拿你杀鸡儆猴吧！"倪文俊也只是仿佛记得人家说过陈友谅的身手不错，但他将信将疑，如今他眼见陈友谅如此忠勇可嘉，就未予阻拦，想要看个究竟。

黄、陈两人很快就交上了手，倪文俊因站在身材高大的陈友谅的身后，所以视线有些受阻，加之陈友谅动作极快，还没容倪文俊看清楚，那黄贵雄已连连发出了惨叫声——转瞬之间，他居然已被陈友谅斩断了一条手臂、刺中了一条大腿!

众人连同倪文俊都对此惊骇不已,只听陈友谅喊道:"还有想学黄贵雄的吗?"

李景瑞等人看着躺倒在血泊中大声呻吟的黄贵雄,吓得不禁哆嗦起来,那奸细自知难以活命,只好选择了冒死上前一战,结果竟被陈友谅一剑刺中了喉咙,当场毙命!只见陈友谅单手轻轻一提,竟把那奸细的尸体远远抛到了谯楼下面!

眼见如此神技与神力,李景瑞等人被吓得双股战栗,只得束手就擒道:"大帅饶命,我等只是一时糊涂,受这两个贼人蛊惑!"

倪文俊命人先将这帮人押了下去,同时命医官来给黄贵雄医治。陈友谅心知倪文俊有些在意兄弟之情,也明白倪文俊想本着宽大之心让众人不要害怕,故而没有当场要了黄贵雄的性命,但已形同将其废掉。

这些事情都处理完后,倪文俊拍着陈友谅的肩膀,快慰地笑道:"没想到你小子果真有两下子,那天你说你水里那个猛子扎了那么久,本帅就该晓得你是真人不露相!好吧,簿掾你是无须再做了,就接替黄贵雄做个领军元帅吧!"

陈友谅单膝跪地道:"谢大帅栽培,友谅定当涌泉相报!"

三

元军眼见倪文俊的水寨里迟迟没有动静,他们的兵力又不足以进行强攻,心知密谋之事可能已经败露,只好扫兴而归。然而,元军却在半道上遭到倪文俊事先布置下的千余伏兵的截击,随后倪文俊亲率主力赶上,前后夹击之下,元军被打得狼狈逃窜,伤亡数千,被俘达上千人,其中陈友谅提供的几艘装备了抛石机的大船发挥了巨大作用。

到了次日晚间,花团锦簇,灯火通明,倪文俊特地举行了一场庆功宴，一时间整个八仙洲都充满了久违的欢笑声……

为了助兴，大厅里先是表演了一番戏曲，因为经常领略，陈友谅倒不觉得有什么稀罕，所以也就没有特别在意，依旧与兄弟们推杯换盏，喝得不亦乐乎。

大约一个时辰后，众人吃喝得都差不多了，戏曲班子也被撤去了，隔着一道帷幕，突然又响起了琵琶、古筝的合奏声。原本这不过是倪文俊怕大家无聊，故意加添的一道"开胃小菜"，众人也都未加在意，甚至还有些昏昏欲睡。

陈友谅起初也本能地以为，在这等草莽之地不可能有什么阳春白雪，可是当他慢慢静下心来听时，却发觉出了一丝异样——尽管曲调是欢快活泼的，可是演奏者展示出的高超技法与精湛技艺，不禁令陈友谅怦然心动！

这乐曲声令他想起了白居易《琵琶行》里的句子："大弦嘈嘈如急雨，小弦切切如私语。嘈嘈切切错杂弹，大珠小珠落玉盘。"他暗忖道："该是何人所奏呢？没有十年练习的功夫，没有特别的天资，怕是不易弹出这等境界来吧。难不成是那通都大邑教坊里出来的女子？"

一曲终了后，陈友谅竟忍不住站起来鼓掌欢呼道："好！好啊！不意江湖之中竟有如此佳音，江州司马今日若在场，又该'寻声暗问弹者谁'了！"

当时没有其他人如此这般反响热烈，大家顿时对陈友谅这一突出的举动好奇起来，同桌的一位张姓将军于是笑问道："陈兄懂音律吗？"

"也谈不上懂，哈哈！"陈友谅笑答道，"声音之道，本就幽渺难知，有的人一生作曲无数，却也不敢说已尽通声音之道，无非是比常人略高一寸罢了。小弟平生有此偏好，听曲无数，是故较之常人略通而已，俗话说'耕当问奴，织当问婢'，无非是熟谙之道而已！"

"好，好！看来陈将军乃是又一顾曲周郎啊，真乃一风雅将军也！"这是倪文俊的声音。

陈友谅转过头，循着声音看过去，发现醉醺醺的倪大帅已经向自己这边走了过来，此时倪氏又转头向帷幕方向大声喊道："阿娇，还不快点出来给大家敬酒！也顺便见见你的这位江湖知音！"

陈友谅很早就听说过倪文俊有一个美艳无比的小妾达氏，只是一直无缘得见，倒对她存有些男人特有的好奇心。此时经倪文俊这一嗓子，他才猜到刚才的演奏者必定是这位达氏了。

登时便从帷幕后面走出了两个妙龄女子，从装束上看，显然一个是主，另一个是婢，看来刚才是此二人演奏无疑了。待她们走近前来，陈友谅只见那女主子头束高髻，髻前插着金背唐梳和金簪，上身穿交领窄袖短衫，下身束一袭长裙，肩上围着一条帔帛，其人肤色雪白、身姿高挑、略显丰腴，胸部高高隆起，如杨贵妃复生，他一时竟呆住了！

"来，阿娇！"倪文俊粗鲁地抓住达氏的手臂道，"这位就是今日的大功臣陈友谅将军，快来给陈将军敬杯酒吧！"

陈友谅本已有了三分醉意，且因他久已未近女色，被这一阵香风猝然撩拨之下，身上先已酥麻了。只见达氏顾盼生辉、艳若桃花、身段婀娜，少见的风流韵致，确实不失为一代绝色佳人！她还带着一丝强颜欢笑、楚楚可怜的神色，令陈友谅生出了些许怜香惜玉之心。于是他端起酒杯兴奋地说道："何敢劳烦二夫人大驾，小可先干为敬！"

那陈友谅头戴硬裹幞头，身穿盘领窄袖缺胯袍，裤外罩一件细裥短裳，腰系红鞓双带扣腰带，脚穿一双麻鞋，腰间佩一把威武的长剑。裳在缺胯袍开衩处还露出一截，形成一种特别的装饰，那是五代时期曾流行过的一种男服穿法。而今陈友谅如此打扮，显然代表了他不同流俗的雅致品味。一朝得志，陈友谅忍不住故态复萌！加上他高大俊朗的外表，豪迈挺拔的英雄气质，以及有关他武功盖世的传闻，都令达氏的芳心为之一颤！

当达氏发现他就是刚才鼓掌欢呼，自称略通音律的那位知音时，更觉难能可贵。在这草莽成堆、出身底层的反贼窝里，真真儿是高山流水遇知音！达氏迈出最后一两步时，由于难以抑制内心的窃喜，居然不小心踩到了自己的裙边，一个趔趄竟将杯中酒洒到了陈友谅身上。达氏惊慌无措，忙说道："奴家失礼！该死该死！"她又赶忙掏出手绢为陈友谅擦拭——当两人的身体触碰到一起时，彼此都不禁如触了电一般……

众人都被这尴尬的一幕逗笑了，倪文俊颇为大度地笑道："友谅这等美男子，今日红裙也要拜倒在你的脚下了！"他是那种把女人看作衣服的人。

陈友谅和达氏也都笑了，他忙道："不碍事的，今晚不醉不归，少不得明天要换身行头了！二夫人玉体金贵，且不可叫咱这等伧夫给玷污了！"

达氏住了手，眼神越发迷离，显出一脸的媚态，也跟着赔笑道："陈将军貌比潘安，身手却不输那关云长，世间女子见了你，恐怕没几个不失方寸的！"这番话倒显示了她的聪明伶俐，让陈友谅更喜欢了，又见她这等狐媚，内心被撩拨得更加荡漾了。

倪文俊起初唤她出来劝酒时，她还有些半推半就，这会儿见了陈友谅倒有点积极了，忙笑意盈盈地给陈友谅满满斟了一杯酒，他则豪爽地一饮而尽。

两人互相注视了一下，如东风乍起，吹乱了一池春水，因为是在大庭广众之下，所以达氏很快就走开了。但是从此以后，陈友谅就再也忘不掉她了，他忍不住面带春色地心想："我陈友谅平生痴求江山美人，这美人如今可是近在眼前了啊！她既然叫阿娇，又是非金屋不能贮的尤物，那有朝一日，我陈友谅定要造一金屋以藏娇，极尽巫山之乐，方不负来此世上走一遭！"

陈友谅事后得知，这个达氏年方二十，本是官宦人家的小姐，是倪文俊在来沔阳湖区的路上强抢来的。她和几个侍女都擅长弹奏乐器，似乎还通些画艺，大约是家里有意要把她培养成为杨玉环一般的女子以为进献吧。倪文俊侥幸得之，自然对她爱若珍宝，偏这达氏生性有些懦弱，下不了自尽的狠心，也就只好抱着"既来之则安之"的心理慢慢顺从了下来。

而且她对倪文俊飞黄腾达的将来也有几分相信，因为自来算命的都说她有做皇贵妃的命，作为女人，她可经不起这个诱惑，何况她从小就是这么被灌输的！

陈友谅既然已经获得了倪文俊的信任和重用，他随后便对倪文俊进言道:"末将在家乡还有些余部,有几百号人,还有些工匠,不妨把他们都召来,让他们跟着大帅一起做大事吧!"

倪文俊自然无不乐从,等到张定边等人一起来到八仙洲后,张定边经过一番了解和盘算,便立即对陈友谅说道:"四兄,如今官军主力东下,湖广空虚,我军何不挟新胜之威,去打一打武昌城?"

陈友谅不解道:"武昌城防守严密,徒劳地打它作甚?"

张定边早已思谋良久,遂态度坚决地说道:"正是为了扩大影响计,让湖广官府紧张一阵子,借此也当是向各路反王喊喊话,尤其是向那徐寿辉亮一嗓子,要大家知道天下尚有英雄在,正好彼此呼应,乘机再起,务必令官军顾此失彼!那时各地若一起再举,两淮又未安定,未必不能开创出一番大好局面!"

陈友谅思忖了一番,顿时如醍醐灌顶,忙拍着大腿道:"好!这大半年可是快把我憋坏了!十八路反王,六十四路烟尘,如果都闹腾起来,那才叫个痛快!"

陈友谅又赶紧去向倪文俊进言,倪文俊眼见张定边等人前后带来的那十多艘装备有西域炮的大船,心里有了底。他晓得如今八仙洲这里的日子不好过,正可趁机外出洗劫一番,以充实八仙洲的各方面库存,因此当下也就同意了,很快便下令沿水路兵发武昌。

武昌城墙既高且厚,也装备了大量火器,着实易守难攻。但倪文俊、陈友谅等人只是营造出一番大打的声势,无非是想表明一种形势和态度,即在官军的严厉镇压下,西系红巾军不仅没有走向消亡,反而立即复起,并且还有了攻打湖广行省的超常实力!

仗着装备有西域炮的大船掩护,倪文俊部在武昌周围反复袭扰,洗劫了周边很多地方,直闹了一个月才作罢,那声威果然就迅速地传开了!待到他们满载而归时,官军船只既少又小,压根不敢追击。

倪文俊、陈友谅一行人在回师的路上,恰巧碰上镇守武昌的威顺王宽彻不花的王妃及其子女,他们从大都来,对于近来的局势变化不甚明了,因此误打误撞地遭遇了倪文俊的人马。义军队伍顺势将其包围并掳获,陈友谅因之建议道:"可留下女眷,而将宽彻不花诸子处死,如此则湖广行省必受震动,各路兄弟队伍也必受鼓舞!"

倪文俊采纳其言，将宽彻不花的几个儿子一并处死，还特意派周围渔民将尸首送到了武昌给宽彻不花看。悲愤之中的宽彻不花不知是计，于是在湖广行省发布了通告：凡有斩获倪文俊首级者，无论军民，一体可得黄金万两！

仇者痛而亲者快，在这种乐观气象的带动之下，各地反王果然再次闻风而动，更有不少新鲜血液加入。徐寿辉部也受到了鼓舞，走出了黄梅山区，开始向着襄阳一带进军。不过，各地民众及民军头目还多是抱持着一种谨慎的观望态度，只待新的大局出现。

至正十五年正月，当元朝百万大军兵败高邮城下的消息传到湖广地区时，连普通百姓都觉察出元运将终，兴奋异常的倪文俊立即下令全军正式再举。由于有陈友谅的老底子，仅半个月时间，队伍就扩大到了数万人，没几天就将重兵驻防的沔阳城一举攻破……

四

分掌中书省各房事务的左司郎中汝中柏是脱脱深为倚赖的亲信，这天他被脱脱召到了府上，汝中柏料想右丞相大人必是有要事相商，故而没有坐轿，而是带着几个家丁骑了马直接前往。

汝中柏坐定之后，脱脱便走近他的身旁，带着些着急的神色问道："中柏，你听说了吗？那边传出来的秽闻！"说着，脱脱指了指皇宫所在的方向。

原是脱脱一党的哈麻伙同其父秃鲁帖木儿等人向皇帝进言房中术，怂恿皇帝淫乱。后来更发展到一群男女裸处，相与亵狎，以至秽声远播，连市井小民都将其当"黄段子"听。作为朝中大臣的汝中柏如何会没有耳闻，他当即气愤道："哈麻这厮，仗着自己是宁宗乳母之子，有出入禁宫之特权，竟极尽佞幸之能事，实在是该千刀万剐！"

脱脱坐下后缓缓说道："如今皇太子已经十七岁了，殿下有明君之资,对于哈麻之流深恶痛绝,前些天殿下把也先帖木儿找去,说是想要联合我等,除掉哈麻这一害群之马!"

听闻此言,汝中柏便立即表态道:"不瞒恩相说,属下早就看不惯哈麻之流所为了,当初也是因属下看这厮作风不正派,才让恩相疏远了他,没想到他又攀上了高枝!"

"太子殿下毕竟年轻,他的心是热的,只是策略上还须注意,免得授人以柄!"脱脱喝了一口茶后又道,"如今刘福通等已成为不足为患的流寇,徐寿辉等也没了下落,就剩下几个毛贼还在那里苟延残喘,朝廷中兴之象已现,没想到上位不知任重道远,倒先骄傲起来了,以致做出这等糊涂事!"

面对脱脱的直言,汝中柏唯恐有不敬的嫌疑,忙道:"上位神明之资,只是自制力弱了,我等作为臣子,绝不能放纵了小人,一定要清君侧!"

"这事不是急务,也不便本相直接出手,如今出征高邮在即,处置哈麻一事,就交由你与舍弟来做吧,殿下那里要勤走动才是!"说着,脱脱伸展了一下腰膂,以示宝刀不老,他只有四十二岁,确乎还是壮年。

"此番恩相再次挂帅出征,必定二度凯旋!"汝中柏站起来拱手道,"哈麻之流,乃系区区一不学无术之徒,何劳恩相费心?您就在前线静候佳音吧!"

在此之前,当张士诚称王建国、堵截大运河的消息传到元廷时,君臣上下不禁为之震惊。为了一劳永逸地解决大运河及南北交通的问题,脱脱便建议皇帝动用全国最精锐、最庞大的力量,在一举解决了高邮问题后,再乘势征伐淮西及南下平灭方国珍等人,务求迅雷不及掩耳之势,以免夜长梦多。

皇帝斟酌再三,采纳了这一建议,为了能够有效地节制诸路大军,皇帝便再度令脱脱亲自挂帅出征。圣旨中着重指出:"黜陟予夺,一切庶政,悉听(右丞相)便宜行事;省台院部诸司,听选官属从行,禀受节制!"

此次南征高邮,确乎声势空前,各路蒙古、色目王公大臣麾下的武装及诸行省的官军，连同西域、西番也都发兵来助，乃至于旌旗千里，金鼓震野，出师之盛，旷古未有！这支来自东南西北各处的大军，对外号称有百万之众，实际上也不下五六十万人，光是筹备大军的粮草，就足足进行了十个月。

按照脱脱的想法，以人海战术进行武力威吓，最好的结果是能够不战而屈人之兵，对于那些负隅顽抗者也可以迅速解决掉，这样自己就能很快返回京师了。

至正十四年十月，在脱脱的一声号令下，集结在大都附近的部分元军开始乘坐船只浩浩荡荡地扬帆南下……

从称王建国的那一天起，张士诚兄弟就明白此举究竟意味着什么，因此便打定了与元军放手一战的主意，并加紧修缮城池、积蓄粮草、打造器械。

眼见各方面的工作进行得有条不紊、进展颇大，已经被人传颂为"赛张飞"的张士德对此非常满意，特意给大伙打气道："官军不付出十万人的代价，就休想拿下咱高邮！只要咱们支持五六个月，那时怎知天下形势如何？实在不行，咱们再突围到淮西去，那时尚有办法！"

不过，脱脱亲自率领"百万大军"南下的消息传来后，张士诚兄弟还是感到不寒而栗。为了激励士气，令全军数万将士抱定必死之心，张士诚、张士德等没有允许大家将家属转移，反而决定背水一战，于是将家属都集中到了城里——真到了粮食告罄的时候，还可以杀人取食！

为了动员大家协力守城，张士诚便把二十多个骨干人员召集到一起进行协商。张士诚身着玄色金龙纹交领王袍，头戴一顶鎏金长顶冕，首先对大家慷慨道："大家还记得吗，我们因何举义？不就是因为受不得官府欺压、富户凌辱吗？所谓佛争一炷香，人活一口气，咱们兄弟窝囊了半辈子，哪个还想再过回从前的日子？如今我们好不容易翻了身，一定要挺住，就是死，也要站着死！此次，我已决心，不成功则成仁，城破之后，绝不逃跑，你们要走，你们可以走！"

闻听此言，李伯升、吕珍等不依了："诚王殿下，我等岂敢背弃昔日盟约？要走，我等一起走；要死，我等就一起死！"

张士德随之激动地说道："要我们兄弟死，也没那么容易！所谓人心齐，泰山移；兄弟齐心，其利断金。只要我们兄弟抱成一个团，拧成一股绳，就没有打不败的对手！大家可以仔细想一想，蒙元虽然弓马强盛，占据我中华之地近百年，可是这帮人有多么贪婪腐化，老百姓早就对他们忍无可忍了。只要我们把民力充分调动起来，一定会让官军血流成河，也一定会打出咱们的威名来！到那时顺势横扫江南，岂不事半功倍？也算是我们兄弟拼杀一场的厚报了！"

"对，不但是为我们兄弟自己争口气，也是为我们华夏子民争口气！至于老百姓那里，咱们多多散发些金银布帛，如此就不愁民心不向着咱们了！"李伯升附和道。

众人的情绪被充分调动起来后，张士德便开始分派具体的守城任务：首先分拨出一万人由李伯升带领，以水军的形式执行机动作战任务，牵制元军并配合高邮城内的主力作战；其余三万人马分出两万人来负责守城，另外一万人执行援助、"救火"任务；再把民众充分发动起来，负责运送粮草弹药和伤员、侦察敌情、缝补衣物等工作。

十几天后，当脱脱率领主力到达高邮城外围时，首先就遭到了李伯升部水军的突袭，被打了个措手不及，好在元军仗着人多，没有受到太大损失。在元军准备攻城之时，张士德又乘夜率军突然杀出，打得元军后退数里，来不及转移的钩援、云梯、飞梯、飞楼等攻城器械被烧毁了不少。之后，张士德又将部分人马分散在四处，整天乘夜袭扰元军，弄得元军人心惶惶、夜不安寝，非常疲惫。

出师不利且敌方颇善用兵，脱脱感到情况有些不妙，特意对身边的幕僚们说道："高邮叛军士气旺盛，且有主动攻击之精神，此次攻打坚城，恐怕不是易事，要百般小心才是！"片刻之后，他又传令道："各部晚间须多设疑兵、伏兵，将侵扰之敌重创几次，他们就不敢轻举妄动了！"

元军依照命令行事，迅速稳住了阵脚，又仗着兵力雄厚且准备充分，很快就把李伯升部驱赶得远远的，随后大军四面展开，从水陆两个方向准备大举围攻高邮城。经过最初半个月的鏖战，守军虽然寸土未让，但城墙已经被破坏得相当厉害，元军数次攻上城头，情势不容乐观。

眼看就到了十一月间，一天晚上，张士诚在视察过城防后，不禁忧虑地对疲惫不堪的张士德说道："九六，你有把握还能坚持几个月吗？我看官军势头甚猛，确实大不同于往常啊！"元帝平素喜欢自称"我"，张士诚等也不例外，何况他根本不认为自己是"真命天子"。

"是啊，王兄所虑极是！我看这帮官军多数并非中原之人，而是来自边疆和草原，多半未沾染中原习气，故而异常彪悍敢死，确实不易对付！另有不少是镇压过天完的，乃百战之余，也滑头得很！"张士德答道，他坚持称呼哥哥为"王兄"，就是为了带头维护哥哥的权威。

"那你看该怎么办？"张士诚面带愁色地询问道。

"唇亡则齿寒，咱们一定要派出信使到六合、泗州、盱眙等地，游说他们加紧进攻官军，四面开花，以分担压在咱们身上的火力！"

"好，明天我就吩咐他们去办！"

由于元军的重重围困，直接派人突围出去送信已经无望，张士诚只好命令属下以飞鸽传书与李伯升，要他拣选几个人分赴各地进行游说。

五

位于高邮西边约二百里处的六合方面自知无法独存，不待张士诚方面的说客到来，便主动向元军发起了攻击。由于起先出其不意打了元军一个措手不及，结果引来十万元军的疯狂围攻，六合方面自知难以招架，于是星夜派人前往西南三百里处的滁州求援。

来使赶到滁州时恰是半夜。滁州城门紧闭，按照规矩，没有郭子兴的命令，任何人不得擅自打开城门。那来使便向城头上通报道："我与朱公子是旧相识，请他借一步说话！"

来使跟元璋确实熟识，以前群雄召开碰头会时互相敬过酒，元璋为了结纳声援，也表现得相当亲切，所以来使最想见的人就是他。

元璋半夜被人叫醒，心知六合方面必定大势不妙，便急匆匆地来到城门洞里，隔着门缝跟来使说道："张统领，六合的情况怎么样了？"

"不瞒朱公子说，小可半夜到此，正是因为六合告急啊！"来使着急地说道，"如今十万官军大举围攻，我六合旦夕可破，万望郭帅发兵驰援！我等唇齿相依，如六合不能幸免于难，滁州就是下一个六合！"

元璋又向那人了解了一些具体情况，心知此时千钧一发，绝不能作壁上观，便亢声嘱咐道："张统领，你赶快回去告知王大帅，明日我部必发大兵驰援六合，望王大帅宽心！"

"好，小可信得过朱公子一诺千金的为人，那小可就在这里代王帅给朱公子拜谢了！"来使单膝跪了下去，然后道，"那小可先行告辞了！"

"咱这里没法留你，也不能给你一碗热水喝，如今天气寒冷，真是过意不去！"

"朱公子说哪里话，路上有的是河，随便烧一锅、喝几口就是了，明日弟兄们全指望着朱公子的大水去救火呢！告辞！留步！"

来使说完，便带着手下十几个人上马而去，看来寒冷的冬夜里他们又要露宿荒野了。元璋顿觉感同身受，想着自己将来或许也有这么一天，那时又将去何处搬救兵呢？无论如何，只要自己此番以顾全大局的举动折服天下群雄，就不愁将来无人相援。

元璋暂时不好去打搅郭子兴，准备天亮以后再禀明，再也无法入睡的他坐起来仔细思量对策。见他有些不安，秀英也起身了，因为天气寒冷，她便找了一件皮袄温存地给元璋披上，继而问道："何故发愁？这大半夜里定是有火急的要紧事吧！"

"元军围攻六合，六合方面刚才来人向咱告急！不过王力德那厮前阵子抢过咱们的盐车，帅父非常气愤，还曾想叫咱派兵前去讨伐，咱碍于大局，好歹让帅父压下了这口气。如今那姓王的来滁州告急，帅父必定不会发兵，六合一破，滁州就是下一个六合！夫人看，该如何是好？"元璋说明道。

第八章 各逞豪雄

秀英也深知郭子兴狭隘的为人，她想了一会儿，道："有了，你明天赶快去劝帅父收拾东西回定远，并且劝帅父赶快派人去向濠州方面请救兵！帅父留恋滁州的繁华，更不愿向赵、孙等人低头，自然会暂时忍下六合的小愤，也就答应你的出兵请求了！"

元璋觉得夫人的话有道理，立即转愁为喜道："好，就这样说！还是夫人圣明烛照，哈哈。"

到了天亮以后，元璋赶紧去找郭子兴汇报情况，结果郭子兴一口否决道："要想让本帅去救六合，除非那姓王的亲自来了跪在地上求我！"

"今日六合既受围困，咱不去救，它必破无疑；但古人云'唇亡齿寒'，六合一破，只怕下一个就要轮到咱们滁州了。帅父怎可因过去的一点小恩怨，而耽误了眼下大事呢？"元璋试着陈明利害，也不怕冒犯郭子兴了。

郭子兴略微有些犹豫，元璋于是按照秀英的交代，继续陈说。

这一回，郭子兴果然动容了，道："好吧！如今官军攻打六合，也算替本帅收拾了一番王力德那厮。官军势大，既然要救，那我等就要倾巢而出！你快去召集众将来计议！"

吃过早饭后，身在滁州的众将一齐赶来，三四十人可谓济济一堂。元璋迅速向众人通报了情况，此时邵荣、赵继祖等人已被派到定远去坐镇了，元璋心想："如果他们在就好了，帅父手下那几个资历老的将领里，也就邵荣拿得出手了！其他人闻听元军势大，恐怕先就怯了。"

果不其然，一听说元军有十万之众，背后更有近百万之众，一直追随郭子兴的那几个家伙当即就被吓破了胆，找出各种理由来推脱，就是不肯前往。这个说："今天不是黄道吉日，恐怕会出师不利！"那个说："今天天气太冷，大家路上会冻坏的，不如缓一缓再说！"

郭子兴也当真了，便对元璋说道："这样吧，元璋你一向卜卦甚为灵验，你今日先卜个卦吧！"

即便是卜了卦，那起子人不情不愿地被推上战场，恐怕不但不会增加力量，反倒还会拖后腿。元璋只好干脆地回答道："事情成与不成，只问咱心里有没有底，问神又于事何补？如今六合危急万分，不能再耽误工夫了！"元璋急得又一次没有顾到郭子兴的颜面。

说完，元璋便带着徐达、耿再成等几支亲信人马上了路，这些兵力有一万五千余人，还有几千从事后勤事宜的辅兵。此次与元军主力交手，元璋其实也是想检验一下近两年来的练兵成果，进而再总结一番经验教训，因此此战的意义比一般人理解的要大得多。

郭子兴属下的那几个家伙到底还是没有跟上去，如果这剩下的一万人马也能跟上去并用尽全力，兴许还能多抵挡元军一阵子。不过元璋后来庆幸他们没有去，否则添乱和拖后腿的可能性更大，到那时就要倒大霉了，他们甚至可能会全军覆没！

到达六合外围时已入夜了，元璋一面安排队伍休息，一面选择了一处名叫"瓦梁"的地方做了堡垒，以与六合守军遥相呼应。次日吃过早饭，元璋命耿再成率部前去挑战元军。元军见状，便分出一支队伍围了上来。

这部分元军主要是步兵，有一万余人，元璋晓得耿再成部无法应敌，便命徐达所部精兵五千余人在一大片开阔地上排开阵势予以应战。徐达站在高处，以口令指示令旗官发出各种信号，指挥部队进行作战，同时助威的锣鼓声也敲响了，士气顿时高涨起来……

元军也排出了阵形，居然没有擂鼓助威，便想依靠人数优势击破对手。徐达在高处仔细注视着，他发现元军行进了没多远，队形就已经有些散乱，由此料定这必是一支缺乏训练及严格军纪的乌合之众，就是有些沙场经验也不足为惧。他决定先发制人，姑且冒一次险以求速战速决，随即指示令旗官道："改为锥形阵！进攻！"

在雷鸣般的战鼓声中，徐部人马一面奔跑，一面高声喊着号子，以排山倒海、锐不可当的锥形阵一举杀向了敌众。就在双方接战的那一刻，元璋与徐达的心都提到了嗓子眼儿里！看到队伍有条不紊地变换阵形，以及奋然敢死的英雄气概，他们的心一下子宽慰多了。这样的队伍如果打不了胜仗，那么还有谁能呢？

起初，人数占优势的元军还可以勉强抵挡一阵，但时间一长，元军便渐渐不支，遂被训练有素的徐部人马杀得节节败退。口子就这样被撕开了，徐部进而势如破竹般一一突破元军防线，以鸷鸟搏鸡之势捣入敌方的队伍腹心。

看来此番取胜有望，再来几万元军也不怕了，徐达见状便放下心来。在远处观战的元璋也分外激动，忍不住对身边的冯国用等人说道："徐天德不负所望，练兵颇有成效啊！"

"从兵卒的体力、砍杀劈刺、阵形变换等基本功来看，我部确实已出类拔萃，而且徐天德又苦读李卫公兵法等武经，想来不会让大家失望的！"冯国用捋着半长的胡须笑道。

在徐部的锐利攻势下，元军节节后退，阵形越来越乱，徐达见势便下令所部对敌军进行分割包围。经过约莫一刻钟的激战，有一部千余人的元军陷在了徐部的包围中，其他元军因徐部的有力拦截根本无法靠上去，最终被包围的元军部分被杀，大部分负伤和投降；其他元军见势不妙，开始溃退，徐达立即指挥部队追歼逃敌，同时投入约两千人的预备兵力进行截杀。

生力军加入战斗后，元军被杀得溃不成军，遗尸遍地，只剩下逃跑的份儿了。眼见队伍越战越勇，元璋不禁喜上眉梢："我军如此战力，元军再来十万，咱们也不怕他们！明天恐怕就可以替六合解围了！"

冯国用没有元璋那么乐观，他道："公子可别小看了这百万元军，咱们且往后看吧！"

部队追出了七八里后，队形已经有些混乱，徐达知道元军的主力尚未出动，为求稳妥，决定不再深入穷追。正当部队返回时，徐达突然听到隆隆的马蹄声由远方传来，惊得冬日里的麻雀四处乱飞。他当即脱口而出："不好，元军的大队骑兵杀来了！"

徐达下令部队收缩阵形，交替掩护后撤，以求退到一处较高的地方应战，但这时已经来不及了，元军前锋已经与徐达部后卫交上了手。元璋闻报后唯恐有失，便带着耿再成、花云等人前往接应徐达部，冯国用、冯国胜等率千余人留守瓦梁。

这些元军骑兵大多来自西域、西番和草原，极为擅长野战，每个骑士又至少拥有两匹战马，装备精良，所以战力远非腐化、散漫的普通元军骑兵可比。元璋和徐达等人眼见敌骑一面射箭,一面奋不顾身地纵马进行快速冲击,都预感到了不妙。这种智巧又无畏的打法,正是昔日蒙古骑兵驰骋天下的制胜法宝啊!

眼见敌骑兵上下腾挪、左右翻转轻松自如,整个人就像长在了马背上一般,在一处高坡上会合的元璋与徐达不由得惊叹道:"这些人不愧是马背之民,成吉思汗灭国四十,诚非虚言!来日我等要打败这等强敌,恐怕还要多在武器及战法上花些心思!"

"是的,他们的骑术训练是从小就开始的,马匹的耐力和体力也优于中原一般马种,我等再加努力也无法企及,只能另觅他途!以步制骑,也并非说说那么简单,最好是避开这等野战,以我之长攻敌之短,而断非相反!"徐达附和道。

以元璋部当下的条件,要想在野战中克敌制胜,几乎没有任何希望!只能占据高地,以迟滞敌骑的冲锋。为此,耿再成部开始以弓弩、标枪掩护徐达部撤退。激战至中午时分,徐达部终于摆脱了元军骑兵的纠缠,得以凭借瓦梁的堡垒与元军对峙。

双方吃过午饭后,元军又开始发起猛烈进攻,这一次的势头大有"不破楼兰终不还"之意,瓦梁堡垒竟好几次差点被攻破,花云等人也都负了伤。眼见战况如此危急,元璋自知势单力薄,便对冯国用、徐达等人叹气道:"六合看来是救不了了,弄不好连咱们自己也得搭上,三十六计——走为上!"

徐达也非常着急,忙问:"我们都是步兵,想突围也跑不过人家啊!不如回去召集援兵,请他们来助我们一臂之力!"

元璋心想:"那帮家伙肯定不愿来,还会怨咱逞能,何况他们未必敢来!这回看来是遇到咱带兵以来的最大危机了,以前对付的多是中原地区腐化的官军,而且还是在城里防守,如今失去屏障,还腿脚不如人,确实非常棘手!"

见元璋迟迟不表态,冯国用便道:"先把这帮俘虏放了吧,向官军释放一下善意,告个饶,兴许他们可以网开一面!"

元璋采纳了这一建议,立即将数百俘虏予以释放,并要他们传话道:"我等已经晓得天兵的厉害,请求权且放过一马吧!"

不过这一招效果并不明显，元军依然不停地进攻，看来上午把元军打得有点疼，他们的报复心很强。就在元璋左右为难之时，有十几个妇女给堡垒上的士兵送水送饭来了，她们大都是自愿随军的家属，专门帮着做饭洗衣、看护伤员，不但耐力足，胆子也大。

看着这些妇女的到来，元璋竟心有所感，于是灵机一动，充分发挥出自己的江湖经验和诡诈机巧，立即寻思出了一条很有可能成功的脱身之计。

当元璋把自己的想法说出来征求大家的意见时，习惯了"堂堂之阵，正正之旗"的徐达不禁大惊失色道："这能行吗？那官军又不是傻子！"

冯国用略一苦笑，道："兵不厌诈嘛，不如试试吧，死马当一回活马医！这等事史上确实也有过，比如春秋时代那吴越争霸之际，越军见吴军行阵严密，无机可乘，为求吸引和涣散吴军注意，越军便想出了一招以死士在阵前自杀的计谋。结果吴军中计，越军趁机发起进攻，吴军惨败，吴王阖闾也因受伤而亡！"

元璋笑道："咱见这些汉子都不是我们中原人士，据说其人生性多简朴质直，没有那些弯弯绕，看咱上演这一出，必定先就自己蒙了。自古道'好男不跟女斗'，他们也犯不着对我等赶尽杀绝，等到上头命令下来了，那时咱们也跑远了！"

目前实在是别无良策，众人只好嬉笑着去执行元璋的命令。元璋先命军士们各自躲藏起来，接着又预备了一些干粮，最后把队伍上近百名女眷全都召集过来。

不一会儿，一幅诡异的前所未见的沙场图景出现了——

面对上万披坚执锐、杀气腾腾的元军骑士，与之顽强对峙的不过是几十个家庭主妇！但她们毫不示弱，个个都叉着腰，气势高昂，正可着劲儿用乡间最熟稔、最恶毒、最泼辣、最响亮的咒骂，向对面的元军狂风骤雨般倾泻而去！骂得累了，也坚决不离前线，就在原地坐下喝口水，吃点干粮，然后继续开骂……

然而，就在这样一幅显得极度夸张、非常戏剧化的场景中，奇迹竟果真出现了：只见元军将士被骂得一愣一愣的，他们虽然听不懂汉话，但从对方的表情上已足以判断，因此个个不明所以，乃至相视错愕！包括将领在内，没人明白义军这方究竟出了什么状况，于是这股元军暂停了攻势，好奇地远远围观。

元璋这边却不敢闲着，他们瞅准了机会列队而出，牲畜和妇女居前，兵士则跟在队列两侧及后方，竟这般大摇大摆地从元军眼皮底下溜了过去！元军见这股敌人知趣地离开了，只得返回六合，毕竟那里才是自己的主攻目标。

可是正如元璋所料，元军骑兵刚返回六合，就被上级主将打发了回来，开始奔着滁州方向衔尾追击。

元璋先是命令徐达等部在离滁州城不远的山涧旁埋伏，再命耿再成带人去引诱元军来攻。等到元军前锋渡过山涧时，元璋率伏兵突然杀出，打了元军一个措手不及！

山涧水流清冷，两岸石头遍布，马匹涉水受惊，在满是鹅卵石的滩涂上跑起来也很是费劲，所以元军骑兵的优势反而成了劣势。挨了伏兵的迎头痛击后，幸存的元军丢了马匹，步行翻山逃命，元璋得以率部凯旋。

不过元璋一点也高兴不起来，连夜赶回滁州后，他立即找来李百室，对他说道："今日我等虽然缴获了官军大批马匹和武器，可官军岂会善罢甘休？他们定然会加强兵力，卷土重来。麻烦先生，你这样去办……不如把这些东西都给官军送回去，换得一时的安宁再说，官军在一个月内恐怕不会再来挑衅，我等就有了充足的时间从容安排！到时形势再生大的变故，也未可知！"

李百室会意，他立即组织起一批百姓前往慰劳元军，不仅为他们献上了好吃好喝的，连先前所缴获的马匹和武器也一概奉还。前去的人还给元将带话道：

"俺们滁州现在的队伍，纯粹是本地良善百姓为求自保组建的，一直以来都奉公守法，唯朝廷之命是从。此前有人带队去六合，完全是因有人误传消息，主帅听了，误把咱官军当成了叛匪，结果才闹出了这场误会。不打不相识，现在总算把误会澄清了……俺们主帅又老又病，就不能亲自来慰劳了，所以派了我等前来。俺们滁州城里皆是良民，如果将军您坚持要我滁州百姓以死抵罪，那俺们可真是太冤枉了！假使将军能够开恩，保全我等，那么一应军需就由俺们包了……再者，而今高邮巨寇未灭，官军非集中兵力攻打他们不可，奈何还要分兵攻打我等良民呢？"

元军主将对这套说辞将信将疑，但在民众起事遍地开花，官兵到处扑火、疲于奔命之际，眼下还是少树敌为好，何况对方还甘愿供应军需，不如暂时先把滁州的事情放在一边。

得知元军没有再来，元璋终于松了一口气，但他对高邮、六合之事深以为忧，稍事休整后，赶忙再次率部前往六合外围窥伺。如果六合、高邮被攻破，那么部队可以顺便接应友军突围；万一元军真的因各种不测而战败，那么自己倒可顺手牵羊，兴许还可以俘虏和收编不少元军呢。

可是，元璋也不能不做最坏的打算，一旦滁州被围，好歹也要抵挡一阵再突围到定远或濠州一带，反正粮草是元军的软肋。

六

蒙古人原本信奉的是萨满教，可是到了中统元年（1260）忽必烈即位的时候，年仅二十八岁的吐蕃藏传佛教（喇嘛教）僧人八思巴被尊奉为"国师"，授以玉印，出任中原法主，统领天下教门。

正是在八思巴的影响下，蒙古宫廷的佛教气氛日渐浓厚起来。元朝以后诸帝，都沿袭世祖忽必烈的政策，对宗教的态度没有大的改变，喇嘛教也因此成为元朝的国教。

到了妥懽帖睦尔做皇帝时，元朝宫廷沉溺佛教的势头依旧不减，哈麻与秃鲁帖木儿分别向皇帝推荐了一些不太正经的吐蕃僧人。这些不三不四的僧人为蒙恩宠，遂借机进呈"演揲儿""秘密双修法"等房中运气之术，或"选采女为十六天魔舞"以取悦皇帝。皇帝日渐耽于此等逸乐活动，佳丽三千犹嫌不足，又开始广取良家女子以充实后宫。皇帝于内苑建造了一处楼宇，名叫"碧月楼"，他朝夕与宠妃们宴饮其上，纵欲奢淫，以至于荒疏了国事，因不知避讳，结果闹到了淫声在外的地步。

因皇帝富于建筑方面的巧思，经常跟木匠们来往，所以又被京城的百姓戏称为"鲁班天子"。他在禁宫内苑大造龙舟时，竟然自制式样，那舟首尾长二百零二尺，宽二丈，廊殿楼阁俱全，龙身并殿宇俱装饰以五彩金妆。前有两爪，龙舟开动时头、尾、眼、爪都能活动；舟上有水手一百二十名，皆头戴纱巾、着紫衫金带，负责在两旁撑篙，撑动龙舟在前后宫海内往来游戏。

皇帝又自制计时的宫漏，高六七尺为木柜，运水上下，柜上设西方三圣殿，柜腰设玉女捧时刻筹，时至即浮水面上；左右列二金甲神人，一位持钟，一位持铃，夜间则神人会按更时自行敲击。此物极尽灵巧之能事，乃前朝所未有，充分展现了皇帝非凡的聪明才智——可惜这不是做皇帝所需要的！

元朝的后妃制度沿袭蒙古旧俗，皇后有辅弼皇帝治理朝廷的权力，比如忽必烈的察必皇后就曾担当过留守重任（汉人政权多是太子监国）。眼见汝中柏、也先帖木儿在太子的支持下日渐对自己不利，哈麻为求自保，只得选择了去走皇后伯颜忽都的路子。那太子乃系高丽籍的奇氏所生，伯颜忽都并不想让他跟脱脱一派走得太近，否则就不便于自己掌握朝政。为了剪除太子的羽翼，伯颜忽都、哈麻一派开始想方设法扳倒脱脱。

皇帝最近又迷上了一项新的娱乐，那就是欣赏佳人们出浴时的诸般美态，乃至于沉醉其中，如痴似狂……

有意效法武则天的伯颜忽都为了尽量控制朝政，自然乐见皇帝不问政事。这天，皇帝正准备再次观赏佳人出浴，伯颜忽都突然求见，皇帝只好不耐烦地先召见了她。身着皇后冠冕的伯颜忽都启禀道："陛下最近可还对太子的学业上心吗？"

皇帝以为皇后是来兴师问罪的，便没好气地说道："有太子谕德李好文他们呢，朕把太子交给他们就是！"

"李好文勾结汝中柏、也先帖木儿等人一事,陛下可有风闻?"伯颜忽都单刀直入道。

皇帝虽然疏于管理朝政,但对于权柄还是敏感的,只得答道:"略有耳闻,太子亲近大臣,有何不妥吗?"

"陛下真是心宽,难道您就不怕太子被人利用吗?"

"被谁利用?"

伯颜忽都向南边一指,道:"如今右丞相统领百万大军出征,眼看就要成就大功,一旦扫平两淮贼寇,陛下就不担心他会功高震主吗?"

经皇后这样一点拨,皇帝才如梦方醒一般。他想,一旦脱脱得胜回朝,他军权在握,兄弟又与太子走得这样亲密,显然是一内一外别有所图。如果他想发动宫廷政变推翻自己,那么就可以扶年幼的太子即位从而掌控朝廷!即便脱脱暂时真的没有此心,可是他已经全然拥有了这种巨大的实力,谁又能担保他来日不会呢?

"而今前线捷报频传,看来是大势已定,留给陛下的时间可是不多了,陛下要早做决断啊,不然他日尾大不掉,您可就难办了!"皇后进一步怂恿道。

此言果然击中了皇帝的要害,他沉吟道:"好,容我想一想!"

皇帝欣赏佳人出浴的兴趣顿时减去了七八分,有些悻悻然起来。到了次日,哈麻又借机进言道:"天下之乱,皆因脱脱进言修治黄河而起,只要陛下罢黜脱脱,则各处叛乱无须动兵而可望自平!"在皇帝看来,虽然这未必是实情,但却是个很好的发难借口啊!

经过一番仔细盘算,皇帝决定立即将脱脱罢黜,并流放至云南,那里是梁王的辖地;也先帖木儿则改任河南行省平章,被打发到了历阳,参与官军在淮西一带的围剿行动,与元璋所部迎头撞上。

然而,一心平叛的脱脱在上奏中夸大了战绩,隐瞒了大军缺少军粮无以为继的艰危境况。他只能寄望于加紧攻城,争取在粮食告罄前拿下高邮,进而腾出手来去四处搜刮些救命粮,或干脆转移到别处就食,如此方能解决燃眉之急。

在罢黜脱脱的圣旨中,给脱脱安的罪名之一便是"剿贼不力,延宕时日,靡费无数,理当问罪"。面对朝廷这种自毁长城的举动,五内俱焚的脱脱不禁跪地长叹道："大势去矣！大势去矣！"

为了永绝后患，当脱脱被流放至大理腾冲时，皇后便指使人将他干脆毒死了事。为了防止太子有碍自己的权柄，皇后又怂恿皇帝以锻炼才干的名义，将太子打发到了江淮一带去"剿贼"，结果也与元璋所部迎头撞上。

不过，因为脱脱罢黜后引发恶果，同时也是为了安抚脱脱余党，皇帝便以所奏不实为由处置了哈麻。次年，哈麻被杖责而终遭贬死。

在元军的疯狂围攻下，高邮的外城已被攻破，内城的防守也捉襟见肘。城内遍地都是哀哀哭号的伤兵，实在让人不忍去环顾和倾听，最后的时刻眼看就要来临了。

张士诚束手无策，最后还是想征求一下兄弟的意见："九六，事已至此，回天已经无力，你看该如何是好？"

在城墙上连续血战，已经有十多天没有好好休息过的张士德早已疲惫不堪，眼睛里布满了血丝，浑身上下也是血迹斑斑，但他依然没有屈服，慨然道："唐有成仁取义、动天地、感鬼神的颜常山、张睢阳①，宋有那有始无终的吕文焕②，今日我等力抗强元，只求青史流芳也足够了！"

两人于是抱定了必死之心，彼此使劲抓了一把对方的胳膊，以示互相鼓励和道别。

这一日，白天的进攻又扛过去了。夜里，当张氏兄弟以决绝的心情一起去抚慰伤员、巡查城防时，张士德突然发现元军营地里乱成了一团。他有些纳闷，赶忙指着已经涌入外城的那些元军道："王兄，你看，那官军是在耍酒疯吗？还是故意想引诱我等出战？"

张士诚探头观察了一会儿，道："看样子不像……九六快看，那边官军好像动起刀枪来了，莫不是内讧了？"

---

① 指安史之乱时期因为守城而死节的大臣颜杲卿、张巡。
② 南宋末年守卫襄阳的抗元将领，后因力竭而降。

两人观察了好一会儿，城头守夜的将士们也在密切注视着元军的动向，大伙纷纷议论开来。元军的混乱愈演愈烈，演变到最后便成了一场混战，至此张士德判断道："想必是官军缺粮了，故而在互相哄抢！从此种迹象上看，必是官军临阵易帅了！"

张士德并不急于反攻，而是想要进一步摸清情况，他当即下令道："兄弟们明日好好休息一天，后天使劲吃上一顿饱饭，然后咱们就大干一场！"

到了第二天晚上，张士德眼见基本判明了敌情，整个元军营地里充满了骚乱和不安，看来他们也低估了城内张部人马反攻的实力。这可真是一个千载难逢的良机，张士德赶紧要张士诚把众将都召集起来，宣布了这个起死回生、绝地反击的大好消息，一时间群情异常振奋！

会上，张士德兴奋地说道："昔日燕将乐毅率领五国联军攻打齐国，最后打得齐国只剩下即墨、莒城两处未下，齐国的亡国之祸已经近在眼前。可是齐将田单以一招反间计，迫使燕王临阵易帅，换上了一个无能的大将骑劫，最后田单使用火牛阵大破燕军，骑劫本人也送了性命。此后齐军节节胜利，终于恢复了整个国家……今日我等以誓死血战顶住了官军的轮番进攻，虽然已经伤亡过半，但这些牺牲都是值得的，明日我等也要做一回田单了，哈哈！"

大伙纷纷询问如何破敌，张士德淡然一笑道："高邮城里没有牛了，火牛阵是指望不上，但是我等各个赛过牤牛。明日一战，我们杀敌是次要的，首要的就是要烧毁官军的帐篷和粮草，让他们吃没的吃，住没的住，进退失据，那时彼等必然不攻自破！"

鬼门关里闯过来的众人一致高声道："好，就这么办！"

计议已定，张士德连忙分派任务，他表示力量越大越好，还能行动的轻伤员，一律要参加明天的行动。他还飞鸽传书给李伯升，要他也一起参加行动，最后约有两万人参与了攻击。

次日饱餐后，随着张士诚的一声令下，张家军从内城的四道城门迅速杀出。元军仓促应战，一时间惊慌失措，但是张家军按照张士德的吩咐，并不跟元军缠斗，而是四处放火，把高邮内城外围都给点着了。

当时正值隆冬时节,天干物燥,且西北风甚紧,所以整个外城很快就处处火光。元军在此地已经无法立足,在张家军的压迫下,只好退出了外城。李伯升部也在城外四处放火,焚烧元军所剩不多的粮草辎重。经过一场激烈拼杀,城内外的两部人马得以会师,大家来不及拥抱欢呼,继续投入到了纵火和搏杀之中……

到了下午,整个元军的营垒阵脚大乱。很多元军将领原本是脱脱提拔上来的,也只听从脱脱一人的号令,如今新的统帅走马上任,部署上也进行了一番调整。结果元军上下既互不熟识,也互不信任,再加原本就矛盾重重、充满疑惧,此时遭遇突如其来的大规模袭击,根本就无法组织起有效抵抗。为数不多的粮草被烧后,可以想见部队即将陷入饥寒交迫的不堪境地,于是军心大乱之后全军崩溃,各部纷纷四散逃命。尤其是来自草原和边疆地区的那些精锐骑兵,他们跑得最快。

张家军乘胜追击,俘虏了上万的元军,还有数万元军因饿得跑不动而举手投降。

目睹元军四处溃散,元璋不禁大喜过望,率部对流窜的元军围追堵截,结果抓到了两万多人,其中多是两淮地区的人马。元璋遣散了一小部分实在不堪大用也不太可靠的俘虏,而把大部分俘虏与降兵混编到了各部中去(冯国用统领的千余亲军除外),元璋所部的实力一下子就壮大了三四分。

眼见元朝的主要武装力量遭受了重创,元璋不禁对徐达等人得意道:"张九四这小子好样的,这一次我等渡江南下的构想,不再是白日做梦了!经此一战,张九四势必要脱胎换骨,不过这个草莽英雄,今后恐怕要成为你我在江南的劲敌了,哈哈!"

"天下形势为之一变,正是英雄竞逐之时!公子啊,实在可喜可贺!"徐达笑着附和道。

此时是至正十四年的年底,元军主力兵败高邮城下的消息急速传遍了全国,各路反王立即闻风而动,对元朝统治构成了致命的威胁。至正十五年,对大元王朝而言,形势变得越来越严峻,大元的丧钟真正被敲响了!

第九章
乘势南进

一

虽说元军遭遇了空前的惨败，但是元璋细细思量过后，对于未来仍旧不是太有底，所以兴奋过后，难免又生出一些怀疑和沮丧的情绪。

举事以来已近三年了，仔细说起来，自己也并未有什么大的作为。虽然徐达等人多次奉劝自己要立定远大的志向，但对于称王建国甚至取代元朝，还是觉得不敢想象。

"咱朱某人何许人也？也敢如此不自量力？"自己出身何其低微，想当年，能够吃上一顿饱饭、娶上一个媳妇，再种上几十亩薄田，就是他朱重八最大的志向了！如今，不仅有妻妾、城池和地盘，而且手上还控御着几万人马，按理说也该像左君弼一样知足了！否则的话，就有可能全盘皆输！

春节过后不久，心情依然矛盾的元璋便在一天晚上对秀英坦言道："而今天下大势依旧不甚明朗，我等无枝可依，你看该如何是好？童谣里都在唱'但看羊儿年，便是无家国'，今年可不正是羊年嘛！"

秀英自然是个有心人，其实她平素也常思考和关注这些问题。她仔细地思忖一番后，便别有意味地微笑道："我还是那句话，广施仁义，以待天命！这'无（吴）家国'，或许不是'有无'的'无'，而是'吴越'的'吴'。据有吴地，由此立基而定天下，也未可知，这只是我的臆想，你姑且听之就好！"

占据吴越之地，这话倒是应和了元璋想要渡江南下的心思，不过那绝非易事。他无奈道："好吧，那过几天咱再向老天爷祷告一下，希望三个月之内天下形势要更明朗些才好，无论谁得天命，这样咱自己心里也就踏实了！"小红已经怀孕几个月了，元璋快当爹了，他更想未来能稳定些。

到了二月间，东系红巾军建都于亳州的消息传来，刘福通终于把韩山童的儿子韩林儿从一个犄角旮旯里给找了出来，遂拥立为帝，又号"小明王",国号为"宋",改元"龙凤"(至正十五年即为龙凤元年)。刘福通与罗文素同为平章,掌握军政实权,但丞相一职则由杜遵道出任,其名位在刘、罗之上,因他专横自恣,瞧不起刘、罗这些人,很快就激起了刘福通等人的不满。

元璋已经听闻了红巾军的流寇行径,他们到处杀人掠食、肆意破坏,所过之处赤地千里,河北、河南、山东等地区悉为残破。虽然这些消息未必确实,但他认定了龙凤政权不足以成大事,因此对时局依然非常失望,内心也越发焦急起来。此时,郭子兴又来给他添堵——志得意满的郭子兴也想学着别人的样子在滁州称王,过过土皇帝的瘾。

元璋闻讯,气得差点晕过去,因为称王就意味着有称雄之意,就意味着加倍找打。但碍于老丈人的面子,他只得耐心进言道:"帅父,此事宜从长计议。滁州四面环山,腹地狭小,绝非久留之地,等占领更大的城镇后,您老再裂地而王也不迟!"

这一席话算是戳到了郭子兴的痛处,起码的体面他还是要讲的,称王也得够场面,滁州的确是小了点。沉默了半晌,郭子兴终于表态道:"好吧,此等大事不可儿戏,本帅就再听你一回劝!"

由于新近招抚了两万多元军,郭子兴麾下的人马一下子就达到了五万,粮荒问题日渐显现,郭子兴于是召集诸将讨论下一步的进攻方向。

有的将领建议向东去打六合,先把大帅昔日的恩怨了断了;有的建议说,最好向西去打庐州,因为那里比较富庶;有的则建议干脆杀回濠州,毕竟那里本是郭帅的地盘,如今还被赵均用那小人占着,是时候给大帅出口恶气了!

就眼下的这场讨论,元璋还是他一贯的看法,那就是向南发展,夺取集庆路。但此刻,他没敢说出来,一是因为这个想法对于包括郭子兴在内的其他将领来说,都太过大胆,简直是痴心妄想;二是以当时滁州方面的条件来看,长江天堑不可逾越,将士们也不想逾越——一来将士们多是淮西人士,比较恋巢;二来也没有足够的船只,南渡长江说说可以,真要做起来,那简直如笑话一般。因为元军在集庆路一带的长江防线上已部署了水师重兵,更勿论沿江的关隘和城防了。

但困守滁州,就等于坐以待毙。此前,元璋也曾私下向郭子兴暗示应该向南谋求发展,可郭子兴没有兴趣,也没有这个魄力。在这次大会上,元璋眼见这帮人的主意一个比一个更馊,便没有了与他们商讨的兴致;及至几天后诸将又聚在一块商议,元璋便开始托病不去,郭子兴再三派人来请,元璋执拗不过,最后还是勉强去了。

不过,元璋却有了一个退而求其次的法子,当郭子兴征求他的意见时,他便侃侃而谈道:"如今咱们困守滁州孤城,终非长远之计,这是大家的共识!所以,大伙都有意向四方进取,咱也很赞同。不过,依咱看,六合既然已经依附了张九四,咱们就不必去自找麻烦了;庐州也轻动不得,咱同左君弼曾有过誓约,彼此不相攻伐,咱总不能失信于人吧?再说庐州是坚城重镇,大伙去那里看看就晓得了,尤其那老左着实是个人物,岂是好惹的?至于说濠州,那本是兄弟城池,能不打还是别打为好,否则伤了和气不说,还容易为他敌所乘……"

"这也不行,那也不行,说了这半天,你到底有何好计策?"参加会议的张天祐有些不耐烦了。

"舅父别急!其实比较来看,唯有这历阳可图……"元璋向西南方向指了指,"只是一点,历阳城虽小却坚固异常,只能智取,不可强攻!"

"怎么个智取法?"郭子兴忙问。

元璋早已思谋了多日,此时便把自己的主意和盘托出:"回帅父,先前咱们在攻打琅琊山一处民寨时,得到了一些行头,上面写着'庐州路义兵令',大概有三千多件,想来是那老左有意收编这些人。咱们可以挑选些士兵化装成'庐州路义兵',备些假印信,冒充是老左的人,然后载着东西去历阳,以犒劳官军、希望来日得其照应的名义赚进城去;而且那也先帖木儿初来乍到,也可以打着为他接风洗尘的旗号行事。然后咱们再派出另一路人马,悄悄地跟在后面,等化装的'义兵'入城后,咱们来个里应外合,如此则不难成功!就是真的不能成功,咱们也不会受多大损失……"

众将掂量了一番,都觉得这计策不错,连连点头称赞。

计议既定,郭子兴有心让自己的小舅子立此大功,于是便派张天祐带人化装前去历阳城，又令耿再成带另一路人马跟在后面接应。

郭子兴执意不让元璋染指此事，正是鉴于近几个月来元璋功劳太大，已经严重威胁到了自己的地位，只好换个人出来平衡一下。郭子兴很快布置了下去，汤和、周德兴等人由于力争，也得以加入了张天祐的队伍。

历阳在滁州南面约四百里处，实际上是够远的，所以历阳方面对于滁州等处的情况不甚明了，因此当听说有友军大老远跑来，还带了些慰问物品，历阳方面的元军果然表现出了极大的热情，那也先帖木儿简直高兴坏了，为了表示尊重，同时出于谨慎起见，他命一部人马出城数里迎接。历阳方面派去的接应人马在同张天祐等人相见后，一时并未携着张天祐等人直接入城，而是将他们带到城外一处大寨热情款待了一番。

"姓朱的小子说可以赚进城去，如今人家很警惕，就是不让我们入城，这可就难办了！这小子害我啊！"张天祐在心里咒骂着元璋的损招，而丝毫没有采取任何补救的意思，就这样同元军虚与委蛇着，一直从上午耽误到了下午。

张天祐也没有派人去通知耿再成部，耿再成这边是左等右等，始终不见历阳城中有什么动静，于是他便对身边的冯国胜说道："想必张舅爷已经顺利进城了！咱们行动吧？"

冯国胜疑惑道："说好的事先要发个信号啊，为什么不发信号呢？是不是碰上什么麻烦了？难不成事情已被发觉？或者出了什么意外？"

耿再成当机立断道："不管那么多了，搭救张舅爷要紧！"

很快，耿再成部约八千之众就一气杀到了历阳城下。当有兵士飞报说有一部敌军来攻时，也先帖木儿急令紧闭城门，又派出一大队精锐骑兵出城迎敌。

耿再成率部与元军展开了激战，由于救人心切，结果身先士卒的耿再成本人不幸中箭，冯国胜见势头不妙，只得催促着耿再成立即撤兵。耿再成心知攻城已无望，于是下令撤兵，但被元军一口气追出了三十多里地，直至夜幕降临，元军才收兵而返。此战义军死了上百弟兄，伤了几百人，还有上百人被俘。

巧的是，就在疲惫不堪的元军骑兵凯旋入城之际，张天祐等人突然酒醒了。汤和悄声来禀报道："张爷，刚才有兄弟听见历阳城外有打斗声，不会是耿统领率部攻城了吧？"

张天祐拍着大腿说道："咳，忘了给耿再成那小子发信号，要他不要攻城了！哎呀，疏忽、疏忽了！"此时，前来接应的那一部历阳元军也已经撤回城复命去了。

"小的瞧见官军大队人马正要进城，想必他们刚才是去追耿统领了，咱们何不来个亡羊补牢，乘乱杀进城呢？"汤和怂恿道。

"有把握吗？咱们这点人马！"

"官军已是疲惫之师，也多半天没有吃饭了，我等养精蓄锐、酒足饭饱，料想不难挫败。张爷，咱们不如放手一搏！"其实汤和多半也是为元璋考虑，此计一旦失败，张天祐定然会将责任尽量往元璋身上推，那时元璋就不好分辩了。

"好吧！咱爷们也不能叫人家小瞧了，那就干他爷的！"张天祐袖子一撸，站起身表态道。

由于出其不意，而且元军确乎已是强弩之末，在张天祐部的奋勇冲杀下，他们只得拼命往城里撤。情况万分危急，一旦元军进了城，那今天的整个计划就全泡汤了，将来也别指望着能再智取历阳城了，所以大伙必须抢在城门关闭之前冲进去。

身为小总管的汤和奋不顾身地率部向小西门方向狂奔，终于抢在了元军前面。城上的守军见状，来不及等城外的队伍进城，赶紧往上拉吊桥。汤和见势不妙，口里大呼了一声"不好"，然后便旋风般冲到了吊桥上，举起手中的大刀猛砍吊桥两侧的绳索。所幸那绳索不是钢铁制成的，经不起汤和的几刀，顿时就断掉了！汤和乘势率部杀进了城，很快张天祐也率部赶到，大家一起从小西门杀入历阳城。

城内的元军不足千人，根本不是汤和等人的对手。入城以后，除了一路追杀元军，汤和还没忘做两件要紧的事：一是浇灭烟火，防止历阳元军向他处报警求援；二是派人立即封堵小西门，防止城外元军杀入。城外的元军急切之下，改向北门进攻，汤和所部先行一步，硬是用石头把北门给牢牢堵死了。

窄小的历阳城只有小西门和北门两座城门，所以防守起来就容易得多。如此一来，可苦了那些在城外忙活了大半天的元军，他们进退失据，而城中的也先帖木儿见大势已去，便伙同亲信趁乱缒城逃走，最后率领残部逃奔他处。

失之东隅，收之桑榆，张天祐等人侥幸夺城，但耿再成、冯国胜等人却并不晓得他们已经拿下了历阳，根据以往的经验以及对张天祐能力的判断，大家觉得他们多半是凶多吉少了。

当耿再成部失利的消息传到郭子兴这里时，那通报的人听风就是雨，给加上了一句："张舅爷等皆陷没于历阳城里！"

郭子兴闻此噩耗不禁大惊失色，他立即把元璋找来，声色俱厉地数落道："都是你小子出的好主意，如今天祐等人没了下落，你叫本帅如何向夫人交代？"

元璋赶忙向前来通报的人仔细了解了情况，接着便答道："帅父先别乱了方寸，舅父他们或许还有一线生机，还是容咱先率部前去历阳解围吧！"

当初郭子兴出于私心，才派了张天祐这等成事不足、败事有余的家伙前去历阳，如今出了差池，也在情理之中，自知理亏的郭子兴只得同意了元璋的请求。

正当元璋准备率部出发时，忽然有人来报："官军遣使前来招降！"打听之下，方知是屯驻于新塘、高望及青山、鸡笼山等地的元军，他们由元太子（爱猷识理达腊）、行省枢密副使及民兵元帅陈野先等人统率，总兵力不下于十万之众。

真是祸不单行，郭子兴越发惶恐不安，于是又不得不把女婿暂留下来商议对策。元璋转了转脑瓜子，献计道："而今新近归附的官军一时都不堪大用，眼下这情势，实在不宜树敌过多！总得想个法子叫他们知难而退才好！小婿倒有一计策，还请帅父定夺！"

郭子兴赶紧要元璋说出计策来，等他说完，郭子兴便笑道："众人里就你小子鬼点子最多，本帅也只有再信你一次了！"

原来，元璋是突然记起了当初前往庐州的旧事，当时左君弼以大阵仗迎接元璋一行，着实令元璋不由得感叹庐州方面兵力之雄厚、步伍之严整，军令肃然而不可轻犯！如今他也想营造出庐州那般感觉来，也让元军来使受一番震动才好。于是元璋建议郭子兴赶紧把城中的所有精锐人马都集合到南门来，大伙全副武装，齐整整地沿着大路排开，然后再通知那使者由南门入城。

使者进入城门后，突然接到了一个过分的命令："我们大帅有令，命你以膝行去见大帅！"

使者觉得欺人太甚，就是不跪，众人于是一致斥骂道："直娘贼，还不跪下！"

那使者乃是一耿介刚正之士，就是死活不跪，最后被强行拖着去见郭子兴。两旁的刀斧手一长溜排开，郭子兴则穿戴齐整地端坐在大堂上，他见到使者后，忙厉声道："大胆狂徒，见了本帅还不下跪！"

受此大辱，那使者已经怒了，立即回骂道："男儿跪天跪地跪父母，何时要跪你这反贼了？真是笑话！"

元璋暗暗佩服这人的志节，不想郭子兴却被彻底激怒了，不顾一切地大呼道："来啊，把这厮给我拉下去剁成肉酱，拿去喂狗！"

"两国交兵，不斩来使！帅父请息怒！"元璋在一旁小声劝道。

"不行，今日本帅非杀了这厮不可！"

元璋只好贴近郭子兴耳畔小声说道："帅父息怒，您若是杀了他，咱这空城计可是如何往下演？小不忍则乱大谋，就让他先嘴硬去吧！"

郭子兴平复了一下情绪，只得对着那来使说道："好吧，若杀了你，有失本帅的英名，先饶你一条狗命！回去对你家主子说，本帅可不是吃素的，有种他尽管来！"

次日，那支前来招降的元军果然不战自退，滁州的危机得以暂时解除。于是郭子兴对元璋等人笑道："昨天咱戏演得可是够真，因为本帅原是真有心要杀那厮的，装恐怕是装不像的！那厮见本帅毫无惧色，必是内心已先怕了，哈哈！"

待确定招降的元军退去后，元璋立即带着两千精锐人马前去接应那些从历阳败退下来的士卒，并试探着向历阳城进发。耿再成已经率领主力暂往别处安置了，一路上元璋收拢了耿部的溃散士卒多达上千人。

等到元璋先行带着徐达、李百室及骁勇数十人，趁着夜幕来到历阳城下欲探明究竟时，这才发现此地已为自家人所有，大伙自然欢喜不已，并火速派人回滁州报捷。

不过这一回张天祐没忘了邀功，只是因为周边残余元军的干扰而耽误了一天，但他的使者还是先于元璋的使者到了滁州。郭子兴闻讯大喜道："真是正打歪着，虚惊一场！不过，还是咱这女婿没白招，这小子的鬼点子看得人眼花缭乱，真是叫人不能不多疼他些！"

二

张天祐等人占据了历阳后，根本没想着长期据有此地，因此立即放纵兵士对全城进行了一番大搜刮。一时间，历阳城被他们弄得鸡飞狗跳，更有那暴横之徒，杀了不少无辜百姓。当元璋一行人赶到时，张天祐已经将历阳的财物并青壮年男女等都搜罗净尽，准备尽早返回滁州。

元璋心里非常不满，可又不能发作，于是小心奉劝张天祐道："舅父，而今滁州城也处在官军的虎视眈眈之下，如果把人马、财物都汇聚到滁州，肯定有不方便之处。所谓狡兔三窟，滁州、历阳有事，可以互相支援嘛，我等为何要轻弃历阳呢？要知道，这座城池可不是那么容易攻破的！"当然，元璋真正的心思还是在于以历阳作为南下的跳板。

张天祐觉得元璋分析得在理，又想到姐夫想要扩土称王，便释放了大部分青壮年男女。元璋则积极约束士兵，又出榜安民，至此，历阳城内的人心才稍稍安定了些。

这边元璋等人刚坐下喘口气，那边近处的元军便闻讯赶来，开始对历阳城进行大举反攻。元兵先是从小西门下手，不利，接着又转攻北门，依然没捞着什么便宜。眼见元军攻势受挫，元璋便乘势命令徐达率部杀出城去，直杀得敌人远远退去才罢。

大破来犯敌军的消息传到滁州之后，有鉴于元璋的几次非凡表现，郭子兴便欣然任命他为总兵，全权负责镇守历阳事宜，以便同滁州互为掎角之势。

被封为一镇总兵，可以独当一面，对于元璋来说，这当然是好事。不过，驻守于历阳的诸将，除了徐达等少数几个元璋的心腹，大多还是郭子兴的旧部，大家的资历都要比他朱某人老，要让这些人听从自己的号令，并不是一件简单的事情。

为了试探一下众人的反应，新晋的朱总兵便密令人把议事厅的座位都去掉，改换成了一条长长的木榻，这样大家议事时就不得不坐在一起讨论了。而且，借此也能方便看出自己在大家心目中的地位和分量。

到了这天，元璋特意把大家召了来，诸将先行入座，他就在后面暗暗观察着众人的表现。当时以右为尊，诸将坦然入座，等到元璋姗姗来到时，果然不出所料——大伙把最左的一个席位为他朱总兵预备着呢！

元璋也不多说什么，装作欣然入座，徐达、李百室两人则在他身后站立。元璋语带机锋地说道："今日召集大伙来，主要是想商议下如何长久固守历阳城的事情。如今历阳四周有多达十几万的敌兵，这对我等构成了致命威胁，为了确保历阳的安全，也为了大伙自己能够得以保全，还请诸位当仁不让，言无不尽！"

外有强敌之忧，内有缺粮之患，众人不知如何是好，面面相觑了足有一刻钟，无一人发言。

元璋见众人不置一词，于是侃侃而谈："那咱就说说自己的主意吧，诸位给评断一下。首先说，这百姓是水，我等是鱼，不可能无水而鱼独存，前番我等搜刮百姓实在太甚，乃至于百姓纷纷逃亡。如今历阳城内外居民寥寥，长此以往，我等的粮饷从何而出？所以说必先保百姓，才能保我等……我等减少对百姓的催迫，百姓才乐于支持我们，历阳四周的百姓才能稍稍安定下来啊！何况我等多出身贫贱，与一般百姓无二，如此恃强欺弱，何苦相煎太急？"

元璋说到这里，看了看众人的神色，显然大家都在侧耳倾听，而且面带愧色。于是他进一步说道："至于说这防守城池一事，首先是要想方设法让城池固若金汤才是，敌人啃不动，我等才能保全。但是敌人又可能长久围困我等，那时又坏了，所以我部又不能坐等新塘、高望及青山、鸡笼山等地的敌军来攻，必须想办法将他们各个击破才好，让他们没有实力觊觎历阳！这个咱也已经想好了，过两个月就到雨季了，那时道路阻塞，敌众互相支援不易，正便于我等集中主力速战速决，将其各个击破！如此一来，还可以顺手缴获敌人的一应辎重、粮食等……"

关于城池的防守细节方面，元璋又着重指出："敌人使用云梯，是要直接向上攀登城墙，每一座云梯，须得十几个人才能扛抬到城墙下，这就增加了其登城难度。为了阻止其登城，又不被其箭矢所伤，我们可以在墙垛里面的鹊台上，靠墙垛立一排木桩，相隔三四寸立一根，每根顶端都安上枪头或尖刀，高出墙垛五六尺。敌人一旦登上墙垛，必然会被木桩所阻，敌人背后临空，守城之人此时再从木桩空隙用刀枪去刺击，那敌人不被刺死，也会因掉下云梯而被摔死……"

元璋侃侃而谈，诸将见他剖决有理、决断周全，底气上已先输了几分，至此才稍稍服气了些，不住点头称许。为了从根本上加强城池的防务，首先需要把城墙再加高加厚，于是元璋和诸将沟通了一番，让大家各负责监督修造一段城墙，限定日期完工。

可是诸将并未将此事放在心上，他们还跟往常一样，整日忙着纵酒享乐。等到了工程验收的日子，诸将负责的那些工段都未能如期完工，只有元璋亲自过问的那段已经修缮完毕。捉贼捉赃，拿人拿短，朱总兵决定抓住这个机会来一番敲山震虎！

于是，元璋立即通知大伙再到议事厅开会，诸将皆因迟误了工期心里不免有些发虚，正小声地嘀咕着，突然见"总兵大人"进来了，脸色似乎不太好看，又见有人搬进来一把椅子，放在上首。诸将还在诧异之时，只见元璋毫不客气地坐在了椅子上，然后把大家招呼到跟前，当众拿出郭大帅的任命文书。

最后，元璋才对大家朗声说道："咱这总兵之衔，乃是郭帅亲自任命的，并非咱不知天高地厚所自封。既然受了这个职命，就须对历阳的大小事务负起责来，也必须立些规矩才行！不然，诸位今后做什么事，若都像监督修造城池这般，拖拖拉拉，那以后还怎么了得……从今日起，咱跟诸位就约法三章，凡有违令者，一律严惩不贷！"

诸将闻听之下无不又愧又惊，只得一致表示道："以后，一切听从总兵吩咐就是！"

"如此这般就好！"元璋板着脸说道。

又过了几天，元璋出巡回来，不经意间发现一个七八岁的小男孩站在他的营门口，正不安地东张西望着。他很好奇，一般来说，小孩应该是不敢到这里来的，于是元璋上前亲切地询问小孩道："小孩，你在这里做什么啊，怎么还不回家吃饭？"

那孩子很老实，怯怯地低声回答道："等我爹爹！"

"等你爹爹？那你爹爹何在？"

"正在军中养马。"

元璋又好奇地问小孩："那你家中其他人呢？你娘何在？"

孩子见元璋一团和气，便天真地如实相告："我娘被人收去军中，已经好些日子了……娘与爹爹两个不敢相认，只说是哥哥妹妹……我不敢进去，所以在这里偷偷等候爹爹！"

孩子的一番话，让元璋不免想到自己孤苦无依的少年时代，他心里一酸，立即叫人拿了些果子给那孩子，又将他专门照顾起来。待回到营中后，元璋便把诸将召集了来，厉声说道："如今我等既说要保全百姓，那就不能只是嘴上说说而已。以前的事情不再追究了，从今日起，凡是哪个抢掠了人家的妻女，致使人家夫妇离散的，都要立刻放归回去，违令者，定然严惩不贷！"

然后他又把那个小孩的事情讲了一遍，道："人心都是肉长的，谁见了这样的孩子不觉得可怜呢？一定要让百姓安居乐业才好！"

诸将不敢违逆，只得应命："是！"

第二天，元璋便把城中的男人与被掳掠的女子召集了起来，让他们彼此相认，但是绝不能乱认。于是，所有夫妇皆相携而去，一时间城内人心大悦，民心才又安定如初。

这年二月，历阳周边的十万元军突然结伙前来攻打历阳城。此时城内仅有万余守军，但粮食储积还算充足，元璋自信可以击败这股元军，所以一直没有向滁州告急。

除了据城坚守，元璋还不时派人马出其不意地袭击元军，这既是他这几年来的经验摸索，也是《守城录》等兵书的宝贵总结，攻守结合、战法灵活才能让敌人占不到便宜。如《守城录》中所言："大抵守城常为战备，有便利则急击之……拆去钓桥（吊桥），只用实桥，城内军马进退皆便；外人皆惧城内出兵，昼夜不敢自安。"

在长达三个月的激烈角逐中，元兵连吃败仗，伤亡不小，如果不是太子的严令，他们早就撤围了。随着夏季的来临，这股元军终于再也支持不下去了，撤围而走。元璋先前采取的安定民心、加固城防等一系列举措，明显有助于平安渡过这场劫难，诸将越发对元璋敬佩有加了。

元璋迅速从滁州请调来一万精锐人马，一方面是因为历阳、滁州两地的粮荒已现苗头，另一方面这也是他先前就设想好的，要利用雨季对历阳城周围的元军各大据点进行分别打击，不使其有喘息之机；何况这些元军新败，士气多不振。

在一个月的连续攻势中，一些元军的小营寨终被拔除。元璋又以重兵围困鸡笼山，最终鸡笼山之敌也被迫请降。

就在元璋率师凯旋回历阳的路上，当行至距离城池不足三里之地时，突然有一士卒前来报告道："今日上午有一股敌兵来攻打历阳，幕官李大人督兵将敌众击退，杀获甚众！"

元璋闻听如此捷报，便对同行的徐达、冯国用等人大喜道："没想到李先生还有统兵之才，这就在萧相国、赵韩王等人之上了啊！"

原来，有一处元军见元璋以重兵围困鸡笼山，便趁机前来攻打历阳城，当时城内只有两千多守军，而敌人却多达近万人。面对这种危急情形，负责留守历阳的李百室一时陷入了焦虑之中，不过当他登上城头观察敌众时，发现这支元军兵甲不全、衣冠不整，显然应是元璋所部的手下败将。李百室由此认为，绝不能让敌人窥破城内守军的真实实力，反而要好好利用这股元军对元璋所部的恐惧心理，唱一出"空城计"。

于是，李百室一面命人收罗旗帜，一面动员民众化装成兵士去守城，待一切准备就绪后，他便率部一口气杀出城去。城外的元军本已是惊弓之鸟，他们见城头上守军众多，又见杀出城的守军旗幡如林，料定历阳城内必定兵力雄厚，立马就恐惧起来，结果很多人风声鹤唳之下自行溃散了。

李百室督兵杀到，元军无心抵抗，只能四散奔逃，李百室率部奋起追击，结果还俘虏了上千元军。

这之后没多久，元军在江北四面楚歌，实在待不下去了，于是纷纷渡江向南而去，江北形势顿时一片大好。可偏偏就在这节骨眼上，孙德崖等人竟跑到历阳来打秋风了，而且还差点因此要了元璋的性命，后来每每忆及此事，元璋都有些后怕！

话说当时淮西一带战乱频仍、天灾不断，赵均用、孙德崖等人又不注意保养民生，所以濠州地区闹了粮荒。于是孙德崖等人在赵均用的支遣下，便带着所部来到历阳周边找吃的，这就有点侵犯地盘的意思了。

徐达对此不满道："这个姓孙的，脸皮可真厚，人活到这个份儿上，也是'自作孽，不可活'了！"

但元璋为顾全大局，只得忍了，轻叹道："算了吧，由他去吧，多行不义必自毙，让老天来收拾他吧！咱们还是多想想南下的事情，近日咱听说张九六已由通州（今江苏南通）渡江，准备攻打常熟呢，其席卷江南之心已经昭然若揭，留给咱们的时间可是不多了！"

搜刮些粮食还不算，这老孙还恳求元璋让他到城里暂住几个月，务必支撑到秋收时节才好。元璋有些信不过孙德崖，另外他也怕老丈人得知后会不高兴，原本不想答应孙德崖的请求，但他又见孙氏人马众多，面子上大家好歹还是同一支队伍，总要相忍为大计，最终答应了孙德崖的"暂住"请求，只是限制了孙部入城的数量，令其大部分人马都留在了城外。

其实元璋还有自己的小算盘，就是说服孙德崖跟随自己一同南下。元璋对徐达透露道："如果能够让孙德崖部追随我们一同南下，那胜算才能更大，起码能壮大我们自身的力量！滁州郭帅那里，过几天我再慢慢解释，就说不妨暂时利用一下姓孙的！"

哪知孙德崖刚入历阳城，便有人跑到滁州郭子兴那里去打小报告了，还添油加醋地说了一番元璋的不是："朱总兵不但放任孙德崖那厮在历阳四境搜刮粮食，还允许那厮入城暂住，他姓朱的把大帅的仇都忘了吗？我看他姓朱的定然别有所图！"

郭子兴当即大怒道："来人呐，整合队伍，本帅要亲往历阳兴师问罪！一并出了本帅这几年的心头恶气！"

这边元璋听说郭子兴要来，就关照了手下众将道："大帅若是早上不到，那必是夜间到，他一到，你们便通知我，咱也好出城迎接！"他打算到时候先跟郭子兴解释一番。

这天半夜时分，郭子兴果然急如星火地来了。可那个守门的将领本是郭子兴麾下的元老之一，素日里因元璋管束太严，早已对他心生不满，所以故意不及时通报，而是先把郭子兴等人迎了进来，然后才命人去告知元璋。

元璋慌忙起床跑到郭子兴那里去报到，郭子兴见了他，气得半晌说不出一句话来，最后才丢下一句："你——是哪个？你——知罪吗？"

元璋半跪着，小心地答道："回帅父，不管小婿是否有罪，咱这家事缓急之间都好办理，偏这外事还请帅父早早拿定主意！"

"什么外事？"

"孙德崖来了……"

元璋本来还想说"孙德崖已经知错了"之类求情的话，可还没等他把话说完，郭子兴已从牙缝里蹦出一句："这姓孙的狗东西，我是早晚要收拾他的！"

见郭子兴怒不可遏，元璋便不再去碰这个大钉子，反而说道："小婿之所以先把孙德崖放进城，还是想请帅父进一步定夺！"

闻听郭子兴匆匆驾临，心虚的孙德崖坐不住了，次日一大早，他就派了人来跟元璋告别说:"既然郭大帅来了,俺们也该回去了!"

孙德崖这么干脆,元璋倒有些不放心了,他赶紧派人去提醒老丈人要多加防备:"连故人都不好意思见一下,这不太像他孙某人的做派!大家要多加小心才是!"

元璋又亲自跑去问孙德崖:"孙帅,您说好要在咱这里住上两个月的,怎么那么急就要走?"

"你这话问的,俺不是都跟你说了吗?你那丈人真不大好相处,俺还是早点走好,免得见面又伤了和气……"孙德崖神色有点颓唐,元璋心里倒有些同情他了。

不过元璋见他说得如此恳切,就明白他还真没别的意思,于是又对孙德崖说道:"既然您这么为难,咱也不好强留,只是有一件事:我等本来是一家,而今两军好不容易合在一处,其中一方突然离去,恐怕会影响军心,若再闹出些麻烦就不好了。所以孙帅,您不妨在后压阵,待大军妥当出城走远后,您本人再走不迟!"

孙德崖想了想,觉得此言有理,便满口答应下来:"好吧,那你丈人那边你也多盯着点,别叫他犯浑!"

元璋心想,孙德崖如此退让,他手上人马又众多,老丈人一定不会对他下手,让他识趣地走掉就完了。所以当孙部人马起程的时候,元璋便在城外十余里处设宴相送,彼此的很多部下都曾是一口锅里吃过饭的兄弟,相熟的不少,大家寒暄客套,互道保重,一派融融的情谊。其实元璋的这种做法还是意在拉拢,他料定孙德崖等人早晚必走麦城,到时兄弟们想起他朱某人的情义,恐怕就会纷纷来投了。

可就在大伙依依话别之时,城那边突然传来了坏消息:"郭大帅和孙大帅两个在城里打起来了,而且打得很凶,已经伤亡了不少弟兄!"

元璋闻听大惊失色,匆匆道别后,赶紧招呼耿炳文、吴祯等亲信策马回城。孙部已在城外的弟兄一听城里出了紧急状况,晓得自己的主帅尚在城中,又见元璋等人跑得如此干脆,因此不免怀疑这是否是个奸计,立马也从后面追赶起他们来。

当时这路上一队接一队的人马,基本都是孙德崖的队伍,所以不一会儿,就有孙氏的麾下认出了元璋一行人,见他们行色匆匆地往城里赶，也起了疑心，顿时个个剑拔弩张，怒目相向。此时耿炳文、吴祯等人已经被元璋甩在了后面，他是单人独骑，连武器都没拿，这就等于是往人家口袋里钻了。最后，他到底还是被人给拦下了。

孙德崖的部下一拥而上，围住元璋愤愤地质问道："快说，是不是你小子有什么不轨的企图，想害我们孙帅不成？"

元璋连忙解释，但没人肯听他的。正在他极力辩解的时候，后面追赶他的孙部人马也到了，元璋来不及多说，道了一声"情况紧急，没时间跟大伙细解释"，便跨上马强行闯了过去。

后面的人马呼喊着追了上来，这一回连弓箭都用上了，他们在后面大喊道："再跑，我们就要放箭了！"

元璋不敢止步，依旧打马狂奔，孙部人马果然开始放箭，好在元璋当时穿了一身披挂，所以并未伤着。他一气狂奔了十几里，眼看离城已经不远了，但他的马却不幸中了对方一箭，没一会儿就支持不住了。此时恰巧有一位自己麾下的兄弟正打马而来，于是元璋赶紧跑上前去，和那位兄弟共乘一骑，仍往城里急速赶去。可还没跑出去多远，不幸又撞到了人家的枪口上，终于被孙德崖弟弟孙德柱的部下给拿了个正着。

"快放我进城，晚了郭帅和孙帅真的就要两败俱伤了！"元璋大喊道。

有人不由分说，抽刀就要先砍了元璋，幸好队伍里还有一位脑袋清醒点的头领，那人对激动的众人劝解道："如今咱们大帅在城里，生死还不清楚，不妨先把这姓朱的押起来，让我去城里探个究竟，没事便罢，有事再杀他也不迟！"大伙只得点头称是。

那人入城后，一打听才知孙德崖已经被郭子兴给拿住了，而且郭子兴还别出心裁地逼着身戴枷锁的孙氏陪自己喝酒，以此取乐解恨。看样子，郭大帅并非真想要了孙大帅的性命，只是为了出口胸中的恶气。等那人回来报信后，大伙决定暂时先按兵不动，不妨留着姓朱的，将来也好交换孙大帅。所以，元璋虽然被关押着，倒也没受什么皮肉之苦。

"孙德崖，你小子没想到会有今日吧，哈哈！"为了报一箭之仇，郭子兴想尽办法捉弄孙德崖，戴完枷锁，又把他锁在了一个仅能蹲着的狗笼子里。

孙德崖在笼子里憋得难受，只得连连求饶："郭兄，昔日都是小弟不懂事，也是那姓赵的挑唆，小弟如今知错了，还望您大人大量，饶了小弟吧！"

郭子兴笑道："饶你可以，但你小子先要在笼子里待满三天！"

孙德崖心知这一劫是逃不掉了，只好任由郭子兴捉弄，心里也盼望着兄弟们赶快来搭救。一晃到了次日，才有人前来报告道："禀大帅，朱总兵昨天在您跟孙德崖交手时，被孙德崖弟弟的人给绑了！"

看来事情闹大了，郭子兴气愤道："放心，他们不敢拿元璋怎么样！不过这小子也是找死，偏偏自己送上门去，他小子不会是故意的吧？"

此时身在城里的徐达、李百室等人还在派人四处打探元璋的下落，这边郭子兴便把徐达找去说道："你们总兵被孙德崖的弟弟抓去了，你赶快出城去见见孙德柱，看看他有什么条件才能放回元璋！"

徐达等人心急火燎地到了孙德柱那里，说明了情况，也讲了一堆道理。当他提出释放元璋的要求时，孙德柱气愤道："如果他姓郭的有诚意，就先放了家兄，否则一切免谈！"

徐达争辩道："那叫我们总兵回去吧，他可以多劝劝郭帅，我留在这里做人质可好？"

"你？"孙德柱有些怀疑徐达的分量，对他上下仔细打量了一番。

"咱如今是镇抚之职，地位仅在朱总兵之下，而且我是朱总兵的股肱，也是他的生死弟兄，不信您去问我们朱总兵！"

孙德柱派人叫来了元璋，元璋也说出了与徐达同样的话，孙德柱这才同意用徐达来代替元璋做人质。临行前，元璋对徐达表示感激道："天德，有劳了，等咱的好消息吧！"徐达已经把孙德崖被抓后的事情告诉了元璋，元璋的信心更足了几分。

回到历阳后，元璋看过了孙德崖，便对郭子兴进言道："如今且不说那徐天德性命值几何，单说姓孙的若是死于非命，那孙家兄弟岂肯善罢甘休？如今帅父已经教训了他一回，不如尽快放了姓孙的，免得这仇怨越结越深，望帅父三思！"

"放他姓孙的，指定是要放的，不过本帅还没有玩够，让他先在狗笼子里待满三天再做发落吧！"

"如今天气炎热，那姓孙的也上了年纪，就是侥幸不死，万一落下什么病根，或者再受那姓赵的煽动，到时来同咱们大杀一场，无数曾在一起并肩奋战的兄弟要自相残杀，帅父您就忍心？"

"无事，这是本帅同孙德崖的个人恩怨，由我们两个自行解决好了！"

元璋摇了摇头，又道："帅父您的身手，当今天下有几人能敌？那姓孙的有这个胆量找死吗？"

听了这番话，郭子兴的气有些顺了，便道："好吧，为了众兄弟的身家性命，本帅就暂且把这个仇忍下了！"

孙德崖立即被送了回去，元璋又对他好言相慰，为了不再继续激化双方的矛盾，徐达等人得以迅速平安归来。

可是谁承想，孙德崖回去后，郭子兴对孙德崖乃至赵均用当初绑架、毒打、压制和软禁自己的行径越发气愤不已，好不容易擒住了一个孙德崖，自己还没开心够，如今却这样让他毫发无伤地走了！

江湖中人最看重的无非是快意恩仇，如今不想还有这番憋屈，郭子兴每每想起这些不快来，就觉得心痛。于是他不得不借酒消愁，乃至整天在家怏怏不乐，食不甘味、夜不安寝，人也委顿许多，竟因此忧闷成疾！更让人备感突然的是，因为饮酒过量，本已忧闷成疾、卧床不起的他，终因中风于这年五月底去世了！

李百室在历阳闻此噩耗后，不禁对徐达等人感叹道："郭帅一生，豪侠仗义，彪悍勇猛，只是这心胸却小似妇人，最后竟死得这般可怜、可笑，真是枉煞了一世英名！好在他对咱们朱总兵有提携之恩，也算小有作为了！"

冯国用在感叹的同时，更为元璋摆脱了掣肘而高兴，他分明已经看到南渡长江的大好前景就在不远处！

三

闻听郭子兴的死讯,孙德崖乐在心头,他对左右的人兴奋地说道:"看看,这就是他姓郭的欺负本帅的下场,如今他那里没有了当家人,看来本帅要为难一下,替他挑起这份家业了!"

滁州方面刚刚为郭子兴操办完丧事,孙德崖的说客就上门了,郭天叙当即怒骂道:"滚!他姓孙的想得美!我爹就是被这个浑蛋气死的,我没找他报仇就是便宜他了,让他自己多烧烧香吧!"

眼见郭天叙又骂又打地赶走了孙德崖的使者,在旁的邵荣觉得有些不安。如今他已经成为郭天叙的心腹重将,郭子兴这一死,郭天叙、郭天爵两个能力与人望都很一般,这就让邵荣产生了一种曹操式的觊觎野心;不过他也知道,元璋此时是他最大的竞争者与合作者,两人在分道扬镳乃至兵戎相见之前,必须有一番精诚合作。

邵荣于是对郭天叙建议道:"二公子,此番惹恼了姓孙的,他必思谋报复,朱总兵一向足智多谋,不如咱们赶紧写封信,请他帮着拿个主意吧!"

郭天叙也担心生出事端来,只好照办。接到来信后,元璋又好气又好笑,一边把信递给了李百室,一边对冯国用、徐达等人说道:"这个孙德崖,真是蠢到家了,脸皮也忒厚了,竟然又来打咱们的主意!"

李百室看过信后,一边将它递给冯国用、徐达等人,一边接口道:"如今我等既要南下,就让二公子明白地告诉孙德崖,如果他想跟着,就由他做这个大帅,看他是何反应!"

冯国用匆匆看过信,道:"孙德崖晓得二公子的态度,恐怕也会恋巢,咱们队伍中大多数人也恋巢。南下金陵之事,事先绝不能说破,只说去南方打打秋风,片刻即回就行了,一旦顺利过江,那时恐怕就由不得他们了,哈哈!"

元璋笑道:"对!对天叙他们也不能说破,这也都是为大家好!"

元璋把南下的意思告诉了郭天叙，郭天叙又转告给了孙德崖，孙德崖既忧虑长江天堑无法逾越，又担心郭天叙会对自己不利，果然就死了这份心。但是他佩服道："可能是咱们这些人都老了，这几个年轻人还真是敢想敢干，兴许真能到江南打开一番新局面呢！如今我就在濠州看着！"

就在郭天叙忧虑将来从南方归来后如何再行应对孙德崖时，刘福通、杜遵道等人假托小明王的使节到了滁州，想要招抚滁州、历阳众人，以为己助。

张天祐自忖"大树底下好乘凉"，便对天叙说道："天叙，不如让我先去探探他们的底，看看小明王的这份家业究竟有多厚实。如果确实能撑起半壁江山，我就自作主张从了他们，当然这第一把交椅指定还是由你来坐，你看可好？"

"那就全凭舅父定夺了！"郭天叙应道。

张天祐跟随使者到了亳州以后，发现龙凤政权一应俱全，果然气象不凡，看起来还真像那么回事。他是个没怎么见过世面的人，越发在心里仰慕不已，也很想混个好官职做做。

在与刘福通会面时，刘氏也向他透露道："而今元军在高邮拉了稀，鞑子朝廷一时是缓不过劲来了，如今整个中原地区包括关中一带，都是我们红巾军驰骋的天下。眼下毛贵部已经据有山东十几个州县，鞑子朝廷毫无招架之力，用不了多久，整个山东就会被我们拿下；其他各部也都搞得红红火火，预计不出两年，我大军就可进行北伐，将鞑子朝廷彻底赶出中原！"

张天祐受此蛊惑，正式接受了小明王的委任和册封，按照小明王的谕旨：郭天叙被任命为都元帅，张天祐被任命为右副元帅，朱元璋被任命为左副元帅。

当张天祐等人从亳州回来时，元璋正亲率将士攻取历阳西南一带负隅顽抗的民寨。虽然元璋不太奢望龙凤政权能够成就大事，但将其作为自己的北面屏障，看起来也不是坏事，这一点他心里再清楚不过了。

当谕旨下到历阳时，元璋便乖乖地下跪聆听，并高呼道："谢陛下隆恩！"

由于元璋日渐声名鹊起，多有远近豪杰率众前来依附，就在他刚刚接受完小明王的册封不久，一名来自虹县的少年英雄邓友德便率众前来投奔。

"咱家以前也在虹县待过，咱们也算半个同乡了，兄弟，你说你多大年纪了？"元璋亲切地问道。

少年老成、一身英武之气的邓友德答道："回副帅，虚岁十八！"

元璋不禁上前拍了拍他结实的身板，赞叹道："比我们家文正还小一岁，可你已经能够独当一面了，真是少年英雄啊！"

"这也是没办法的事，两年前小的追随父兄起兵自保，父兄不幸相继战死后，蒙大伙的推重，小的只好接过了这个摊子！"邓友德谦逊地笑道。

邓友德幼时聪慧好学，又勤练武艺，稍长即怀抱着平定天下的大志，他不但足智多谋，且每战必挺身破敌，以至与其对阵的敌军皆服其勇武。泗州、灵璧、盱眙等地的一些百姓便闻风归附，纷纷求其保护，其麾下已多达数千之众。

元璋已经耳闻过他的一些事迹，便笑道："不用谦虚了，以后咱就让文正多跟着你学吧，望你多多指教他才是！你如今带了千多人来，就先委屈你做个行军总管吧！"

元璋非常喜欢这个跟侄子差不多年龄的猛将，故而给他取了新名叫"邓愈"，寓意是希望他能够不断进取；而且"邓愈"与"邓禹"同音，元侯邓禹可是汉光武帝麾下的重要功臣，二人曾是太学同学。邓禹比刘秀小六七岁，更始元年，刘秀巡行河北，正处于事业的草创期，邓禹便毅然前往追随，还提出了"延揽英雄，务悦民心，立高祖之业，救万民之命"的方略，被刘秀"恃之以为萧何"。

刚安顿好了邓愈，同样来自虹县的好汉胡大海又来求见元璋。这胡大海生得面黑臂长，身似铁塔，长相不似中原之人，元璋便好奇地问及他的身世。

胡大海老实地答道："回副帅，实不相瞒，俺的祖籍乃是万里之外的波斯，先祖乃是追随蒙古大军来华的色目人，到俺这一辈已经是第五代了。祖先原本只是普通小军官，而今俺也只是做点小生意糊口而已！还望副帅不弃！"

元璋走上前笑道："你身上流的虽非我汉人之血，但只要心不向着那蒙元朝廷，服膺我中华文教，就是我们自家兄弟！"

元璋又注意到胡大海的右手手指异常粗大，便好奇地抓起来看了看，只见那手上都是厚厚的老茧，元璋于是问道："你是做啥小生意的？"

胡大海嘿嘿一笑，道："也没什么，就是炸油条的，因为俺平时喜欢伸手就抓嘛，久而久之，这手上就都是老茧了，俺也就不怕烫了，徒手下油锅抓油条成了俺的绝活儿，所以人家都叫俺'铁指头'！"

元璋又叫人试了一回胡大海的身手，居然远在自己之上，于是他吃惊地问道："大海兄弟，你的身手这样好，为何这么晚才来投军呢？又为何来咱这里呢？"

胡大海拱了拱手，正色道："不瞒副帅说，俺虽是个大老粗，但也知道三件事最要紧，这就是不乱杀人、不抢妇女、不烧房屋。放眼天下各路豪雄，俺这几年也只发现副帅您最能体恤百姓之苦！所以俺才专程来投你！"

这话听起来简简单单，但显然没几个人能意识到这一层，元璋不禁高看了胡大海一眼，于是半开玩笑地说道："想你也必是那有志之人，但你目不识丁，恐怕难有大成吧！"

胡大海直了直身子，辩解道："副帅此话有些偏，自古道，天生我材必有用，那杀狗的樊哙、做吹鼓手的周勃、小商贩出身的灌婴等，他们也是白丁，不都成了汉代的开国元勋吗？再说俺虽然大字不识一个，可俺这心里却是明镜一样，嘿嘿！那账头儿也清得很，不信您考考俺！"

"哈哈，你是一个实诚人，咱信你就是！"元璋笑道，"你如今身无寸功，就先留在咱身边吧，等你战场上杀敌有功，咱马上再委你做个偏将，行不行？"

"不碍的，俺从此就跟着副帅了！"胡大海憨厚地笑道。

在历阳东北百里处有一座名叫"狮子岭"的小山，山上聚集着一伙强盗，有几百号人，为首的名叫刘聚。那刘聚本来也是地方豪强出身，平素喜欢锄强扶弱、仗义疏财，他看不惯这世道，又得罪了官府及一干恶霸，最后一把火烧了自家宅院，索性就落草了。

因为刘聚的为人和抱负，所以这伙人常常以劫富济贫自任，因而被一些贫苦百姓称为"义盗"。狮子岭虽小却险，可谓易守难攻，所以各路势力都不愿动它，刘聚等人的日子也勉强过得去，但眼见山下如火如荼、轰轰烈烈的抗元举事，山上很多人有些坐不住了。

这天晚上，一个名叫常遇春的小头目在月下乘凉时，不禁偷偷地对身边的人长叹道："蓝玉啊，姐夫今天要跟你说说心里话！姐夫是从二十三岁开始追随管家的，至今已经三年多了，虽然是劫富济贫，可是那富者里面也多有良善之人。我等在这里杀人越货、打家劫舍，说好听了是'替天行道'，其实至多算是'盗亦有道'罢了，混一辈子，能有什么出息？说不定早晚还会被那官家剿灭了呢！"

"姐夫你武艺高强，箭术也高超，实心来说，自从上个月我带姐姐来投奔你，看了这里的一切，就觉得你做个强人实在是有些屈才！别说以你的身手可以纵横天下，便是我蓝玉，都不甘心呢！"说着，蓝玉展示了一下自己强健的筋骨。

常遇春笑着看了看刚二十岁出头的小舅子，道："从小，师傅就说我才器过人，双臂长大如猿，是学武练箭的好材料。姐夫学成之后原想着投了哪路像样的队伍，从此一刀一枪拼个功名，唉，谁承想失手杀了那张财主，惹上了人命官司！就在走投无路之际，不承想却被刘管家看中，他将姐夫视作亲兄弟一般，姐夫一时感激不已，这才走上这条道儿！"

蓝玉沉默了一会儿，道："姐夫是知恩图报之人，不过如今天下大乱，各路豪强称雄，大伙都在心动。姐夫若从此下了山，争得了富贵，不仅没有辜负这一身好武艺，将来再回报刘管家，又有何不可？"

"那你说，姐夫要强行下山，刘管家若是阻止，该怎么办？"常遇春说着，竟抓住了蓝玉的一条胳膊，显然他对此非常急切。

"那姐夫就先跟他告白一番，刘管家应该不会不讲理的。如若真不行，那我等就以死相逼，料想刘管家不会视而不见！"

常遇春想了一会儿，方下决心道："好吧，就这么办！"

两人商议既定，便带了十几个兄弟去向刘聚辞行。刘聚闻听大感失落，忙道："遇春啊，咱可待你不薄，咱这寨子也还指望着你做顶梁柱呢。就说上次攻打马王寨，你一个人就干翻了他们上百人，大展了我山寨雄风，你自己说，咱寨子缺得了你吗？"

常遇春于是伏地道："大哥，你自己想想，也为咱几百号兄弟的前途想想，咱们能做一辈子强人吗？如今山下斗得火热，高人也越来越多，说不定哪天他们看不惯咱们所为，就给一锅端了！兄弟此番想要下山，绝不仅仅是为了我个人，也正是为了咱山寨的前途着想啊！一旦兄弟在山下打开了一番新局面，岂不是比大伙做一辈子强人、朝不保夕要好得多吗？那时我再把大哥接去，奉为上宾，岂不是乐得逍遥，胜过这等提心吊胆的日子？"

刘聚一面扶起常遇春，一面轻叹道："你是让大哥学宋公明啊，这不等于受招安了吗？"

"不是啊，梁山泊一伙人是杀宋朝的贪官，又被宋朝招安，我等会甘愿为那鞑子朝廷卖命吗？我等要投就去投今之方腊，助他一臂之力！"

刘聚见常遇春去意已决，也听他说的有几分道理，便不无遗憾地表态道："好吧，遇春你是个志向远大之人，咱不能耽误你的前途！你也是个恩怨必报之人，咱信你的为人！那你如今想好去投哪个了吗？"

"那历阳总兵朱元璋恩威日著，兵行有律，我想去投他！他帐下的花云还是我的怀远同乡呢！"

刘聚也听说过花云等人的神勇故事，便道："那花云是你的同乡，如今他混得风生水起，你身手不输于他，尤其你箭术高超，无人能敌，也合该有个好前程！好吧，你去吧，一路保重！"后来常遇春成了朱元璋麾下的第一先锋，刘聚也成了他的座上宾。

辞别了山寨中的人，又把老婆儿女暂时安顿在了山下一处隐秘的地方，常遇春和蓝玉等十余人便向着历阳而去。走到半道上时，他们一行人有些疲累了，就在田间地头睡下了。

睡得正香浓时，常遇春突然梦见一位身披金甲、手拿坚盾的神人，那"金甲战神"与各路敌手酣战之际，突然回头对常遇春大喊道："快起来，快起来，你的主人来了！"

常遇春一激灵就醒了，这时正好看到一队人马打此经过，旗幡上面用朱红色写着大大的"朱"字，而且队伍一律头裹着红巾。

常遇春前阵子听说元璋方面已经正式向龙凤政权称臣，接受了其委任和册封，所以在着装上与红巾军保持了一致。这不就是自己想要投奔的朱副元帅的队伍吗？常遇春激动不已，于是疾步上前拦住一个骑马的小校便道："我是来投朱公的，请兄弟代为禀报一声，可好？"

那小校看了看常遇春的形貌，立即笑道："你老兄可真会挑日子，左副元帅就在后面呢，你等一下吧！"说完，他打马继续前行。

常遇春紧紧盯着队伍，不一会儿，几个骑马的将校簇拥着一位身披红袍、相貌非凡的将军前来，这位将军的神色泰然自若，常遇春料定此人必是元璋了，于是拱着手大声呼喊道："小的常遇春，特来投奔朱公！"

此人正是元璋，他循着声音看了看路旁的常遇春，立即打马停在了路边。这时，常遇春赶紧招呼众人一起向元璋迎拜，并请求归附。元璋看了看众人，道："此地不是说话的地方，尔等先跟着咱进城吧！"

到了历阳城后，元璋先安排人给常遇春一行人吃饭，再正式把常遇春、蓝玉两人叫进大堂来细谈。

常遇春如实交代了自己的大概生平，元璋唯恐他们不够诚心，便故意试探道："尔等皆是因为吃不上饭才来投奔的吧，如今尔等既有故主在，咱怎好夺人之爱呢？"说罢，就让人备些米面打发他们回去。

常遇春见状，心里的委屈一下子就上来了，他一顿首，眼眶里竟涌现出了泪光，带着哭腔道："不敢瞒副元帅，那刘聚虽然对我有恩，可是说到底，他也不过就是一个盗贼而已，无能之辈罢了！若是能让我常遇春为一英雄效得死力，我虽死犹生，而您朱公正是这样的英雄啊！"

元璋假意忖度了一番，方道："好，那你先起来！"

这时蓝玉也跪在地上帮腔道："副元帅，俺姐夫是真心来投奔您的，退一步说，您眼下就是不信我等又何妨！俺姐夫的身手可是天底下难找的，您就先让我等在您帐下效力，日久必见人心！"

"那既这样，你能从咱渡江吗？若是能从咱夺了太平（路），那时你再向咱表忠心不迟！"元璋故意问道。

常遇春非常高兴，忙拍着胸脯说道："别说是渡江了，只要您肯收留，就是陪您攻打大都，又有何难？"

元璋忙亲手扶起了二人，道："如此甚好！"

元璋又特意请花云、赵德胜两位全军公认的高手来一试常遇春的身手，结果两人竟都未能取胜，可谓一时不相上下，连长身赪面的蓝玉也可以跟花云大战几十回合。元璋眼见又得了两员大将，不禁喜上眉梢！

接着，元璋命人拿出了几张大小不同的弓箭，常遇春欣然取过最大的那张足有一人多长、三百斤重的强弓。只见他舒展了一下筋骨，便搭弓引箭，硬是蓄满了弓弦，然后瞅准靶子上一处有点破损的地方，随着"嗖"的一声——音调甚高的轻响后，便是"哐"的一声——靶子破碎的巨响！

"好家伙！连靶都让你老兄给射穿了！真是天生神力！"前来观战的徐达不禁惊叹道。

常遇春又取过其他几张弓，他左手射完又用右手射，还能进行各种花样射，一旁的众人不由得连连赞叹！元璋也忍不住笑道："昔日那岳武穆生有神力，未冠之年，即可挽弓三百斤、弩八石。他学射于周同，尽其术，能左右射。今日遇春神技，也当不输于武穆了！"

"昔日成吉思汗麾下有'利箭'哲别，常兄乃是副帅的哲别了！"赵德胜笑道。

"什么鞑子哲别，不如说像那瓦岗寨的'白衣神箭'王伯当嘛！"花云笑道。

元璋又好奇道："遇春，你功夫这么了得，是跟哪位名师学的？"

常遇春谦虚地笑道："哪里有什么名师，不过是跟着我爹学的！花兄是知道的，我们怀远习武成风，我爹从小就喜欢枪棒、射箭什么的。那时候祖上传下的基业还算殷实，我爹就整天不着家，到处去跟人比试、切磋和请教，慢慢路子都摸清了，也就身手不凡了！我算得了爹的真传，也拜过其他师傅，蓝玉这小子也跟我爹学过几年，我们两家是世交，后来我爹得病死了，不然这小子也可以再多学几年……"

"哈哈，转益多师是良师，令尊大人是高人啊，看来身手一定了得，可惜老英雄生不逢时！"元璋笑道，这时候他又想起了费聚的事情，"咱这里有个费聚兄弟，年轻时候也是跟令尊有一比，他当年闯荡江湖的时候，恰好就被咱碰上了！结果他也因为跟了咱，所以学武就半途而废了，哈哈！"

元璋大喜常遇春、蓝玉郎舅两个之壮勇，乃用以为将。徐达便上前请求道："恭喜副帅又得两员良将，尤其那遇春更是大将之才！恳请副帅把遇春划归到咱帐下吧！"

徐达和元璋都知道，越是精兵，越要加强装备、粮食等方面的供给，这样才更能发挥出精兵的战力①；同样，越是材勇之辈，越应加入精兵队伍，以进一步强化军力。越到后来，他们就越发明白兵在精而不在多的道理，不过普通士卒自然也有存在的必要。

"哈哈，什么时候天德也学会抢人了？"元璋笑道。

见自己成了抢手货，常遇春便笑着拱手道："我是来做先锋的，请副元帅许我做个开路先锋吧！"

元璋看他身手着实是万中无一，却又不知其品性和军事经验究竟如何，想加以重用自然还得再考察一段时间，于是他斟酌道："这个不急，前些天有个叫胡大海的兄弟，身手也甚为了得，咱安排他在身边随时听使唤，他也没有异议，如今就委屈你先到天德帐下听他吩咐吧！"

常遇春只得诺诺而去，众人也都散了。元璋特意把徐达留了下来，叮嘱他道："汉代的东方朔在其《答客难》中有言：'抗之则在青云之上，抑之则在深渊之下；用之则为虎，不用则为鼠。'有些人，你给他机会，他就如猛虎一般王霸；而不给他机会，他就成了老鼠一般猥琐。

---

① 普通士兵得了好的装备，就不如精兵的使用效能高；精兵吃了饱饭，能发挥出更大的战斗力。

此乃常遇春之谓也！天德，好苗子就在这里，你可要善加重用啊！"

徐达拱手道："副帅放心，我对遇春有信心，也对自己有信心！"

"如今咱们这里越发是人才济济了，渡江之事也是迫在眉睫，不然大伙又要勒紧裤腰带过日子了，可是眼下苦于无船可用，真是愁人！"元军退出江北后，明显加强了长江一线的防御，若没有一支比较强大的水师，很难突破元军的封锁。

徐达略一叹气，道："是啊，巧妇难为无米之炊，没有足够的船只，尤其是大型战船，就不可能打破官军的江防。如果咱们能把巢湖那帮人拉来入伙就好了！他们拥众万余，战船千艘，据巢湖而结水寨，势力很大。而且他们不仅有船，也有水战经验，要不改日我亲自带人去试探一番，看看他们究竟是怎么个想法？"

"也好！那你就同冯国用一起去吧，凡事你们商量着来！我这边也不能闲着，总要做两手准备！"元璋已经打定主意，准备在编练水军一事上有所作为，力求在今年雨季到来后可以有条件渡江，哪怕只是尝试一番，也可以为明年积累经验。

不过元璋最担心的一件事，便是张士德兄弟的南渡，一旦他们率先夺取了集庆路，势必将有一场大战，那时鹿死谁手，元璋心里还真的没有底，心里的着急写在了脸上。

四

"来了！来了！"巢湖水寨中，一员青年将领奔跑着向聚义堂中的众人宣布道。

身为头领的廖永安从主位上站起身来，整了整衣领，便对众人从容地说道："走吧！"大伙随即跟在廖永安身后出了聚义堂大门，迎接徐达、冯国用一行人的到来。

互相坐定之后，廖永安自我介绍了一番，然后又就麾下众将向来宾分别做了介绍。他首先指着一个威猛的汉子道:"这位是赵普胜赵师叔!"

"想必正是江湖人称'双刀赵云'的那位英雄了,久仰!"徐达拱手道。

对于来客能够晓得自己的威名,赵普胜非常得意,他本是彭莹玉、徐寿辉的手下,只因受到元军围追堵截,走投无路之下才携李普胜等人来到巢湖。由于廖永安等人也是白莲教众,且是彭和尚女弟子金花娘子的弟子,因此按照辈分来讲,廖永安等人还要称呼赵、李两位"普"字辈一声"师叔"。

"这位是李普胜李师叔!这位是张德胜!这位是俞廷玉俞世伯,这是俞家三位郎君通海、通源、通渊!这位是家兄永坚,这位是舍弟永忠!"廖永安又一一介绍道。

徐达和冯国用也分别做了自我介绍,通过细心观察,冯国用注意到这帮人里面果然颇多俊杰。除了赵普胜是个万人敌,作为头领的廖永安开明豁达,绝非俗流;更有那俞家长公子,看上去与元璋和国胜年纪差不多,但他行止从容、谈吐有度,分明不是凡类;更有那廖永忠,虽然才十七八岁的年纪,却是龙驹凤雏一般,举手投足皆有可观,令人不容小视。后来冯国用才知道,原来那位神龙见首不见尾的金花娘子颇有些识见,她虽不是男儿身,却意识到要想成就一番大业,非得多读书、多亲近有识之士不可,所以常常规劝弟子们勤奋向学。

徐达开门见山道:"此番朱副帅派我徐某来,就是想看看我们彼此可否有携手的良缘,如今我等也是红巾军了,虽然与尔等分处东、西,但应该彼此相助。朱副帅晓得贵寨近来颇受那庐州老左挤迫,日子不太好过,他原本可以出手相助,只是碍于早些年曾与老左盟誓,互不攻伐,所以不好直接与老左为敌!"

廖永安皱了皱眉头,道:"明人不说暗话,眼下我等确实被那老左逼迫得不行,眼看这水寨朝夕难保,着实不太好过,尤其是这吃饭问题,更是迫在眉睫!老左乃是一诡诈、反复之人,来日他若得势,必定不会谨守誓约,这一点我等最清楚不过了!不过朱公乃是堂堂君子,自然不会先背弃誓约,但如果由朱公出面,说动老左不要相煎太急,那就再好不过了！"

冯国用直了直身子，道："这个恐怕很难，这更像你们的家事，外人若置喙，倒显得别有所图！"

年约五十的俞廷玉笑着插言道："冯先生所言极是，看来这巢湖水寨我等是待不下去了。"他的言外之意显然就是希望投靠朱部。

廖永安听出了俞廷玉的意思，笑道："如果我等有朱公的英明神武，定然可破老左！"显然他也已经有意投靠朱部，只是还要听听众人的意见。

闻听此言，赵普胜有些不以为然道："要说对付老左，也不是没有办法。而今我天完国复起，三月里大军攻破了襄阳重镇，虽然官军旋即将其收复，但我天完国已是势不可挡。倪文俊部已经在近日拿下荆州重镇，眼下大军正在围攻武昌、汉阳，不日必定会有捷报传来！老左投靠元廷，他的死期就快到了！"

李普胜在一旁附和道："是啊，那倪蛮子都是水师，我等何不派人去向他请援？"他的意思其实是想前去投靠徐寿辉或倪文俊等人，徐寿辉也本是他与赵普胜的旧主。

"二位师叔之言差矣，别的先不说，仅说那重镇安庆，从至正十二年到如今，三年以来被攻打过多次，至今岿然不动。倪文俊水师就是真有心来助我，也得等拿下安庆再说吧，再说那庐州坚城岂是容易破的？除非我等离开巢湖这是非之地！"俞通海的态度很坚决，他是绝不赞成投靠徐寿辉等人的，一来是信不过他们的能力，二来是巢湖距离湖广太远，一路上也不安全。

问题越发挑明了，徐达也听出了众人的意思，他只得笑道："君子不夺人所爱，也不强按牛头，今日话到这里，不妨先向各位透露一点，其实我们朱副帅是有心南渡攻取集庆路的，这样也就不用担心庐州的威胁了！"

"那是打了就回呢，还是一去不回呢？"廖永忠好奇地问道。

徐达生怕走漏消息，也担心巢湖水寨众人中有不同意南下发展的，所以谨慎地答道："到时视情况而定，也看众人的意思吧！"

"好啊！江南富庶，值得一往！"廖永安说道。

"那蛮子海牙的水师是吃素的吗？"赵普胜大声说道。

廖永忠这个愣小伙似乎很不服气这位师叔，他忙站起来反驳道："听说那张九四兄弟已经拿下了常熟，他们可不是飞渡吧！"那赵普胜居然被问住了，看来他早就领教过了廖永忠的厉害。

众人又谈论了一会儿，廖永安最后说道："这样吧，我等先送二位回去，给我等十天时间，容我等细细商议过了，无论结果如何，我等再选派一员代表去正式拜见朱公，当面说明详细情形，可好？"

徐达、冯国用表示首肯，用过饭后，俞通海又领着两人参观了一番巢湖水军的操练情形。

两人见巢湖将士在操练时一丝不苟，颇有法度，又见其操舟进退裕如，显见是平日点滴之功！面对偌大的一个巢湖水寨，徐达不禁赞叹道："昔日周公瑾在玄湖训练水军，想其规模和气象也不过如此！"

冯国用也在心里暗暗称奇，于是小声附和道："此中必有高人啊，若为我用，不啻如虎添翼！"

歇息一晚后，徐达、冯国用一行人便赶回了历阳。通过这番考察，两人在心里已经非常希望能够收服廖永安等人（哪怕只是一部分人），如此一来，南渡就多了几成胜算。

巢湖水寨内部立即进行了长达三天的磋商会议，由于在巢湖内已经无法立足，所以廖永安等人都同意归附朱元璋；经过一番权衡，赵普胜、李普胜二人为化解眼下的危机，只好决定不妨先依附了朱元璋再说。经过一番推选和毛遂自荐，大伙决定派俞通海前往历阳，请求朱部发兵前来接应，以防左君弼乘机偷袭。

俞通海来过历阳又离开后，洞见隐微的元璋便对徐达等人说道："我看他们还是有些三心二意、不情不愿，不如这事先缓一缓再说！非得让他们跪下来求咱们才好！"

徐达无奈道："别的人都还好，就是那'双刀赵云'和'李扒头'，他们二人本是徐寿辉旧部，恐怕是个祸患！缓一缓也好。"李普胜绰号"李扒头"。

过了十几天，左君弼再次率军攻打巢湖水寨，由于寡不敌众，加上吃不饱饭，水寨方面损失不小。

廖永安觉得长此以往终究不是办法，便私下询问三弟道："永忠啊，如今我等还是略处下风，你看还能不能再想法子提高一下战力！你一向喜欢阅览史书和兵书，你不如再看看，是不是有水战方面的兵书可资借鉴呢？"

还未全然脱去少年之气的廖永忠感叹了一声，道："水战方面的兵书着实难寻，就是真有，恐怕也是远水不救近火！何况武穆说过'运用之妙，存乎一心'，而今我们还是只能从实战中摸索办法。那老左本就是个老奸巨猾之徒，其兵力又是我等数倍，再加我等如今才刚刚显露头角，仓促之间着实不易应对！"

"唉！说来说去，还是只有投奔历阳一途啊！"廖永安感叹道。

"塞翁失马，焉知非福，二哥何必垂头丧气呢！就我所知，那朱元璋为政颇为仁德，乃成大事之气象，其用兵又是神鬼难测，真是令人大喜过望，也许天命正在此人呢！我们若跟了他，也许真的会创出一个大好局面来，我们兄弟跻身云台也未可知呢！"廖永忠略一笑道。

"哈哈，但愿如此吧！"

廖永安只好再次命俞通海前往历阳催促，元璋只得推说道："只因刻下事务繁忙，一时无法脱身，望尔等体谅！"

俞通海只好单膝跪地，求告道："朱公！我等是真心来投，请您明鉴！若有三心二意，下世不再为人！"

通过两次交谈，元璋已经发觉俞通海是一个文武兼得的贤才，而且也是忠义之辈，他的话元璋是相信的，因此他扶起俞通海道："不是咱信不过你，刻下着实事务繁多，仅编练水军一事便已焦头烂额，众人实在多有不方便之处！我等此番前往巢湖接应尔等，一要防备老左派兵偷袭，二要防备蛮子海牙的水师截击，不出动大兵，便没有十成的把握！通海，你回去跟大伙说说，务必再多等几天！"

俞通海只好悻悻地回到了巢湖，他私下对廖永安说道："必是朱公对我等放心不下，担心我等朝三暮四，您看如何是好？"

廖永安叹气道："唉！当初收留赵、李两位本是为了壮大水寨计，不承想今日反让二人成了累赘，必是朱公信不过这二人！如果我等轻弃了他们,也有失道义……不如这样,我们就明敲暗打,务必让赵、李两位知难而退,他们冒险去投奔旧主也好,去投奔那倪蛮子也好,都随他们!总之,不能再混在咱们队伍里了!"

"也只有这样了,他二人辈分也高,原本在咱们这里就不相宜!"俞通海道。

经过元璋两次的有意拖延,赵普胜发觉他果然是个厉害角色,想来在他手下必不能来去自如,又经过廖永安、俞通海等人的暗示,赵普胜终于悄悄打定了冒险出走的主意。李普胜犹犹豫豫,想留又担心受制于人,想走又怕路上不安全,只好准备到时随机应变。

众人都在写有"若怀异心,神人共戮"的投诚书上签下了名字。行色匆匆的俞通海第三次来到了历阳,把投诚书正式交给了元璋。元璋私下对徐达等人兴奋地说道:"这一次咱心里总算有底了,大事可期了!"

元璋于是亲率大军前往巢湖与廖永安等相会,并顺便派人观察了一下水道,看看船队如何去往历阳。他见过巢湖水寨的各位主要头领后,便对英果不凡、略显稚嫩的廖永忠笑问道:"你小小年纪,也想在沙场上博取富贵吗?"

"朱公,您别看舍弟年纪小,可是精通韬略,已是不才须臾不可离的膀臂呢!这几番危难中击退老左,多是他与通海谋划之功!"廖永安笑道。

对于元璋的问题,廖永忠正色回答道:"获事明主,扫除寇乱,垂名竹帛,方是吾之所愿!所谓'雁过留声,人过留名'①,也希望后世文人、渔樵佳话都能提一提我等,就如东坡先生追念我那舒城老乡的,'遥想公瑾当年,小乔初嫁了,雄姿英发,羽扇纶巾。谈笑间,樯橹灰飞烟灭'……"说着,他弓了半个身子向元璋一拱手。

廖永忠平素喜读《史记》和《三国志》,他的偶像本是韩信,不仅

---

① 此话虽然出自明朝编著的《增广贤文》,但作者摘录的大多是民间格言俗语,根据情节需要,这里就假定当时已经有这话在四处流传了。

是因为韩信的出身像自己一样低微，也在于韩信的用兵之神、功绩之大、地位之高！但因为韩信的遭际过于敏感，平常廖永忠便称李靖等人，或他的老乡周瑜，才是自己的偶像。

廖永忠此话一出，惊得元璋有些坐立不住，没想到竟有这般追求的人！以往只是听闻史书上好像有这类人（如邓禹在初见刘秀时说过"但愿明公威德加于四海，禹得效其尺寸，垂功名于竹帛耳"），他不禁若有所思。先前冯国用将廖老三视同"神骏"，自己还有点怀疑，如今才深以为然，他开始对廖永忠刮目相看了。

元璋忙笑道："哈哈，果然是有文韬武略的！有志气，只愿咱不负你，你也不负咱！将来你我也或有'谈笑间，樯橹灰飞烟灭'之日啊，厕身云台，图画凌烟阁，我等一同奋争吧！"

要想从巢湖去往历阳，就得绕行长江水道，但麻烦的是，当时铜城闸、马场河等重要隘口，都已被元廷的江浙行省御史中丞蛮子海牙的水寨扼守，只有一处较为安全的小港可通历阳，可是吃水太浅，大船恐怕难以通行。

"看来只有硬闯了，吩咐下去，叫将士们做好准备吧！"元璋对徐达、廖永安等人说道。

廖永安有些紧张道："铜城闸、马场河等处隘口都备有火炮，从那里通过太危险了，不到万不得已，我等还是尽量避开这些地方为好！"

"好吧，那就先等几天，如今正值雨季，希望老天爷多帮帮咱！"元璋表示道。

几天后，果然下了大雨，而且竟一连下了十多天。倾盆大雨致使川谷流溢，连平时不能走船的地段都积水至丈余。元璋越发相信自己已得天助，当即大喜道："天命已在我等，出发吧！"

如此，巢湖水军的船只便以整齐的队形鱼贯而出，场面极为壮观。中途到达黄墩的时候，"双刀赵云"却领着所部不见了踪影。李普胜也有点动了心，经过一番权衡，他最终决定前去追随赵普胜，他对麾下解释道："我等根基在湖广，还是别到江浙去了！近日江水泛滥，也许我等可以闯过长江上游各关隘，不如冒险一试！"

可是由于错过了最佳时机，李普胜一行人被拦了下来，为了杀鸡猴，元璋最终将李普胜五花大绑，捆上石头沉到了水里，至此巢湖一帮人众就更不敢不听命于元璋了。船队最终顺利到达历阳地界，并举行了正式的归降仪式。

望着逐渐壮大的队伍，元璋也越发踌躇满志，他忍不住对徐达笑道："天德，如今我等的家底越发厚实了，想不做大买卖也不成了哈！"

第十章
三蛟逐鹿

一

在巢湖水师尚未前来归附的时候，元璋就已先行筹划起水军的事情了，用元璋的话说就是要未雨绸缪。

元璋特意派了人前去引诱蛮子海牙麾下的水军统领们，要他们来自己这边互市，结果趁机扣下了其中十九个善于操练水军的小头目，恩威并施之下令他们归附，让他们教授诸军习练水战。巢湖水师来附后，元璋即又命廖永安、张德胜、俞通海等人担任水军将领。

不久，为了检验训练效果，元璋决定演练一把，于是他亲率水军于峪溪口向蛮子海牙所部发起主动挑衅，并排开了阵势做出大打的准备。蛮子海牙见状，轻蔑地笑道："狂妄小儿，以这几条破渔船就敢挑衅我大元水师！"

蛮子海牙立即领军出战，虽然元军战船高大，但行动有所不便，这已在元璋等人的预料之中。这时，廖永忠便对元璋建议道："副帅，我水军船只虽小，利在灵活多变，可采用群狼斗猛虎之术！"

元璋当即采纳了这一建议，但见廖永安等人操舟如飞，左右奋击，对元军水师进行了各个击破，竟一举大败骄狂的元军。

这一战大大增强了众人南渡的信心。接着，元璋便准备乘新胜之威实施渡江计划，他立即召集诸将商议，其中不少将领都提议应当"直趋金陵"。

众人的这种想法已在元璋等人的预料之中，于是他示意冯国用站出来解释道："鉴古才能知今，自古以来有无直趋金陵而侥幸得胜的？有是有的，但皆因事起仓促，长江江防未备，金陵城防也不周，如那宋高宗初年，便是如此！当时金军大举南下，在采石与慈湖两地受阻，又转而从马家渡寻求突破，此时皆因镇守金陵（时称建康府）的杜充颟顸无能，才令金军侥幸成功！"

"俺晓得那杜充，岳爷爷在他帐下时着实受了他不少气，这厮可不是什么好人，最后还投降了金国！"花云笑着插言道。

"是的，这杜充暴戾恣睢、刚愎自用，是个坏事之徒，文臣中的败类！"冯国用喘了口气，继续道，"其后三十年，金主完颜亮几十万大军南犯，眼见金陵一带防备森严，他只得挑选了一条老路，这就是咱们今天要说到的采石矶！想那隋朝灭南陈时，隋朝大将韩擒虎（也就是李卫公的舅舅）便是先行率军夜渡袭占了采石矶，后直陷建康拿住了昏庸无能的陈后主……不过好在南宋出了个主战派文官虞忠肃公允文，他当时虽然官卑职小，可硬是率领不足两万的队伍击败了十倍于己的强敌，取得了采石之战的大捷，不仅保住了南宋半壁江山，也让金主完颜亮死于非命！采石之战可谓气壮山河，震古烁今，大长了我中华志气！"

冯国用介绍完了历史教训，元璋便道："如今江上戒备森严，那金陵城更是不容小觑，诸位想想，可有何进图良策？"

刚才还说得热闹的众人，此时都不言语了。当时郭天叙、张天祐、邵荣等人也参与了会议，郭天叙略有些不耐烦地说道："元璋，有什么想法你就赶紧对大伙说吧，渡江之事是你发起的，你全权处置即可！"

"是啊，我等听你调遣就行了！"张天祐附和道。

"好，感谢主帅和右副帅的信任！"元璋拱了拱手，继续道，"欲取金陵，必自采石矶始，国用兄刚才也向大家说明了。采石矶才是南北的喉襟要害之地，一旦得了采石，才可进一步图谋金陵！"

"金陵就在咱们几十里处，采石可是在咱们二百里处，为什么绕那么远呢？"花云依然不解。

冯国用耐心解释道："先绕道攻采石，那金陵守敌就鞭长莫及了；得了采石，我等才可以水陆两路人马进取金陵，如此胜算才大，此乃高屋建瓴之计！得了采石，也可以由此堵截住长江上游来敌，这样我等就不用担心三面受敌了，花老弟，明白了吗？"

花云思忖了一番，笑着应道："这回俺老花有些明白了，刚才您的话太文，左副帅的话太绕，哈哈。"

众人跟着哄笑了起来，就这样大致确立了南渡方略。散会以后，元璋便对李百室、冯国用和徐达等亲信说道："此番南下，如果在金陵立得住脚，可就算咱们鲤鱼跳过龙门了！可要确保万无一失啊！"

"副帅放心，我等必得天助！那蛮子海牙已经证明不是我等的对手，渡江成功已有九成的把握！"冯国用慨言道。

"副帅放心，我部早已摩拳擦掌、枕戈待旦了，但求必胜！"徐达慨言道。

"如今诸将齐心，乃是成功之象！"李百室补充道。

队伍就要南下了，元璋最放心不下的自然就是家属的事情，为此他回家后又特意对秀英叮嘱道："此番不同于到他处，一旦被官军的水师封锁住，那我们彼此的联系就要中断，所以夫人自己要多加小心才是！我部过江之后，夫人可听从咱的号令，也护送家属们赶快渡江，良机稍纵即逝，千万不要拖延！"

"放心吧，你在前方多打胜仗，我们在后方才安全！"秀英果决地说道。

"还有一桩咱最放心不下的，如今天气炎热，途中又多舟车颠簸……"

秀英抢在元璋之前道："嗯，我知道的，是小红吧！她身孕已有八九个月了，眼看就要临盆，我一定会加倍细心地照顾她的！你做好你分内的事情就好，如果小红有个三长两短，你唯我是问！"秀英知道此次南渡关系重大，所以她打起了十二分精神来，一应家事都管了起来，务必不让元璋多分心。

见秀英这么有把握，元璋便欣然道："好，夫人办事，咱比对自己还放心！"

就在这时，朱文正吵吵着要见四叔，元璋便把他叫了进来。文正一进门便激动地说道："此番渡江南下，四叔让侄儿也出战吧！"

元璋打量了侄子一番，面有难色道："你小子才学了不到一年，武艺不精，你还是先留在后方保护家属吧，这里任务也很重！"

"后方家属的事，有耿再成他们呢！我武艺进步可大着呢，'黑赵'师傅还夸我天分高、进步快呢，不信恁问婶娘！"

"的确进步很快，看来你们老朱家都是练武的好材料！"秀英在一旁对元璋笑道，接着她又转向了文正，"不过这往后日子还长着呢，战乱在十年八年以内恐怕也不能平息，依婶娘看，你还是先消停一阵吧！正所谓'磨刀不误砍柴工'嘛，何必急于一时！"

"就是啊，那刀枪剑戟可不是闹着玩的，轻者残疾，重者没命，老叔当初是走投无路才投军的，何况咱好歹也学了四五年呢！"说着，元璋站起身拍了拍文正的肩膀，"你婶娘这里，正是用人之际，指使别人都有不方便之处，保儿、文英、文辉他们也还小，都倚靠着你这个老大哥呢！"

但朱文正还是不依不饶道："四叔你把那邓愈介绍给我，就是要咱向他学习嘛，人家邓愈老弟都出来打拼两三年了，我总窝在家里，不太像话，总要经历下锤打才能有助成长嘛！"

元璋颇有些为难，只得道："好吧，我就退一步，你也退一步！渡江之战你不要参与了，等到攻打金陵城时你再参战吧！此战可是关乎我部的前途，你若立了功，咱们全家脸上就都有光了！"

文正想了一会儿，道："好吧！多谢叔父大人成全！"磕过一个头后，他便转身离开了。

望着侄子远去的背影，元璋不禁叹息道："这小子油盐不进，有点不讲道理，许是过于放纵他了，咱的话他都敢不听！"

秀英随之叹道："二十多个孩子呢，我也照管不过来，再说这孩子也老大不小了，性子不易改了！"

一切安排妥当后，这年的六月初，元璋便亲率徐达、冯国用、冯国胜、邵荣、汤和、花云、常遇春、邓愈、耿君用、廖永安、俞通海等将领各引舟船南下，以此揭开了渡江战役的序幕。

借着夜幕的掩护，征南船队准备出河口入长江，向上游进发。这时，只见船队后面几十里处黑云蔽天，没一会儿便雷电交加，大雨倾盆而下。于是，船队不得不暂时靠岸驻停。

这似乎不是什么好兆头，大伙的心里不禁有些发虚！元璋也有些暗暗着急，他只得再次向上天祈祷，希望赶快云销雨霁。不过，元璋表面上仍显得泰然处之，一如平常；众人见他如此，很快便安定了下来。

所幸第二天天气就好多了，黎明时分，将要入江时，元璋特意把船队分成两支：一支右军由西南方向，一支左军由东北方向，以钳形攻势杀向牛渚矶①。在分派任务时，元璋特意对邵荣说道："咱亲自率领左军，右军就交由邵将军负责吧！"

邵荣拱手道："请副帅放心，我邵某不攻上牛渚矶，愿提头来见！"

"邵将军好魄力！"元璋又转而对大家强调道，"采石是一个大镇、重镇，那里的守备一定相当严密。可是整个牛渚矶前临大江，防线过长，元军难为备御，而今我们兵发牛渚矶，其势必克！"这既是给大家打气，也是要大家做好克服困难的心理准备。

当时西北风顺，舳舻齐发，云帆蔽江。见此盛壮情景，军士们无不欢跃，群情一片激昂。元璋与徐达、廖永安等人一路，当他们快到达牛渚矶时，风力越发强劲，船只很快便靠上前去。

离岸还有十几丈时，只见元兵都在矶上严阵以待，弓弩齐张，甚至他们头上的盔缨都能看得清清楚楚；而船上的元璋所部一时间竟也未敢轻举妄动，顷刻之间，战场上出现了一种奇特的静穆！

短暂的沉默之后，突然，岸上一个元军小头目大喊了一声"贼兵来了"，双方才好似猛然从梦中醒来。霎时间，一片箭雨从岸上铺天盖地地射出，船上众人纷纷举起盾牌遮挡住身体，急风暴雨般的声响过后，船头上落满了箭杆！

船上众将士爆发出一阵阵呐喊，喊杀声中，船队顶着箭雨，快速向岸边冲去。打头的几条船上的将士换乘小船陆续登岸，很快就与元军战成一团，由于后续部队登陆速度太慢，兵力不足的义军被元军压制在滩头上，一时无法打开局面。

徐达的船尚排在后面，他远远看到岸上情形有些不利，于是命令常遇春等人换乘小船立刻去支援，必须一鼓作气杀出条血路来。元璋正在船上着急之际，但见常遇春飞舸而至，元璋于是大声向他喊道："如今可不正是你一展身手之机？成败皆在此一举！"

---

① 今安徽当涂西北长江边，北部凸出部分即为采石矶。书中提到的"大平路"即今当涂一带。

常遇春手持一支能刺能啄的长戈，他挥舞了一下长戈向元璋示意，乃应声而起，奋戈直前。

常遇春先从身边的兄弟手上取过弓箭，瞅准了几个元军头目，将他们一一射翻，可谓箭无虚发。他身边的十几个人都跟着大声吆喝起来，其他将士受此鼓舞，也跟着欢呼起来！

元军的士气受到了打击，常遇春随即带着蓝玉及手下十几个兄弟一气冲到了岸边。元军很快扑了上来，围住了他们，常遇春见状，奋起一跃跳到岸上，顿时便如虎狼入了羊群，杀得元军纷纷后退。蓝玉等人也乘机上岸，开始接应其他人马登岸。

元璋在船上看得分明，只见一身披挂的常遇春一往无前，身中数箭却浑然不觉，大呼着左冲右突，真如说书里常言的威震逍遥津的张文远，或者单骑陷阵的李唐王的绝世风采，可惜就是缺少了一匹般配英雄的宝马！

"看来有朝一日定要给遇春配上一匹宝马了！"元璋这样想着，便有些走了神儿，待他回过神来时，只见遇春一人就已杀得元军遗尸遍地，好不壮观。包围他的元军无法抵御其锋芒，纷纷躲闪，顿时慌乱起来。元璋忍不住大声赞叹道："好个常遇春，果然是个打先锋的料！"

后军人马受此激励，纷纷下水登岸，一齐向矶上涌去，元军越发惊骇，纷纷后退。

登陆区域越发扩大，徐达、花云、冯国胜等部也趁势杀上了牛渚矶，局面逐渐落到了元璋部的掌控之中，经过一个多时辰的激战，力不能支的元军终于溃退而去。大家乘胜追击，直扑采石，此时右军在邵荣的带领下也已成功登陆，左、右两军的主力会合后，居然不到半天时间就成功地攻占了采石。

采石不一日即告失守的消息一经传出，沿江元军堡垒无不震动，竟有不少望风而逃者。元璋闻讯不禁欣喜道："看来首战取得大胜的意义确实非同小可！"

大部分将士不仅不知道元璋整个渡江作战的计划，甚至连夺占太平路的计划都不知道。为了让手下将士努力奋战，战前动员时，元璋只是告诉大伙说："眼前咱们的粮食出现严重短缺，只有过江狠捞一把才能解决粮荒，否则都得饿肚子。"因此大多数将士都以为此次进占采石，只是为了抢些元军囤积在此的粮食财物，于是大伙把能带走的东西都打包后，便嚷嚷着要起身返回。

其实元璋早就看中了长江南岸的太平路这片富庶、险要的重镇——它南靠芜湖，东北接集庆路，地势开阔，又东倚丹阳湖，而湖周围的丹阳镇、溧水、宣城等处皆物产丰富。若能据此以为基本地盘，那是再理想不过的；如果仅仅抢些粮草就回，那就等于捡了芝麻而丢了西瓜，简直是愚蠢透顶！

元璋先去找郭天叙、张天祐二人沟通，他首先问郭天叙道："主帅，你还要不要回滁州？"

"当然要回啊，不然家属怎么办？"郭天叙不假思索地说道。

"如果家属的事情可以妥善解决呢，你还想不想回滁州？"

郭天叙望了望张天祐，张天祐沉吟半晌后道："其实，如果我等真能在江南立住脚，这江南自古繁荣，也是不错的选择嘛！但是万一立不住脚呢？保有滁州一带的地盘，也是必要的！"

元璋态度坚决道："舅父，那恐怕是很难的，一则长江限隔南北，互相难以救助；二则如果坚持要保住滁州一带，就须投入很大的力量，这就牵制住了我们南下的一部分手脚！所以，要江南还是要滁州，只能二选一！"

郭天叙和张天祐都陷入了艰难的抉择，郭天叙突然问道："如果执意留在江南，那将士们会答应吗？"

"此事请主帅放心！"

郭天叙显然有些动心了，他突然想通了一个问题，便笑问："这整个南下计划，是否都是你小子事先故意给我等设好的局？"

元璋笑道："局不局的在其次，如果没有主帅和舅父两位的首肯，咱哪里敢擅自做主？又如何能擅自做主？"

张天祐拍了拍元璋的肩膀，下定决心道："好！元璋，我们都遵从你的安排，只要能打下金陵，咱们就不走了！"

过后，郭天叙和张天祐又把元璋的想法向邵荣做了通报，邵荣并无异议，但是他心想："那姓朱的如此滑头，把我等玩弄于股掌之上，你们两个如果还不及时醒悟,那早晚会把性命赔进去的!"

不过邵荣也知道,跟着郭、张二人走下去绝没有什么好下场,所以也就没有跟他们点破,只得任由其自生自灭;一旦郭、张二人不在了,那他们的旧部就得由自己与郭天爵接管,而郭老三摆明了就是一个傀儡,自己与元璋分庭抗礼也就有了实力。

邵荣是个有心人,他觉得元璋可以取法之处甚多,所以处处模仿元璋等人的作为,因此在治军和用兵方面也有了长足进步。目前,他各方面的能力已不输徐达,前番他率领右军顺利攻下牛渚矶,也是其才能的一次集中展现。元璋看在眼里,又喜又忧。喜的是己方又多了一名可以独当一面的大将,将来势必有助于进一步在江南开拓;忧的则是未来自己同邵荣的关系,所谓"一山难容二虎",邵荣又绝非甘居人下之辈,将来如何了局,也是难说的。

自己跟邵荣的问题太过敏感,元璋觉得跟谁都不能说,就是秀英都不行,因为秀英太仁慈,必然反对自己的"小算计"。他还在等待一位特殊人物的出现,那个人将会在这方面替他分忧。

二

元璋目前还是不能将整个南渡计划点破,只得一步步地驱使大家按照自己的意愿来行动,所以在召集有上百将领参加的会议上,元璋便先转头面向徐达道:"而今咱们举全军之力渡江,幸而初战告捷,不过这算不得什么,咱们还当乘胜直取太平……如若听任诸军抢取财物以归江北,元军摸清了咱们的实力,势必要加强防范,以后想再渡江抢取财物就不可能了,而且从此江东之地也终不为咱们所有,这实在太可惜了!"说着,他竟面露出悲戚之色。

"副帅,那咱们就先拿下太平再说!"徐达立马表态道。

此时元璋的亲信将领也纷纷站出来表态支持,其他将领在这种氛围之中，只好表示拥护元璋的主张。

为了鼓足众将士的干劲，元璋先前已哄他们说，打下太平之后就要好好地搜刮一番。可是他心里明白，绝不能因莽撞、骄纵而失了人心，尤其这里是江南文明荟萃之地，一旦有所疏失，容易惹来文人儒士们的谤议，坏名声一经传开，那将不可收拾。

元璋找来李百室、冯国用商议此事。李百室想了一下，道："这个好说，只要在太平城的大街通衢上抢先贴出一道约束军卒的榜文，哪个敢放手开抢，就立即正法。此为杀鸡儆猴之举，保准就没人敢动了！"

"好！那就有请先生代拟这道《戒戢军士榜》吧。那如果将士们一起闹腾怎么办，总要给他们一点好处吧？"说着，元璋看了看两人。

"这个也好办，副帅可以把太平一带的富户都召集起来，讲明我等的难处，就以暂借的名义，请他们解解燃眉之急，众人感激我等秋毫无犯，定然没有不应的！"冯国用献计道。

"好！既然是借，那咱们早晚总要归还人家，这样他们出力才踊跃嘛，我等也不算失信于人！"元璋笑道。

眼见众将士已经就范，为防有人中途动摇，元璋索性就学着项羽的做法，来了个"破釜沉舟"——他命人将全军的舟缆尽皆斩断，然后把船只都推入了急流之中，让它们顺流漂走。

兵士们见后对此大惊失色，连忙跑来问缘故，元璋又哄着他们说道："成大事者，不要被小利蒙蔽了眼睛。这里距离富庶的太平城不远，舍此不取，岂不亏得慌？等夺下了太平，那里有的是船只，想回江北还不难吗？"

既有这般诱惑，又觉得元璋的话在理，诸军也就只有义无反顾的份儿了。

第二天，在犒劳了一番将士后，大军便启程转向东南，元璋仍旧亲自带队，由观渡经太平桥直趋太平城下。当时太平城里有（江浙行省）平章完者不花、达鲁花赤普里罕忽里、（统军的万户府）万户纳哈出等，他们带领着近万士气低落的将士闭城拒战，企图坚守待援。

元璋于是纵兵急攻，数万大军在山呼海啸的呐喊声中，以泰山压顶之势蚁附攻城。太平城一向防备松弛，此前根本就没有料到会有强敌来攻，更未料到来得如此迅猛，结果元璋部一举破城而入，完者不花与佥事张旭等弃城逃走，万户纳哈出等人被俘。太平路总管靳义见大势已去，遂出东门投水而死，为元廷尽了忠。元璋听闻此事，为了彰显忠义以收揽人心，表明所部绝非一般流寇，便下令厚葬了靳总管。

一入太平城，李百室赶紧命人将抄写好的《戒戢军士榜》张贴开来。当士兵们兴奋异常地蜂拥入城，刚要动手开抢之际，却忽见各处墙上贴满了禁止抢掠的告示，上面写得清清楚楚：无论多寡，触犯者一律处死！

大伙一时愕然而不敢动，偏偏就有个不知轻重的愣头青，不管不顾地冲进了民宅，刚动手开抢便被执行军法的亲军拿住，拉到城门口旋即将其砍头示众，城中立马肃然起来！

此时元璋正在召集当地富民陈迪等前来商议，向他们提及借粮借钱之事。元璋部没有动手掠民已经恩宽无比了，所以大家都能急元璋之所急，纷纷慷慨解囊，献上了金帛财物。元璋当即命令将所有财物分与众将士，这才让那些颇为不满的将士稍稍得了点安慰。

眼见元璋部如此军纪肃然，太平一带知名的老儒士李习及他的得意弟子陶安等人，便率领众父老纷纷前来拜见元璋。陶安博涉经史，尤长于《易》，故而颇有些见识，他看出元朝气数已尽，又见元璋等人如此不同凡响，便劝说老师李习等人主动向元璋投诚，这也是为了当地百姓着想。

陶安初见元璋，便稽首道："明公真是龙凤之姿，非常人也，我辈今日有主矣！"

几天后，元璋专门召集了陶安、李习等人前来谈话，一来集思广益，二来也可见见这几位的真才。

席间，风仪非凡的陶安首先献言道："方今四海鼎沸，豪杰并争，攻城屠邑，互争雄长。然而考察其志向，无非都是贪图些子女玉帛之类，以取一时之快，却并非有拨乱救民、安定天下之心……而今明公率众渡江，神武不杀，人心无不悦服，以此顺天应人，而行吊民伐罪，则天下不足平也！"

陶安此言既是恭维，也是某种暗示，元璋自然明白，于是便向他征询道："如今我部欲取金陵，足下以为如何？"

陶安停顿了片刻，答道："金陵，古帝王之都，虎踞龙盘，限以长江之险。若明公取而有之，据其形胜，然后出兵以临四方，则何向不克？"

这种看法与冯国用先前所言几无二致，看来这陶安也非腐儒，而且陶安身居太平，离金陵不远，对本地情况比较熟悉，故而他的看法更具说服力。陶安的一番话自然甚合元璋的心意，从此他便相当礼遇陶安，将其留置幕下，遇到一些棘手的事也多找他前来商议。

几天后，陶安推荐的文士汪广洋前来拜见元璋。此人是高邮人士，算张士诚的半个老乡，但一直客居在太平，年少时曾跟随长期镇守安庆的名臣余阙学习，通经能文，工诗歌，擅长篆、隶大书。其人性格庄严稳重，为人宽和自守，元璋觉得他是文官的好材料，便准备委以重用。[1]

为了考察一下汪广洋的见识，元璋故意问他道："先生觉得您那乡贤张九四乃何许人也？能否成为我等今后在江南的劲敌呢？"

汪广洋人在太平，距离家乡较远，所以很少了解张士诚方面的情况，他寻思了半晌方答道："不敢欺瞒明公，那张氏之事，不才所知甚少！偶有家书到太平，才窥得一二，未见得真切！如今明公见问，不才也只有姑妄言之，您姑妄听之了！"

"哈哈，先生但说无妨！"

坐在椅子上的汪广洋直了直身子，道："不才听说那张氏江湖习性，待属下甚宽，其御众颇无章法！若是只在高邮做个土皇帝尚可，若想临御江南，势必难上加难！"

"何故？"元璋听到此处立马来了兴趣。

"江南乃繁华佳丽之地，最是乱男儿心性，销英雄志气，若无长计，又无纪律，久之其众必沉醉温柔乡而不思进取，一旦军心涣散，

---

[1] 汪广洋后来成为明朝历史上的四位丞相之一，另三位是李善长、徐达与胡惟庸。

那时还何以言战？"汪广洋的语气甚为坚决，分明也是在给元璋提气。

"先生所见甚是，我部也当以此为戒，咱谨记在心！"说着，深感满意的元璋做出了一个答谢的手势。

不久后，经众人表决，为恢复华夏正统，将太平路改为太平府，并任命颇得人望的李习为知府；又设置了太平兴国翼元帅府，诸将皆恭奉元璋为大元帅。过了不久，元璋又任命李百室为帅府都事，潘庭坚为帅府教授，汪广洋为帅府令史。

为加强城池的守备，元璋又命诸将分守各门，并修城浚濠以使其强固，绝不能步完者不花等人的后尘。

元璋在江南的行动甚为顺利，可是他却越发放心不下江北家属的事情，也正因为此番用兵过于顺利，他才有些后悔当初过高估计了渡江作战的难度，不免有些悔恨给后方留的兵力太少。

此时元璋便把徐达叫来，对他说道："天德啊，早知道此番南下如此顺当，当初真该把你这么个可靠的人留下！耿再成虽然是个老将，但文正那个愣小子咱却总不是那么放心，夫人虽然是长辈，但毕竟是一介女流，耿再成为人又容易心软，咱担心他太迁就文正！"

"呵呵！"没想到徐达居然笑了起来，元璋迷惑地看着他，徐达于是安慰主公道："您别忘了，那赵德胜可是在后面压阵呢，他总是个稳妥之人吧！夫人和耿再成压不住文正，赵兄总是铁面之人，也是个聪明人！何况赵兄跟文正还有师徒之义，总之您先别操心这个了！"

"那'黑赵'的手段咱自然一百个放心，只是这人品，到底难说万无一失！"元璋担心一旦情况危急，赵德胜会是贪生怕死之辈。

"您放宽心，今天不怕您笑话我徐某人说狂话，只因我同那赵兄往还甚多，说起来比您还摸得清他呢！此人是个忠义素著之辈，断然不会轻弃职守的，定然会毫发无损地把夫人一家护送来的，这个我徐某人敢拿性命做担保！"因为时常请赵德胜教习士兵武艺，徐达确实没少跟赵德胜打交道。

元璋闻听此言当即笑了，忙道："好吧，既然天德兄这样担保了，就当咱是杞人忧天吧！"不过这一次，他倒有些低估了秀英的魄力。

江北家属的情况确实有些棘手，话说就在大军南下不久，历阳被弃守，滁州的形势有些孤立。早已赶到滁州的秀英便对张夫人和郭天珍说道："如今大军已经不准备北归了，义母和妹妹赶快收拾下行装吧，也说与众人知道，要大家都做好随时南下的准备！"

张夫人和郭天珍都感到非常意外，她们有些留恋滁州还算安定的生活，张夫人便问秀英道："天叙、天爵他们走的时候，没有说不回来啊！"

"义母，您有所不知，其实元璋早就做好南下不归的打算了，因为集庆路一带富庶、险固，所以元璋早就想着将其据而有之了！一旦大军南下，为扬子江所阻隔，要想兼顾滁州就很难了！起初元璋怕二哥、舅舅他们不同意，所以没有点明，此次南下的路上，元璋一定会说服二哥、舅舅他们同意的，到时候他就会传来号令，我等可立即南下同他们会合！"秀英解释道。

郭天珍又问道："姐姐，如果二哥、三哥他们不同意，或者队伍在南方站不住脚呢？"

"哈哈，不同意那咱们就不走！如果他们不争气，在江南立不住脚，那咱们就再转回来嘛，这个苦也不是没吃过！"说着，秀英搂了一把郭天珍，以消除她这少女的忧惧之心。

对于难测的前景，张夫人与郭天珍母女两个明显流露出一种不安，秀英便安慰她们道："义母、妹妹，你们放心，只要有元璋在，一定可以化险为夷的！这么多风浪都过来了，你们可曾见过元璋有失手的时候？"

母女两个想了想，果然如此，于是转悲为喜。张夫人也早就发觉了元璋似乎真有天命在身，甚至动了将亲生女儿相许的念头，她当即笑道："那咱们就去江南享福吧！"

在张夫人母女的积极动员下，家属们很快就做好了出发的准备，可是元璋的号令却迟迟不到。秀英有些放心不下，便召朱文正、耿再成与赵德胜等人前来商议。

耿再成担心承担不听军令的责任，心里没有底，便道："虽说将在外，军令有所不受，但是副帅已经有令在先，我等还是听从他的嘱咐为宜！"

秀英对众人分析道："如今听说副帅他们已经占据了太平，也算在江南扎下了根基，可是因扬子江的限隔，消息传递不畅，副帅他们未必晓得我等的处境。一旦大批元军来攻，不说我等走不了了，就是元璋他们也不得不分兵来救，那时可就被动了！"

赵德胜思虑了一番，道："夫人有些过虑了，那元军乃是我等手下败将，纵然来攻也无事！只是我等出城时，他们若尾随袭扰，我等家属多达数万之众，着实有些麻烦！如果我等即日就出城，江上情形尚不知悉，若是撞到元军水师刀口上，可如何是好！夫人勿要着急，此事还当从长计议，先仔细打探下各处消息，寻一个稳妥的办法才好，不然我等可担不起失责之罪！"

秀英想了想，觉得赵德胜的考虑也算周全，只是她有她的想法："如今我等迅速南下是有些冒失，我这一介女流更不该擅自主张！我知道，尔等跟副帅都是一样的心情，所托甚重，唯恐家属有个闪失而无法交代，所以瞻前顾后，失了往日的决断，正是'当断不断，反受其乱'！但兵贵神速，我等如果即日南下，料想那元军也是想不到的吧，何况他们如今未必就晓得副帅他们已经打定了立足江南的主意，但是这时日一长，可就难说了！"

赵德胜觉得夫人的话确实有道理，不免对她刮目相看，但他也确实不敢轻易附和夫人，以免将来有个闪失，自己就无法跟元璋交代了。

见耿再成、赵德胜都陷入了不置可否的沉默，秀英便转头看了看文正，又询问他的意见。朱文正早就在滁州坐不住了，他觉得秀英说得有理，也不怕担风险，便爽快地附和道："婶娘所见极是！如果让我等拖累了大军，那成败就不好说了！如今江上的元军新败，此时江防肯定空虚，我等应抓紧时间过江，才是上计！"

秀英见文正支持自己，也晓得那两个是谨慎持重的人，便果决道："好吧！那咱们明日就赶快出发吧，出了事情，本夫人一人担着就是，绝不牵累大家！"

耿、赵二人见秀英如此有魄力，心下便折服了，忙客气道："我等愿一起承担责任！"

在几千部众的护送下，家属们顺利出了滁州城，他们刚刚上船准备出发之际，就传来了元军大举围攻滁州城的消息，众人庆幸之余，不得不更加佩服朱夫人的魄力和胆识。耿再成赶紧来向秀英道贺，并由衷地赞佩道："夫人果真是虑事周全，明于决断！"

　　当时元军新败，也确实没有足够的力量对长江进行封锁，更没有料到滁州这帮人会在这个时机渡江，所以秀英一行数万人就这般顺顺利利地闯了过去，很快便到达了太平。元璋闻报惊喜不已，忙率众隆重出迎。

　　见到夫人后，元璋没有责怪夫人的擅自主张，只是苦笑着解释道："皆因太平这边局势一时不甚明朗，又担心江上封锁太严，这里的船只也尚在重新筹措之中，所以没有贸然前去接应夫人过江，如今夫人既来了，就好了！"

　　秀英对着元璋翻了个白眼，佯作嗔怒道："我们娘们儿，如果都指着你过活，那早就被官兵抓去了，或者让那江水给冲跑了！如今所幸一路无事，不然我罪过可就大了！"

　　"若真出点意外，俺哪里敢责怪夫人！只是着实没想到夫人居然如此明断，当真叫俺朱某人汗颜！"

　　秀英实在忍不住了，略显得意地笑道："我若是个男儿身，恐怕副帅之位就轮不到你了！"

　　元璋一面笑着，一面将秀英与小红等人安排到了富户陈迪家舒适的大院里，此前陈迪对于借款借粮之事甚为积极主动，所以元璋非常信任他，有意与之结下非同寻常的情谊。

　　几天后，就传来了消息：元（江浙行省）右丞阿鲁厌、副枢密使绊住马、中丞蛮子海牙等，以巨舟封锁住了采石江面，封闭了附近的姑孰口，从而阻断了南渡将士们的归路。

　　元璋越发庆幸秀英的明断，于是笑道："有了夫人在咱的身后，咱何来后顾之忧！"不久后，小红就在陈迪家顺利地产下了一个儿子，元璋将他命名为"标"，"木"字旁便有期待子孙多多繁衍之意。

　　怀抱着自己的亲生儿子，喜不自禁的元璋忍不住对秀英和小红笑道："而今咱在江南立住了脚，子嗣也有了，真是双喜临门，看来大事必成了！你二位可都是咱的功臣啊！所谓'有子万事足'，咱这一回可是真正体会到了！此番双喜临门，一定要大宴宾客，让将士和百姓快活三天！"

元璋不禁激动地流下了眼泪，秀英看在眼里，也忍不住眼眶湿润起来，她语重心长道："我等有天命在身，一切才这般顺遂，往后更要敬天法祖了！"

对于儿子的降生，秀英自然也无比欣慰，她总算了了一桩心头大事，从此以后她待小红更如亲姐妹一般不分彼此。小红偏偏肚子也争气，在未来的四年里又接连给元璋生了两个儿子，她的地位也就越发巩固了。朱标在名义上属嫡长子，他尊称秀英为"娘娘"，而称呼生母为"妈妈"。

三

张士德当初之所以率军南下，一方面固然是由于其雄心壮志，另一方面也是由于淮东之地因战乱不息而引发的粮荒，因此在至正十五年初，张士德便在张士诚的首肯下，率数万大军从通州渡江，首战常熟。

由于元军防备松懈，张士德部很快拿下了常熟，可是此后不久，就传来了朱元璋部攻克采石的消息。张士德闻报深受震动，于是对同来的李伯升、吕珍等人说道："这个姓朱的恐怕不久后会成为咱们的劲敌，他显然是奔着集庆路去的，我等鞭长莫及，只能先力争拿下无锡、平江了，然后再分兵进取常州、湖州和松江，稳稳控制住这一富庶地区，如此才能与天下群雄分庭抗礼！"

李伯升随即建议道："我等应该四处派些眼线，多方打探，扩展咱们的耳目。危急关头，这些眼线恐怕还能派上大用场呢！"

"好啊，李老兄说的是！"张士德欣然采纳了广布间谍的建议，尤其是向元璋那里进行大肆渗透。

平江路（苏州）是元军重点设防的大城市，为了拿下此地，张士德一面不断积极扩充兵力，使得队伍很快扩大到了十余万人；一面加紧打造攻城器械，并不断派出小股部队对元军进行袭扰。因江浙行省兵备较为空虚，加之元军内部矛盾重重，因此到了至正十六年二月，张士德终于在朱元璋部拿下集庆路之前，抢先占据了无锡、平江等地。

张士德也算有些见识，他深知仅靠自己、仅靠蛮力是无法夺取并坐稳天下的，所以他在南下之前，便叮嘱张士诚道："王兄，你这边也别懈怠了，总要多多访求各路贤才以充实幕府，对于那些名声甚高的，最好亲自去跑一趟，以示尊崇之意。对于文人儒士等，也须多加笼络，没有这些读书人，我等就不足以成大事！"

张士诚愉快地表示道："这个好说，先备上一份厚礼，如果还请不来，我再亲自跑一趟，给足他们面子就是！"

张士德见大哥还是这般信任自己，便笑着说道："兄弟先推荐一个人吧，此人姓罗名本，字贯中，号湖海散人，平素喜欢编撰三国、隋唐之类的故事，系杭州人士，祖籍山西太原，因在我们当地求学，做某位先生的门人，故而滞留在了泰州。其人倜傥不群，有张留候、诸葛武侯之志，王兄可把他请来，至少可以多听听他讲史嘛！"

"好！不自在的时候，有个说书人在身边，还可以解解闷！"张士诚笑道。

"兄弟不在的这段时间，王兄凡事务必多跟幕僚们商议着来，不可一意孤行！我等出身寒微，学识不足，务须多学习，多多集思广益才是！"张士德语重心长地劝说道。

张士诚有些作难地表示："没想到做个帝王还这么麻烦，原想着把事情都推给别人去做，自己安享富贵就行了！九六，你就放心去吧，我一定把这个事情放在心上！"

"这样才好！如今我等只有进而不能退，不然就有灭族之危！"张士德停顿了一下又道，"兄弟此番南下，难保没个不测，所以王兄一定要有所作为才行！王兄如今也收了几个养子，我看就没一个像样的，我再给王兄推荐一个姓梁的孩子吧……这孩子今年十六七岁了，父母双亡，投在我帐下，别看这孩子长得短小，可身手却特别矫健，还能平地跃起丈余，又善于潜水，我是打心里喜欢这孩子！原本我是想着收他为义子的，让他做我的膀臂，但是究竟不如王兄出面，给这孩子一个更大的名分，也让他更好地为王兄效力！"

眼见自己的兄弟这般为自己的长远打算，张士诚非常感动，便道："兄弟说的，大哥一定照办！"

张士德走后，张士诚便把那姓梁的少年收为养子，号为"五太子"；他又下聘书给罗本，罗本正苦于生计，也觉得机不可失，便没有拿什么架子，直接就应召到了张士诚的幕府。

接着，张士诚便要部将们多多推荐贤才，其部属卞元亨读过几本书，所以非常喜欢同文士来往，他便推荐道："末将与白驹施子安相善，此人祖籍姑苏，少精敏，擅文章，中过进士，曾在钱塘做官两年，以不合当道权贵弃官归里，闭门著述，大王可礼聘之！"

张士诚一听这施子安是自己的同乡，备感亲切，又听说他不合当道，便觉得他必是个清官，便一口答应道："好，这等贤才，本王必是要请来的！"

"大王幕下的罗本曾是施先生门人，大王可差他代为前往！"卞元亨建议道。

"哦，这个九六曾给本王说过，原来罗本是施子安的门人啊，那想来这为师的多半要比学生高明了，就依你说的办吧！"张士诚爽快道。

罗本带着厚礼到了施子安家中，待其说明了来意后，施子安面有难色道："贯中啊，如今为师忙于《江湖豪客传》一书的撰写，已经没有别的奢求，只愿与该书同乎不朽！要给他张王做幕客，自然起不了多大作用，也分不开身！"

"学生一向也注意搜集三国之类的说书素材，有志于将来撰写几部诸如《三国演义》之类的书籍！一来学生年轻且困窘，二来也想在张王帐下多经历、见识一番。既然先生有为难处，那学生只好如实禀报张王了！"罗本说道。

两人说了一会儿闲话，施子安又说道："为师年轻时自视甚高，上了年纪之后悔悟不少，我到张王那里着实起不了多大作用，只是虚掷光阴而已。贯中，不瞒你说，为师其实也不甚看好那张士诚，此人有恩而无威，不仅御众无纪律，且其本人着实无才，以为师来看，此人终难成就大事！"

罗本笑了笑，道："先生真是慧眼如炬，不过张王二弟着实是个英雄人物，只要有他在，便有张王的江山在，高邮大战便是明证，普天之下谁人不知张王兄弟的大名？如今张王二弟已经率师南下，张王幕下也在用人之际，不过真才实学者寥寥无几！正如先生所见，张王本人无才，又过于恩宽，凡那主动登门的读书人，张王不问其学识、品德如何，一概赏赐，并罗致帐下，这般滥竽充数，也着实是一大忧虑！"

"说到底，为师对于庙堂之事兴趣缺缺，更无那扭转乾坤的才力，你回去就把为师的志愿统统说与张王，让他不要白费心力了！其实为师的见识未必在你之上，只不过官场上的事情比你稍熟练一些，仅此而已！"说完，施子安便不再言语了。

罗本回到高邮后如实禀报给张士诚，张士诚是个直肠子，也就不再难为罗本了，但卞元亨又跑来说道："末将与施先生相识多年，深知他长于巧思奇技，至少可帮着我们监督打造器械，大王若放着这等人才不请，岂不是遗憾？"

几句话说得张士诚又有些心痒，于是他又派卞元亨与罗本二人同往，结果仍被施子安拒绝。最后卞元亨便请张士诚亲自前往："看来真才、大才都是有些身段的，大王必要亲自去请才好，一来显示您的礼贤下士之心，二来令那施子安感戴在心，不由得他不为之动情。大王也听过刘玄德三顾茅庐的故事，诸葛孔明不正是感戴于刘皇叔的知遇之恩吗？"

张士德的话言犹在耳，张士诚只好答应下来："好吧，改日尔等二人陪同本王一起亲自造访下施先生！"

白驹本是张士诚的家乡，张士诚先到祖坟上烧了一炷香，次日便转往施子安家里来。卞元亨先到施家去通报道："耐庵兄，诚王亲自来了，先生快出来迎接吧！"

施子安闻讯，只得不情不愿地带着全家出门跪迎。张士诚亲自将他扶起，笑道："老先生可是让本王思慕良久啊！"

　　施子安一面扶着白发苍苍的老母，一面道："不佞罪过，只因一向多病，恐来日无多，家中又有八十岁老母尚在，故而不忍远离！"

　　施子安家里虽然宽敞，到底还是寒素人家，那家仆们一个个穿的也全是补丁衣服。张士诚被迎进了屋中，见到了满屋子的文稿，也闻到了墨香，他便又笑道："老先生勤于著述，可否容本王一观！"

　　施子安便拿出已经写好并誊清的《江湖豪客传》的部分文稿来请张士诚过目，张士诚没读过几年书，但他略看了看文稿，还是甚有把握地说道："原来是水浒宋公明等人的故事啊，没想到老先生对我等草莽竟也如此上心！不过，只怕这宋公明等人之事不真，咱听说那青面兽杨志就不是个好货，他临阵脱逃害了小种经略相公！不是本王不自量，我等兄弟的作为恐怕宋公明等人望尘莫及吧，老先生大笔可否也替我们兄弟书写一番呢？"

　　"大王英雄之事，自有那史家大书特书，不佞安敢越俎代庖？"施子安逊谢道，对于张士诚所谓杨志不是好货的话，施子安觉得如今民间的印象已经固化了，没必要像史家那么较真儿了。

　　听罢此言，张士诚非常得意，按照卞元亨与罗本二人的指教，张士诚便道："老先生想必也是别有怀抱之人，难道不欲显达当世，立身扬名吗？何故弄笔消遣人生，而虚掷宝贵岁月呢？"

　　施子安顿首答道："不佞本无所长，唯有操持翰墨为知己而已。大王豪气横溢，海内望风瞻拜，而今却枉驾辱临寒舍，不佞之死罪也！然而志士立功，英贤报主，不佞何敢固辞？奈何母老而不能远离，一旦舍去，则老母失去依靠，不佞于心何忍！大王仁义遍施，怜悯愚孝，衔环结草有日，不佞以报大王！"言罢，施子安伏地不起。

　　这话张士诚听得有些不甚明白，在旁的罗本又附耳向他解释了一番，张士诚觉得这施子安说的固然在理，但他如此固执，竟不给自己一点颜面，真是叫近来顺风顺水的张大王颇为不悦！

　　张士诚也不想再强人所难了，当即拂袖而去，气愤之余，连礼物也分毫不少拿了回去。

目睹此情此景，罗本不禁暗自感叹道："张王气量如此狭小，真袁本初之流也！"

还有一桩事也让罗本觉得非常不妙，就是出在张士诚的名字上面。本名"张九四"的张士诚是在起事之前请一老儒士给取的大名，那老儒士不知是头脑糊涂、学识不精，还是存心侮辱，兄弟几个便分别按照"诚、德、信、义"取了名字，对此张氏兄弟还是非常满意的。哪知后来有人告诉张士诚说，《孟子》里有一句"士，诚小人也"，希望他出于万全计将自己的名字改掉。哪知张士诚毫不在乎地说道："那孟老夫子讲的是他的道理，我这名字是另一番道理，若是都这样计较起来，恐怕就没个完了！"

该在意的地方不在意，不该在意的地方偏在意。罗本对此自然非常失望，从此他便做好了从张士诚幕府随时抽身的准备。

四

天下形势越发结为紧密的一体，真可谓牵一发而动全身！

如今再说倪文俊、陈友谅这里，自从他们于至正十五年一月拿下沔阳，因受元军在高邮城下惨败的影响，一时间各路豪杰闻风而至，连一向胆小怕事的倪文俊的胞弟倪文郁也觍着脸来投奔哥哥。倪文俊愤于兄弟的不争气，只是让他做了一个掌管仓库的小官。

陈友谅本就有数万旧部分散于沔阳、岳州一带，他的号令一出，便再次召集起胡廷瑞等人，不过这些旧部暂时都被分散到倪文俊各部去了，以免他生疑。

到三月时，倪文俊、陈友谅部便已有了十万之众，张定边乘势建议陈友谅道："我部必先取武昌、汉阳，一举捣毁湖广元军的腹心，湖广这盘棋才能彻底活起来。而要使拿下武昌、汉阳多几分把握，就当先取荆州，控御武昌上游，一面阻断上游援敌，一面以高屋建瓴之势威慑下游！这也是我们早先的盘算，可惜前两年未能实现。如今我等皆是水军，行动便利，元军反应不及，必定会被我等各个击破！"

陈友谅把这个意思转达给了倪文俊，倪氏欣然采纳，到了五月间，荆州便被顺利拿下。部队稍事休整后，又立即浩浩荡荡南下武昌、汉阳，将两城团团包围起来，至七月间终于成功将其攻克。此时倪文俊、陈友谅部已达二十万众，从巢湖出来的赵普胜一行人溯江而上，正好赶上围攻武昌之役，他当即被倪文俊任命为前军将军。

待拿下武昌、汉阳后，倪文俊有意以汉阳为都城，于是他召集陈友谅等人，吩咐道："本帅想要去襄阳一带接上位来居汉阳，为了壮我军威，也为了控御汉江上游，本帅想先率军拿下襄阳，以作为给上位的见面礼！此次本帅亲往恭迎上位，友谅可代本帅留守汉阳！"

此时陈友谅已经成为倪文俊的心腹重臣，他悄声建议道："上位待人虽宽厚，却寡学无才，大帅可自为丞相，挟天子以令诸侯，岂不是再好不过？"这是他给倪文俊的设计，其实也是为他自己做好的设计。

倪文俊诡谲一笑，道："还是友谅知我心！本帅正是此意。"

几天后，倪文俊便率领着大军北上襄阳，陈友谅一时闲来无事，便打起了达氏的主意。他心知如今达氏虽是倪文俊的爱妾，但她并未生育，倪文俊也猎艳不已，一个达氏在性情粗鲁的倪大帅眼里其实也算不得什么——只是在他陈友谅眼中，倒有些特别的意味！

陈友谅本已与达氏暗通款曲，只不过她的胆子太小，没有什么实际的举动。有一次宴会时，陈友谅便壮着胆子悄悄地在达氏屁股上轻轻捏了一把，见达氏只是脸颊绯红却毫不声张，陈友谅由此越发明白了她的心意。

待倪文俊一走，达氏便声言要去位于武昌洪山南麓的宝通禅寺进香，所以打招呼给陈友谅要他派兵护送。陈友谅会心一笑，欣然派兵前往，他自己则在前一晚就悄悄地潜藏到了寺里。

宝通禅寺历来是皇家寺院，在各个朝代都得到了皇家的维护和保养，寺院建筑规模宏大、气度非凡，明显有着皇家气派。因为受到战乱的影响，此时的宝通禅寺略微显得有些破败，但该寺闻名遐迩的"万斤钟"依然是镇寺之宝。这座钟钟身高大、造型古朴，四周有"皇帝万岁，重臣千秋，风调雨顺，国泰民安"的铭文，其字体典雅、清晰，令观览者顿生膜拜之感！

幽幽古寺，如如佛心，初临宝刹的达氏不禁心生虔诚之意。闻听绵绵不绝的诵经声，顿生身世之叹的她不觉泪下，甚至有了一种欲与青灯古佛相伴的冲动。可是待冲动过后，近在眼前的希冀又重新袭上心头，于是在进香时，她祈祷道："愿佛祖保佑弟子成为皇贵妃吧，到时弟子定然为佛祖重塑金身！"

在香雾缭绕中游览一番禅寺后，用过午膳，达氏便在住持的安排下到一处独门小院里休息。略有预感的达氏把自己的贴身丫鬟都打发到了屋外，然后带着一丝紧张和希冀闭上了房门！就在房门要完全闭上之际，她轻启朱唇吩咐丫鬟道："没我的吩咐，不许进来！"那声音分明有些颤抖。

达氏进了屋子，仔细看了看，四下无人，她不免觉得有些失落。可正当她略为宽衣准备午休之际，突然一个黑影蹿了出来，受惊的她刚要大叫，身子已被人从后面一把抱住，同时嘴巴也被人紧紧捂住！

只听那人温柔地小声说道："好姐姐，是我，别叫！"

达氏一听是陈友谅，便安静了下来，心底老悬着的一块石头也落地了。陈友谅放开了她的嘴，可转而用两条健壮的手臂紧紧地抱住了她，闭了眼陶醉地呼吸着她身上散发出来的幽香，嘴里还念叨着："吓着了吧，这辈子就让我陈某人给姐姐当牛做马，好不好！"

惊魂甫定的达氏喜在心里，却立即回头娇喘着喷怒道："你做事都是这么莽撞的吗？真吓死了人家，你还给哪个当牛做马去！快松开，你抱得人家都要喘不过气来了！"

陈友谅忙笑嘻嘻地松开了手，转到正面仔仔细细地打量起她来。但见其两弯似蹙非蹙的冒烟眉，大大的眼睛如一泓秋水般明晶含情，她的鼻翼略尖、鼻孔显小，嘴唇是浅红色的，肤色莹白，再加一头乌云般的长发。这娇美而丰满的体态，立即令陈友谅想起了"姿质丰艳，含章秀出"的杨贵妃来，确乎是：红颜呈素、蛾眉不画、唇不施朱、发不加泽，质素纯皓、粉黛不加，减一分太短、增一分太长，不朱面若花、不粉肌如霜，风情绰约、肌不留手……

陈友谅忍不住赞叹道："从前都没有这样仔细地看过你，如今这样细细端详，真个是'回眸一笑百媚生，六宫粉黛无颜色''若非群玉山头见，会向瑶台月下逢'！"

达氏娇羞地一扭头，避开了陈友谅灼热的目光，轻启朱唇道："你们男人惯会这些花言巧语，到头来不过是见了新人，忘了旧人！"

"那好办，姐姐现在就把我的心挖出来，你若喜欢，随身带着就是了！"说着，他一手扯开自己胸口的衣衫，一手抓起达氏的手就要往里面放。

"哎呀，你说得多瘆人！"达氏一面试图收回自己的手，一面又娇笑道，"罢了罢了，这都是我们女人的命啊，谁叫我们生是女儿身呢！'人生莫作妇人身，百年苦乐由他人'……"

"那我被姐姐勾得魂不守舍也都是命了！姐姐有所不知，自从那日宴会上见过了姐姐，我这每天夜里都无法入眠，实在是太想念好姐姐你了，所以患了一身的相思病，也消瘦了不少，不信姐姐可以仔细看看！"陈友谅说着就往达氏身上凑，让她细细端详自己。

由于多日大战武昌、汉阳，陈友谅确实面目有些苍白劳瘁，那达氏不太懂这些，居然就半信了他的话，调笑道："着实是瘦了些，不过啊，这是你自找的！"

"如今可算有了亲近姐姐的机会，姐姐快好好给我治治吧！"说着，陈友谅就要亲吻她。

因为根本抗拒不了他的意志和力量，本已有心委身的达氏只得顺从了他，任由他摆布……陈友谅顺势就要宽衣解带，却被如梦方醒的她一把拦住，道："此是佛门净地，不可造次，你要是有胆量，晚上就去我那里吧，丫鬟们我都已经调教好了，保管无事！"倪文俊心思不细腻，不太留意一些琐事，也为着安抚她，所以仍由达氏从家里带来的那些丫鬟服侍她。

陈友谅闻听此言，当即发起狠来，道："世上还有叫我陈友谅怕的事和怕的人吗？就算是那倪蛮子撞破我等的好事，我便一剑刺死他算了，从此我们就长长远远在一起！"

"你先别吹，看你的真本事！"达氏笑道。

"我的本事如何，晚上就叫姐姐你好好领教领教！"陈友谅坏笑道。

达氏当即羞得再次脸红起来，轻轻地打骂他道："你就作死吧！明日里就烂了你的嘴！"

因为已经晓得陈友谅的身手不凡，所以达氏内心的畏惧减去了不少。两人又靠在床上缱绻了好一会儿，说了些个人身世遭际的话，最后陈友谅才依依不舍地放开了达氏，让她先行离开了。

眼见众人都离开以后，陈友谅这才走出了小院，乘着夜色从另一条小路悄悄下了山。

倪文俊一家所居住的正是原湖广行省左丞相府，陈友谅摸得门清，而且汉阳城里的一应卫戍事宜也都是他安排的。

入夜之后，因为宵禁，四处都静悄悄的，只是偶尔有一排排巡逻的士兵走过。陈友谅分外难挨，便急匆匆地换了一身夜行衣偷偷溜进了倪府，瞅准了挂着红灯笼的那座小朱楼，飞快攀缘了进去。

发现陈友谅溜了进来，达氏打趣道："说好二更的，你怎么一更就来了，人家还没有熏香沐浴呢！"

陈友谅上前贪婪地搂住她道："还熏什么香，沐什么浴，原本已经香得人家魂儿都丢了！"

陈友谅不由分说便与达氏亲热起来，弄得她叫苦不迭。待两人猖狂过第一回后，因尚是初秋天气，汉阳夜间依然很热，达氏点上了一支上好的驱蚊香，烛光朦胧的粉红帐里，两人便裸着身子如胶似漆地躺卧在了一起。

达氏越发爱上了陈友谅，不免有点放纵起来，她调笑道："那个倪蛮子，一身的鱼腥味，都快把我给熏死了！他长得没你英俊，这没的说，可这床上的功夫，也比你差那么多。你又这么解风情、善知音，我的好哥哥，你是咋生的呢？"

陈友谅闻听此言心里乐开了花，忙捏着达氏的脸蛋儿道："不瞒你说，我老子也是渔家子，好在他老人家没把这个鱼腥味传给我！至于说我的功夫嘛，都是张定边老兄点化的，他老兄教我呼吸吐纳之术，令我武功大进！这床上的功夫嘛，也就跟着水涨船高了，哈哈！"

"快老实交代，你都糟蹋过多少良家女子？"达氏突然掐住陈友谅的脖子笑问道。

　　陈友谅被掐得咳嗽不止，忙道："我的好姐姐，天地良心，你就差人去我家里悄悄打听了，除了应酬时吃几杯花酒，我陈某人何曾勾搭过良家女子？我至今可连个妾室都没有！"

　　达氏一时手松开来，疑问道："对啊，你跟个偷腥的猫儿一样，如此色胆包天，怎么就没个妾室呢？是不是你家娘子是一只母老虎？"

　　"我娘子可不是母老虎，她性情最温顺了！"陈友谅忙坐了起来，跪向达氏道，"好姐姐，你就信了我吧！我陈某人平生只愿娶一位绝世佳人，然后与她海誓山盟、永结同心，享尽人间的荣华富贵！醒掌天下权，醉卧美人膝，那是何等快意！如今可巧碰上了阿娇你，我陈友谅江山美人的所欲，可不就美满了？"他这话也半是实话，他一直没有纳妾固然一方面是由于大业未成而担心家里闹腾，何况已经有了三个儿子，另一方面也是由于始终未有满意的人选。

　　"如何为证呢？"达氏想最后确认一下他的心意。

　　陈友谅便走下床去，抄起一把剪刀剪掉了自己的一绺鬓发，把它交给她，道："我的心你不敢要，身体发肤受之父母，这头发也如我的性命，如今交给你吧！"

　　达氏晓得这个道理，也听说过曹操割发代首的故事，心下自然感动不已，便与陈友谅再度缠绵在了一起，只是这一次她的眼睛里多了几点泪花。

　　这番云雨结束后，达氏又问陈友谅："你今后如何打算？我们两个的事情你又如何打算？"

　　陈友谅握紧了她的手，安慰道："放心吧！自来相术先生都说我有帝王之相，难道我还会亏待你吗？如今先委屈你跟着倪蛮子，等我有朝一日羽翼丰满了，定然一脚踢开了他！"

　　"哈哈，我小时候，有一位算命很准的先生，说我是皇贵妃的命，看来果真就要应在你身上了！"闻听此言，达氏不禁笑道，忽而她又有些黯然神伤，"若是好梦成真，我这辈子也就无求了，只愿能把我那因战乱失散的家人都找到……"

陈友谅轻轻地爱抚了一下她的柔肩，道："如此再好不过了，找人的事，就包在我身上吧！我既救了倪蛮子的命，也助他成就了大业，如今他对我是信任有加，不过你也要适时帮我吹吹枕边风，要他多加仰赖于我！更要紧的是，你要帮我多多留心他的动向，别叫他给我设了套！"

"嗯！"达氏很认真地点了点头，"不过，为了防备他生疑，你也要多多贿赂他的那几个妍头，大家都帮你说好话，才显不出我来！"

陈友谅心里一震，便搂紧了她道："你可真是个冰雪聪明的绝代佳人！往后如果倪蛮子不在你这里，你就挂出红灯笼来！我也不会常来的，就一个月来上三四回吧，如何？"

达氏分明已经爱上了他，当即嗔怒道："你们都要忙于出征，咱们眼下注定了会聚少离多，凡你有空，我又方便，你抓住了机会，就尽管来好了，我这里都是自己人，你大可放心！"其实她心底还是有些胆怯，想要陈友谅在身边多些安全感。

达氏揉搓着陈友谅的胸脯央求着，陈友谅不免笑道："来得这样频繁，一旦被那倪蛮子撞破，终归有些让他面子上过不去！万一他真的动怒，便是我结果了他，那我等的大业必要受莫大损失，你想成皇贵妃的时日，恐怕也要拖延个三五年了！"

"我不管，不管！人家就要你常来嘛，人家的才艺你还没怎么见识呢！如果咱们能够长相厮守，这个皇贵妃，我阿娇不做也罢！"达氏发着嗲道。

陈友谅怜香惜玉的心思被大大触发，只好满心满意地答应下来，两人的欢情愈深，越发无所顾忌起来，于是又颠鸾倒凤了好几回，到四更时分才餍足地睡了过去。鸡叫过后，达氏的贴身丫鬟便来敲门示意，陈友谅不得不起身离开。回到家后，他一直睡到午后才起身。

张定边上午几次来求见，陈友谅的下人都推说他身体不适。此时张定边已经起疑，及至下午见到陈友谅本人后，他一望其神色，心里已猜到了七八分，于是忍不住叮嘱道："四兄，别怪我多嘴，而今可不是沉溺男欢女爱之时，小心误了大事！"

陈友谅嘿嘿一笑，道："什么事都瞒不过你定边兄，小弟这次是初犯，下次留意便是！"

从此以后，只要不出征，陈友谅还是坚持每个月去达氏那里三四次，一来他是怕过于频繁而被倪文俊发觉，二来是大业未成，还是要多听取一下张定边等人的良言。不过作为补偿，陈友谅费尽辛苦地找到了她在战乱中失散的家人，悄悄安置起来，也算给了她很大的慰藉。

倪文俊自从成为丞相以来，越发骄奢淫逸、不可一世，在收纳了众多妾室后，也很少到达氏这里来了。独守空房的达氏拿陈友谅无法，只得希望他早早将倪文俊取而代之，自己也不用偷偷摸摸地见家人了。